유
세
명
언

喻世明言

유세명언

1

풍몽룡 소설

김진곤 옮김

민음사

차
례

역사 기록의 전통이 흩어지니 소설이 흥기했다. 소설은 주나라(기원전 1027~기원전 256) 말기에 시작되어 당나라 때 흥성했으며 송나라 때 널리 퍼졌다. 한비(韓非, 기원전 280?~기원전 233)나 열어구(列禦寇, 기원전 450~기원전 375?) 같은 사람이 소설의 비조(鼻祖)라 할 것이다. 물론 한나라 때 『오월춘추』 같은 책이 나오기는 했지만 진나라 때 분서갱유가 일어난 이후로 내내 소설 저작이 드물었던 게 사실이다. 당나라 개원(713~741) 연간 이후에야 문인이 쓴 소설 작품이 널리 등장하기 시작했다.

그러나 통속연의가 어디서 기원했는지는 알 길이 없다. 남송 때 궁정의 물품과 재주꾼을 담당하던 공봉국(供奉局)에 설화인(說話人)이 있었다는 말이 있다. 아마도 책 읽어 주고 이야기해 주는 오늘날의 설서인(說書人)과 비슷한 역할을 했던 것 같다. 설화인이나 설서인이 사용한 문장은 틀림없이 통속적이었을 것이나, 작가가 밝혀진 작품이 남아 있지 않으니 뭐라고 말하기 어렵다.

남송 때 고종 황제는 아들에게 자리를 물려주고 태상황의 지위를 누리며 남은 생애를 보냈는데, 한가할 때마다 이야기책을 즐겨 읽었다. 환관에게 명하여 하루에 한 권씩 책을 바치게 하고는 이야기가 마음에 들면 값을 후히 쳐서 보답해 주었다고 한다. 이런 까닭에 환관들은 기이한 행적을 담은 옛날이야기나 시중에 떠도는 신기한 이야기를 널리 찾아다녔다. 이렇게 모은 이야기들을 사람을 시켜 다듬고 부풀린 다음 황제에게 바쳐 마음에 들기를 바랐다. 그러나 이렇게 바친 이야기는 황제가 한 번 본 다음에 그냥 내팽개쳐지기 일쑤였으니 대부분의 이야기는 궁정 내부에서만 떠돌았을 뿐 민간에 전파되는 경우가 드물었다. 게다가『완강루(翫江樓)』나『쌍어추기(雙魚墜記)』처럼 너무도 천박하고 비속하여 입에 올리기가 부끄러운 책도 있었다.

나관중(羅貫中)과 시내암(施耐庵)이 원나라 때 소설을 고쳐썼으니『삼국지』,『수호전』,『평요전』 같은 작품들이 마침내 장편 대작으로 우뚝 솟았다. 이런 장편 대작은 재주는 있으되 때를 만나지 못한 작가가 시대를 담아 내려 지은 작품이지 태평성대에 취미 삼아 지은 작품이 아니다.

우리 명나라 왕조에 이르러 문화 통치의 기운이 흥성해지니 그 은택이 미치지 않은 곳이 없었다. 연의(演義)만 보아도 송나라 때보다 더 빼어난 성취를 이루었다. 혹자들은 명나라의 연의에 당나라 때 같은 멋진 풍취가 모자란다고 섭섭해하는데 그것은 잘못된 생각이다. 복숭아를 좋아하는 사람이 살구를 찾을 이

유가 있을까. 거친 갈포, 고운 갈포, 솜털, 비단은 각각 입을 때가 따로 있는 법이다. 당나라 것을 기준으로 송나라 것을 논한다면 마찬가지로 한나라 것을 기준으로 당나라 것을 논할 것이며, 춘추 전국 시대 것을 기준으로 한나라 것을 논할 것이니 그러다가는 복희씨의 괘의 한 효, 한 효까지 기원을 따지고 들지 않을 수 없을 것이다. 그것이 가당키나 한 일인가!

대저 당나라 소설의 정제된 말투는 문인의 마음에 쏙 들어오고, 송나라 소설의 통속적인 말투는 장삼이사의 귀에 잘 들어온다. 세상에 문인의 수는 적고 장삼이사의 수는 많고도 많으니 소설 역시 마땅히 정제된 말투는 드물게 쓰고 통속적인 말투를 많이 써야 할 것이다. 그러면 지금의 이야기꾼들이 청중 앞에서 이야기를 구연하는 것을 볼거나. 그들은 청중을 기쁘게도, 놀라게도, 슬프게도, 눈물 흘리게도, 노래하게도, 춤을 추게도 만든다. 그뿐이랴. 청중으로 하여금 칼을 들게도 만들고, 고개 숙여 절하고 싶게도 만들고, 목을 베고 싶게도 만들고, 기꺼이 돈을 내게도 만든다. 겁이 많은 자에게 용기를 주고, 음탕한 자를 정숙하게 만들며, 얄팍한 자를 도탑게 만들고, 우둔한 자에게 부끄러움을 알게 한다. 『효경』, 『논어』가 사람을 감동시킨다 한들 어찌 이런 이야기처럼 깊고도 빠를 수가 있겠는가. 통속적이지 않고서 어찌 이런 효과를 거둘 수 있겠는가. 무원야사씨(茂苑野史氏)가 집 안에 고금의 통속 소설을 상당수 소장하고 있다가 서적상의 요청을 받고 그 가운데에서도 민초들이 좋아할 만한 것들을 선별하니 마흔 편이 되었고, 이에 한 질로 묶어 출판한다고 한다. 내가 읽어 보아도 너무 재미있어 이에 붓을 들어 서문을 적는다.

_1620년, 삼가 푸른 하늘 서재 주인〔綠天館主人〕 씀

蔣興哥重會珍珠衫

장흥가가
진주 적삼을
다시 찾다

이 작품의 주인공 장흥가는 장사꾼이다. 한번 장사를 떠나면 부산에서 신의주 정도까지 거리의 몇 배를 떠도는 신세. 그래도 양자강이 있어 배를 띄우고 이곳에서 비단을 팔고 저곳에서 진주를 판다. 그렇다면 고향에 홀로 남은 아내는 어찌 지낼까?

죄지은 자 벌 받고, 착한 일 한 자 복을 받아야 한다! 작가인 풍몽룡은 세상일이 그렇게 돌아가기를 원했나 보다. 풍몽룡은 장흥가의 아내가 오랜 기간 남편이 오기만을 기다리다가 돈푼을 바라고 중간에서 간계를 꾸민 할멈의 꾐에 넘어가서 저도 모르게 바람을 피운 것이라 적극 변호한다. 그런 아내를 내치는 장흥가가 이혼 소송을 하기는커녕 아내가 가져온 혼수마저 그대로 다 돌려주었다며 독자들을 안심시킨다. 그들은 복을 받을 자격이 있다는 것이다.

이 작품을 인과응보의 결정판으로 읽을지, 인과응보를 보여 주고자 무리한 전개를 감행한 치졸한 작품으로 읽을지, 겉으로는 인과응보를 보여 주는 척하면서 인간의 욕망을 흥미진진하게 묘사한 작품으로 읽을지는 각자의 몫일 것이다.

양자강의 온갖 지류를 따라 물이 흐르니 사람이 흐르고, 사람이 흘러 다니니 이야기가 만들어진다. 풍몽룡은 이렇게 만들어진 이천 자 정도의 옛날이야기를 각색하여 구구절절 곡절이 넘치는 열 배 분량의 이야기로 재탄생시켰다. 이 이야기는 여기서 그치지 않고, 중국의 전통 연극으로 공연되기도 하고 영화로도 만들어져 대중의 사랑을 받았다. 손바닥만 한 이야기가 이 사연 저 사연과 합쳐져 중단편의 소설이 되고, 이것이 서로 다른 양식을 넘나드는 모습이 지금과 거의 다르지 않다.

벼슬이 올라 정승 판서 된다 한들 무엇이 대단하리

칠십 넘겨 오래 사는 게 외려 더 자랑스러운 일이네.

헛된 명예, 나 죽은 뒤에 누가 알아주리오.

모든 것이 일장춘몽.

젊어서 함부로 몸 놀리지 말 것이며

주색에 빠져들지 말지니.

온갖 번뇌와 시비에서 벗어나

제 팔자대로 속 편하게 사는 게 최고라네!

서쪽 강에 비친 달을 의미하는 「서강월(西江月)」이라는 사(詞)의 일부이다. 분수를 지키며 편안한 마음으로 살 것과, 술과 여색과 재물과 노여움 때문에 정력과 인생을 허비하지 말 것을 권하고 있다. 쾌락만 추구하다 보면 낭패 보기 십상이고, 눈앞의 이익에만 집착하면 결국 손해 보기 마련이다. 술, 여색, 재물, 노여움

가운데 가장 무서운 것이 바로 여색이라. 눈은 곧 사랑의 매파, 마음은 애욕의 씨앗. 사랑이 시작될 때는 언제나 마음이 조마조마, 사랑의 광풍이 지나고 나면 가슴에 스산한 가을바람. 길가의 버들가지나 담 아래 핀 한 떨기 꽃처럼 누구나 손을 뻗칠 수 있는 기녀한테 어쩌다 춘흥이 일어난 것이라면 그게 무슨 대수이겠는마는, 여염집 아낙이 온갖 꾀를 짜내어 인륜을 저버리고 자신의 쾌락만을 위해 부부의 깊은 정을 걷어찬다면 이 일을 어찌할 것인가? 그대의 토끼 같은 아내를 다른 남자가 꼬드긴다면 그 심정이 어떠하겠는가?

사람이야 어쩌다 눈에 뭐가 씐 듯 어리석은 짓 했다 해도
어디 하늘이 가만있을 것인가.
나, 남의 부인 희롱하지 않으리니
그대여, 함부로 내 마누라 희롱하지 마오.

여러분은 「진주 적삼」이라는 짤막한 이야기 한 편을 듣게 될지니, 이 이야기를 들으면 죄는 지은 대로 가고 자식은 아비 따라간다는 말이 허랑한 말이 아님을 알게 될 것이다.

이 이야기에 등장하는 인물은 바로 장덕(蔣德)이라는 사람으로, 어릴 적 이름은 흥가(興哥)요, 호광(湖廣) 양양부(襄陽府) 조양현(棗陽縣) 출신이다. 아버지 장세택(蔣世澤)은 어려서부터 광동(廣東)을 떠돌며 장사를 했는데, 그와 그의 아내 나 씨(羅氏) 사이에 생겨난 아들이 장흥가이다. 그런데 장흥가가 아홉 살 되던 해에

나 씨가 그만 세상을 떠나고 말았다. 장세택은 어린 자식만 남겨 둘 수도 없고, 그렇다고 장사를 그만둘 수도 없어 생각 끝에 아들을 데리고 장사를 다녔다. 그 어린 아들의 생김새를 살펴보자.

> 짙은 눈썹에 수려한 눈
> 흰 치아에 빨간 입술
> 단정한 걸음걸이
> 야무진 언변
> 총명하기는 글방도령보다 낫고
> 머리 쓰는 것은 어지간한 어른보다 낫구나.
> 사람들이 기린아라 부르며
> 값을 매길 수 없는 보배로 여기는구나.

장세택은 사람들의 시기 질투를 염려하여 장홍가를 친아들이라 밝히지 않고 그저 처조카 나 군이라고만 소개했다. 장세택의 처가도 본디 3대에 걸쳐 광동에서 장사를 하던 집안이라 그 동네에서 행세깨나 한다는 거간들은 나 군을 마치 자신의 친척인 양 따뜻하게 대해 주었다. 실은 장세택이 장삿길로 들어선 것도 장인과 다니면서 배운 덕분이었다. 근래 장세택의 처가는 억울한 송사에 몇 차례나 휘말리면서 가세가 기울어 수년째 장사를 떠나지 못하고 있었다. 객점의 거간들은 장세택을 만나면 처가의 소식을 묻고 걱정해 주었다. 그들은 장세택이 데리고 다니는 어린아이가 바로 장세택의 처가 식솔인 데다 이목구비도 시원시원하고 말하는 본새가 총명한 것을 보고는 3대에 걸친 인연이 이제 4대까지 연결되는구나 하며 반기고 또 반겼다.

쓸데없는 소리는 이제 그만. 장흥가는 아버지를 따라 이리저리 장사를 다니면서 하나를 가르치면 열을 알아들어 장사라면 모르는 것이 없게 되었다. 장흥가의 아버지가 이를 보고 흐뭇해했한 것은 말할 필요도 없으렷다. 그러나 누가 알았으리. 장흥가 나이 열일곱 때에 아버지 장세택이 그만 세상을 뜨고 말았다. 마침 장사를 쉬면서 잠시 집에서 머물 때라 객사를 면한 것이 다행이라면 다행이었다. 졸지에 아버지마저 여의었지만 마냥 슬퍼하고만 있을 수는 없는 일. 눈물을 닦고 장례 준비를 시작한 장흥가는 발인을 하고 재를 올렸다. 사십구재를 지내기 전에 근동의 친척들이 모두 와서 문상했다. 이웃에 사는 왕씨 집은 바로 장흥가와 정혼한 집안이었다. 왕 씨도 문상을 온지라 장흥가의 집안 어른들이 그와 더불어 이런저런 이야기를 나누었다. 미리 이야기해 두자면 장흥가는 나이에 비해 숙성하고 사리에 밝아 례 치르는 일 정도는 거의 혼자 힘으로 처리할 수 있었다.

집안의 한 어른이 왕 씨에게 넌지시 말을 건넸다.

"왕 어르신, 이제 따님도 장성했으니 기왕에 정혼한 거 빨리 부부의 연을 맺어 주는 게 어떻겠습니까?"

왕 씨는 확답을 피한 채 돌아갔다. 장례를 치른 후 집안 어른들은 장흥가에게 결혼을 서두르라고 성화를 해댔다. 장흥가는 처음에는 들은 척도 하지 않았으나 어차피 혈혈단신으로 남겨진 몸이라 집안 어른들의 말을 따르기로 했다. 그래서 매파를 놓아 정식으로 청혼했으나, 왕 씨는 매파한테 이렇게 대답하며 넌지시 거절했다.

"결혼 예물이라도 장만하려면 그래도 시간이 필요할 것 아니오? 더군다나 아직 일주기도 지나지 않은 처지인데 이리 서두르는 것은 예의에도 어긋나오. 우선 일주기라도 지나고 다시 이야기합시다."

왕 씨의 말을 전해 들은 장흥가는 더 이상 밀어붙이지 않았다.

시간이 쏜살같이 흘러 어느덧 일 년이 지났다. 장흥가는 선친의 영전에 재를 올리고 상복을 벗고 나서 다시 매파를 통해 왕 씨에게 청혼하여 허락을 얻었다. 서둘러 육례(六禮)를 마치고 신부를 맞아들였다.

영정을 가린 흰 천이 붉은 천으로 바뀌고
누런 삼베옷을 벗고 화려한 혼례복을 입네.
초례청에 촛불 환하게 밝히고
혼례 잔치에는 합환주를 갖추었구나.
신부 화장은 더할 나위 없이 화려하고
아리따운 자태는 말로 표현할 길 없다.
오늘 밤은 운우지정이 차고 넘칠 것이니
날 밝아 오면 사람들이 축하 인사 건넬 터이다.

이 신부는 바로 왕 씨의 막내딸로 어릴 적 이름은 삼대아(三大兒)였다. 칠석에 태어났다고 해서 삼교아(三巧兒)라고 부르기도 했다. 삼교아의 시집간 두 언니도 용모가 빼어났기에 조양현 사람들은 그 세 자매를 칭찬해 마지않았다.

천하에 신붓감은 많지만
왕씨 집 딸들처럼 예쁜 신붓감은 드물다네.
왕씨 집 딸들에게 장가든다면
부마가 부럽지 않으리로다.

속담에 장사를 망치면 잠시 고생하지만, 아내를 잘못 얻으면 평생 고생한다고 하지 않던가. 벼슬깨나 한다는 사람들은 가문을 따져 혼사를 치르고, 어떤 이들은 신부의 결혼 예물에 눈이 멀어 혼사를 치르기도 한다. 막상 결혼 당일에 신부가 천하의 박색이라 시부모 되는 사람들 체면이 말이 아니고, 신랑 또한 신부에게 실망하여 결국 바람을 피우게 된다. 얼굴이 못났다고 해도 남편 다루기라도 잘하면 그럭저럭 지나가련만 식견 짧은 아내라면 결국 남편과 반목하게 된다. 아내가 체면 때문에 남편이 바람피우는 것을 한두 번 눈감아 주면 남편은 금세 뻔뻔해져서 마음 놓고 바람을 피워 댄다. 이 얼마나 볼썽사나운 일인가. 이런 이치를 모를 리 없는 장세택이 왕 씨 여식의 미모가 출중하다는 말을 듣고 진작부터 예물도 보내고 말을 넣어 장흥가와 정혼시켜 둔 것이다. 오늘 왕삼교아를 맞아들이니 과연 천하일색이라, 그 언니 둘은 댈 바도 아니었다.

오나라 서시(西施)보다 빼어나고
초나라 남위(南威)보다 예쁘구나.[1]
마치 수월관음과도 같은 그녀
향 사르고 절을 올려야겠네.

본디 단정하고 야무진 장흥가가 예쁜 신부까지 맞아들이니 서로 사랑하고 아끼는 모습이 한 쌍의 원앙 같았다. 혼례를 치르고 사흘이 지나자 예법에 따라서 평상복으로 갈아입었다. 장흥가 부부는 삼년상을 마치지 못했다는 핑계로, 바깥일은 제쳐 두고 위층에서 밤이나 낮이나 서로 사랑을 나누기에 여념이 없었다.

어느 날 장흥가는 아버지가 생전에 해 오던 장사를 삼 년이나 제쳐 두어 광동 지방에 뿌려 둔 외상값을 아직도 거두어들이지 못한 일이 생각났다. 밤이 되자 장흥가는 아내에게 장사를 떠나야겠다는 말을 건넸다. 처음에는 아내도 어서 다녀오라며 찬성했지만 한번 장사 나서면 하루 이틀 걸리는 것이 아님을 알게 되자 사랑하는 남편과 떨어져 지낼 일이 막막하기만 했다. 아내는 눈물만 지을 뿐이요, 장흥가도 차마 아내를 두고 길을 떠나지 못했다. 이렇게 두 사람은 슬픔에 잠긴 채 이러지도 저러지도 못하고 있었다.

세월이 흐르고 흘러 다시 이 년이 지나갔다. 장흥가는 이제 더 이상 미룰 수 없다고 생각하고 아내에게는 아무 말 않고 밖에서

---

1 서시와 남위는 모두 중국 춘추 시대의 빼어난 미인으로, 이후 미인의 대명사가 되었다.

물건을 챙기며 떠날 준비를 했다. 길일을 잡고는 출발하기 닷새 전에야 아내에게 사실을 알렸다.

"여보, 하는 일 없이 까먹기만 하면 태산 같은 재산도 남아나지 않는다고 하지 않소. 우리 두 사람이 먹고살려면 이 가업을 팽개칠 수 없지 않겠소? 지금은 2월이라 춥지도 덥지도 않으니 장사 떠나기에 딱 좋은 날씨요. 지금 떠나지 않으면 또 언제 떠나겠소?"

아내는 더 이상 남편을 붙잡을 수 없음을 알아차렸다.

"떠나면 언제 돌아오시나요?"

"내 어찌 떠나고 싶어 떠나는 것이겠소. 일 년 안에 꼭 돌아올 것이오. 돌아왔다가 다시 떠나더라도 꼭 돌아오리다."

아내가 뜰 앞의 나무를 가리키며 말했다.

"이듬해 저 나뭇가지에 싹이 움틀 때 서방님이 돌아오실 줄 알고 손꼽아 기다리겠어요."

말을 마친 삼교아의 눈에서 하염없이 눈물이 흘러내렸다. 장흥가는 옷소매로 삼교아의 눈물을 닦아 주면서 저도 모르게 눈물을 흘렸다. 두 사람이 나누는 서러운 이별의 정을 어찌 말로 다 할 수 있겠는가?

드디어 장흥가가 장사를 떠나기로 한 날이다. 장흥가와 삼교아는 밤새 울고 이야기하며 뜬눈으로 긴 밤을 하얗게 밝혔다. 오경이 되자 장흥가는 짐을 꾸리며 대대로 물려받은 패물을 삼교아에게 건네주었다. 그러고는 장사 밑천과 장부, 옷가지, 이불 등을 챙기고 더불어 사람들에게 인사치레할 선물들을 차근차근 챙

蔣興哥重會珍珠衫

겨 넣었다. 하인 가운데 젊은 녀석은 장흥가가 직접 데리고 장사를 떠나고, 나이 들어 경험이 많은 하인은 집에 남겨 두어 삼교아의 시중을 들고 일용품을 사들이게 했다. 여종 둘에게는 부엌일을 맡기고, 청운(晴雲)과 난설(暖雪)이라는 두 몸종에게는 어디 멀리 돌아다니는 일 없이 집 안에서 삼교아의 시중만 들게 했다. 아랫사람들에게 소임을 맡긴 장흥가가 아내 삼교아에게 말했다.

"여보, 조금만 참고 지내시구려. 동네에 불량한 자들이 많다고 하더군. 당신 미모가 출중하니 괜히 바깥출입하여 분란을 일으키지 마시오."

"서방님, 그런 걱정은 하지 마시고 어서 돌아오세요."

두 사람은 눈물을 흘리며 이별했다.

세상에 괴로운 일 많다 하지만
헤어지는 일만 한 것이 또 있으랴.

장흥가는 길을 떠났다. 그러나 마음속은 온통 아내 생각뿐, 다른 일은 눈에 들어오지도 않았다. 이윽고 광동에 도착하여 객점을 정하고 짐을 풀었다. 예전에 알고 지내던 사람들이 장흥가를 만나러 오니 장흥가는 그들 모두에게 선물을 돌렸다. 그들이 또 답례로 장흥가를 집으로 불러 술대접을 하는 바람에 이십여 일이 쏜살같이 지나 버렸다. 장흥가는 본디 허약한 체질이었는데 오랜만에 장사에 나서 몸이 피곤한 데다 광동에 도착해서 음식을 절제하지 못해 결국 학질에 걸리고 말았다. 여름 내내 학질로 고생하다가 가을에는 이것이 이질로까지 번졌다. 매일 의원을 불러 맥을 짚고 탕약을 달여 먹어 가을이 다 갈 무렵에야 겨우 몸을 추슬렀다. 몸이 아파서 장사를 못 했으니 일 년 안에 고향으로 돌아가기는 틀린 일이었다.

몇 푼 안 되는 돈 때문에
원앙 이불 같이 덮던 부부의 연을 포기하는가.

장흥가는 집 생각에 마음을 졸이면서도 이왕 이렇게 늦어졌으니 차라리 마음을 편하게 먹기로 했다.

장사 떠난 장흥가의 이야기는 이쯤에서 접고 장흥가의 아내 왕삼교아의 이야기나 해 볼거나. 장흥가가 장사를 떠난 이후 아내 삼교아는 남편의 말대로 몇 달 동안 집 안에만 머물면서 바깥 세상일에는 아예 관심을 끊고 위층에서 내려오지도 않았다. 세월이 유수처럼 흘러 한 해가 저물어 갈 즈음, 집집마다 떠들썩하니 솔가지를 향로 삼아 태우고 폭죽을 터뜨리며 즐겼다. 이런 떠들썩함이 삼교아에게는 오히려 상심할 일이라. 남편 생각에 섣달그믐 밤이 더욱 서러웠다.

한 해가 다 가는데도 내 서러운 마음은 다할 길이 없구나.
봄은 다시 돌아왔건만 내 님은 돌아오실 줄 몰라.
아침 되니 더욱 적막하고 쓸쓸하여
옷조차 갈아입기 싫구나.

이제 날이 밝아 설날이 되었다. 청운과 난설 두 몸종이 삼교아에게 거리 구경을 나가자고 부추겼다. 장흥가의 집은 앞채와 뒤채가 서로 연결되어 있었는데 앞채는 거리 쪽에 면해 있고, 뒤채는 침실로 쓰면서 삼교아가 기거했다. 이날 삼교아는 두 몸종의 부추김을 못 이겨 복도를 따라 앞채에 나갔다. 몸종을 시켜 창문을 열고 발을 치게 한 뒤 발 너머로 거리를 구경했다. 설날 거리는 무척이나 떠들썩했다.

"거리에 사람들이 저리 많았던가. 그런데 왜 점쟁이는 보이지 않을까? 점쟁이에게 우리 서방님이 언제 돌아오실지 물어보고 싶은데."

청운이 잽싸게 말을 받았다.

"오늘이 마침 설날인지라 사람들이 노느라고 정신이 없을 텐데 어느 점쟁이가 나와서 돌아다니겠어요?"

난설이 옆에 있다 한마디 거들었다.

"마님, 쇤네가 닷새 내로 꼭 점쟁이를 대령할게요."

정월 초나흘, 아침을 먹고 나서 난설이 아래층에 소변을 보러 갔다가 거리에서 땅땅 소리가 나는 것을 들었다. 바로 소경 점쟁이가 구리판을 두드리는 소리렷다. 난설은 소변도 보는 둥 마는 둥 하고는 얼른 허리춤을 추켜올리고 문밖으로 뛰어나가 점쟁이를 불러 세웠다. 그런 다음 곧바로 위층으로 올라가 삼교아에게 알렸다. 삼교아는 점쟁이를 아래층 응접실로 안내하라 이르고 내려갔다. 점쟁이가 무슨 점을 볼 것인지 물었다. 부엌일을 보는 두 여종이 시끌벅적한 소리를 듣고 나왔다가 대신 대답했다.

"길 떠난 사람에 대해 여쭤보는 거예요."

"아내가 길 떠난 남편이 궁금해 물어보는 게로군."

"맞아요."

"그래, 청룡이 다스리는 때라 재물 운이 트였구먼. 나그네가 한창 길을 가고 있으니, 보물이 천 상자나 넘치고 힘든 일은 이제 다 지나갔구나. 청룡은 나무[木]에 속하고, 나무는 봄이 되면 무성해지는 법. 입춘 전후에 출발하겠어. 몇 달 안에 돌아올 것이야. 어이구, 게다가 재물까지 가득 가지고 오겠구먼."

삼교아는 집안 살림을 맡아 하는 하인을 시켜 점쟁이에게 은자 서 푼을 주라 하고는 흐뭇해하며 위층으로 올라갔다. 이는 진정 매실을 생각하며 갈증을 풀고, 그림 속의 떡을 보고 허기를 달래는 격이었다.

대저 이제나저제나 하며 손꼽아 기다리다 보면 더욱 마음이 조급해지는 법. 삼교아는 점쟁이의 말을 철석같이 믿고 남편이 돌아오기만을 기다렸다. 언제나 앞채로 가서 창밖을 두리번거리며 남편의 모습이 보이기만을 기다렸다. 2월 초순이 되어 나무에는 새순이 움트건만 남편은 감감무소식이라. 남편이 떠나면서 한 약속을 떠올리니 마음은 더욱 처량하여 하루에도 몇 번씩 창밖을 바라보는 것이 일이었다. 아, 일이 생기려니 젊고 준수한 남정네를 만나게 되는가.

인연이 있으면 천 리를 떨어져 있어도 언젠가는 만나고,

인연이 없으면 코앞을 스쳐 가도 못 알아보는구나.

이 젊고 준수한 남정네는 누구인가? 그 사람은 이 고장 사람이 아니라 휘주(徽州) 신안현(新安縣) 사람으로 성은 진(陳)이요, 이름은 상(商)이라. 어려서는 대희가(大喜哥)라고 불렸으며, 커서는 대랑(大郎)이라고 불렸다. 나이는 바야흐로 스물넷, 생김새도 수려하여 송옥(宋玉)이나 반안(潘安)[2]을 능가하지는 못해도 그들보다 못할 것도 없었다. 진대랑은 부모가 돌아가신 후 본전 이삼천 냥을 가지고 미곡과 콩을 거래했는데, 이곳 양양부에도 일 년에 한 차례씩 다녀가곤 했다. 그는 성 바깥에 숙소를 정하고 지내다가 오늘 우연히 왕씨 전당포에 들러, 집에서 보내온 편지가 있는지 알아보려고 성안에 들어온 참이었다. 그런데 왕씨 전당포가 바로 삼교아의 집이랑 마주 보고 있는지라 진대랑이 삼교아의 집 앞을 지나게 된 것이다.

진대랑의 차림새가 어떠했던고? 머리에는 야자나무 껍질로 엮어 만든 소주(蘇州)풍의 모자를 눌러쓰고, 새하얀 호남 비단으로 만든 도포를 입은 것이 평소 장흥가의 차림새와 매우 흡사했다. 삼교아가 멀리서 바라보니 바로 자신의 남편이 돌아오는 것이 아닌가. 발을 걷어 젖히고는 자세히 바라보았다. 진대랑 역시 고개를 들어 바라보니 위층에서 젊은 아낙 하나가 자신을 뚫어져라 바라보는 것이 아닌가. 진대랑은 그 아낙이 자기를 좋아하여 그러는 줄만 알고 그 아낙에게 눈짓을 했다. 그러나 두 사람은 모두

2 송옥은 초나라의 대문장가이자 풍류 가객으로, 인물이 출중했다고 한다. 반안은 진(晉)나라의 시인이며 준수한 외모로 일세를 풍미한 반악(潘岳)을 가리킨다. 두 사람 모두 풍류와 잘생긴 인물로 이름을 날렸다.

서로를 잘못 알아본 것이었다. 삼교아는 그가 남편이 아님을 알아차리고는 부끄러움에 얼굴이 새빨개져서 황급히 창문을 닫고 뒤채로 달려가 침상에 걸터앉았다. 가슴이 여전히 두근거렸다. 그러나 누가 알았으리? 진대랑이 그 아낙의 눈매에 마음을 온통 빼앗겨 버렸음을.

숙소로 돌아온 진대랑 역시 가슴이 두 근 반 세 근 반 뛰었다.

"내 아내가 비록 박색은 아니나 아까 본 그 여자에 비할 바가 아니구나. 아, 그 아낙과 사랑을 나누고 싶으나 방법이 마땅치 않네. 하룻밤만 지낼 수 있다면 전 재산을 다 바쳐도 아깝지 않으련만."

후유 하고 한숨을 내쉬는데 이때 불현듯 진대랑의 머릿속에 시장통 동쪽 거리에서 진주를 파는 설 할멈이 떠올랐다. 진대랑은 전에 설 할멈과 거래를 한 적이 있었다. 이 설 할멈은 말이 청산유수에다 온 거리를 다 휘젓고 다녀서 모르는 집이 없을 정도였다. 설 할멈과 상의하면 필시 방법이 있을 것 같았다.

진대랑은 밤새 엎치락뒤치락 잠을 이루지 못했다. 다음 날 날이 밝자마자 일어나 일이 있다는 핑계를 대고 맑은 물을 달라 하여 머리를 감고 치장한 다음 은자 백 냥과 금 두 덩이를 갖고 황급히 성안으로 들어갔다.

즐거운 일, 기쁜 일이 어디 그냥 오던가.
죽어라 노력하고 공들여야지.

진대랑은 성안으로 들어가 시장통 동쪽 거리에 있는 설 할멈 집의 문을 두드렸다. 설 할멈은 머리도 빗지 않은 채로 뜰에서 진주를 고르다가 문 두드리는 소리를 듣고는 진주 주머니를 정리하면서 물었다.

"뉘시오?"

"휘주 사는 진……."

설 할멈은 여기까지만 듣고 황급히 문을 열어 주었다.

"이 할망구가 아직 세수도 않고 머리도 못 빗었는데 민망하군요. 나리께서 무슨 일로 새벽같이 달려오셨소?"

"늦게 오면 할멈을 만나지 못할까 봐 특별히 서둘러 왔소."

"그래, 진주라도 몽땅 팔아 주려고 그러시나?"

"진주야 물론 팔아 주지. 근데 실은 더 큰 거래가 있어 왔다네."

"나야 진주 파는 거 말고 다른 일에는 젬병인데."

"여기서 이런 말 해도 될지 모르겠소."

설 할멈은 얼른 대문을 닫아걸고 진대랑을 안으로 안내했다.

"나리, 무슨 일이시오?"

진대랑은 주위에 사람이 없는 것을 다시 한번 확인하고는 얼른 옷소매에서 은자를 꺼내어 탁자 위에 올려놓았다.

"은자 백 냥이오. 어서 넣어 두구려. 할멈이 은자를 받으면 이야기하리다."

설 할멈은 어안이 벙벙하여 선뜻 은자를 받으려 하지 않았다.

"적어서 그러오?"

진대랑은 황급히 번쩍번쩍 빛나는 금 두 덩이를 꺼내어 탁자 위에 올려놓았다.

"자, 이 금까지 같이 넣어 두구려. 만약 받지 않으면 나를 도와 주지 않으려고 일부러 그러는 것으로 알겠소. 오늘은 내가 부탁할 일이 있어 찾아온 것이지 할멈이 나에게 부탁할 일이 있는 것이 아니잖소. 이 일은 할멈이 아니면 안 되겠기에 이렇게 특별히 부탁하는 것이오. 또 설사 성사시키지 못하더라도 이 은자와 금은 그냥 갖고 있으면 되오. 언제고 짬 나는 대로 찾으러 올 것인즉. 우리가 어디 한 번 보고 말 사람들이오? 나 진상 그렇게 쩨쩨한 놈이 아니오."

돈 싫어하는 장사꾼이 어디 있을까? 눈앞에서 번쩍거리는 황금을 보고 어찌 마음이 동하지 않으리. 설 할멈이 얼굴 가득 미소를 지으며 말했다.

"나리, 오해는 마세요. 이 할망구가 본디 구린 돈이라곤 한 푼도 받아 본 적이 없어서. 그럼 나리의 부탁을 받아들이는 조건으로 이 돈은 제가 잠시 보관하기로 하지요. 만약 성사시키지 못하면 즉시 돌려드리리다."

말을 끝낸 설 할멈이 금덩이와 은자를 함께 보자기에 싸며 중얼거렸다.

"이 할망구가 덜컥 일을 저지르고 말았네."

설 할멈은 그 보자기를 침실에다 감추고 얼른 나왔다.

"나리, 이 할망구한테 고맙다고 하기에는 아직 일러요. 대체 무슨 일이기에 이 늙은이의 도움이 필요하다는 거유?"

"내 생명을 구해 줄 보배를 찾고 있소. 그 보배는 다른 곳이 아

　　　　　　　　蔣興哥重會珍珠衫

니라 큰길가 집에 있다오. 할멈이 가서 좀 구해 오구려."

설 할멈이 웃으면서 대답했다.

"무슨 해괴한 말씀을? 이 할망구가 이곳에서 이십 년 넘게 살았지만 이 동네에 생명을 구하는 보배가 있다는 말은 들어 본 적이 없네요. 그래, 그 보배가 있는 집이 대체 누구네 집이란 말이오?"

"왕씨 전당포 맞은편 집이 누구네 집이오?"

설 할멈은 잠깐 생각하더니 대답했다.

"거긴 장흥가네 집이지요. 장흥가는 장사 떠난 지 일 년쯤 되었고 지금은 그 아내 삼교아만 살고 있다우."

"내가 말하는 보배가 바로 그 삼교아요."

진대랑은 설 할멈 가까이 의자를 끌어당겨 앉더니 자신의 이러저러한 속마음을 털어놓았다. 설 할멈은 진대랑의 말을 다 듣더니 팔을 휘휘 내저으면서 말했다.

"아무래도 안 되겠는데요. 장흥가와 왕삼교아는 결혼한 지 아직 사 년도 안 된 데다 원앙처럼 금슬이 좋아 한시도 떨어지지 않으려 한단 말이오. 지금이야 장흥가가 장사를 떠나 어쩔 수 없이 떨어져 있지만 삼교아는 집에서 한 발도 나오지 않고 오직 남편이 돌아오기만 기다리고 있다오. 더군다나 장흥가의 성격이 여간 괴팍한 게 아니라서 이 할망구는 아직 그 집에 한 번도 들어가 본 적이 없으니 삼교아의 얼굴이 동그란지 모가 났는지 전혀 알지 못해요. 그러니 어떻게 나리의 부탁을 들어줄 수 있겠우? 방금 받은 돈은 돌려드려야 할 것 같군요. 이 할망구가 재물 운이 없나 보네요."

이 말을 들은 진대랑이 황급히 무릎을 꿇었다. 할멈은 진대랑을 말리려다 외려 진대랑에게 양 소매를 꼭 붙잡혀 의자에 앉은 채 꼼짝하지 못했다.

"이 진대랑의 목숨은 전적으로 할멈에게 달려 있소이다. 할멈이 어떻게든 꾀를 내어 삼교아랑 관계를 가질 수 있도록 해 주시오. 일이 잘되면 금 백 냥을 더 드리리다. 일이 잘못되면 나는 죽는 것 말고는 다른 도리가 없소."

당황한 설 할멈이 어쩔 수 없이 대답했다.

"예, 예, 알겠으니 제발 이 할망구 좀 난처하게 하지 마시고 어서 일어나서 내 말부터 들으시오."

진대랑은 그제야 일어나 두 손을 맞잡아 가슴까지 올려 절하고는 말했다.

"무슨 좋은 방법이 있소? 어서 말해 보구려."

"이 일은 은근히 주도면밀하게 처리해야지 절대 서둘러서는 안 되오. 만일 기한을 정해 놓고 하라고 하면 감히 거절하려우."

"일만 성사된다면야 며칠 늦어지는 게 어찌 문제겠소. 근데 그럴듯한 계책이라도 있으시오?"

"내일 너무 이르지도 너무 늦지도 않게 조반을 드신 후 왕씨 전당포에서 만납시다. 나리께서는 돈이나 두둑이 챙겨 와 이 늙은이의 물건을 팔아 주시우. 나한테 다 꿍꿍이가 있으니. 내가 삼교아의 집에 발을 들여놓게만 되면 나리에게 필시 좋은 일이 생길 것이오. 나리께서는 숙소로 돌아가 삼교아의 집 근처에는 얼

쎈도 하지 마시우. 만약 다른 사람 눈에 띈다면 일을 그르칠 게
요. 기회가 나는 대로 즉시 알려 드리리다."
"꼭 할멈 말대로 하리다."
진대랑은 정중하게 읍하고는 문을 열고 나갔다.

아직 적을 물리치지도 못했으면서
벌써 제단을 쌓고 공 세운 장수들에게 절을 올리나.

그날은 별다른 일 없이 지나갔다. 다음 날 진대랑은 한껏 옷을
차려입고 은자 삼사백 냥을 가죽 상자에 넣어 종에게 지운 다음
시장통의 왕씨 전당포를 찾아갔다. 맞은편 삼교아의 집을 바라보
니 창문이 굳게 닫혀 있고 삼교아는 보이지 않았다. 전당포의 점
원과 인사를 나누고는 문 앞의 걸상에 앉아 맞은편 삼교아의 집
쪽을 뚫어져라 바라보았다. 잠시 후 설 할멈이 대나무 상자 하나
를 들고 왔다. 진대랑이 설 할멈을 불러 세우고 물었다.
"그 상자 안에는 뭐가 들어 있소?"
"진주나 보석 노리개 같은 거지요. 나리께서 뭐 필요하신 거라
도 있으시우?"
"마침 그것들을 사려던 참이었소."
설 할멈은 전당포 안으로 들어와 전당포 점원과 이런저런 얘기
를 주고받고 나서 상자를 열었다. 상자에는 구슬 주머니 열 개 남
짓과 작은 상자 몇 개가 있었다. 작은 상자 안에는 꽃과 비취를
아로새긴 머리 장식이 가득 들어 있었는데, 모양이 특이할 뿐 아

니라 번쩍번쩍 빛나는 게 눈이 부실 정도였다. 진대랑은 그 가운데서도 제일 크고 제일 밝은 진주와 비녀, 귀고리 등을 골라 한쪽에 모아 놓고 말했다.

"이걸 다 사겠소이다."

설 할멈이 진대랑을 한번 쳐다보고는 말했다.

"필요하시다면 나리께서 모두 가져가시구려. 근데 가격이 만만치 않으실 텐데."

진대랑은 설 할멈의 속내를 다 안다는 듯이 가죽 상자를 열더니 보기에도 새하얗게 빛나는 은자를 탁자 위에 턱 올려놓고 큰소리로 말했다.

"이 정도면 설마 못 사겠는가?"

이때 동네의 할 일 없는 이들 예닐곱 명이 전당포로 몰려와 진대랑과 설 할멈의 수작을 구경했다.

"에구, 이 할망구가 농담 좀 했지. 설마 나리를 무시해서 그런 말을 했겠우. 우선 이 은자는 다시 넣어 두시구려. 먼저 흥정부터 해야겠네."

양쪽이 제시하는 값이 서로 천양지차라, 설 할멈은 자신이 부른 값에서 한 치도 양보하려 들지 않았다. 진대랑은 일부러 물건을 들고 밖으로 나가서 진짜인지 가짜인지 확인이라도 하는 것처럼 일일이 밝은 빛에 비추어 보았다. 시장 사람들이 구경거리라도 생긴 양 웅성웅성 모여들었다. 그러자 설 할멈이 버럭 소리를 질렀다.

"살려면 사고 말려면 말지. 왜 이리 귀찮게 시간만 끌어."

"누가 안 산다고 그래?"
두 사람은 다시 흥정을 시작했다.

시끌벅적하게 흥정하는 소리가
꽃처럼 옥처럼 아름다운 여인의 가슴을 두근거리게 하는구나.

삼교아는 맞은편에서 시끄러운 소리가 들려오자 자기도 모르게 앞채로 건너가 창문을 열고 바라보았다. 진주가 햇빛을 받아 반짝거리는데 그 빛깔이 얼마나 황홀하고 아름다운지. 삼교아가 보니 보석 장수로 뵈는 할멈과 남자 손님 하나가 서로 한참이나 흥정을 하면서도 값을 정하지 못하고 있었다. 삼교아는 청운에게 보석 장수 할멈에게 그 진주를 한번 보여 달라고 부탁하도록 했다. 청운이 쏜살같이 길을 건너가 설 할멈의 소매를 잡아끌면서 말을 걸었다.
"우리 마님이 할멈 좀 보자세요."
설 할멈이 일부러 시치미를 떼고 물었다.
"그래, 뉘 댁이시우?"
"맞은편 장씨 나리 댁이에요."
설 할멈은 진대랑의 손에서 진주를 낚아채어 다시 상자에 넣고는 진대랑에게 쏘아붙였다.
"이 몸은 나리 같은 사람하고 실랑이할 시간이 없다우."
"좀 더 쳐 줄 테니 파시지."
"안 팔아요, 안 팔아. 그렇게 말도 안 되는 가격에 팔 거라면 진즉에 팔았지."

설 할멈은 중얼거리면서 보석 상자를 챙겨 총총걸음으로 빠져나갔다. 청운이 끼어들어 한마디 거들었다.

"제가 대신 들고 갈까요?"

"됐소. 그럴 필요 없수."

이 광경을 보면서 진대랑은 속으로 미소를 지으며 꺼냈던 은자를 다시 집어넣고 전당포를 나와 숙소로 돌아갔다.

눈앞에 승리의 깃발이 보이는 듯,

귓가에 희소식이 들리는 듯.

청운은 설 할멈을 삼교아에게 안내했다. 삼교아를 본 설 할멈이 혼잣말을 했다. '참으로 하늘이 낸 미인이구나. 진대랑이 반한 것도 무리가 아니야. 내가 남자라도 반하겠는걸.'

"이 할망구가 예전부터 마님 말씀은 익히 듣고 있었습니다만 인연이 없어 이제야 인사를 올립니다."

"할멈의 이름은 어떻게 되시오?"

"저는 설가이옵고, 동쪽 거리에 살고 있습지요. 예서 멀지 않은 동네예요."

"아까는 왜 물건들을 팔지 않으셨소?"

"팔지 않을 거면 뭐 하러 가지고 나왔겠어요? 한데 그 남자 손님이 영 물건 볼 줄을 모르더라고요."

설 할멈은 상자를 열고 비녀와 귀고리를 꺼내어 삼교아에게 보여 주었다.

"이런 패물은 공전만도 수월치 않게 들어요. 그런데도 얼토당토않은 값을 대니."

이번에는 진주를 꺼내더니 중얼거린다.

"이런 특등품을 그리 헐값에 사려 들다니!"

삼교아는 설 할멈에게 그 남자가 도대체 얼마를 제시했는지 물어보고는 말했다.

"정말 할멈 말대로군요."

"역시 품위 있는 집안 마님은 뭐가 달라도 다르다니까! 아까 그 남자 손님보다 보는 눈이 열 배 백 배는 높으시네요."

삼교아가 몸종을 불러 차를 내오라 시켰다.

"마님, 번거롭게 차는 무슨. 이 늙은이가 급한 일이 있어 서쪽 거리에 가던 길인데 아까 그 손님을 만나 쓸데없이 시간만 허비하고 말았어요. 마님, 이 보석 상자를 좀 맡아 두시면 안될까요? 제가 가서 일 보고 얼른 다시 돌아옵지요."

삼교아는 청운에게 설 할멈을 배웅하라 일렀다. 설 할멈이 떠난 후 삼교아는 찬찬히 비녀와 보석들을 구경했다. 물건이 마음에 들어 설 할멈이 오면 몇 점 사야겠다 생각했으나 닷새가 지나도록 다시 오지 않았다. 엿새째 되는 날 오후, 갑자기 한바탕 큰비가 내렸다. 비가 다 그치기도 전에 땅땅 대문 두드리는 소리가 들려왔다. 삼교아가 몸종을 시켜 문을 열어 주니 설 할멈이 반나마 젖은 채 다 해진 우산을 들고 들어오며 중얼댔다.

"날 좋을 때 다 제쳐 두고, 하필 비 오는 날에 찾아오게 되었군요."

설 할멈이 우산을 계단 옆에 세워 두고 2층으로 올라와 인사를 올렸다.

"마님, 이 할망구가 약속을 못 지켰네요."

삼교아가 황망히 인사를 받으며 물었다.

"그래, 요즘 어디 다녀오셨소?"

"딸년이 애를 낳아서 좀 가 보았지요. 게서 며칠 머물다가 오늘 아침에야 돌아왔답니다. 도중에 비를 만나 아는 집에서 우산을 빌려쓰고 오는 길인데 좀 해진 우산이지만 그 덕에 좀 비를 덜 맞았습니다."

"할멈은 슬하에 자식을 몇이나 두셨소?"

"아들 하나 있는 건 이미 장가보냈고, 딸이 넷 있습죠. 일전에 출산한 년은 넷째 딸인데 휘주 사는 부잣집 주씨(朱氏)네 소실로 들어갔어요. 북문 밖에서 소금 장사를 하는 집이 바로 그 집이랍니다."

"할멈이 딸이 많으니 딸 혼사를 대수롭지 않게 생각하신 모양이구려. 우리 고장에도 좋은 혼처가 많은데 뭐 하러 다른 고장 사람에게 그것도 후처로 보내셨소?"

"그건 마님이 잘 모르시는 말씀입니다. 마음만 맞으면 타향 사람이 더 나아요. 게다가 제 딸년이 소실이라곤 해도 본마누라는 그저 집이나 지키고 있고 그 애가 늘 가게에서 하인 부리며 대접받고 살거든요. 제가 한번 놀러 가기라도 하면 그 주 부자가 나를 깍듯이 장모 대접해 준답니다. 이제 아들까지 낳아 주었으니 더 말할 나위 없지요."

"할멈이 복이 있어서 그렇게 시집을 잘 보냈구려."

이때 청운이 차를 가져와 두 사람은 같이 차를 마셨다.

"오늘은 비가 와서 다른 데 가기도 글렀는데 이 할망구한테 마님 패물 좀 구경시켜 주시겠어요? 얼마나 예쁜 게 많을지 궁금하네요."

"그냥 대강대강 사는 형편인데 할멈 마음에 들 만한 것이 있을지 모르겠군요."

삼교아가 패물함을 열어 비녀, 팔찌, 노리개 등을 보여 주니 설 할멈이 입을 벌리고 다물 줄을 몰랐다.

"이렇게 좋은 것들을 가지고 계시니 이 할망구가 팔러 다니는 물건들이 눈에 차지 않는 것도 당연하지요."

"무슨 말씀이시오. 그렇지 않아도 할멈 물건을 좀 사려던 참이었다오."

"마님이야 물건 볼 줄 아는 분이신데 제가 이러쿵저러쿵 말할 것이나 있나요."

삼교아가 자기 패물을 함에 다시 집어 넣었다. 그러고는 설 할멈이 맡긴 보석 상자를 탁자 위에 올려 놓고 상자 열쇠를 건네며 말했다.

"할멈이 직접 열어 보여 주시구려. 그게 좋을 것 같네요."

"참 세심하기도 하셔라."

설 할멈이 상자를 열어 물건들을 하나씩 보여 주었다. 삼교아와 설 할멈이 흥정하는 데는 그리 오랜 시간이 걸리지 않았다.

"이 정도로 쳐 주시면 이 할망구도 장사할 맛이 나지요. 한두 푼 덜 받아도 기분이 좋습니다, 좋아."

"어떡한다? 지금은 돈이 다 안 될 것 같으니 우선 반만 받아 가고 나머지는 우리 바깥양반이 돌아오면 그때 계산해 드리겠소. 그렇지 않아도 돌아오실 때가 다 되었어요."

"며칠 늦어도 상관없어요. 다만 싸게 드린 것이니 나중에 은자를 주실 때 상품의 은자로 챙겨 주세요."

"그야 뭐가 어렵겠소."

삼교아는 마음에 드는 보석과 장신구를 챙겨 넣고, 청운을 불러 술상을 준비하라 일렀다.

"요 며칠 제가 생각 없이 마님을 번거롭게 하고 있지는 않은지 모르겠어요."

"늘 할 일 없이 심심했는데 할멈 덕에 오히려 내가 재미있다오. 앞으로도 시간 나면 자주 들러요."

"마님이 이 할망구를 그렇게 생각해 주시니 고맙기 그지없네요. 실은 저도 집에서 마땅히 하는 일이 없어요."

"할멈의 아들은 집에서 무슨 일을 하오?"

"그저 보석 사러 오는 손님들 상대하는 정도가 고작이죠. 날마다 술값 타령에 사람 환장할 지경이랍니다. 그나마 제가 이 집 저 집으로 장사하러 다니는 덕에 그 꼴을 안 보지요. 만약 집 안에만 처박혀 지내야 했다면 아마 미쳐 버렸을 거예요."

"할멈 집이 우리 집에서 멀지 않으니 자주 놀러 오시구려."

"번번이 폐를 끼칠 수야 있나요."

"무슨 그런 말씀을!"

두 몸종이 부지런히 술상을 보는데 술잔과 젓가락, 말린 닭고기 두 접시에 육포 두 접시, 생선 두 접시, 과일과 채소까지 두루 차려 냈다.

"이런 진수성찬을 준비하시다니!"

"있는 대로 차렸으니 흉이나 보지 마시오."

삼교아가 술을 따라 설 할멈에게 권하면 설 할멈이 다시 삼교아에게 권하며 두 사람은 마주 앉아 술잔을 주거니 받거니 했다. 삼교아의 주량이 본디 만만치 않은 데다 설 할멈 역시 사양하지 않고 대작하니 두 사람은 금세 마음이 맞았다. 술을 마시다 보니 해가 저물고 비도 그쳤다. 설 할멈이 인사하고 돌아가려 하니 삼교아가 다시 술잔에 술을 부으며 마시고 가라 했다. 술을 마시다 같이 저녁을 먹으며 삼교아가 설 할멈에게 말했다.

"잠시만 기다리시오. 내 얼른 돈을 가져오리다."

"마님, 시간이 많이 늦었네요. 오늘만 날인가요. 내일 와서 받도록 하지요. 비가 와서 길이 미끄러우니 보석 상자는 예다 두고 가겠습니다."

"그럼 내일 꼭 오시오."

설 할멈은 아래층으로 내려가 우산을 들고 대문을 나섰다.

세상에, 저 요사스러운 할멈,

젊은 처자들 이 사람 저 사람 바람 들게 하는구나.

한편 진대랑은 자기 숙소에서 이제나저제나 하면서 기다렸건만 감감무소식이었다. 오늘은 마침 비도 내리니 할멈이 장사 나가지 않고 집에 있겠거니 하여 진흙탕 길을 마다 않고 찾아갔으나 만나지 못했다. 혼자서 술집에서 술잔을 기울이다가 한 끼 때우고 다시 설 할멈 집을 찾아갔으나 설 할멈은 아직도 돌아오지 않았다. 저물녘이 다 되어 돌아가려는데 설 할멈이 얼굴이 불그스레하여 뒤뚱뒤뚱 골목 어귀로 걸어 들어오는 것이었다.

진대랑이 물었다.

"그래, 일은 어떻게 되고 있소?"

설 할멈이 손을 내저으며 말했다.

"아직 일러요. 이제 겨우 씨를 뿌려서 아직 싹도 나지 않았는걸. 오 년이고 육 년이고 지나서 꽃피고 열매 맺으면 그때 천천히 따먹는 게지. 괜히 우리 집 근처에 얼쩡거리지 마시우. 난 그렇게 한가한 사람이 아니에요."

진대랑이 보니 설 할멈이 만취한지라 아무 말 하지 않고 발걸음을 돌렸다.

다음 날 설 할멈은 싱싱한 과일에다 닭고기, 생선, 고기까지 사서는 요리사를 불러 음식을 만들게 했다. 준비된 음식을 찬합 두 개에 정성스럽게 담고, 술을 한 병 사서는 옆집에 사는 소이(小二)라는 녀석을 불러 짊어지게 하고는 삼교아의 집을 찾아갔다. 마침 삼교아는 설 할멈이 오지 않기에 청운에게 나가서 살펴보라고 하려던 참이었다. 설 할멈은 소이에게 아래층에다 짐을 내려놓고 돌아가라고 일렀다. 청운이 삼교아에게 설 할멈이 왔다고 알리

蔣興哥重會珍珠衫

니 삼교아가 마치 귀빈이라도 맞는 양 직접 아래층에까지 내려왔다. 설 할멈은 설 할멈대로 매우 공손하게 무릎까지 꿇고 인사를 올렸다.

"마침 술이 한 병 생겨서 마님께 대접하며 시간이나 보낼까 하여 찾아왔습니다."

"아이고, 우리 할멈한테 이렇게 돈을 쓰게 하다니. 가만히 앉아서 받아먹기가 좀 그러오."

설 할멈이 삼교아의 두 몸종에게 술상을 봐 달라고 부탁했다. 삼교아가 설 할멈이 준비해 온 것을 보고 놀라 말했다.

"아니, 할멈, 뭐 하러 이렇게 많이 장만하셨소?"

"없이 사는 처지에 장만한다고 해 봐야 뭘 제대로 장만이나 했겠어요."

청운은 술잔과 젓가락을 가져온다, 난설은 화로를 가져온다 하며 바삐 움직였다. 화로 위의 술이 적당히 데워지자 설 할멈이 입을 열었다.

"오늘은 이 할망구가 한턱내는 것이니 마님께서 손님 자리에 앉아 받으시지요."

"그래도 우리 집인데 어떻게 가만히 앉아서 받아먹기만 할 수 있겠소?"

서로 한참이나 사양하다가 결국 설 할멈이 손님 자리에 앉았다. 이로써 벌써 세 번째 만남인지라 두 사람은 서로 격의가 없었다. 술을 마시다가 설 할멈이 삼교아에게 슬쩍 물었다.

"바깥어른께서 장사 떠나신 지가 벌써 오랜데 아직도 돌아오지 않으시니, 혹 마님을 잊어버리신 것은⋯⋯."

"그러게 말이오. 일 년 후에 바로 돌아오신다더니 무슨 일로 이
리 늦어지시는지⋯⋯."

"이렇게 젊고 아름다운 마님을 혼자 내버려 두고 억만금을 번
들 무슨 소용이람? 장사하며 돌아다니는 사람들이란 타향을 고
향처럼 고향을 타향처럼 여기며 산다더군요. 이 할망구의 넷째
사위 주 서방도 제 딸년을 소실로 맞아들이더니 낮이나 밤이나
서로 붙어 지내느라고 본부인한테는 눈길 한 번을 안 줘요. 어쩌
다 삼사 년에 한 번 본부인을 찾아가도 한두 달을 못 버티고 바
로 제 딸년한테 돌아온다네요. 본부인은 늘 독수공방 신세, 남편
이 밖에서 무슨 일을 하고 다니는지 알기나 하겠어요?"

"우리 서방님은 그런 사람이 아니라오."

"이 할망구가 심심해서 한마디 한 거지, 어디 주 서방을 나리한
테 비할 수 있겠어요."

이날 두 사람은 이야기보따리를 풀어놓고 골패 놀이를 하면서
한참이나 놀다가 헤어졌다. 이틀인가 지나서 설 할멈이 다시 소
이를 데리고 그릇을 찾으러 왔기에 삼교아는 지난번에 산 보석과
장신구 값의 반을 주고 설 할멈을 붙잡아 같이 식사했다.

그 후로 설 할멈은 남은 절반의 외상값도 받고 장흥가의 소식
도 물어본다는 핑계로 삼교아의 집을 뻔질나게 들락거렸다. 설 할
멈은 말이 청산유수인 데다 아랫사람들에게도 스스럼없이 농담
을 건네 모두한테 두루 환영받았다. 삼교아도 설 할멈이 오지 않
으면 적막했으므로 일부러 사람을 시켜 불러와 같이 밥을 먹는

등 잠시도 떨어져 지내려 하지 않았다.

세상에는 상종해서는 안 되는 인간이 네 부류 있으니, 한번 그들과 상종하면 평생 관계를 끊을 수 없게 된다. 그 상종 못 할 인간이 누군가 하면 바로 떠돌이 중, 거지, 건달 그리고 중매쟁이라. 앞의 세 부류는 그래도 낫다. 중매쟁이 할멈은 약도 없어서 한번 규중에 발을 들여놓게 하면 나중에는 중매쟁이 할멈 없이는 도저히 심심해서 견디지 못한다. 설 할멈은 본바탕이 썩 좋지 못한 데다 온갖 감언이설로 삼교아를 꾀어 이제 삼교아를 자기 없이는 한시도 견디지 못하는 처지로 만들었다.

호랑이 무늬 그리기는 쉬워도 호랑이 뼈 그리기는 어렵고
사람 생김새는 보기 쉬워도 마음 보기는 어렵도다.

진대랑이 몇 번이나 보챘지만 설 할멈은 그저 아직 때가 되지 않았다며 퉁명스러운 대답만 내놓았다. 때는 바야흐로 5월 하고도 중순, 날씨가 점점 더워지기 시작했다. 설 할멈은 삼교아와 만난 자리에서 자기 집은 좁은 데다 서향이라 여름만 되면 더워 미칠 지경이라며 푸념하더니 마님 집은 넓고 커서 정말 좋겠다고 너스레를 떨었다. 이 말을 들은 삼교아가 설 할멈에게 말했다.

"그럼 밤엔 아예 우리 집에 와서 같이 주무시구려."

"그러면 오죽 좋겠습니까만 나리께서 곧 돌아오실 텐데요."

"서방님이 돌아오신대도 설마 한밤중에 들이닥치기야 하시겠소?"

"마님께서 괜찮으시다면 말 나온 김에 오늘 밤에 집에 가서 이 부자리랑 가지고 와서 마님과 같이 잘까요?"

"이불은 우리 집에도 많은데 뭐 하러 가져와요. 며느리한테 우리 집에서 자기로 했다고 얘기나 하고 오면 그만이지. 참, 아예 올 여름 내내 우리 집에서 지내시구려."

설 할멈은 집에 돌아가 며느리한테 이야기하고 화장품 그릇 하나만 달랑 들고 왔다.

"할멈, 참 딱도 하시오. 그래, 우리 집에 머리빗 하나 없을까 봐 그걸 다 가져오우?"

"전 머리빗만큼은 다른 사람하고 같이 못 쓰겠더군요. 더구나 마님의 머리빗을 제가 감히 쓸 수 있나요. 또 아랫사람들 쓰는 머리빗을 쓰기는 어쩐지 좀 찜찜하고 해서 가져왔지요. 마님, 이 늙은이는 어떤 방을 쓸까요?"

삼교아가 자기 침대 옆에 있는 작은 등나무 침대를 가리켰다.

"그렇지 않아도 할멈 잠자리를 좀 봐 두었다오. 내 옆에서 주무시구려. 잠이 오지 않는 날에는 서로 이야기도 하고 좀 좋아요."

삼교아가 파란색 휘장을 가져오게 하더니 설 할멈에게 직접 치게 했다. 삼교아와 설 할멈은 술을 한잔 들고 나서 같이 잠자리에 들었다. 원래 삼교아의 두 몸종이 삼교아와 같은 방에서 자곤 했으나 오늘은 설 할멈이 온지라 두 몸종은 옆방으로 자러 갔다.

이날 이후로 설 할멈은 낮이면 장사를 나갔다가 밤이면 삼교아의 집으로 돌아왔다. 설 할멈은 돌아올 때 늘 술을 준비해 와 삼교아와 한참이나 놀다가 잠자리에 들곤 했다. 삼교아와 설 할멈의 침대는 나란히 붙어 있어서 가운데에 휘장을 쳐 놓았다고는 해도 마치 한자리에서 자는 것과 진배없었다. 밤이면 밤마다 이런저런 이야기를 나누며 진한 농담에 웃기도 하고 이웃의 추잡한 소문에 이르기까지 서로 하지 못하는 이야기가 없었다. 특히 설 할멈은 일부러 술에 취한 척하며 자신이 어릴 적 남자를 꼬시던 이야기를 해 대며 삼교아의 욕정을 은근히 자극했다. 이야기를 듣던 삼교아는 부끄러워 얼굴이 붉어졌다 하얘졌다 했다. 설 할멈은 삼교아의 심중을 이미 꿰뚫어 보고서도 계속해서 기회만 보았다.

세월이 쏜살같이 흘러 어느덧 7월 칠석, 바로 삼교아의 생일이 왔다. 설 할멈은 아침부터 삼교아의 생일상을 차린다며 법석을 떨었다. 삼교아가 설 할멈에게 오늘은 천천히 아침 식사나 함께하자고 청하니 설 할멈은 "지금은 너무 바쁩니다요. 저녁에 마님을 모시지요. 오늘이 바로 견우와 직녀가 만난다는 칠석날 아닙니까?"라며 사양했다.

설 할멈이 아래층으로 내려가 길을 나서니 진대랑이 기다리고 있었다. 남의 이목을 피해 그들은 후미진 골목 안쪽으로 들어갔다. 진대랑이 미간을 찡그리며 설 할멈을 원망했다.

"할멈, 참 태평하기도 하오. 봄도 가고 여름도 가고 벌써 입추가 되었소. 그런데도 할멈은 오늘도 이르다, 내일도 이르다, 이르다는 말만 되풀이하니 나는 지금 하루하루가 일 년만 같소. 계속 이렇게 시간만 끌다가 그녀의 남편이라도 돌아오면 결국 일이 수포로 돌아가고 말 텐데, 그럼 난 닭 쫓던 개 신세 아니오? 그랬다간 내 할멈을 가만두지 않을 거요."

"뭘 그렇게 숨넘어가는 소리를 하오? 그렇지 않아도 내가 나리를 찾으려던 참이오. 일이 되고 안 되고는 오늘 밤에 달렸으니 내 말을 잘 들으시오."

설 할멈이 진대랑의 귀에 대고 이러쿵저러쿵 일러 주었다.

"절대 내 말대로 실수 없이 해야 하오."

진대랑이 고개를 끄덕이며 설 할멈에게 말했다.

"그래그래. 내 이 일만 잘되면 할멈한테 섭섭지 않게 하겠소."

진대랑은 기뻐하며 돌아갔다.

    남의 아내 빼앗으려고 이리 궁리 저리 궁리

    남의 여자하고 한 번 자려고 이런 수작 저런 수작.

설 할멈과 진대랑이 서로 수작하여 일을 벌이기로 한 날 오후부터 추적추적 비가 내렸다. 밤이 깊었건만 달도 별도 없었다. 설 할멈은 몰래 진대랑을 데리고 와서 삼교아의 집 문을 두드렸다. 청운이 등불을 들고 문을 열어 주었다. 설 할멈이 일부러 소매를 매만지며 말한다.

"어, 내 손수건이 어디에 떨어졌지? 한번 찾아봐 주시구려."

청운이 등불을 들어 거리를 비추자 설 할멈은 이 틈을 타서 진대랑을 집 안으로 밀어 넣고는 계단 뒤쪽에 몸을 숨기게 했다. 그런 다음 일부러 큰 소리로 말했다.

"아! 여기 있네, 있어. 됐어요. 그만 찾으시우. 손수건이 여기 있었구먼."

"정말 다행이네요. 마침 초도 다 타서 불이 꺼지려던 참인데. 어서 가서 다시 촛불을 들고 오지요."

"늘 다니던 길인데 그럴 필요 있겠우?"

두 사람은 어둠 속을 더듬어 대문을 닫아걸고 계단을 올라갔다. 설 할멈을 보고 삼교아가 물었다.

"할멈, 뭘 잃어버리셨소?"

설 할멈이 옷소매에서 수건을 꺼내면서 대답했다.

"이 망할 놈의 물건이 몇 푼 되지는 않지만 북경 사는 손님이 보내온 것입니다. 예물로 치자면 변변치 않겠지만 그 성의만은 도 탑다 하지 않습니까."

"할멈 애인이 정표로 준 게로군."

"그렇다고도 할 수 있겠죠."

그날 밤 두 사람은 이런저런 이야기로 웃음꽃을 피우며 술잔을 기울였다. 그러다가 설 할멈이 말했다.

"술도 남고 안주도 많은데 아랫것들한테도 인심 좀 쓸까요? 오늘이 그래도 명절 아닙니까?"

삼교아는 몸종을 시켜 안주 몇 접시와 술 두 병을 챙겨 아래 층에 내려 보냈다. 아래 층의 하녀 둘과 하인 하나가 음식과 술을 받아먹더니 각자 자러 갔다.

설 할멈이 술을 마시다가 은근슬쩍 물었다.

"나리께서는 어인 일로 아직도 돌아오시지 않을까요?"

"그러게 말이오. 벌써 일 년 하고도 반이나 지났는데."

"견우 직녀도 일 년에 한 번은 만난다는데, 나리가 떠나신 지 일 년 하고도 반이나 지났군요. 옛말에 벼슬아치가 으뜸이요, 그 다음은 나그네라는 말이 있지 않습니까? 이곳저곳을 떠돌아다니는 나그네는 가는 곳마다 염문을 뿌리고 결국 집에 있는 아낙만 고생하는 거지."

삼교아는 그저 한숨만 쉬면서 아무 말 하지 않았다.

"아이고, 이 할망구가 주책도 없이 말이 많았네. 오늘은 견우와 직녀가 만난다는 칠석날, 어서 술이나 한잔 드시지요. 이런 방정맞은 말은 못 들은 걸로 하세요."

설 할멈은 술을 따라 삼교아에게 연신 권했다. 한참 술기운이 오르자 설 할멈은 청운과 난설에게도 술을 권했다.

"이게 바로 견우와 직녀가 다시 만나는 것을 기념하는 기념주라네, 한 잔씩 쭉 들이켜들 보게나. 자네들은 결혼하거든 절대 남편하고 떨어져 지내지 말게."

두 몸종은 차마 거절하지 못하고 설 할멈이 권하는 술잔을 받아 마셨다. 그러더니 결국은 술기운을 이기지 못하고 비틀거렸다. 삼교아는 두 몸종에게 얼른 문단속을 하고 잠자리에 들라고 일렀다. 삼교아와 설 할멈은 계속해서 술잔을 주거니 받거니 했다. 설 할멈은 술을 마시면서도 이야기를 쉬지 않았다.

"마님은 몇 살 때 결혼했어요?"

"열일곱."

"결혼이 늦은 편이었네요, 그렇게 늦은 편은 아니지만. 난 말이죠, 열세 살 때 이미 처녀를 떼 버렸지."

"그렇게 시집을 일찍 갔소?"

"에이, 시집이야 열여덟에 갔지요. 마님한테만 사실대로 이야기 하자면 어릴 때 이웃집에서 바느질을 배웠는데, 그 집 도련님이 나를 꼬시데요. 근데 그 도련님이 생기기는 또 왜 그렇게 잘생겼어. 그래서 홀라당 넘어가고 말았지요. 처음 관계를 가질 때는 아프기만 했는데, 두 번 세 번 하고 나니 그 맛이 또 죽이더라고요. 마님도 그 맛을 잘 아시잖우?"

삼교아는 말없이 미소만 지었다.

"사실 말이 났으니 말이지. 그 맛이라는 게 모를 때는 그저 모르고 넘어가지만 한번 맛들이고 나면 근질근질 그냥 못 넘어가지요. 그래도 낮에는 그럭저럭 참을 만한데 밤에는 도저히 못 견디겠더라고요."

"할멈은 결혼하기 전에 이미 여러 번 경험했다면서 어떻게 처녀인 척하고 시집을 갔소?"

"친정어머니가 내 행실을 진즉에 알아차렸지요. 딸내미가 시집가서 소박맞을까 봐 처녀로 행세하는 비법을 알려 주데요. 그 덕에 대충 넘어갔죠, 뭐."

"남자를 알고 나서 결혼하기 전까지는 그럼 어떻게 견뎠소?"

"친정 오라버니가 나가고 나면 올케하고 둘이서 재미 좀 봤죠."

"여자끼리 어떻게? 그런 방법도 있소?"

설 할멈이 일어나 삼교아 옆으로 가서 어깨를 끌어안더니 은근한 목소리로 말한다.

"그거야 마님이 모르셔서 그렇지 여자들끼리도 다 방법이 있답니다."

삼교아가 설 할멈의 어깨를 손으로 탁 치면서 한마디 했다.

"에이, 무슨 그런 황당한 소리를."

설 할멈은 삼교아가 이미 욕정으로 들끓고 있음을 알아채고는 더욱 자극하는 말을 던졌다.

"올해 벌써 쉰둘이나 된 이 할망구도 밤마다 잠을 못 이루는데, 한창나이인 마님이 참 대단도 하시네요."

"그래, 할멈은 밤마다 어떻게 지내오. 서방질이라도 하오?"

"뱃가죽에 주름만 남은 이 할망구를 어떤 놈이 좋아하겠어요? 혼자서 해결하는 비법이 있지요."

"무슨 그런 황당한 소리를. 혼자서 어떻게?"

"마님, 그럼 침대로 가서 누우시죠. 이 할망구가 자세히 가르쳐 드리리다."

이때 갑자기 모기 한 마리가 촛불 위를 날아다녔다. 설 할멈이 부채를 펴더니 모기를 잡는 척하며 촛불을 꺼 버렸다.

"아이고, 촛불이 꺼져 버렸네. 제가 가서 불을 붙여 오지요."

설 할멈이 문을 열고 나와 미리 문 옆에 엎드려 숨어 있던 진대랑에게 뭐라고 속삭였다. 그런 다음 들리게 큰 소리로 말했다.

"아 참, 내 정신 좀 봐. 불씨를 가져온다는 걸 깜빡했네."

설 할멈은 아래층에 내려갔다가 다시 올라오면서 소리를 질러 댔다.

"밤도 깊었는데, 주방에 불씨가 하나도 남아 있지 않네요. 어떡하죠?"

　　　　　　　　　　　　　蔣興哥重會珍珠衫

"어, 나는 불 끄고는 잠을 못 자요. 어두운 건 너무 무서워."

"마님, 제가 옆에서 모시고 자면 어떨까요?"

삼교아는 그렇지 않아도 설 할멈에게 부탁할 참이었는지라 당장 응낙했다.

"그게 좋겠네요."

"마님 먼저 누워 계세요. 문 좀 잠그고 올게요."

삼교아가 옷을 벗더니 침상 위로 올라갔다.

"할멈, 어서 오시오."

"가요, 갑니다."

설 할멈은 진대랑에게 자기 침상 위로 올라와 옷을 다 벗게 했다. 진대랑은 옷을 다 벗더니 삼교아의 침대로 건너갔다. 삼교아가 진대랑의 몸을 더듬으며 한마디 했다.

"할멈은 오십이 넘은 나이에도 어쩌면 이렇게 피부가 고와."

그 몸뚱이가 아무 말 하지 않고 잽싸게 이불 속으로 기어 들어갔다. 삼교아는 이미 술에 취하여 눈이 풀린 데다가 설 할멈의 음탕한 말에 춘흥이 한껏 동하여 이것저것 따질 겨를도 없이 진대랑이 하는 대로 자신의 몸을 맡겨 버렸다.

여인은 봄바람 난 규중의 젊은 아낙
남자는 색에 눈먼 젊은 떠돌이 장사치
그 여인네 한참을 주저주저하더니
결국은 탁문군(卓文君)이 사마상여(司馬相如)를 만난 듯.[3]
그 남정네 한참을 애달더니

마치 필정(必正)이 묘상(妙常)을 만난 듯.[4]

십 년 가뭄에 단비를 만난 듯

이역만리에서 친구 만난 기쁨보다 더하도다.

진대랑은 그래도 화류계에서 놀던 가락이 있는지라 난새와 봉새가 서로 탐하듯 갖은 기교로 삼교아의 혼을 빼놓았다. 한 차례의 폭풍우가 지나가고서야 삼교아가 물었다.

"당신은 누구세요?"

진대랑은 자신이 삼교아를 처음 보고서 가슴 깊이 연모하게 된 사연부터 설 할멈에게 부탁하여 일을 저지르기까지의 상황을 소상하게 말해 주었다.

"이제 난 소원을 이루었으니 죽어도 여한이 없소이다."

이때 설 할멈이 나타나 한마디 거들었다.

"내가 주제넘은 일을 저지른 것만은 아니에요. 마님이 독수공방하는 게 몹시 딱하기도 하고 진대랑의 생명도 살려 주는 셈 치고 일을 벌인 것이지요. 마님과 진대랑은 틀림없이 전생에 인연이 있어서 이리 된 것이지 이 할망구가 나서서 된 것은 아니에요."

---

3 한나라 여인 탁문군은 자기 집에 식객으로 있던 젊은 선비 사마상여에게 반해 그를 따라 야반도주한다. 술장사로 가난한 사마상여를 출세시킨 그녀는 나중에 아버지의 허락을 얻어 정식으로 혼인을 한다. 중국에서 남녀가 서로 눈이 맞아 애정의 도피 행각을 벌인 대표적인 사례로, 향후 소설과 드라마의 소재로 많이 이용되었다.

4 송나라 사람 반필정(潘必正)은 도관(道觀)에서 만난 여도사 진묘상(陳妙常)에게 한눈에 반한다. 결국 묘상은 파계하고 필정과 결혼한다.

삼교아가 말을 받았다.

"일이 이렇게 되었으니 바깥양반이 알면 어떡하오?"

설 할멈이 대답한다.

"이 일은 마님하고 저만 아는 일이니 청운하고 난설의 입만 잘 단속하면 누가 알겠어요? 이 할망구가 그저 마님을 기쁘게 해 드리려고 한 짓이니 나중에라도 잊지나 마세요."

이 지경에 이르고 보니 삼교아는 이것저것 신경 쓰고 싶지 않았다. 삼교아는 다시 진대랑을 안고 쓰러졌다. 오경을 알리는 북소리가 들려오며 사방이 밝아 오는데도 두 사람은 여전히 떨어질 줄을 몰랐다. 설 할멈이 진대랑을 재촉하여 밖으로 내보냈다.

이날부터 삼교아와 진대랑은 밤마다 만나지 않는 날이 없었다. 진대랑 혼자 오기도 하고 설 할멈과 같이 오기도 했다. 설 할멈은 몸종 청운과 난설을 어르기도 하고 달래기도 했으며, 하녀에게는 옷가지를 주며 환심을 샀다. 또 진대랑이 들락거리면서 은자깨나 주어 돈맛을 들여 놓았다. 밤이 이슥해지면 왔다가 날이 밝으면 나가는 진대랑을 두 몸종이 망도 봐 주고 배웅도 해 주었다. 삼교아와 진대랑은 마치 한 쌍의 부부 같았다. 진대랑은 삼교아의 마음을 사고자 날마다 옷을 맞추어 준다 장신구를 사 준다 했으며, 삼교아가 설 할멈에게서 사들인 장신구와 보석의 외상값을 대신 갚아 주기도 했다. 아울러 설 할멈에게는 따로 은자 백 냥을 주어 사례했다. 진대랑은 삼교아와의 관계를 반년 정도 지속하면서 은자를 천 냥이나 썼다. 삼교아 역시 은자 서른 냥어치의 물건을 사서 설 할멈에게 사례했다. 삼교아와 진대랑에게서 선물을 후하게 받은 설 할멈이 두 사람을 위한 일이라면 싫은 내색을 일절 않았음은 말할 필요도 없으렷다. 그러나 잔치란 시작하면 언젠가는 끝내야 하는 법.

정월 대보름이 지났는가 했더니
벌써 3월 청명절이라.

타향에 머물던 진대랑이 이제 고향에 돌아가야 할 때가 되었다. 진대랑에게서 고향에 돌아가야 한다는 말을 들은 삼교아는 차마 그를 떠나보낼 수 없었다. 삼교아는 패물 몇 가지만 챙겨 진대랑을 따라 도망치고 싶었다. 그러나 진대랑이 말렸다.

"그럴 수는 없소. 우리가 만나게 된 사연을 설 할멈이 다 꿰고 있는 데다가 내가 묵는 숙소의 주인장 여씨(呂氏)까지 내가 밤마다 마실 가는 것을 의심의 눈으로 보고 있소. 더군다나 같은 배에 탈 다른 사람들의 눈을 어찌 속이겠소? 또 두 몸종을 데리고 갈 수 있는 형편도 아니잖소? 한데 당신 남편이 돌아오면 그 두 몸종부터 먼저 족치지 않겠소? 조금만 참으시오. 내년이 되면 내가 어디 은밀한 곳을 알아 두었다가 다시 돌아와 귀신도 모르게 당신을 데려가겠소이다."

"내년에 돌아오지 않으시면 저는 어떡하고요?"

진대랑은 반드시 돌아오겠다고 몇 번이고 맹세를 했다.

"당신이 변치 않으면 저 역시 결코 변심하지 않을 거예요. 고향에 가거든 인편에 설 할멈 쪽으로 편지나 보내 주세요. 그래야 안심할 수 있을 거예요."

"나한테 다 생각이 있으니 너무 심려 마시오."

며칠 후 진대랑은 배를 세내어 양식을 싣고는 삼교아에게 찾아와 이별의 정을 나누었다. 이날 밤 두 사람은 감정이 너무도 복받쳐 이야기를 나누다 울다 또 사랑을 나누기도 하면서 뜬눈으로 밤을 새웠다. 오경을 알리는 북이 울리자 삼교아가 패물 상자를 열어 진주 적삼을 꺼냈다.

"이 진주 적삼은 장씨 가문 대대로 내려오는 보물입니다. 더운 여름에도 이 옷을 입고 있으면 시원한 기운이 절로 난다고 해요. 이제 가시면 날씨가 점점 더워질 테니까 이 옷을 항상 입고 계세요. 마치 저를 입듯이 말이에요."

진대랑은 터져 나오는 울음을 억지로 참으며 삼교아를 끌어안았다. 삼교아는 몸소 진주 적삼을 진대랑에게 입혀 주고 몸종에게 문을 열게 하더니 떠나는 진대랑에게 몸조심하기를 당부하며 이별했다.

몇 해 전남편과 이별하더니
오늘은 그리운 님 떠나보내네.
이 아낙 원래 바람기 타고나
본남편보다 정부에게 더 큰 이별의 정한 느끼는가?

한편 진대랑은 진주 적삼을 한시도 벗지 않았다. 밤에 잘 때도 이불 속에다 벗어 놓고 같이 잠들었다. 배는 순풍을 타고 두 달이 못 되어 소주의 풍교(楓橋)에 도착했다. 풍교는 쌀과 땔감의 집산지라 바로 적당한 임자를 찾아 물건을 모두 팔아 치웠다.

어느 날 진대랑은 고향 친구를 만나 술자리를 같이했다. 이때 양양부 출신 장사치 하나가 합석했는데, 그자가 바로 장흥가라. 장흥가는 광동에서 진주, 바다거북(玳瑁), 소방목, 침향(沈香) 등을 팔러 다니다가 진대랑의 고향 친구를 만나 한패가 되었던 것이다. 장흥가는 예로부터 하늘에 천당이 있다면 땅에는 소주, 항주가 있다는 말을 익히 들었던지라 내친김에 소주에 들어와 장사를 하고 있었다. 그때가 벌써 작년이었고 이제 돌아가려는 참이었다. 장흥가는 이곳에서 자신의 이름을 감추고 그저 나씨 정도로만 행세했기 때문에 진대랑은 장흥가의 신분을 조금도 의심하지 않았다. 진대랑과 장흥가는 나이가 서로 비슷하고 얼굴도 형제처럼 닮은지라 금방 친해졌다. 술자리에서 두 사람은 서로의 숙소를 알려 주고 다시 만나기를 약속하니 마치 오랜 친구라도 만난 듯했다.

장흥가는 외상 수금을 다 마치고 출발하기 직전 진대랑의 숙소를 찾아갔다. 진대랑이 술을 내와 서로 이런저런 이야기를 나누었다. 때는 바야흐로 5월 하순이라 날씨가 점점 더워져 갔다. 두 사람이 겉옷을 벗어 놓고 술을 마시는데, 진대랑이 입은 진주 적삼이 그대로 드러났다. 장흥가는 이를 심히 괴이하게 생각했으나 확신할 수는 없었던지라 진주 적삼이 참 잘 어울린다며 빙 둘러 칭찬했다. 진대랑이 장흥가에게 거리낌없이 한마디 던졌다.

"아, 형씨의 고향인 양양부에 장흥가라는 사람이 있소?"

"내가 고향을 떠난 지가 오래라 그런 사람이 있다는 건 아오만, 어떤 사람인지는 잘 모르오. 진 형은 무슨 일로 그 사람에 대해서 물으시오?"

"솔직히 말하면 내가 그 사람하고 얽힌 일이 좀 있지요."

진대랑은 삼교아와의 일을 장흥가에게 소상히 이야기했다. 그러다가 자신이 입은 진주 적삼을 지긋이 바라보더니 눈물을 글썽이며 말했다.

"이게 바로 그녀가 나에게 준 거라오. 참, 형씨께서 내일 고향으로 돌아간다고 하니 그 길에 편지라도 전하고 싶소. 내일 아침 형씨 숙소에 들르겠소이다."

"그야 물론 전해 드리리다."

장흥가는 속으로 혼자 중얼거렸다.

'이런 일이 있다니! 저 녀석이 입은 진주 적삼을 보니 허튼소리는 아닌 모양이군.'

장흥가는 가슴이 찢어질 듯이 아팠다. 황급히 작별을 하고 숙소로 돌아와 생각하니 가슴이 미어졌다. 한시라도 빨리 고향으로 달려가고 싶지만 축지법을 배우지 못한 것이 한이었다. 그는 밤에 짐을 꾸려 새벽같이 배를 띄웠다.

이때 강 언덕에서 한 사람이 헐레벌떡 달려왔다. 바로 진대랑이었다. 진대랑은 장흥가에게 편지를 전하면서 신신당부했다. 장흥가는 매우 화가 나서 얼굴색이 흙빛이 되었다. 말을 할 수도 하지 않을 수도, 죽어 버릴 수도 살 수도 없는 형편이었다. 진대랑이 돌아간 뒤 편지를 보니, 겉봉에는 "번거롭겠지만 이 편지를 시장통 동쪽 거리에 사는 설 할멈에게 전해 주시오."라고 적혀 있었다. 화가 나서 봉투를 뜯어 보니 안에는 복숭아색의 긴 손수건이 들어 있고, 종이 상자 안에는 옥비녀가 들어 있었다. 편지에는 "하찮은 것이지만 이 두 가지를 삼교아에게 선물로 보내 주기 바라오. 내년 봄에는 반드시 돌아갈 것이니 몸조심하라고 일러 주시오."라고 적혀 있었다. 화가 난 장흥가는 편지를 찢어 강물에 던져 버렸다. 옥비녀도 갑판에 내리쳐 두 동강 내 버렸으나, '아니야, 이걸 버릴 게 아니라 증거로 가지고 가야지.' 하는 생각이 퍼뜩 들었다.

장흥가는 옥비녀와 손수건을 잘 싸고는 서둘러 배를 출발시켰다. 멀리 고향 집이 보이기 시작하니 장흥가의 눈에서는 눈물이 절로 흘러내렸다.

'우리 부부가 얼마나 서로 사랑했던가. 돈 좀 벌겠다고 젊은 아내를 혼자 두고 장사를 떠나 결국 이런 일이 생기고 말았구나. 이제 와서 후회한들 무슨 소용이 있으리?'

배에서 내려 걸어가는 내내 장흥가는 마음이 조급하게 달아올랐다. 그러나 정작 집에 가까워질수록 마음이 무거워져 한 걸음 내딛고 한숨 한 번 쉬기를 반복했다. 집에 들어가 화를 억지로 누르고 삼교아를 찾았다. 장흥가가 아무 말도 하지 않았는데 삼교아는 도둑이 제 발 저린 듯 얼굴이 빨개서는 입도 뻥긋하지 못했다. 장흥가는 집에다 짐을 다 부린 다음 장인 장모를 뵈러 간다는 말만 남기고 다시 배로 돌아가 하룻밤을 묵었다.

다음 날 아침 장흥가는 삼교아를 찾아가 이야기했다.

"장인 장모가 몸이 많이 편찮으신지라 하룻밤 묵고 왔소이다. 장인 장모께서 당신을 보고 싶어 하셔서 내가 오는 길에 가마꾼을 불러 대기시켜 놓았으니 어서 한번 다녀오구려."

삼교아는 밤새 남편이 돌아오지 않아 이런저런 생각에 가슴을 졸이다가 친정 부모가 위중하다는 말을 듣고는 깜짝 놀랐다. 황급히 상자에서 열쇠 꾸러미를 꺼내어 남편에게 건네주고 하녀를 대동하여 가마 타고 떠날 준비를 했다. 장흥가가 하녀를 불러 세운 다음 옷소매에서 편지를 꺼내 주며 당부했다.

"이 편지를 장인어른께 전한 다음 너는 이 가마 편으로 바로 돌아오너라."

삼교아가 친정에 도착해 보니 친정 부모는 별고 없이 건강했다. 삼교아는 친정 부모가 멀쩡해서 놀라고, 친정 부모는 시집간 딸이 뜬금없이 찾아와서 놀랐다. 하녀가 편지를 전해 주기에 펼쳐 보니 바로 이혼서라.

이혼서를 쓰고 있는 이 사람 장덕은 양양부 조양현 사람으로 어려서 왕씨 댁 따님과 정혼했나이다. 하나 왕씨 댁 따님 삼교아가 저에게 시집와 칠거지악을 범하고 말았나이다. 한때 부부의 연을 맺고 산 처지에 그 일을 차마 제 입으로 이야기할 수 없는지라 친정으로 돌려보내니 개가라도 하여 새 삶을 도모하게 하소서. 이 이혼서에는 한 치의 어긋남도 없나이다.

성화 2년(1466) 장덕

편지와 함께 복숭아색 손수건과 부러진 백옥 비녀가 들어 있었다. 왕 씨는 이 편지를 보고 깜짝 놀라 삼교아에게 연유를 캐물었다. 삼교아는 남편이 자신을 버렸다는 것을 알고는 말없이 눈물만 흘렸다. 왕 씨는 씩씩거리면서 사위를 찾아갔다. 장흥가가 놀라면서 절을 올리니 왕 씨가 답례하고 물었다.

"여보게, 우리 삼교아가 곱게 자라 자네에게 시집갔는데, 이제 와서 무슨 잘못을 저질렀다고 소박을 놓는가? 그래, 이유나 좀 들어 보세."

"차마 제 입으로 어찌 말하겠습니까? 따님에게 직접 들으시지요."

"그 아이가 계속 울기만 하면서 아무 말도 하지 않으니 내가 답답해서 이렇게 찾아온 것 아닌가. 어려서부터 총명하던 아이니 바보 같은 짓을 했을 리는 없고, 사소한 실수라면 이 늙은이 얼굴을 봐서 관대히 넘어가 주게나. 자네와 내 딸은 예닐곱 어린 나이에 정혼한 사이 아닌가? 결혼한 후에도 부부 싸움 한번 없이 금슬이 좋았는데, 장사 나갔다 돌아오자마자 마누라부터 내치다니. 자네 이러면 야박한 사람이라고 사람들에게 손가락질 받네."

"장인어른께 제가 어떻게 무어라 이런저런 말씀을 올리겠습니까. 돌아가셔서 따님에게 우리 집안에 대대로 내려오던 진주 적삼을 지금도 잘 간직하고 있는지 한번 물어봐 주십시오. 만약 진주 적삼을 잘 간직하고 있다면 저는 아무 문제도 삼지 않을 것이나 진주 적삼을 간직하고 있지 않다면 그때는 더 이상 저를 탓하지 마십시오."

왕 씨는 황급히 집으로 돌아가 딸을 불러 물었다.

"장 서방이 진주 적삼을 찾던데 너 그걸 누구에게 주었느냐?"

삼교아는 친정아버지가 진주 적삼 이야기를 하자 얼굴이 빨개져서 아무 말도 하지 못했다. 삼교아가 엉엉 울자 왕 씨는 당황하여 어쩔 줄을 몰랐다. 친정어머니가 나서서 삼교아를 달랬다.

"그만 울어라. 도대체 어떻게 된 일인지 자초지종을 얘기해야 우리가 도와줄 것 아니냐?"

삼교아가 어찌 쉽게 입을 열 수 있겠는가? 나오느니 한숨이요, 흘리느니 눈물이라. 왕 씨는 이혼서와 손수건 그리고 옥비녀를 부인에게 주고는 딸을 달래 보라 이르고 자리를 비웠다.

마음이 답답해진 왕 씨는 이웃으로 마실을 갔다. 왕 씨의 부인은 울어서 퉁퉁 부은 삼교아의 얼굴을 보니 자기도 모르게 측은한 생각이 들어 좋은 말로 달래고는 술이라도 데워 먹이려고 부엌으로 갔다. 방에 혼자 남은 삼교아는 아무리 생각해 보아도 진주 적삼이 없어진 것을 홍가가 어떻게 알았는지 알 길이 없었다. 옥비녀와 손수건 또한 어디서 온 것인지 알 수 없었다. 한참을 생각하더니 중얼중얼 혼잣말을 했다.

"아, 이 부러진 비녀는 깨어진 우리 사이를 이야기하는 것이고, 이 손수건은 나에게 목을 매라는 뜻이로구나. 그래도 부부간의 옛정이 남아 차마 말로는 못 하고 이렇게 비녀와 손수건으로 부끄러움을 알게 해 주신 게로구나. 우리의 결혼 생활이 내 실수로 이렇게 끝나고 마는구나. 아, 내가 남편과의 정을 이렇게 저버리다니. 이제 살아도 의미 없는 인생, 차라리 깨끗하게 죽어 버리자."

삼교아는 한참이나 흐느껴 울더니 걸상 위에 올라가 대들보에 수건을 매달고는 목을 걸치려 했다. 그러나 아직 죽을 팔자는 아니었던지 방문을 잠그는 것을 깜빡 잊었더라. 삼교아의 친정어머니가 막 술을 데워 방으로 가지고 들어오다가 이 모양을 보고는 화들짝 놀라 술병을 든 채로 삼교아를 잡아 안았다. 뒤뚱대다 삼교아와 친정어머니가 엉켜 넘어지고 술병은 떨어져 나뒹굴었다. 친정어머니가 먼저 일어서서는 딸을 일으켜 세웠다.

"아이고, 이 멍청한 것아! 스물 갓 넘긴 꽃다운 나이에 어찌 이런 바보 같은 짓을 하는 거냐? 장 서방이 너를 다시 받아 줄지 누가 아니? 또 장 서방이 너를 버린다손 쳐도 네 인물에 재혼 못할까 봐 걱정이냐? 좋은 인연 다시 찾아 남은 인생 잘 보낼 생각을 해야지. 조금만 더 참고 기다려 봐라. 성급하게 굴지 말고."

왕 씨도 집에 돌아와서는 딸이 죽으려 했다는 것을 알고 다시 한번 타이르는 한편 부인에게도 특별히 신경 쓰라고 단단히 일렀다. 삼교아는 자포자기하는 심정으로 하루하루를 보냈다. 그래도 세월은 차곡차곡 쌓여만 갔다.

　부부란 본디 숲속에서 사는 새와도 같은 것.
　때가 되면 따로따로 날아가는 것.

한편 장흥가는 난설과 청운을 묶어 놓고 자초지종을 캐물었다. 두 몸종은 처음에는 잡아떼다가 매에 못 견뎌 자초지종을 불었다. 설 할멈이 중간에서 수작을 부려 그런 일이 생겼다는 것이었다. 다음 날 아침 장흥가는 사람들을 데리고 가서 설 할멈을 흠씬 두들겨 패고 혼내 주었으나 차마 그 집을 때려 부수지는 못 했다. 설 할멈은 자기가 지은 죄가 있는지라 한쪽에 피해 서서 고개를 숙이고 아무 소리도 하지 못했다. 장흥가는 이런 설 할멈을 보자니 한숨만 나오고 더 이상 실랑이하기도 무엇하여 바로 집으로 돌아가 하인을 불러 두 몸종을 팔아 버리게 했다. 2층에 있는 패물 상자를 세어 보니 모두 열여섯 개라. 앞뒤좌우로 모두 종이를 발라 봉해 버렸다. 장흥가는 삼교아를 몹시도 사랑했던지라 삼교아를 쫓아 보내긴 했으나 차마 마음속에서까지 지우지는 못하여 삼교아의 패물을 잘 봉해 두고 보지 않기 위해서였다. 물건을 보면 그 사람이 생각나는 것이 인지상정이니, 당연한 일 아니겠는가?

여기서 잠깐 다른 이야기를 해 보자. 한편 남경에 오걸(吳杰)이라는 진사가 살고 있었다. 그가 광동 조양현의 현령으로 발령받아 임지로 부임하던 길에 양양부를 지나게 되었다. 가족과 헤어져 임지로 가는지라 오걸은 이참에 첩이나 하나 들일 심산이었다. 오는 도중 이 여자 저 여자를 만나 보았으나 마음에 드는 여자가 없었다. 소문에 조양현 왕 씨 딸이 용모가 출중하다기에 쉰 금을 예물로 내고 매파를 넣어 청혼했다. 왕 씨 역시 굳이 싫다 할 이유가 없었지만 그래도 사위가 어떻게 생각할까 염려되어 먼저 장흥가에게 알렸다. 장흥가는 싫다 좋다 아무런 내색을 하지 않았다. 삼교아가 재혼하던 날 장흥가는 인부를 불러 패물 상자 열여섯 개를 열쇠 꾸러미와 함께 오걸의 배에 실어다 주게 했다.

이 상자를 본 삼교아의 마음은 무척이나 아팠다. 이 이야기를 전해 들은 동네 사람들 중에 어떤 이는 장흥가의 사람됨이 진국이라고 칭찬했고, 어떤 이는 배알도 없는 녀석이라고 비아냥거렸다. 사람들 생각이 모두 같지는 않은 때문이리라.

한편 진대랑은 소주에서 장사를 마치고 자기 집이 있는 신안으로 돌아갔으나 마음은 오로지 삼교아에게 가 있었다. 아침저녁으로 진주 적삼을 바라보며 한숨을 지었다. 진대랑의 아내 평 씨(平氏)는 진주 적삼이 아무래도 찜찜하여 남편이 잠든 틈에 몰래 천장에 감추어 버렸다. 진대랑이 아침에 일어나 진주 적삼을 찾았으나 보이지 않았다. 아내에게 여러 차례 물어보았으나 평 씨는 시치미를 뚝 뗐다. 진대랑은 성질을 부리며 서랍이며 바구니를 다 뒤집어 찾았으나 그것이 어디서 나오겠는가? 진대랑은 괜히 아내에게만 화를 냈다. 평 씨는 서럽게 울다가 대들다가 하기를 이삼 일이나 했다. 마음이 답답해진 진대랑은 은자를 챙기고 종 하나를 데리고 조양현으로 떠났다.

그러나 조양현에 거의 도착했을 무렵 떼강도를 만나 돈을 홀라당 빼앗기고 종까지 죽임을 당하고 말았다. 그나마 진대랑은 잽싸게 배의 꽁지부리로 도망가 숨은 덕에 겨우 목숨을 부지할 수 있었다. 고향에 돌아가기도 막막하여 예전에 지내던 숙소로 가서 삼교아를 만나 돌아갈 노자라도 빌려야겠다고 생각했다. 그는 한숨을 쉬며 배에서 내려 강 언덕으로 올라갔다.

조양현 성 밖에 있는 여씨네 객점에 도착하여 강도당한 일을 이야기하고 보석 장수 설 할멈을 통해 돈이나 빌려야겠다는 말을 했다.

"아이고, 나리가 모르시는구먼. 그 설 할멈이 장흥가 마누라하고 외간 남자 사이에 다리를 놔 주지 않았겠소. 남편이 돌아와 진주 적삼을 찾는데 그걸 외간 남자에게 주어 버렸으니 있을 리가 있나. 그래서 장흥가가 그 삼교아를 내쫓았지. 삼교아는 지금 남경 오 진사의 소실로 들어가 살고 있고, 그 할망구는 장흥가에게 흠씬 두들겨 맞고 지금은 다른 현에서 숨어 지낸다지, 아마."

진대랑은 이 말을 듣고 마치 물벼락이라도 맞은 듯 정신이 아찔했다. 그러더니 그날로 오한이 들어 앓기 시작했다. 이 병은 우울증이기도 하고 상사병이기도 하며 과로 때문이기도 하고 놀란 탓이기도 해서 두 달이나 누워 있었는데도 전혀 차도가 없었다. 여씨 객점의 사환도 드러내 놓고 싫은 내색을 했다. 진대랑은 마음이 불안하여 온정신을 모아 집에 편지를 썼다. 그리고 여 씨에게 부탁하기를 인편에 편지를 보내어 아내에게 돈을 가지고 오도록 해야겠다고 했다. 여 씨는 그렇지 않아도 걱정되던 차라 평소 알고 지내던 관청의 차인(差人)에게 부탁하면 마치 파발마라도 보낸 듯 순식간에 도착할 것이라며 안심시켰다. 진대랑의 편지를 받아 든 여 씨는 차인에게 대신 은자를 쥐여 주고 편지를 빨리 전해 달라고 신신당부했다. 과연 관청 차인이라 빠르긴 빨라 며칠 되지 않아 신안현에 도착하여 진대랑의 집을 수소문하여 평씨에게 편지를 전해 주었다.

바로 이 편지로 말미암아

한 쌍의 인연이 또 새롭게 맺어지는구나.

평 씨가 편지를 받아 보니 바로 남편이 보낸 것이라.

아내 평 씨에게 이 글을 보내오. 집에서 떠나오던 중 양양부에
서 강도를 만나 노자를 털리고 종놈까지 죽고 말았소. 화불단
행이라, 여씨 객점에 병들어 누워 있은 지도 벌써 두 달이 넘었
소이다. 편지를 받아 보는 대로 노자를 구하여 나를 데려가 주
구려. 이만 총총.

평 씨는 이 편지를 받고서 반신반의했다.

'지난번에는 은자를 천 냥이나 까먹더니. 저놈의 진주 적삼이
아무래도 수상쩍어. 이번에는 또 강도를 당했다고. 혹시 이거 거
짓말 아닐까?'

그러나 한편으로는 걱정이 되지 않는 것도 아니었다.

'나한테 와 달라고 한 걸 보면 병세가 진짜 위중한 게 아닐까?
그렇다면 이 일을 누구한테 부탁한다지?'

아무리 생각해 보아도 쉬 결론이 나지 않았다. 평 씨는 친정아
버지와 상의하고는 패물과 돈을 챙겨서 진왕(陳旺) 부부를 데리
고 출발하려다가 아무래도 마음이 놓이지 않아 친정아버지에게
도 청하여 함께 길을 떠났다. 그러나 경구(京口)에 이르렀을 무렵
친정아버지는 병을 얻어 도중에 고향으로 먼저 돌아가고 평 씨와
진왕 부부만 조양현을 향해 갔다.

조양현에 도착하여 수소문한 끝에 여씨 객점을 찾았다. 그러나 진대랑은 이미 열흘 전에 저세상 사람이 되어 있었다. 여 씨가자기 주머니를 털어 이미 염하고 입관까지 마친 상태였다. 평 씨는 졸도했다가 한참 후에야 깨어났다. 상복으로 갈아입은 평 씨가 여 씨에게 좋은 관을 사서 다시 입관하자고 부탁했으나 여 씨는 들은 척도 하지 않았다. 평 씨는 하는 수 없이 덧관을 사서 다시 한번 씌우고 스님을 불러 독경하게 하여 명복을 빌었다. 여 씨는 평 씨에게서 은자 스무 냥을 사례로 받은 이후로 평 씨가 벌이는 일에 이래라저래라 상관하지 않고 내버려 두었다.

한 달쯤 지나 평 씨는 택일하고 운구하여 돌아가고자 했다. 여씨는 평 씨가 인물이 빠지지 않고 아직 나이도 젊은 데다가 수중에 가진 것도 있는지라 아직 장가들지 못한 둘째 아들을 생각하여 이런저런 핑계로 평 씨를 붙잡아 두었다. 하루는 진왕 부부를불러 술을 진탕 들게 하고는 진왕의 아내한테 평 씨를 설득하면후사하겠노라 했다. 진왕의 아내가 또 미련퉁이라, 앞뒤 가리지않고 곧이곧대로 평 씨에게 이 일을 얘기했다. 평 씨는 노발대발하며 진왕의 아내를 혼내고 연거푸 두세 차례 따귀를 올렸다. 옆에서 보고 있던 진왕마저도 같이 거들었다. 여 씨는 일이 틀어졌음을 알고 입맛만 다셨다.

양고기 만두는 먹지도 못하고
온몸에 누린내만 가득 배었네.

여 씨는 진왕에게 도망하라고 은근히 부추겼다. 진왕이 보아도 다른 좋은 방법이 없는 상황이라 아내와 상의하여 평 씨의 돈과 패물을 모조리 훔쳐 야반도주했다. 여 씨는 전후 사정을 훤히 알면서도 저런 못 믿을 사람을 데리고 다녀서 사서 고생한다며 너스레를 떠는 한편 그나마 주인 물건을 훔쳐서 다행이지 다른 사람 것을 훔쳤으면 어떡할 뻔했느냐며 평 씨를 힐난했다. 게다가 객점에 관이 떡하니 버티고 있어 장사에도 방해가 된다며 어서 가지고 가라고 성화를 댔다. 더불어 젊은 과부가 이런 객점에 머물러 좋을 것이 뭐냐며 어서 돌아가라고 재촉했다. 평 씨는 여 씨에게 들볶이다 못해 다른 곳에 방 한 칸을 세내어 남편의 관을 옮겼다. 이 처량한 심사를 누가 알아줄 것인가?

새 거처에 이웃해 사는 장 씨 여인은 성격이 화통하고 인정이 바른 사람이라 평 씨의 딱한 사정을 듣고는 늘 찾아와서 위로해 주었다. 평 씨는 장 씨 편에 옷가지도 저당 잡힌 적이 있어 늘 고마워하고 있었다. 몇 달이 지나자 더 이상 저당 잡힐 옷가지도 없었다. 평 씨가 그래도 바느질 솜씨 하나는 있는지라 대갓집 아낙들에게 바느질이라도 가르쳐 호구할 생각을 냈다. 이 생각을 들은 장 씨 아줌마가 한마디 거들었다.

"글쎄, 내가 보기엔 좋은 방법이 아니야. 원래 대갓집이라고 하는 데가 젊은 아낙이 드나들 곳이 못 돼. 죽은 사람은 죽은 거고 산 사람은 또 살아야 할 것 아냐? 앞길이 구만리 같은 자네가 남의 집 바느질이나 하며 평생을 썩힐 텐가? 바느질을 사람들이 얼마나 멸시하는데. 저 관을 봐. 그게 지금 자네한테 혹처럼 붙어 있으니 또 어떻게 할 거야? 몇 푼 벌어서 방세는 낸다 해도 결국 항구지책은 되지 않을 거야."

"저도 모르는 바는 아니지만 무슨 방법이 있어야죠."

"내가 한 가지 방법을 알려 줄 테니 화내지 말고 천천히 들어 보게. 지금 자네는 여자 몸에 머나먼 타향에서 수중에 돈은 없지 관을 옮겨 가려 해도 막막한 지경이야. 당장 자네 입에 풀칠할 것 도 걱정인데 운구하고 수절하는 거야 지금 말할 필요도 없지 않 은가? 이런 상황에서 몇 달 더 수절한다 한들 무슨 의미가 있겠 는가? 내 아둔한 생각이네만, 한 살이라도 더 먹기 전에 좋은 짝 찾아서 재혼하게. 그리고 새신랑의 도움을 받아서 저 관을 잘 묻 어 주면 죽은 사람도 안심하고 눈을 감을 걸세."

장 씨의 말이 딴은 일리가 있는지라 평 씨가 한참을 생각하더 니 한숨을 쉬며 대답했다.

"휴, 이 몸 팔아 남편 장사를 지내면 사람들도 저를 손가락질하 지는 못하겠지요."

"그래, 기왕에 마음을 굳혔으면 내가 한 사람 소개해 주지. 나 이도 자네와 그만그만하고 인물도 시원하고 게다가 돈이 많아."

"그런 부자가 저 같은 과부를 맘에 들어 하기나 할까요?"

"괜찮아, 그 사람도 초혼은 아냐. 나한테 부탁하길 초혼 재혼 가리지 않고 그저 마음씨 착하고 인물만 괜찮다면 문제없다고 했 어. 자네 정도 인물이면 틀림없이 문제없을 거야."

그렇지 않아도 장 씨는 장흥가의 부탁을 받고 여기저기 혼처 를 물색하던 중이었다. 장흥가의 전처 삼교아가 빼어난 미인이었

음을 아는 장 씨는 기왕이면 미인을 찾아 맺어 주려고 했다. 평
씨가 비록 미모야 삼교아보다 약간 떨어지지만 솜씨 좋고 경우
발라 외려 삼교아보다 나았으면 나았지 못할 것이 없었다.

　다음 날 장 씨는 성안으로 들어가 장흥가에게 이런 사정을 이
야기했다. 장흥가는 평 씨가 오갈 데 없는 사람이라는 이야기를
듣고 더욱 마음이 끌렸다. 평 씨는 예물이고 뭐고 다 필요 없으니
전남편이 묻힐 땅 한 뙈기만 장만해 달라고 부탁했다. 장 씨가 두
사람 사이를 부지런히 오가며 재혼을 성사시켰다.

　번거로운 이야기는 여기서 그만하자. 평 씨는 남편을 잘 묻어
주고 제사를 지낸 다음 한참을 통곡했다. 그리고 상복을 벗었다.
약속한 날이 되어 장흥가는 예복을 지어 보내고 아울러 평 씨가
저당 잡혔던 옷을 찾아 주었다. 결혼식 날 밤 주위 사람들이 모
여들어 시끌벅적했다.

　　혼례식이야 두 번째이니 쑥스러울 것 없지만
　　서로 사랑하는 마음은 외려 더 깊구나.

　장흥가는 평 씨의 단정한 몸가짐을 보고 더욱 깊은 애정을 느
꼈다. 하루는 장흥가가 외출했다가 돌아오니 마침 아내 평 씨가
옷상자를 정리하고 있는데 그 가운데 진주 적삼이 눈에 들어왔
다. 장흥가가 깜짝 놀라 물었다.

　"이 진주 적삼은 어디서 났소?"

　"사실은 저도 잘 몰라 찜찜해하고 있었어요."

평 씨는 장흥가에게 자신이 이 진주 적삼을 처음 본 이후부터 진대랑과 싸운 이야기며 진대랑이 욱하는 마음에 고향을 떠난 일까지 소상히 이야기해 주었다.

"형편이 어려울 때 몇 번이나 이 진주 적삼을 저당 잡힐까 하다가도 찜찜한 마음에 그만두곤 했지요. 저는 아직도 이 진주 적삼이 어떻게 해서 전남편 손에 들어왔는지 알지 못한답니다."

"혹시 당신 전남편의 이름이 진대랑 아니오? 하얀 얼굴에 수염은 기르지 않고 왼손 손톱을 기르지 않았소?"

"맞습니다."

장흥가는 놀라서 혀를 차고 하늘을 바라보며 합장을 한 다음 한마디 했다.

"당신 말을 듣고 보니 하늘의 이치가 한 치의 어긋남도 없음을 알겠소이다. 그저 두려울 뿐이오."

평 씨가 그 연고를 묻자 장흥가가 대답했다.

"본디 이 진주 적삼은 우리 가문의 보배였다오. 그런데 당신 전남편 진대랑이 내 전처와 사통했고, 그때 그녀가 그에게 정표로 준 거라오. 내가 소주에서 그를 우연히 본 적이 있는데, 이 진주 적삼을 입고 있습디다. 그 일로 내가 두 사람의 부정을 알게 되었고 고향에 돌아와 그녀를 소박 놓았던 것이오. 한데 그 진대랑이 여기 와서 죽고 내가 또 그의 아내인 당신을 아내로 맞이할 줄이야 어찌 알았겠소? 아, 이게 인과응보 아닌가 싶소."

이 말을 들은 평 씨는 모골이 송연했다. 이후로 장흥가와 평 씨 부부는 사이가 더욱 돈독해졌다.

여기까지가 바로 「장흥가가 진주 적삼을 다시 찾다」라는 이야기의 본편이다.

천리를 누가 거스를 수 있겠는가

아내와 남편이 서로 바뀌었는데, 누가 득을 본 셈인가.

한쪽이 손해 보면 한쪽은 이익을 보는 법.

백 년 갈 인연이 잠시 바뀐 것일 뿐.

한편 장흥가는 집안 살림을 책임질 안주인이 생긴지라 일 년쯤 후에 다시 광동으로 장사를 떠났다. 일이 생기려다 보니 어느 날 합포현(合浦縣)에서 진주를 파는데 노인 하나가 흥정하다가 진주 하나를 슬쩍 훔쳤다. 장흥가가 그 현장을 목격하고 다그쳤으나 노인은 죽어도 인정하려 들지 않았다. 장흥가가 화를 내며 노인의 옷소매를 잡아당겨 찾아보려 했다. 아뿔싸, 너무 세게 잡아당겼는지 그만 노인이 땅에 넘어지더니 일어나지 않았다. 황급히 부축하여 일으켰으나 노인은 이미 숨이 끊어진 뒤였다. 노인의 자식들이 소식을 듣고 달려와 울고불고 난리를 치며 장흥가를 둘러싸더니 가둬 버렸다. 장흥가는 그날 저녁 꼼짝없이 갇혀 지냈다. 노인의 자식들이 밤새 소장을 작성하여 날이 밝는 대로 현령이 아침 사무를 개시하자마자 제출했다. 현령은 소장을 접수하게 하고는 오늘은 다른 공무가 있어 이 사건은 다음에 다룰 것이니 죄인을 우선 하옥하라 명령했다.

이 재판을 맡은 재판관이 누구인고 하면 바로 삼교아가 재혼한 남편 오걸이라. 조양현에서 임기를 마친 오걸이 능력과 청렴결백함을 인정받아 이곳 합포현 진주 거래소로 발령받았던 것이다. 이날 오걸은 밤늦도록 접수된 소장을 검토했다. 옆에서 별생각 없이 오걸이 검토하는 소장들을 바라보던 삼교아의 눈에 우연히 원고 송복(宋福)이 고소한 살인 사건 소장이 눈에 들어왔다. 피고는 나덕(羅德)이라는 조양현 출신의 상인으로 되어 있었다. 삼교아는 이 나덕이 바로 장흥가임을 직감했다. 한때 부부의 연을 맺었던 장흥가를 생각하자 가슴이 미어졌다.

"나리, 사실 저 나덕이란 자는 소첩의 외사촌 오라버니 되는 사람입니다. 객지를 떠돌아다니며 장사하다가 이런 험한 일을 저지른 모양인데 소첩의 얼굴을 봐서라도 나리께서 선처하여 주시어요."

"우선 내가 천천히 심리하여 보겠네. 그러나 이건 살인 사건인지라 나도 쉽사리 사면해 줄 수가 없어."

삼교아는 무릎을 꿇더니 눈물을 흘리며 애원했다. 눈물 흘리는 삼교아를 달래며 오걸이 말했다.

"너무 상심하지 말게. 나에게도 다 생각이 있네."

다음 날 아침 관아에 나가려는데 삼교아가 오걸의 옷소매를 부여잡고 애절하게 부탁한다.

"오라버니를 구하지 못하면 소첩도 목숨을 끊고 말 것입니다."

관아에 나간 오복은 송복이 고소한 사건을 제일 먼저 심리했다. 송복 형제가 울면서 아버지의 억울한 죽음을 하소연했다.

"저놈이 소인의 아버지와 진주를 흥정하다가 흑심을 품고 갑자기 소인의 아버지를 때려죽였습니다. 형령 나리, 제발 굽어살펴 주십시오."

현령이 목격자들을 불러다가 물어보니 나덕이 때렸다는 자, 나덕이 밀어 넘어뜨렸다는 자 등 의견이 각양각색이었다. 장흥가가 입을 열었다.

"저자의 아비 되는 자가 소인의 진주를 훔쳤기에 소인이 갑자기 화가 치밀어 그자와 말다툼을 하면서 옷소매를 잡아당겼습니다. 한데 워낙 연로한지라 그만 넘어져 숨을 거두고 말았습니다. 실은 죽이고자 저지른 일이 아닙니다."

현령이 송복에게 하문했다.

"네 아비는 몇 살이냐?"

"예순일곱입니다."

"연로한 자들은 쉬 혼절하기도 하니 꼭 맞아서 죽었다고 볼 수는 없지 않느냐?"

송복 형제는 그래도 맞아서 죽은 것이라고 우겨 댔다. 현령이 말했다.

"그럼 좋다. 과연 맞아 죽은 것인지, 넘어져서 죽은 것인지 부검해 보면 알 수 있을 것이다. 어서 시신을 부검소로 가져가서 부검하고 그 결과를 저녁 집무 시간에 보고하도록 하라."

원래 송복 집안도 행세깨나 한다는 집안으로 죽은 아버지가 이장을 지내기도 했는데, 시신에 칼을 댄다는 것은 차마 못 할 일이고 체면도 말이 아니었다. 이에 송복 형제가 머리를 조아리며 아뢰었다.

　　　　　　　　　蔣興哥重會珍珠衫

"소인의 아버지가 죽은 과정은 수없이 많은 사람들이 옆에서 지켜보았습니다. 황공하오나 나리께서 소인의 집에 오셔서 아버지의 시신을 직접 눈으로 검사하여 주십시오. 부검은 차마 할 수 없습니다."

"맞아 죽은 물증이 없으면 저 피고가 어찌 자기 죄를 인정하려 들겠느냐? 또 시신 부검서가 없으면 어떻게 상부에 보고한단 말이냐?"

송복 형제가 말없이 머리만 조아리니 현령이 화를 내며 말을 이었다.

"부검을 원하지 않으면 나도 더 이상 심리할 수 없다."

당황한 송복 형제가 연신 머리를 조아리며 애걸했다.

"그저 나리의 현명한 판단을 따르겠습니다."

"내일모레가 일흔인 노인장이었으니 사실 수를 누릴 만큼 누린 것 아니더냐? 진정 맞아 죽은 것이 아닌데 억울하게 젊은이에게 죄를 씌운다면 이 역시 불공평한 일이며 그것은 너희들의 아버지도 원치 않는 일일 것이다. 그러나 자식 된 도리로 아버지의 장수를 바라는 것도 인지상정, 어느 날 갑자기 아버지가 저세상으로 떠난 슬픔도 적지 않을 것이다. 맞아 죽었든 넘어져서 죽었든 죽은 것은 죽은 것. 저 피고를 벌주지 않으면 너희 형제의 한도 풀리지 않을 것이다. 그러한즉 피고는 직접 상복을 입고 죽은 자의 명복을 빌고 죽은 자의 장례비까지 부담하라. 그래, 너희의 생각은 어떠냐?"

송복 형제는 머리를 조아리며 아뢰었다.

"나리의 말씀을 어찌 감히 거역하겠습니까?"

장흥가는 이 판결을 듣고 마음속으로 매우 기뻐했다. 원고와 피고가 모두 감사의 말씀을 올렸다.

"판결서를 따로 쓰지 않을 것이니 차인은 저 피고를 데리고 가서 일을 다 마치도록 하라. 그럼 이 건을 매듭짓겠다."

관청에서 일을 꾸미기는 너무도 쉬워
음덕을 쌓았으니 어렵지 않았던 게지.
저 오걸, 사건 처리하는 걸 보니
원고와 피고 둘 다 만족시키는구나.

한편 삼교아는 오걸이 관아로 나간 후로 줄곧 바느질을 하고 있다가 관아에서 내실로 돌아오는 오걸에게 어찌 됐는지 물었다.

"내가 이리이리해서 사건을 해결했소. 그대 얼굴을 봐서 피고에게 벌을 내리지 않았지."

삼교아가 연신 머리를 조아리며 감사드렸다.

"소첩이 오라버니를 못 뵌 지 오래되었으니 이 기회에 오라버니를 만나 친정 소식이나 물어보고 싶습니다. 기왕에 이렇게 된 것 오라버니를 한번 만나 보게 해 주세요."

"그게 무에 어려운 일인가."

아, 삼교아는 소박을 맞았으면서도 장흥가를 생각하는 마음이 어찌 이리도 끔찍한가. 본디 부부 사이가 각별했던 데다가 삼교아가 개가하는 날 패물 상자를 전해 준 장흥가의 마음 씀씀이가 삼교아를 감동시켰던 것이다. 이제 권세가의 소실로 있는 몸, 전 남편이 곤궁에 빠진 것을 보고서 어찌 나서지 않을 수 있었겠는 가? 이것이 바로 은혜를 알고 은혜로 갚는 것이리라.

장홍가가 현령이 판결 내려 준 대로 하나도 소홀함 없이 그 노인의 장사를 지내 주니 송복 형제도 감동해서 아무 말 하지 않았다. 장사를 마치고 차인이 장홍가를 데리고 관아로 돌아가 현령에게 보고했다. 현령이 은밀히 장홍가를 불러 말해 주었다.

"그대의 사촌 여동생이 아니었다면 이번 사건은 해결되기 어려웠을 것이네."

장홍가는 영문을 모르니 아무 말도 하지 못했다. 차를 한 잔 마신 후에 현령이 삼교아를 서재로 불러들였다. 아, 어찌 이처럼 기가 막힌 재회가 있을꼬? 두 사람은 서로 인사도, 한마디 말도 하지 못했다. 잠시 후 서로 꼭 부둥켜안고 대성통곡할 뿐이었다. 세상에 어찌 이렇게 서럽게 울 수 있단 말인가? 옆에서 지켜보던 현령의 눈도 시큰거렸다.

"그만 눈물을 거두게. 그리고 어서 나에게 진실을 이야기해 주게. 자네 둘은 남매가 아닐세."

그들은 계속 울기만 할 뿐 아무도 입을 열려고 하지 않았다. 현령이 재차 채근하자 삼교아가 무릎을 꿇고 말했다.

"소첩 죽어 마땅합니다. 저자는 바로 소첩의 전남편입니다."

장홍가 역시 더 이상 속일 수 없는지라 무릎을 꿇고서 삼교아와 결혼하게 된 연유부터 삼교아와 이혼하고 서로 다른 사람과 재혼하게 된 과정을 일일이 고했다. 말을 마친 후 두 사람이 다시 눈물을 흘리니 현령 역시 눈물을 흘리며 말했다.

"이렇게 사랑하는 두 사람을 내 어찌 갈라놓을 수 있겠는가. 다행히 삼교아가 나하고 지낸 삼 년 동안 슬하에 자식을 두지 않았으니 자네가 삼교아를 데리고 가게."

두 사람은 연거푸 머리를 조아리며 감사를 표했다. 현령은 즉시 가마를 대령하게 하고는 삼교아를 가마에 태워 보냈다. 아울러 인부를 불러 삼교아가 시집올 때 가지고 온 패물 열여섯 상자를 장흥가에게 갖다 주도록 하고 아전들에게는 삼교아와 장흥가가 가는 길을 살펴 주게 했다. 이에 사람들이 모두 오걸의 후덕함을 칭송해 마지않았다.

> 진주는 역시 합포현에 있을 때 더욱 광채가 나고,[5]
> 두 검이 풍성에서 다시 만나니 더욱 신비롭네.[6]
> 오걸은 역시 덕이 넘치는 인물,
> 재물을 탐내고 여자를 밝히는 자라면 어찌 그럴 수가 있었겠는가.

---

5 합포현은 본디 진주 명산지였으나 관리들의 가렴주구 때문에 거래가 뜸해졌었는데, 맹상(孟嘗)이 태수로 부임하여 청렴하게 관리하니 진주 거래지로 명성을 되찾았다 한다. 여기서는 오걸이 맹상과 같은 인물임을 읊은 것이다.

6 진나라 풍성(豊城)에서 검광(劍光)이 비치매 당시 풍성 현령이던 뇌환(雷煥)이 그곳에서 검 두 자루를 파내어 한 자루는 자기가 갖고 나머지 한 자루는 장화(張華)에게 선물했다. 두 사람이 죽은 후 두 검이 다시 풍성으로 돌아왔고, 마침내 용으로 변해서 하늘로 날아갔다고 한다. 여기서는 삼교아와 장흥가의 재결합을 상징한다.

오걸은 여태껏 후사가 없었는데 후에 중앙 관서로 승진하여 북경에서 첩을 들여 세 아들을 낳았다. 후에 오걸의 세 아들이 모두 과거에 급제하자 사람들은 아버지 오걸이 공을 쌓은 음덕이 라며 칭송했다.

한편 장흥가는 삼교아를 데리고 고향으로 돌아가 평 씨를 만 났다. 사실 결혼한 순서로 보면 삼교아가 본부인이지만 중간에 한 번 헤어진 적이 있고 평 씨의 나이가 한 살 더 많기도 하여 평 씨 가 본부인 노릇을 하고 삼교아는 소실 노릇을 하기로 했다. 두 여 인은 마치 자매라도 되듯 서로 어울려 장흥가와 더불어 여생을 행복하게 보냈다.

혜어졌던 부부 다시 만났으되
이제 본처는 소실로 돌아올 수밖에 없구나.
콩 심은 데 콩 나고 팥 심은 데 팥 난단 말 하나도 그르지 않네.
하늘의 이치가 어디 한 치의 어긋남이 있으랴.

陳御史巧勘金釵鈿

진어사가 금비녀와 금팔찌를 꼼꼼하게 조사하다

억울하지만 신의를 지키면서 정의롭게 살려 하는 자는 복을 받고 남의 여인과 재산을 빼앗은 자는 벌을 받는다는 인과응보를 씨줄로, 하늘을 대신하여 인과응보를 실현하는 지혜로운 어사의 사건 해결 과정을 날줄로 하는 작품이다.

작품의 얼개가 되는 지혜로운 어사, 억울하게 옥에 갇힌 남자 주인공, 부모의 회유에도 한번 맺은 인연을 죽음으로 지키려는 여인의 이야기는 이미 명 대 일화 모음집인 『쌍괴세초(雙槐歲鈔)』에 「진 어사 사건 해결기(陳御史斷獄)」라는 제목으로 실려 있다.

130여 자의 짤막한 이야기에 피와 살을 입혀 인과응보의 필연성을 역설하는 긴 서사를 탄생시킨 이는 바로 풍몽룡이다. 진 어사의 입장에서 기록한 「진 어사 사건 해결기」를 노학증과 아수를 주인공으로 하는 애절한 사랑 이야기로 그려 낸 것이다. 작품의 길이 차이는 분명히 있지만 진 어사가 기막힌 꾀를 내어 사건의 내막을 파헤치는 과정, 남의 정혼녀를 가로채려고 간교한 수작을 부리는 과정은 바로 앞 작품 「장흥가가 진주 적삼을 다시 찾다」와 닮은 데가 있다. 『유세명언』은 20개 주제의 40편 작품으로 이뤄졌다. 작가 풍몽룡은 동일한 주제의 작품을 두 개씩 묶어 배열하는 방식을 채택했다. 그런 의미에서 이 작품과 앞 작품은 자매편이라 할 수 있다. 남의 아내를 빼앗은 자와 그가 받는 벌 역시 동일하다.

『판관 포청천의 사건 해결과 재판 이야기(龍圖公案)』에 실려 전하는 「옷 빌리기(借衣)」, 『정사(情史)』의 「장호(張灝)」 역시 유사한 작품들이다. 명 대의 연극 「비녀와 팔찌 이야기(釵釧記)」가 이 작품과 줄거리와 구성에서 유사하다. 이야기는 이렇게 돌고 도는 모양이다.

세상사 엎치락뒤치락, 수레바퀴 구르는 것 같아라.

눈앞에 보이는 길흉, 그게 다가 아니로다.

긴 시간 지나면 모든 것에 응보가 있으리니

하늘이 어디 선인을 버리겠는가.

선배 이야기꾼들 사이에 전해 오는 이야기가 하나 있더라. 어느 주 어느 현의 사람인지는 모르겠으나 아무튼 성은 김(金)이요, 이름은 효(孝)라는 위인이 하나 있었겠다. 나이는 찼으나 아직 장가는 들지 못해 노모를 모시고 기름을 팔아 생계를 꾸렸다. 하루는 기름 멜대를 메고서 집을 나섰다가 도중에 너무 일이 급해 길가 측간에 들어가 큰일을 보다가 헝겊 전대를 하나 주웠다. 살펴보니 전대 안에는 은이 한 움큼 들어 있었는데 대략 서른 냥쯤 되어 보였다. 김효는 뛸 듯이 기뻐하며 다시 기름 멜대를 들쳐 메고는 가던 길을 되짚어 집으로 돌아왔다.

김효는 집에 돌아와 노모에게 알렸다.

"제가 오늘 운수가 좋은가 봐요. 글쎄 은을 한 움큼 주웠지 뭐예요."

노모는 아들의 말을 듣고 정색하며 말했다.

"너 설마 몹쓸 짓 하고 훔쳐 온 것은 아니겠지?"

"제가 어디 남의 물건이나 훔치는 사람이에요? 어찌 그런 말씀을 하세요? 다른 사람이 들을까 봐 겁나네요. 사실 이 전대는 누군가 측간에서 잃어버린 거예요. 다행히 제가 다른 사람보다 먼저 보고 주운 거고요. 우리같이 가난한 사람들이 언제 이런 돈을 만져 보겠어요. 내일 재물 신에게 지전을 사른 다음 이 은을 팔아서 기름 장사 밑천으로 삼아야겠어요. 그럼 외상으로 남의 기름을 떼다 파는 것보다야 낫지 않겠어요?"

"애야, 부귀는 하늘이 낸다는 속담도 있지 않니? 네 팔자가 그렇게 늘어질 팔자라면 이처럼 가난한 기름 장수 집에 태어나지도 않았을 거다. 네가 남의 것을 빼앗아 온 것은 아니라 해도 그 은은 네가 땀 흘려 벌어 온 것 또한 아니니 너에게 복을 가져다주기보다 외려 재앙을 가져다줄 것 같아 겁나는구나. 이 은이 이 동네 사람 것인지, 아니면 타지방 사람 것인지, 그게 잃어버린 사람 본인 것인지, 그도 아니면 빌려 온 것을 잃어버린 것인지는 모르겠지만 그걸 잃어버리고 얼마나 속이 타겠느냐? 아마 죽고 싶은 심정일지도 모른다. 예전에 배도가 주운 허리띠를 돌려주고서 덕을 쌓은 일이 있다는 이야기[7]를 내 들었으니 너도 그 은을 주운 곳에다 갖다 두어라. 잃어버린 사람이 그걸 찾아갈 것이니, 그렇게 덕을 쌓으면 하늘이 너를 버리지 않을 것이다."

김효는 그래도 바탕이 제법 된 사람이라 노모의 훈계를 듣고
는 바로 대답했다.

"어머니 말이 맞아요, 어머니 말이 맞습니다!"

김효는 은이 들어 있는 전대를 집에다 내려놓고서 그 측간으
로 달려갔다. 달려가 보니 측간에는 한 무리 사람들이 남자 하나
를 둘러싸고 시끌벅적 떠들고 있었다. 남자는 무척이나 화가 난
얼굴로 고래고래 소리를 지르는 중이었다. 김효가 앞으로 나아가
남자한테 연유를 물었다. 남자는 타지 사람으로 측간에 들러 일
을 치르느라 전대를 벗어 두었다가 그만 전대를 놓고 가버렸다.
돌아와서 찾으려 해도 찾을 수가 없자, 측간을 헐어서라도 찾아
낼 심산으로 일꾼 몇 명을 데리고 와서 이제 막 일을 시작하려고
하는 참이라는 것이었다. 김효가 남자에게 물었다.

"잃어버린 은이 대체 얼마나 되시오?"

남자가 아무렇게나 대답했다.

"마흔 냥에서 쉰 냥 되오."

착실한 김효가 바로 또 물었다.

"하얀색 천으로 만든 전대에 들어 있던 거요?"

---

7 배도(裵度, 765~839)가 재상이 되기 전 부모를 여의고 산신 사당에서 공부할 때의
   일이다. 당시 억울하게 옥살이를 하게 된 한 남자가 있었는데, 그 남자의 아내와 딸
   은 옥 허리띠를 팔아 그 남자를 구하고자 했다. 그러나 그만 그 옥 허리띠를 잃어버
   리고 말았다. 배도가 그 옥 허리띠를 찾아 주어 마침내 그 남자, 아내, 딸은 생명을
   구했고, 배도는 음덕을 베푼 대가로 나중에 승승장구하게 되었다.

남자가 김효를 와락 잡아끌더니 말했다.

"맞아요, 맞아. 혹시 그거 주워서 나에게 돌려주려는 거요? 내가 후히 사례하리다."

주위 사람들이 입빠르게 끼어들었다.

"그거 반은 사례로 줘야 할 것 같은데."

김효가 남자에게 말했다.

"내가 진짜로 그걸 주웠소이다. 집에다 두었으니 나를 따라오시오."

주위 사람들은 이렇게 생각했다.

"남의 것이라도 주우면 돌려주지 않으려 하는 것이 인지상정인데 저 사람은 주인을 찾아 주려고 하다니 참 희한하네."

김효가 남자를 데리고 출발하려고 하니 주위 사람들도 뒤를 따랐다.

자기 집에 도착한 김효가 두 손으로 전대를 들고 나와 남자에게 돌려주었다. 남자가 전대를 돌려받고서 살펴보니 본래 들어 있던 것이 하나도 손 타지 않고 그대로 있었다. 다만 아까 주위 사람들이 한 반쯤은 사례금으로 줘야 하는 거 아니냐고 말한 것처럼 김효가 사례금을 과하게 달라고 할까 봐 걱정이 됐다. 남자는 순간 음흉한 계책을 하나 생각해 내고는 김효에게 뒤집어씌우며 말했다.

"원래 은이 사오십 냥쯤 있었는데 이것밖에 안 남았네. 당신이 반을 어디다 숨긴 모양인데 마저 돌려주시오."

김효가 대답했다.

"내가 그걸 주워 가지고 집에 들고 갔더니 어머니가 어서 주인에게 돌려주라고 하도 성화를 내셔서 그대로 집에다 놓고 바로 나간 건데, 물건에 손댈 틈이나 있었겠소?"

남자가 자신의 은이 손 탔다고 계속 김효에게 뒤집어씌우니 김효는 억울해 죽을 지경이라 남자에게 한 차례 발길질을 했다. 그러나 남자가 얼마나 힘이 셌던지 김효의 머리카락을 한 줌 움켜쥐고서 마치 닭 모가지를 비틀듯 땅바닥에 패대기를 치고 주먹으로 면상을 갈겨 댔다. 일흔 먹은 김효의 노모도 놀라서 뛰어나와 억울하다며 소리를 질러 댔다. 구경하던 사람들도 심사가 뒤틀렸는지 웅성웅성 소리를 냈다.

마침 현령이 그곳을 지나다가 시끄러운 소리를 듣고 가마를 세우게 한 뒤 아전을 시켜 당사자들을 데려오게 했다. 괜히 남의 일에 끼어들기 싫은 사람들은 슬금슬금 빠져 버리고 그래도 배짱 좀 있다고 하는 사람들은 옆에 서서 현령이 일을 어떻게 처리하는지 지켜보기로 했다.

아전들이 남자와 김효 모자를 현령 앞으로 끌고 오니 각자가 자신의 억울함을 하소연하기에 바빴다.

"저자가 소인의 은을 주워서 반을 숨겨 놓고는 돌려주지 않고 있습니다."

"제가 어머님의 말씀을 따라 정말 좋은 뜻으로 돌려주었는데 저자가 도리어 저에게 없는 죄를 뒤집어씌우고 있습니다."

현령이 구경하던 사람들에게 물었다.

"여기 증인이 되어 줄 만한 자가 있느냐?"

구경하던 사람들이 한꺼번에 앞으로 나와 답했다.

"저 사람이 전대를 벗어 놓고서 측간에서 볼일을 보고 그걸 그만 놓고 갔다가 다시 와서 찾아보았으나 찾을 수 없던 차에, 김효가 와서 자기가 그걸 주웠노라 말하고는 저 사람을 자기 집으로 데려가 전대를 돌려주었습니다. 그런 정황은 저희가 두 눈으로 똑똑히 봤지요. 하지만 그 전대 안에 은이 얼마나 들어 있었는지는 소인들도 알 길이 없습니다."

그 말을 듣고서 현령이 말했다.

"너희 둘은 다툴 일이 없다. 내게 처리할 방법이 있다."

현령은 아전에게 사람들을 모두 현청으로 데리고 오라고 일렀다. 현령이 현청에 돌아와 당에 오르니 김효와 남자, 그리고 증인으로 따라온 자들이 모두 바닥에 무릎을 꿇고 앉았다. 현령이 전대와 은 덩어리를 가져와 보라 하더니 재무 담당 아전을 불러 은 덩어리의 무게를 정확히 달아 보고 보고하게 했다. 재무 담당 아전이 보고했다.

"서른 냥입니다."

현령이 다시 남자에게 물었다.

"그래, 네 은 덩어리가 얼마라고?"

"쉰 냥입니다."

"저자가 네 은을 훔쳐 가는 걸 보았느냐, 아니면 저자가 너한테 찾아와 자기가 주운 거라고 말하더냐?"

"사실대로 아뢰자면 저자가 자기가 주웠노라고 실토했습니다요."

陳御史巧勘金釵鈿

"저자가 은에 욕심이 있었다면 아예 다 가져가지 왜 반 정도만 숨기고 나서 자기가 주웠노라고 말한단 말이냐. 저자가 말하지 않았으면 너는 저자가 네 은을 주웠다는 것도 몰랐을 것 아니냐. 내가 보기에도 저자가 전대에 들어 있던 은이 몇 냥인지를 가지고 장난치지는 않았을 터, 네가 잃어버렸다는 은은 쉰 냥, 저자가 주웠다는 은은 서른 냥이니, 필시 지금 이 은은 네가 잃어버린 것이 아니라 다른 사람의 것일 것이다."

그 남자가 황급히 말을 이었다.

"이 은은 분명 제 은입니다. 저는 그저 이 서른 냥만이라도 받겠습니다."

현령이 다시 말했다.

"수량이 다른데 어찌 제 것이라 우기고 함부로 가져갈 수 있단 말이냐. 이 은은 김효가 가져가서 노모를 봉양하도록 하라. 그리고 너는 네 힘으로 잃어버린 은을 찾으라."

김효는 은을 받아 들고서 천 번 만 번 현령에게 감사의 인사를 올리고 노모를 부축하여 현청을 빠져나갔다. 이미 판결이 그리난 까닭에 남자는 감히 뭐라 항변도 못하고 눈물을 흘리며 나갈 따름이었다. 옆에서 지켜보던 이들이 모두 한결같이 통쾌하다 한소리들을 했다.

남을 해치려다가
외려 제가 당했구나.
저는 나쁜 일을 당하고,

남은 희희낙락하는도다.

보시라, 오늘 내 이야기를 들어 보시라. 「금비녀와 금팔찌」라는
기이한 이야기. 아내 있던 자는 아내를 잃고 아내 없던 자는 아
내를 얻는 이야기를 들어 보시라. 마치 김효와 그 남자의 이야기
처럼 은을 바라던 자는 은을 잃고 은을 돌려주려 하던 자는 은
을 얻는 것과 같구나. 일의 본새는 다르나 그 이치는 하나도 다를
게 없도다.

강서성 감주부(贛州府) 석성현(石城縣)에 노 염헌(魯廉憲)[8]이 있
었으니 평생 관직 생활을 하면서도 청렴하고 돈을 밝히지 않아
사람들에게 청정수 노 염헌이라 불렸다. 노 염헌은 같은 현에 사
는 고 첨사(顧僉事)와 대대로 교분을 쌓고 지냈다. 노 염헌에게는
아들이 하나 있었으니 이름이 학증(學曾)이었다. 고 첨사에게도
딸이 하나 있었는데 아명이 아수(阿秀)였다. 이 두 집안은 자녀를
혼인시키기로 약속하고 서로 왕래하면서 사돈이라 부르기도 했
다. 이렇게 세월은 흘러갔다. 노 염헌의 아내가 병에 걸린지라 노
염헌은 아들만 데리고 임지에서 지내며 이제나저제나 했지만, 무
정한 세월만 흘러 아직 아들과 고 첨사의 여식은 혼례를 치르지
못했다. 그러나 아뿔싸, 노 염헌이 갑자기 병들어 세상을 떠나고
말았다. 노학증이 아버지의 시신을 운구하여 고향에 돌아와 삼년
상을 치렀다. 가세는 갈수록 기울기만 했다. 허물어져 가는 몇 칸

---

8 여기서 염헌은 벼슬 이름이다. 지방의 감찰사에 해당한다.

집에서 끼니마저 걱정하는 형편이었다.

고 첨사는 사윗감이 아주 상거지가 되어 버린 걸 보고 예전에 딸과 정혼시킨 것을 크게 후회했다. 고 첨사가 아내 맹 씨와 상의했다.

"노씨 가문이 지금 당장 먹을 쌀 한 톨도 없이 가난하여 혼례 치를 엄두도 내지 못하니 언제 우리 아수를 데려갈지 알 수가 없네. 차라리 다른 혼처를 알아보는 게 나을 것 같구려. 우리 딸내미 평생을 망치게 할 수는 없지 않은가."

고 첨사의 아내 맹 씨가 대답했다.

"아무리 가난하다 해도 어려서 정혼한 사이인데 무슨 핑계로 파혼을 한다지요?"

"그럼 지금 당장 사람을 보내 둘 다 이미 장성했으니 어서 혼례를 올리자고 재촉합시다. 그러면 양쪽 집안이 다 벼슬을 한 집안이니 체면을 봐서라도 혼례를 대충 치를 수 없다는 걸 알 것이고 더욱이 혼례라는 게 남자 측에서 돈이 나와 여자 측으로 들어오는 것이라 저 가난한 집안에서 처지를 깨닫고 차라리 없던 일로 하자고 할 것이오. 그때 가서 파혼서를 써 보내라고 하면 될 것이니 지금 바로 결단을 내립시다."

"아수가 고집이 센데 순순히 따를지 걱정이네요."

"시집가기 전에는 아비 말을 따르는 법. 이런 일에 어찌 토를 달 수 있겠소. 알아듣도록 당신이 찬찬히 타이르구려."

고 첨사의 부인은 이 말을 듣고 바로 딸의 방으로 가서 이런 상황을 전했다. 이 말을 들은 딸 아수가 대답했다.

"일부종사는 부덕 중의 기본입니다. 혼사에서 재물을 따지는 것은 오랑캐나 하는 짓입니다. 가난한 자를 멸시하고 부를 추구하는 것은 인륜을 저버리는 일이니 저는 아버지의 뜻을 따를 수 없습니다."

"지금 네 아버지가 노씨 댁을 찾아가서 어서 혼례를 올리자고 할 것이다. 혹여 혼례를 치를 형편이 못 된다면 파혼을 할 것이라 하니 너는 가만히 지켜보기나 해라."

"그게 무슨 말씀이세요. 만약 그 댁이 혼례를 치를 형편이 못 된다면 차라리 평생 수절을 할지언정, 저는 결코 다른 혼처를 찾지 않을 것입니다. 전옥련[9]은 강물에 몸을 던져 정절을 지킴으로써 만고에 그 이름을 드날렸습니다. 아버님이 이렇게 몰아가신다면 저는 목숨을 버리는 일조차 마다하지 않겠습니다."

고 첨사의 부인은 딸이 이렇게 고집을 피우는 것을 보니 화가 나기도 하고 안쓰럽기도 했다. 그리하여 마침내 계책을 생각해 냈다. 몰래 노씨 집안의 아들을 불러 예식을 치르도록 도울 테니 어서 식을 치러 이 혼사를 마무리하자고 할 심산이었다.

하루는 고 첨사가 동쪽 마을에 며칠을 머물면서 도지를 걷어 오겠노라며 길을 떠났다. 맹 부인은 딸과 상의한 다음에 늙은 집

---

9 중국 전통 연극 「형차기(荊釵記)」의 등장인물이다. 전옥련(錢玉蓮)은 거부 손여권 (孫汝權)의 청혼을 거절하고 일찍이 자신과 정혼한 가난한 서생 왕십붕(王十朋)과 죽어도 결혼하겠다 고집한다. 그러나 왕십붕이 과거에 급제하여 지방 관리로 발령받은 후 손여권이 왕십붕의 필체를 흉내내어 전옥련에게 헤어지자는 편지를 보내자 전옥련은 강물에 몸을 던진다. 그러나 하늘이 무심치 않았던지 전옥련은 목숨을 건지고 우여곡절 끝에 왕십붕과 재회하게 된다.

陳御史巧勘金釵鈿

사를 불러오게 했다. 맹 부인은 집사의 얼굴을 보고 이렇게 분부
했다.

"노씨 총각을 만나되 후문에서 만나도록 할 것이며 이러이러하
게 말을 하게. 절대로 이 일을 누설해서는 안 되네. 내가 나중에
따로 후사함세."

늙은 집사는 부인의 명령을 받들고 노씨 댁으로 달려갔다.

대문은 쇠락한 절간 문
방 안은 버려진 기와 굽는 가마.
창문과 문틀은 따로 놀고,
그저 바람에 제멋대로 열렸다, 닫혔다.
부엌도 퇴락하긴 마찬가지
연기와 김이 안 난 지가 너무도 오래다.
평소엔 그런대로 버틴다지만
무너진 담벼락과 구멍 난 기와
비가 오면 어쩌나.
낡고 부서진 책상다리와 걸상을 땔감으로 써도
불기운은 약하기만 하구나.
벼슬아치 집안이 망했다고들 애석해하면서도
청백리 집안의 불쌍한 자손을 도와주려 들지는 않는구나.
백 마디 천 마디 말로도 모자랄 노씨 집안의 곤궁함이여.

한편 노학증에게는 고모가 한 명 있었는데, 일찍이 양씨(梁氏)

집안으로 시집가 성에서 십 리 정도 떨어진 곳에서 살고 있었다. 남편은 이미 저세상으로 떠났고 아들이 하나 있었으니 바로 양상빈(梁尙賓)이었다. 양상빈이 아내를 얻으매 세 식구가 한곳에 살게 되었고 집안 형편이 그래도 입에 풀칠할 정도는 되었다. 이날은 마침 노학증이 고모 집에 쌀을 얻으러 떠났기에 노학증의 집에는 살림하는 할멈만 있었다. 늙은 집사는 할멈한테 어서 노학증에게 자신의 말을 전해 달라고 했다.

"사실 마님께서 호의를 베푸셔서 나리가 집을 며칠 비우는 동안 노 공자께서 찾아오기를 기다리시는 것이니 내 말 전하는 것을 절대 늦춰서는 아니 되오."

말을 마친 집사는 길을 되짚어 돌아갔다.

할멈은 생각에 잠겼다.

"미루면 안 될 일 같구나. 그렇다고 다른 사람에게 부탁하자니 말이 날 것 같고. 전에 마님이 계실 때 마님을 따라서 고모님 집에 가 본 적이 있어서 어렴풋이 기억이 나긴 하는데."

할멈은 옆집 사람에게 집 좀 봐 달라고 하고는 한달음에 고모 집으로 달려갔다. 한편 노학증의 고모는 노학증을 붙들어 앉혀 밥을 먹이고 있었다. 할멈은 노학증을 보고선 고씨 댁 집사가 한 말을 자세히 전해 주었다. 고모가 말했다.

"그래, 참 잘된 일이구나."

고모는 조카에게 어서 가 보라고 재촉했다.

노학증의 마음은 뛸 듯이 기뻤다. 하지만 입고 있는 옷이 너무 남루하여 차마 그대로 장모를 보러 가기가 민망하니 고종사촌인 양상빈에게 옷을 빌려달라 부탁했다. 양상빈은 본래 바탕이 좋지 않은 사람이라 뭔가 수작을 부리려고 하는 음흉한 마음에 이렇게 대답했다.

"옷이야 빌려줄 수 있지만, 오늘 서둘러 성안에 들어간다 해도 날이 저물 거네. 게다가 벼슬아치 집안의 담이 또 높기는 얼마나 높은가. 비록 오늘 장모의 초청이 있었다고는 해도 온 집안 식구가 다 아는 것도 아니니 언제 가는 게 좋을지는 나름 더 헤아려 봐야 할 걸세. 아둔한 소견이지만 아우는 오늘 여기 머물렀다가 내일 아침 일찍 서둘러 가 보는 게 좋을 것 같네."

"형님 말씀이 백번 지당하십니다."

"내가 동쪽 마을 사람을 만나 상의할 일이 있으니 돌아와서 다시 이야기하세."

양상빈은 또 모친에게 이렇게 말했다.

"저 할멈이 걸어오느라 피곤할 테니 우리 집에서 재우고 날이 밝으면 돌아가게 하시지요."

고모는 아들이 호의에서 그러는 줄 알고 할멈과 노학증을 모두 집에서 머물게 했다. 그러나 누가 알았겠는가? 할멈이 다시 집으로 돌아가고 고 첨사 집의 늙은 집사가 다시 노학증의 집에 들르면 노학증이 오늘 저녁에 집에 돌아오지 않았다는 사실을 알게 될 것이고 그러면 자신이 가짜 역할을 하는 게 드러날까 걱정이 되어서 그렇게 한 것임을. 양상빈이 간사한 꾀를 부리려 했던 것이다.

하늘을 속이는 그 꾀, 사람이 알아차리기 힘들어라.

땅을 뒤엎은 계략, 귀신도 눈치채지 못하네.

양상빈은 노학증을 속이고 새 옷으로 갈아입은 다음 살며시 문을 나서서 재빨리 성안에 있는 고 첨사의 집으로 찾아갔다.

한편 맹 부인은 늙은 집사에게 늦은 시각까지 정원 문을 열어 놓고 기다리라 했다. 해는 서산으로 지고 날은 어두워지는데, 어둠 속에서 젊은이 하나가 모습을 드러냈다. 가지런히 차려입은 모습에 발걸음을 황망히도 옮기는데, 정원 문 앞에서 들어갈까 말까 망설이고 있는 모습이었다.

"혹시 노 공자이십니까?"

양상빈은 황급히 머리를 조아리고 대답했다.

"예, 맞습니다. 마님께서 보고 싶어 하신다기에 특별히 달려왔습니다. 통기하여 주시기 바랍니다."

늙은 집사는 양상빈을 정자까지 안내하더니 잠시 기다리라고 하고는 서둘러 안으로 들어가 맹 부인에게 알렸다. 맹 부인은 집안일을 하는 노파를 보내어 노 공자를 맞아들이게 했다. 노 공자가 정자에서 내려오니 두 계집종이 비단 갓을 씌운 등불을 들고 다가와 맞았다. 이리저리 여러 채의 건물을 지나 붉게 칠한 화려한 건물이 보이니 바로 내실이었다. 맹 부인이 주렴을 걷어 올리고 촛불을 잡고서 기다리고 있었다.

양상빈은 본디 천출이라서 이렇게 번듯한 집안을 본 적이 없기도 하고 공부를 제대로 한 적이 없기도 했다. 지금은 더욱이

　　　　　　　　　　陳御史巧勘金釵鈿

가짜 노학증 행세를 하는 중이라 도둑이 제 발 저리듯 어쩐지 불안해하는 기색이 역력했다. 당에 올라 인사를 올리고 응대하는 것이 법도에 맞지도 않고 거칠었으며 말대답도 제대로 못 하고 굼떴다. 맹 부인은 이런 생각이 들었다.

"이상하다. 아무래도 벼슬을 지낸 집안의 자제 같지가 않아."

맹 부인은 다시 생각했다.

"그래, 사람이 빈궁해지면 품행과 생각도 짧아진다고 하던데 노 공자가 이렇게 당황하고 응대를 제대로 못 하는 것도 무리는 아니겠지."

이렇게 생각을 고쳐먹으니 오히려 노 공자가 더욱 불쌍하게 생각되었다.

차를 마시고 나서 맹 부인은 밤참을 내오게 했다. 더불어 딸 아수를 불러 만나 보게 했다. 아수는 처음에는 사양했으나 어머니의 강권도 있고, 또 '아버지가 파혼하려 하는데 만약 그렇다면 오늘이 처음이자 마지막일 수도 있지 않은가. 내 낭군의 얼굴을 한번 볼 수 있다면 죽어도 여한이 없으리라.' 하는 생각도 들어 부끄러운 마음을 품은 채로 자기 방에서 나와 어머니 방으로 향했다. 맹 부인이 말했다.

"내 여식이 인사를 올리려 하니 서로 간단하게 예라도 갖추시지요."

가짜 노학증은 위를 향하여 연거푸 두 번 읍했다. 아수 역시 두 손을 모아 가슴에 올리고 인사하는 자세를 취한 다음 바로 발걸음을 돌려 돌아가고자 했다. 맹 부인이 말했다.

"기왕에 정혼한 사이인데 서로 자리를 피할 이유가 있느냐?"

맹 부인은 아수를 자기 옆에 앉혔다. 가짜 노학증이 힐끗 아수를 바라보니 용모가 단정하기 그지없는지라 가슴이 떨리고 뼈마디가 다 저려 올 지경이었다. 아수는 정혼한 상대를 직접 만나 보고는 고개를 숙이고 아무런 말도 하지 않고 있었다. 그러다 아려 오는 가슴에 결국 자기도 모르게 한바탕 통곡을 하고 말았다.

　진짜와 가짜는 결국 드러나게 되는 법
　심장과 위장이 어이 같으랴!

잠시 후 음식이 들어오니 맹 부인은 상을 두 개로 나눠 차리게 했다. 손님 자리에는 공자더러 앉으라 하고, 가로로 놓인 상에는 아수와 자신이 함께 앉았다.

"오늘 이렇게 급작스럽게 공자를 오라고 한 것은 공자께서 혼례를 치르는 데 뭔가 도움이 될까 해서입니다. 혹여 결례를 범했다면 너무 책망하지 말고 용서해 주시구려."

가짜 노학증은 그저 황망하게 몇 마디만 주워섬길 뿐이었다.

"정말, 너무 폐를 끼치게 되었습니다."

노학증은 당황하여 얼굴이 온통 빨개졌다. 그 자리에서 맹 부인은 여식 아수가 일찍이 양가의 부친이 서로 정혼하여 준 그 의리를 지키고자 했던 저간의 사정을 가짜 노학증에게 대강 이야기했다. 그러나 가짜 노학증은 겨우 한두 마디 주워섬길 뿐 제대로 응대하지 못했다. 맹 부인은 그가 당황하고 부끄러움을 타서 그런 것이라 생각하여 그다지 괘념치 않았다. 가짜 노학증은 아무래도 자리가 불편한지라 본디 주량이 상당함에도 불구하고 술을 잘할 줄 모른다고 사양하며 마시려 들지 않았고 부인도 강권하지 않았다. 맹 부인은 동쪽 사랑채에 가짜 노학증의 잠자리를 봐 놓으라고 분부했다. 가짜 노학증은 일부러 돌아가야 한다고 사양했다. 맹 부인은 가짜 노학증을 붙잡았다.

"서로 이렇게 가까운 사이인데 신경 쓸 필요 있겠소? 게다가 나하고 아수가 그대에게 긴히 할 말도 있다오."

가짜 노학증은 속으로 너무도 기뻐했다. 하녀가 동쪽 사랑채에 이부자리를 다 봐 두었노라고 고했다. 가짜 노학증이 인사를 올리자 하녀가 등불을 들고 동쪽 사랑채로 안내했다.

맹 부인은 아수를 방으로 들어오게 한 뒤 시녀를 나가게 하고는 보석 상자를 열더니 따로 보관하고 있던 은자 여든 냥과 더불어 은잔 한 쌍, 금으로 만든 머리 장식 열여섯 개를 같이 건넸다. 은잔과 머리 장식만 해도 백 금은 족히 나가 보였다.

"이 어미 수중에는 이것밖에 없구나. 네가 직접 가서 노 공자에게 건네 혼례를 치르는 데 보태 쓰게 하여라."

"부끄러워 차마 발길이 떨어지지 않습니다."

"애야, 예법에도 나름의 예외가 있고, 일에는 완급이 있는 법이다. 이처럼 서로 곤혹할 때 네가 직접 가서 부부의 정으로 감동시키면 그가 이 제안을 받아들이고 온 정성을 다하려 하지 않겠느냐? 노 공자가 너무 가난하게 자라 세상 물정에 어둡다는 이유로 다른 사람을 중간에 내세워 일을 돕게 하면 노 공자가 그 사람한테 휘둘려서 결혼 자금을 날려 버릴 수도 있을 것 같다. 그러면 이 어미는 또 얼마나 마음이 아프겠느냐. 그때는 후회해도 소용없을 것이다. 네가 이것들을 품 안에 잘 안고 가서 직접 전달해 주어라. 다른 사람들 눈에 띄지 않도록 유념해라."

아수가 들어 보니 어머니의 말이 과연 일리가 있는지라 청종하지 않을 수 없었다.

"어머니, 그래도 저 혼자 가기는 좀 그렇습니다."

"내가 하녀 하나를 딸려서 너와 같이 가게 하마."

맹 부인은 즉시 하녀를 부르더니 밤이 깊어질 무렵에 남들이 눈치채지 못하게 아가씨를 모시고 동쪽 사랑채에 다녀오도록 했다. 그런 다음 다시 하녀의 귀에 대고 조용히 일렀다.

"아씨를 모시고 가면 가만히 문밖에서 기다려라. 눈치 없이 둘 사이에 끼어서 이야기 나누는 데 방해가 되지 않게 해라."

하녀는 맹 부인이 무슨 말을 하는지 바로 알아들었다.

한편 가짜 노학증은 혼자서 동쪽 사랑채에 앉아 뭔가 일이 생길 것 같은 생각에 잠을 이루지 못했다. 과연 일경이 갓 지난 즈음에 하녀가 문을 밀고 들어오더니 이렇게 말하는 것이었다.

"아씨께서 공자님을 만나고자 찾아오셨습니다."

가짜 노학증은 황망히 아수를 맞아들이며 다시 인사를 나누었다. 맹 부인 면전에서는 긴장하여 말 한마디 제대로 하지 못했으나 아수를 보니 긴장이 풀려 편안히 입을 열 수 있었다.

아수 역시 처음에는 서먹했으나 어머니도 옆에 없고 하여 편하게 입을 열기 시작했다. 둘은 서로 묻고 대답하며 한참이나 이

　　　　　　　　陳御史巧勘金釵鈿

야기를 나누었다. 아수는 속마음을 이야기하다가 자기도 모르게 설움이 복받쳐 두 줄기 눈물을 주르륵 흘렸다. 가짜 노학증도 억지로 가슴을 치며 한숨을 쉬고 눈물을 흘리고 코를 훌쩍이며 온갖 추접스러운 행동을 했다. 더불어 달래는 척하면서 아수를 껴안고 속으로는 너무도 즐거워 어쩔 줄 몰라 했다. 아수를 따라간 하녀는 두 사람이 서럽게 우는 소리를 듣고는 자기도 괜히 당황하여 눈물을 몇 방울 흘렸다. 하녀가 어찌 가짜 노학증의 속셈을 알 수 있었겠는가.

아수는 옷소매에서 은과 장신구를 꺼내 가짜 노학증에게 전해 주면서 재삼재사 당부했다. 가짜 노학증은 은과 장신구를 받아 들더니 아수를 와락 껴안고는 촛불을 불어 끄고 아수와 운우지정을 누리고자 했다. 아수는 자신이 소리를 질러 하녀가 듣게 되면 대사를 그르칠까 봐 그저 가짜 노학증이 하는 대로 맡겨 두었다. 누군가 지었다는 '꿈길과 같은 노래'라는 의미의 「여몽령(如夢令)」의 가사를 볼거나.

애달프다, 한 송이 아름다운 꽃이여.
깊은 곳 몇 겹의 휘장 뒤에 잘 숨겨져 있었더니
꽃 찾는 낭군의 손길은 미치지 않고
미친 벌 날아들어 헤집고 다니누나.
아뿔싸, 아뿔싸.
저 봄바람은 어찌 벌만 보내셨는가.

"매사를 세 번 이상 고민하지 않으면 결국은 후회할 일이 생긴다."라는 속담도 있지 않은가? 소리 소문 내지 않고 노학증에게 은과 장신구를 주어 혼사를 잘 매듭지으려 했던 맹 부인의 의도는 본디 선한 것이었으나 이처럼 중요한 일을 준비하면서 심부름 시킨 집사에게 노학증을 직접 만나 얼굴을 보고 처리하게 하지 않은 것은 큰 실수였다. 설사 가짜 노학증이 왔다 하더라도 그 가짜 노학증에게 몇 마디 나눈 다음 은과 장신구를 건네고 집사에게 다시 바래다주라고 한 뒤 일이 되어 가는 상황을 살폈으면 아무런 문제가 없었을 것이다. 그러나 천부당만부당하게도 자신의 여식을 불러 가짜 노학증을 만나게 하고 그런 다음 다시 그 여식을 동쪽 사랑채에 보내어 가짜 노학증과 또 말을 섞게 하니 이는 문제가 생길 여지를 스스로 만든 셈으로 어찌 일이 터지지 않겠는가. 가짜 노학증이 아니라 진짜 노학증이라 해도 이런 식으로 일을 처리하여 일생의 한을 남겨서는 아니 될 일이었다. 맹 부인이 자식 사랑에 잠시 눈이 어두워져 자식의 일생을 망치고 말았구나.

그래, 쓸데없는 이야기는 여기까지만 하자. 가짜 노학증은 자신의 욕망을 채우더니 아수를 품에서 놓아주었다. 새벽 4시, 즉 오경이 되자 맹 부인은 가짜 노학증에게 일어나 소세를 하라 하고는 차와 탕과 간단한 요깃거리를 들게 했다.

"아수의 부친이 머지않아 돌아올 것이니 공자께서는 어서 떠날 채비를 하시게나."

가짜 노학증은 맹 부인에게 작별 인사를 하고 뒷문을 빠져나와 길을 걸으며 생각에 잠겼다.

"벼슬아치 댁 규수를 농락하고 이렇게 은과 장신구까지 받았구나. 이 일이 발각되지 않으면 다행일 것이나 오늘 저 노학증이 다시 맹 부인 댁을 방문하면 모든 게 발각될 일 아닌가. 고 첨사가 머지않아 집으로 돌아온다 하니 일단 내가 노학증을 하루만 더 붙잡아 두었다가 내일 맹 부인을 찾아가게 해야겠다. 맹 부인을 보러 갔다가 고 첨사가 집에 있으면 감히 들어가지 못할 터이니 이 일은 간단히 해결될 것이다."

마음속으로 계책을 세운 양상빈은 길가 주점에 들러 연거푸 술을 몇 잔 들이켜고 입안에 안주를 털어 넣고는 한참 시간을 보낸 뒤에 오후가 되어서야 집으로 돌아갔다.

노학증은 양상빈이 오기를 기다리다가 쓸개가 다 녹아내릴 지경이었으나 입고 갈 옷이 없으니 그저 발만 동동 구를 뿐이었다. 고모 역시 다급한 마음에 일꾼을 동쪽 마을에 보내어 아들을 찾아보게 했으나 소식이 없었다. 하여 노학증의 고모는 며느리 전 씨한테 가서 물었다.

"애야, 아범 옷 가운데 입을 만한 게 있는지 모르겠구나?"

"아범은 옷을 상자 안에 넣어 놓고 늘 열쇠로 잠그고 다녀요."

고모의 며느리 전 씨는 원래 동쪽 마을 전공원(田貢元)의 딸로 인물이 출중하고 글도 읽을 줄 아는 데다 예의에도 밝았다. 며느리의 친정아버지 전공원은 본디 석성현에서 행세깨나 하는 주먹이었다. 그런데 석성현의 관리 하나가 그와 원수가 되어 그를 해치고자 벼르고 있었다. 이때 양상빈의 아버지가 처남인 노 염헌에게 이 일을 부탁하니 노 염헌도 평소 그의 사람됨을 익히 알고 있었던지라 적극 구명에 나선 덕분에 화를 면할 수 있었다. 전공원은 양상빈의 부친이 자신의 어려운 처지를 도와준 은혜에 감동하여 여식을 며느리로 주었다. 며느리 전 씨도 친정아버지를 닮아 나름 의협심이 강한 여인이었다. 전 씨는 남편이 멍청한 주제에 좋지 못한 일을 저지르고 다니는 것을 상당히 못마땅하게 여겨 입만 열면 촌놈이라고 불렀다. 이런 연유로 부부 사이는 늘 삐걱거렸고 의복도 남편이 직접 챙겼으며 며느리 전 씨는 전혀 상관하지 않았다.

노학증과 노학증의 고모가 가슴을 졸이던 순간, 양상빈이 만면에 웃음을 띠고 나타났다. 고모는 그를 보자마자 꾸짖었다.

"동생이 이렇게 애타게 옷을 기다리는데 너는 어디서 그렇게 술이나 마시고 집에도 들어오지 않은 게냐? 네놈을 도대체가 찾을 수가 있어야지."

양상빈은 어머니의 말에 대꾸도 하지 않고 자기 방으로 들어가 소매 속에 숨겨 온 것들을 감춘 다음 다시 나와 노학증에게 말했다.

"예기치 못한 일이 생겨 붙잡히는 바람에 동생을 하루 지체하게 만들었네. 나를 너무 책망하지 말게. 오늘은 날이 이미 저물었으니 내일 돌아가게나."

고모가 양상빈에게 욕을 퍼부었다.

"야, 이놈아 너는 옷이나 빌려주면 되지, 정작 일을 할 사람은 네가 아닌데, 뭐 하러 나서서 오늘 가라 내일 가라 하는 게냐."

노학증이 말했다.

"옷 말고 신발과 버선도 빌려주시면 좋겠습니다."

"청색 비단 신발이 있기는 한데, 옆집 갖바치가 빌려 갔어. 오늘 밤에 바로 돌려 달라고 할 테니 내일 아침 신고 가게나."

노학증은 하는 수 없이 하루를 더 묵기로 했다.

다음 날 양상빈은 머리가 아프다는 핑계로 해가 중천에 뜰 때까지 자리에서 일어나지 않았다. 남들이 아침밥을 다 먹고 난 다음에야 겨우 일어나 도포, 신발, 버선을 꼼지락거리며 하나씩 꺼내 오는 게, 노골적으로 시간을 지체해서 노학증의 일을 망쳐 보려는 심산이 뻔히 보였다. 노학증은 차마 그 자리에서 바로 입어 보지는 못하고 보자기에 싸서 살림하는 할멈에게 들고 가게 했다. 고모는 쌀과 나물 등을 챙겨서 머슴에게 주며 노학증의 집에 갖다 주고 오라고 했다.

"혼례를 치르기로 결정하고 일을 진행하면 나에게도 바로 전갈을 보내라. 괜히 걱정하지 않게 말이야."

노학증은 고모에게 인사를 하고 물러났다.

양상빈이 노학증을 전송하는 양 따라 나와서 말을 건넸다.

"고 첨사 댁에 가거든 동생에게 호의를 베푼다고 하는 게 진짜인지 가짜인지 꼭 꼼꼼하게 살펴야 하네. 꼭 내 말대로 하게. 정문으로 들어가더라도 무작정 들어가지는 말고. 고 첨사가 사위가 아니라며 쫓아내면 어쩔 텐가. 그 집의 후원을 담당하는 늙은 집사가 자네에게 전갈을 전하는 심부름을 했던 거야 틀림없는 사실이니 자네가 아무런 이유도 없이 혼자서 찾아가지 않았으리라는 건 분명 잘 알 테지. 그러나 그가 안면을 싹 바꾸면 자네가 그에게 자초지종을 알려 주고자 노력해야 할 것이야. 그러다 보면 동네 사람들에게 소문이 날 거고. 만약 그자가 후원의 넓은 곳에서 자네를 손 좀 봐주려고 마음먹으면 자네는 꼼짝 못 하고 당하게 될 거야."

노학증은 계속 맞장구쳤다.

"형님 말이 지당합니다."

마주 보고는 웃더니 등 뒤에다 칼을 꽂네.

선량한 사람이 악한에게 당하는구나.

노학증은 집에 돌아와 고종사촌 형에게 빌린 옷으로 갈아입고, 버선과 신도 갈아 신었다. 다만 고종사촌 형과 자기의 머리 크기가 너무 달라서 관을 빌리지는 못한지라 쓰고 다니던 낡은 관을 벗어서 물에 깨끗하게 씻었다. 그런 다음 살림하는 할멈을 시켜 이웃집에서 빌려온 다리미를 불에 달궈 관을 빳빳하게 다림질하고 해지고 구멍 난 곳은 밥풀을 으깨어 붙인 다음 먹물을 묻혀 까맣게 칠했다. 이렇게 관을 가지고 한참이나 씨름한 다음에 이리 써 보고 저리 써 보았지만 아무래도 이게 잘 맞는지 걱정이었다. 노학증은 살림하는 할멈에게 차림새가 정말 잘 맞는지 꼼꼼히 확인받고 나서야 비로소 고 첨사 댁으로 걸음을 옮겼다. 고 첨사 댁의 문지기가 보니 모르는 사람이라 심드렁하게 이렇게 말하는 것이었다.

"나리는 지금 동쪽 마을로 출타하셨습니다."

노학증은 그래도 벼슬아치 집안의 자제답게 이렇게 응대했다.

"부인 마님께 노학증이란 사람이 찾아왔다고 전해 주게나."

문지기가 지금 찾아온 사람이 노학증이란 거야 알겠지만 도대체 왜 찾아왔는지는 알 턱이 없는지라 다시 이렇게 대답했다.

"나리가 출타 중이셔서 소인이 모르는 사람이 찾아온 것을 함부로 전할 수는 없습니다."

"부인 마님이 친히 나를 부르셨으니 어서 가서 전하게나. 자네가 상관할 바가 아니네."

문지기가 안에 들어가 알렸다.

"노 공자라는 분이 뵙기를 청하는데 들어오라 할까요, 아니면 물릴까요?"

맹 부인은 이 말을 듣고 깜짝 놀랐다. 어제 왔다 간 사람이 어찌 또다시 찾아왔단 말인가? 맹 부인은 일단 대청으로 들어오라 하여 앉아서 얼굴을 대면하고 말을 나눠 보리라 생각했다. 하녀에게는 그 사람을 맞아 오면서 무슨 일로 왔는지 물어보게 했다. 하녀가 나가서 노학증의 얼굴을 한번 보더니 황망히 걸음을 돌려 안으로 들어와 맹 부인에게 아뢰었다.

"이 사람은 가짜입니다. 전날 찾아왔던 그분이 아닙니다. 전날 찾아왔던 분은 통통하고 까무잡잡했는데 지금 찾아온 사람은 마르고 뽀얗습니다."

맹 부인은 믿을 수가 없었다.

"어찌 그런 일이 있을 수가 있단 말이냐?"

맹 부인이 직접 후당으로 나가 커튼을 걷고 살펴보니 과연 전날 왔던 사람과는 판연히 다른 자였다.

맹 부인은 도대체 갈피를 잡을 수가 없어서 일단 하녀를 시켜 그 사람에게 노씨네 집안 관련 사항을 촘촘하게 알아보게 했다. 하녀가 돌아와 알리기를 노씨네 집안사람이 틀림없어 보인다고 전했다. 맹 부인이 지난번에 가짜 노학증을 만났을 때는 아무래도 뭐가 이상하다는 인상을 강하게 받았으나 오늘 만난 이 사람은 인물도 훤칠하고 말주변도 좋아서 이자야말로 진짜 노학증이 아닌가 하는 생각이 절로 들었다.

"그래, 오늘 무슨 일로 오셨소?"

"일전에 마님께서 늙은 집사 편에 저를 불러 주셨으나 제가 집에 묶여 있다가 오늘 아침에야 돌아와 이렇게 찾아뵙게 되었습니다. 이렇게 늦게 찾아뵙게 된 것을 용서해 주십시오."

"그대의 말이 틀림없어 보이는구려. 그나저나 그대 흉내를 낸 녀석은 대체 누구란 말이요?"

맹 부인은 황망히 일어나 방으로 들어가 아수에게 이 사실을 알렸다.

"네 아버지도 출타하고 안 계신데 너에게 이렇게 곤란한 일이 생겨 버렸으니 이를 어찌한단 말이냐. 다행히 아무도 아는 자가 없으니 지난 일을 다시 거론하지는 말자꾸나. 지금 너와 정혼한 노학증이 이렇게 찾아왔으나 내가 그에게 줄 게 없으니 이를 어쩐다?"

단 한 번의 실수로
만사가 모두 헛일이 되었구나.

아수는 어머니의 말을 듣고 한참을 멍하니 있었다. 그 심정을
어찌 필설로 묘사할 수 있으랴. 황당하다고 해야 할까, 부끄럽다
고 해야 할까, 괴롭다고 해야 할까, 고통스럽다고 해야 할까. 바늘
이 사방에서 몸을 찌르는 듯한 그 뼈아픈 심정은 말로 표현할 수
없었다. 그러나 아수는 심지가 굳은 여성이라 그래도 정신줄을
놓지 않았다.

"어머니께서 그분을 만나고 계세요. 저한테 따로 생각이 있습
니다."

맹 부인은 딸의 말을 듣고 다시 노학증을 만나러 대청으로 나갔
다. 노학증은 의자를 맹 부인 쪽으로 갖다 놓더니 이렇게 말했다.

"장모님께서는 앉으셔서 사위의 절을 받으십시오."

맹 부인은 손사래를 치며 사양하다가 의자 옆에 선 채로 노학증
의 재배를 받았다. 아울러 하녀를 시켜 노학증을 일으켜 앉혔다.

"소생이 집안이 가난하여 크나큰 결례를 범했습니다. 그런데도
장모님께서 저를 버리지 않으셨으니 은혜가 뼈에 사무칩니다."

맹 부인은 스스로 너무도 참괴하여 아무 대답도 하지 못했다.
그저 황망하게 하녀를 시켜 아수를 데리고 나오게 했다.

아수는 드림막 안쪽에 서 있었으나 어찌 발걸음을 옮기고 싶
었겠는가? 그저 하녀를 시켜 말을 전할 뿐이었다.

"공자는 집에서 시간을 지체하느라 저와 어머니의 호의를 거들

떠보지도 않으셨군요."

"제가 갑자기 아파서 드러눕는 바람에 득달같이 달려오지 못하고 오늘에서야 이렇게 찾아뵈었습니다. 어찌 일부러 약속을 어기려고 했겠습니까?"

아수가 다시 커튼 안쪽에서 말을 받았다.

"소녀는 사흘 전까지는 공자께 속하는 몸이었으나 이제는 공자 집안에 누를 끼칠 수 있어 차마 받들 수 없습니다. 공자를 도울 수 있는 금은보화와 비단 같은 것들도 지금은 마땅치 않습니다. 그저 금비녀 두 쌍과 금팔찌 한 쌍이 있으니 소녀의 성의로 알고 받아 주시길 바라나이다. 공자께서는 또 다른 좋은 인연을 찾으시고 소녀를 가슴에 담아 두지 마십시오."

하녀를 시켜 금비녀와 금팔찌를 건네는데, 정혼을 물리는 듯한 이 말을 듣고서 노학증이 차마 받으려 하지 않았다.

"제발 받아 두십시오. 나중에 모든 걸 이해하게 되실 겁니다. 그리고 어서 돌아가십시오. 여기서 더 지체하셔야 좋을 것이 없습니다."

아수는 말을 마치고 울음소리만 남긴 채 안으로 들어갔다.

노학증은 도저히 이해가 되지 않아서 부인에게 여쭈었다.

"소인의 집안이 비록 가난하나, 금비녀와 금팔찌를 얻으러 찾아온 것은 아닙니다. 오늘 따님께서 이별의 언사를 비치고 있는데도 부인께서는 아무런 말씀 없으시군요. 이런 말을 전하려고 저를 부르신 것입니까?"

"우리 모녀에게 다른 의도가 있는 것은 아닙니다. 다만 공자께서 늦게 왔으니 그게 혼사를 중히 여기지 않아서 그런 것이라 생각되어 내 여식이 기분이 상한 것 같습니다. 너무 마음에 담아 두지 마시구려."

노학증은 맹 부인의 말을 도저히 그대로 받아들일 수가 없었다. 하여 아버님이 살아 계실 때 양쪽 집안이 얼마나 우애가 두터웠는지를 이야기하면서 다시 생각해 볼 것을 간청했다.

"지금 한 분은 돌아가셨고 한 분은 살아 계시며, 한쪽 집안은 가난하고 한쪽 집안은 풍족하다고 하여 혼사를 깨려고 하는 것을 그저 참고 견디라는 말입니까? 저는 오직 장모님의 말씀에 따라 달려온 것인데, 사흘 늦었다고 이렇게 혼사를 바꾸려 드시다니요!"

노학증은 자신의 억울한 심정을 토설하느라 입을 다물지 못했다. 맹 부인 역시 뭐라 할 말도 없는 처지여서 노학증의 말을 들어 주느라 꼼짝하지 못했다.

바로 이 순간 안에서 한바탕 소란스러운 소리가 나더니 하녀가 숨을 헐떡이며 달려왔다.

"마님 큰일 났습니다. 어서 가서 아가씨를 구하세요."

깜짝 놀란 맹 부인은 온몸에 식은땀이 났다. 배에도 다리가 한 쌍 더 있으면 기어서라도 가련만 도저히 움직일 수가 없었다. 하녀가 어깨를 부축하여 맹 부인과 함께 별채에 들어가 보니 아수가 수건으로 목을 매고 자결해 있었다. 한달음에 수건을 풀어냈으나 아수의 숨은 이미 끊어진 지 오래, 아무리 불러도 대답이 없었다. 자리에 있던 모든 이들이 울기 시작했다. 노학증은 아수가 목을 맸다는 말을 듣고서 자기를 떼어 내려는 수작이라고 생각하여 대청에서 화를 내면서 고함을 질렀다. 맹 부인은 찢어지는 가슴을 부여잡으며 노학증을 아수의 방으로 들여보내라 전했다. 노학증이 아수의 방에 들어와 보니 침상에 아수가 뻣뻣하게 누워 있는 것이었다. 맹 부인이 울면서 말을 건넸다.

"이보게 사위, 아내의 얼굴이나 한번 보시게."

노학증은 심장에 만 개의 화살을 맞은 듯 고통스러운 울음소리를 냈다.

"그래, 내 사위, 여기는 그대가 오래 머물 자리가 아닌 것 같소. 그러다 엉뚱한 말이라도 나면 시비가 붙고 일이 안 좋아질 것이니 어서 돌아가시게."

그런 다음 하녀에게 아수가 마련한 금비녀와 금팔찌를 노학증의 소매 안에 넣어 주고 전송하라 일렀다. 노학증도 하는 수 없어 그저 울면서 발길을 돌렸다.

맹 부인은 염을 준비시키고 더불어 동쪽 마을에 가 있는 고 첨사에게 아수가 정혼을 파하는 것을 원하지 않아 스스로 목을 매 목숨을 버렸다는 소식을 전하게 했다. 고 첨사는 이 소식에 황급히 돌아와 울면서 여식의 장례를 치렀다.

　　목숨을 건 약속은 천금보다 귀한 것,
　　간사한 꾀가 이렇게 큰 화를 부를 줄이야.
　　석 자 길이 붉은 수건으로 약혼자에게 알리고자 함은,
　　몸은 더럽혀졌을지언정 마음은 더럽혀지지 않았다는 것.

노학증은 집으로 돌아가 아수가 생전에 준 금비녀와 금팔찌를 보고 울음 한바탕, 한숨 한바탕, 의심도 품어 보고 이해하려고도 노력해 보았다. 그러나 별다른 이유가 있겠는가? 그저 자신의 운수에 복이 없는 탓이라 생각했다. 밤이 지나고 날이 밝자 노학증은 빌린 옷가지와 버선을 다시 잘 싸서 직접 돌려주려고 고모 댁으로 출발했다. 양상빈은 노학증이 온 것을 눈치채고는 몰래 다른 곳으로 도망가 버렸다. 노학증이 고모를 뵙고서 아수가 목을 매 자결한 일을 이야기하니 고모는 연신 혀를 차면서 노학증에게 밥이라도 먹고 가라고 권했다.

양상빈이 집에 돌아와서 이렇게 물었다.

"좀 전에 외사촌 동생이 다녀가는 것 같던데, 고 첨사 댁에 다녀왔다고 하던가요?"

"어제 다녀왔다더라. 그런데 웬일인지 그 아가씨가 노학증에게 왜 사흘이나 늦게 왔다며 원망하더니 그만 목을 매 죽었다지 뭐냐."

"뭐요? 그렇게 예쁘고 멋진 아가씨가 저세상으로 가다니!"

양상빈은 저도 모르게 이렇게 내뱉고 말았다.

"네가 그 아가씨를 어떻게 아느냐?"

양상빈은 어머니의 추궁에 자신이 노학증 흉내를 내고서 고 첨사 댁에 다녀온 일을 털어놓았다. 노학증의 고모는 대경실색하며 꾸짖었다.

"이 짐승 같은 놈아, 이런 수작을 부리다니! 네가 결혼한 것도 다 네 외삼촌 덕인데 은혜를 원수로 갚아도 분수가 있지. 외사촌 동생의 혼사를 훼방 놓고 애꿎은 아가씨까지 저세상에 보내 버렸으니 그러고도 네 마음이 편안하냐?"

어머니가 짐승 같은 놈이라고 욕을 퍼부어도 양상빈은 차마 입을 열어 대꾸하지 못했다.

양상빈이 어머니를 피하여 방으로 들어가니 아내 전 씨가 방문을 닫아걸고는 양상빈을 욕했다.

"당신은 정말로 불의한 일을 행했으니 머지않아 천벌을 받을 것입니다. 결코 끝이 좋지 않을 것입니다. 오늘부터 당신은 당신, 나는 나, 우리 서로 떨어져 지냅시다."

양상빈은 그렇지 않아도 화가 나고 심사가 뒤틀리는데, 아내마저 자기를 몰아붙이니 부아가 치밀어서 갑자기 방문을 발로 걸어차고는 전 씨의 머리채를 잡고 두들겨 패기 시작했다. 양상빈의 어머니가 달려와 소리를 질러 양상빈을 내쫓았다. 양상빈의 아내 전 씨는 가슴을 치며 죽네 사네 곡을 했다. 양상빈의 어머니는 며느리를 달래다 못해 결국 마차꾼을 불러 며느리를 친정에 데려다주게 했다.

양상빈의 어머니는 화도 나고 괴롭기도 하고 놀랍기도 한 데다, 또 아들 일이 발각되면 어쩌나 하는 염려까지 밀려와 밤새 한숨도 못 자고 오한이 들어 일주일 내내 앓다가 결국 세상을 하직하고 말았다. 며느리 전 씨는 시어머니가 세상을 떠났다는 소식을 듣고서 한달음에 달려와 상을 치르고 며느리의 도리를 다했다. 하지만 아직도 전 씨를 괘씸하게 여기던 양상빈은 끊임없이 욕을 퍼부어 댔다.

"이런 찢어 죽일 놈의 여편네, 친정에서 뼈를 묻을 것이지 뭐 하러 다시 온 거야?"

둘은 이내 싸우기 시작했다.

"불의한 일을 저질러 어머니를 저세상으로 보내 놓고 나한테까지 덤터기를 씌우려 들어? 시어머니가 돌아가시지 않았으면 내가 너 같은 촌놈 앞에 나타나기도 했을 줄 알아!"

"당신 없으면 내가 어떻게 될까 봐 내 앞에 다시 나타난 거야? 이제 그만 됐으니 어서 꺼지라고. 다시는 이 집에 들어오지도 마."

"내가 차라리 평생 과부로 지내고 말지 너 같은 악당하고는 안 산다. 그래, 깔끔하게 이혼하자. 내가 친정에 돌아가면 바로 신령 님께 어서 이혼하는 게 저에게 복 주시는 것이라 빌 테다."

양상빈은 본디 자신의 처와 인연이 아니라고 생각했던 터라 이렇게 서로 막말을 주고받은 김에 이혼장을 쓰고 손도장을 찍어 아내 전 씨에게 던져 주었다. 전 씨는 시어머니의 위패에 절을 올리고 한바탕 곡을 한 뒤 대문을 나섰다.

흑심을 품고 남의 아내를 희롱하더니,
제 아내 복마저 차 버리는구나.
애달프다, 전 씨처럼 현명한 아내를
한바탕 욕 퍼붓고 내치다니.

이야기는 여기서 두 갈래로 나뉜다. 맹 부인은 죽은 딸 생각에 눈물짓지 않는 날이 없었다. 생각해 보니 노학증에게 집에 오라는 전갈을 전한 자도 늙은 집사 구 씨요, 그 시커멓고 뚱뚱한 놈을 집으로 데리고 온 자도 늙은 집사 구 씨니, 그 늙은 집사 구 씨하고 그자가 한통속이 아니라면 그사이에 뭔가 다른 사람에게 말이 샌 것이 틀림없었다. 남편이 손님을 만나느라 집을 비운 사이 맹 부인은 늙은 집사 구 씨를 불러 재삼재사 물어보았다. 구 씨는 마님의 말을 전하면서 절대 다른 사람에게 말을 흘린 적이 없는지라, 아직도 그 바보 같은 노학증이 괜히 옷을 빌린다며 사흘이나 늦게 나타나서 이런 사달이 난 것이라고 믿고 있었다.

맹 부인은 먼저 찾아온 자가 가짜 노학증이고, 늦게 찾아온 자가 진짜 노학증이라 감 잡고 있었으나 늙은 집사 구 씨는 동일인이라고 굳게 믿고 있었으니 아무리 이런저런 말로 물어봐도 제대로 분간하지 못했으며 알아듣지 못했다. 맹 부인이 버럭 화를 내며 아랫사람을 시켜 바닥에 패대기를 치고 곤장을 서른 대 치게 하니 애매한 엉덩이 살가죽만 벗겨지고 피만 솟아날 뿐이었다.

고 첨사가 어느 날 우연히 후원에 들러 늙은 집사 구 씨에게 정원 청소를 시키려 하니, 마님께 맞아서 운신을 못 하니 청소할 수 없노라 하는 대답이 들려왔다. 다른 사람을 시켜 늙은 집사를 부축하여 데리고 나오게 한 뒤 연유를 캐물었다. 늙은 집사는 맹 부인이 자신에게 노학증을 데려오라고 심부름시킨 일, 그리고 밤에 노학증이 찾아온 일을 일일이 고해바쳤다. 고 첨사가 화를 버럭 내며 소리 질렀다.

"일이 그렇게 된 것이군."

고 첨사는 바로 마차를 불러 몸소 현청으로 가서 현령에게 이 일을 알리고 노학중을 붙잡아 자신의 여식이 세상을 떠난 원혼을 풀어 주고자 했다.

현령은 아전을 불러 사건 조서를 작성하게 하는 한편 노학중을 잡아 오게 하여 심문했다. 노학중이야 본디 착하디착한 사람이라 그간의 사정을 남김없이 진술했다.

"아수 아씨가 저에게 금비녀와 금팔찌를 정표로 준 적은 있어도 아씨와 후원의 방에서 밀회를 나눈 적은 결코 없습니다."

현령은 바로 늙은 집사를 불러 양자를 대질 심문했다. 지난번에 가짜 노학중을 안내한 것은 마침 어두운 밤이었고, 집사가 나이 든 데다 눈마저 침침하여 그 얼굴을 제대로 보지도 못했지만 오늘 현청에 가면 제대로 일을 처리하라는 고 첨사의 엄명도 있고 하여 그냥 저 노학중이 맞으니 절대 놓아주면 안 된다고 증언하고 말았다.

늙은 집사가 이렇게 증언도 하고 있고 고 첨사의 얼굴도 있는지라 현령은 노학중에게 어서 자백하라며 온갖 고문을 가했다. 노학중은 고문에 못 이겨 이렇게 자백하고 말았다.

"맹 부인이 나를 도와주고자 부르시고 금비녀와 금팔찌를 주었습니다. 이때 소인이 우연히 아수 아씨를 보고 그만 미모에 반하여 음심이 일어나 그녀를 욕보이고 말았습니다. 한데 사흘이 지나서 또 찾아가니 결국 아수 아씨가 분에 떨며 목숨을 끊고 말았습니다."

현령은 노학중의 자백을 받아 적게 했다. 노학중과 아수가 비록 정혼한 사이라 하나 아직 정식으로 혼례를 올린 것도 아니므로 부부라 할 수 없는 터인데, 노학증이 아수를 범하여 죽음에 이르게 했으므로 여인을 겁박한 죄로 사형에 처해야 한다고 판결했다. 현령은 노학증을 사형수 감옥에 넣으라고 하고 문서를 닦아 상부에 보고했다.

맹 부인은 이 소식을 듣고 혼비백산했다. 맹 부인이 노학증의 집을 찾아가 보니 살림하는 할멈 혼자서 충격에 몸져누웠으나 아무도 보살펴 주는 이가 없었다.

"노학증은 아무런 잘못도 없는데 내가 괜히 저 젊은이의 목숨을 위태롭게 하는구나."

맹 부인은 처연하고도 미안한 기분에 은자 몇 냥을 꺼내어 할멈에게 건네며 사람을 사서 옥에 갇힌 노학증을 보살펴 달라고 했다. 맹 부인이 남편에게 노학증의 목숨을 살려 달라고 애원했지만 남편은 외려 더욱 화를 낼 뿐이었다. 이 일이 퍼지고 퍼져 석성현 온 천지에 모르는 사람이 없을 정도로 소문이 나 버렸다.

좋은 일은 문밖을 나서지 않으나
안 좋은 일은 천 리를 달려가는 법.

이 일로 체면을 구겼다고 생각한 고 첨사는 노학증이 처형되는 것만이 그나마 자신의 남은 체면이라도 건지는 길이라고 생각했다.

한편 진렴(陳濂)이라는 어사(御史)가 있었으니 그는 호광(湖廣) 출신으로 부친이 고 첨사와 같은 해에 진사에 급제한 인물이다.

이 인연으로 고 첨사는 진렴을 친하게 조카라 불렀다. 진렴은 어려서부터 총명하고 특히 남의 억울함을 잘 헤아려 풀어 주곤 했다. 그런 진렴이 때마침 황제의 명으로 강서성을 순찰하게 되었다. 진렴은 강서성에 들어오기 전에 이미 고 첨사한테 자신의 여식 건으로 부탁받은 바가 있었다. 진렴은 입으로야 물론 잘 알겠다고 했으나 마음속으로는 탐탁지 않게 생각했다.

이러구러 사흘이 지나 강서성에 도착하니 강서성의 아전과 관원들은 모두 똥줄이 탔다. 판결문을 심사하는 날이 되니 각 현에서 문서와 범인들을 대령했다. 노학증을 심문할 차례가 되어 진렴이 문서와 증거물인 금비녀, 금팔찌를 살펴보고 노학증에게 물었다.

"이 금비녀와 금팔찌는 처음 찾아갔을 때 받은 것이냐?"

"소인은 그저 한 번만 갔을 뿐입니다. 처음이고 나중이고 자체가 없습니다."

"조서에는 사흘 후에 다시 갔다고 되어 있는데?"

"정말 억울합니다. 소인의 부친이 살아 계실 때 고 첨사 댁 여식과 제가 정혼을 하게 되었는데, 소인의 부친이 워낙 청렴하셔서 돌아가시고 난 다음에 먹고살 길이 너무 막막하여 아직 혼사를 치르지 못하고 있었습니다. 이때 소인의 장인 되시는 고 첨사께서 혼사를 물리고자 했으나 장모께서 반대하시고 몰래 사람을 보내어 소인을 불러 은자와 포목을 주시고자 했던 것입니다. 그러나 소인은 당시 촌구석에 처박혀 있었기에 사흘이 지나서야 겨우 찾아뵐 수 있었습니다. 그날 저는 장모만 뵈었을 뿐, 아수 아씨는 보지도 못했습니다. 제가 음란한 짓을 저질렀다고 한 것은 고문을 못 이겨 한 자백일 따름입니다."

"아수를 보지 못했다면 저 금비녀와 금팔찌는 어디서 난 것이냐?"

"아수 아씨가 커튼 안쪽에 서서 소인이 늦게 와서 일을 망쳤다고 원망했습니다. 그러면서 혼사는 고사하고 은자와 포목마저도 주기 어렵게 되었다며 이 금비녀와 금팔찌를 정표로 주겠노라고 했습니다. 저는 그때만 해도 아수 아씨가 저와의 혼사를 깨기 위해 한 말로 오해하여 장모님에게 따져 물었습니다. 한데 그때 갑자기 아수 아씨가 목을 매 자진했으니 저는 도무지 그 이유를 알 길이 없습니다."

"네 말대로 하자면 너는 그날 밤 후원에 간 적이 없다는 것이렷다."

"소인은 결코 후원에 간 적이 없습니다."

진렴이 생각해 보니 딴은 그럴듯했다. 사위를 불러 혼사에 보태 쓰라고 뭔가를 주려고 하는데 금비녀와 금팔찌만을 줄 리는 없겠지. 아수의 원망이 그리 심했다면 혹시 누군가가 선수를 쳐서 은자와 포목을 가져가고 더불어 자신을 더럽혔기에 죽을 작정을 한 것은 아닐까? 이렇게 생각이 미치자 진렴은 늙은 집사를 불렀다.

"네가 노학증의 집에 갔을 때 노학증의 얼굴을 직접 보았더냐?"

"소인은 얼굴을 직접 보지는 못했습니다요."

"직접 보지도 못했다고 하고 게다가 밤에 찾아왔다고 하던데 너는 어떻게 저자가 노학증이라고 알아볼 수 있었느냐?"

"저자가 자기 입으로 노학증이라고 하면서 마님과 약속이 되어 있어서 찾아왔다고 하기에 저도 그런가 보다 하고 안내해 준 것입니다요. 설마 저자가 그런 일이 없다고 발뺌하는 것은 아니겠지요?"

"저자가 마님을 만나고 언제 돌아갔느냐?"

"듣자 하니 안에서 마님이 저자에게 술을 대접하는 것 같았고, 뭔가 잔뜩 선물로 주는 것 같았습니다. 아마 오경쯤 해서 돌아갔을 것입니다."

노학증이 옆에서 듣고 있다가 억울하다고 소리를 질렀으나 진렴이 고함쳐 입을 막았다. 진렴이 다시 늙은 집사에게 물었다.

"저 노학증이 두 번째 찾아왔을 때도 네가 안내했느냐?"

"두 번째 왔을 때에는 정문으로 들어왔기에 소인이 안내하지 않았습니다."

"저자는 어째서 첫 번째 방문했을 때 정문으로 들어오지 않고 후문으로 들어왔더냐?"

"마님께서 소인에게 후문으로 들어오라고 전하라 하셨습니다."

진렴이 다시 노학증에게 물었다.

"그래, 그대의 장모가 후문으로 오라고 했는데 그대는 어이하여 정문으로 들어갔더냐?"

"저 늙은 집사가 마님께서 저를 만나고 싶어 한다는 전갈을 주기는 했지만 그게 사실인지 아닌지 알 길이 없고 인적이 드문 넓은 후원을 지나다가 괜히 봉변을 당할 수도 있겠다 싶어 아예 정문을 통해서 갔고 후원 쪽으로는 가지도 않았습니다."

진렴은 노학증과 늙은 집사의 말이 서로 이렇게 다르니 분명 뭔가 곡절이 있는 게 틀림없다고 생각했다. 진렴은 노학증을 가리키며 늙은 집사에게 다시 한번 물었다.

"그때 후원으로 찾아온 자가 저자가 맞느냐? 눈매나 입매를 잘 살펴보아라. 알아보겠느냐? 똑바로 대답하렷다."

"어두운 밤이라 확실하게 보지는 못했습니다만 저 얼굴이 맞는 것 같습니다."

"네가 노학증의 집에 찾아갔을 때 그가 출타 중이었다고 했는데 그럼 마님의 전갈은 누구에게 전했느냐?"

"그 집에 살림하는 할멈이 하나 있어서 그 할멈에게 전했습니다. 옆에서 엿듣는 자는 아무도 없었습니다."

"네가 이 일을 누구한테 이야기한 적이 있느냐?"

"다른 사람에게 이야기한 적은 결코 없습니다."

진렴은 말없이 한참을 생각에 잠겼다.

'동기와 정황을 밝히지 않고 어찌 함부로 처벌할 수 있겠는가? 아버님 동기생이신 고 첨사에게는 뭐라고 말한다?'

진렴은 노학증을 바라보고 물었다.

"그래, 네가 촌구석에 있었다고 했는데 그 촌에서 여기 성안까지는 얼마나 걸리느냐? 장모가 찾는다는 소식은 언제 들었느냐?"

"북문에서 십 리 정도밖에 떨어져 있지 않습니다. 그 소식은 당일에 바로 들었습니다."

진렴은 책상을 내려치면서 노학증에게 소리를 질렀다.

陳御史巧勘金釵鈿

"네가 지금 사흘 후에 고 첨사 댁에 찾아갔다고 하는데 허튼 소리 하지 마라. 그렇게 좋은 소식을 듣고서 길도 멀지 않은데 뭐 하러 사흘씩이나 지체한다 말이냐. 말이 안 되는 소리다."

"나리, 잠시 화를 거두십시오. 제가 자세하게 말씀 올리겠습니다. 소인은 집안이 너무도 가난하여 마침 시골 마을에 사는 고모 댁에 쌀을 꾸러 가 있었습니다. 그러다가 장모께서 저를 찾는다는 말을 전해 듣고서 한달음에 달려가고 싶었으나 입은 옷가지가 도저히 그대로는 갈 수 없는 형편이라 고종사촌 형님에게 옷을 좀 빌려달라고 부탁했습니다. 형님께서 그러겠노라 흔쾌히 허락하시더니 어인 일인지 외출을 하고서 다음 날 해 질 녘에야 돌아왔습니다. 소인은 달리 방도가 없어 기다려야 했고 그래서 이틀을 더 지체했던 것입니다."

"그래 네 고종사촌 형은 어떤 사람이냐, 성과 이름은 어떻게 되느냐?"

"성은 양이요, 이름은 상빈인데, 그저 농사나 짓고 사는 처지입니다."

진렴은 이 말을 듣더니 주위 사람들을 물리면서 내일 다시 심의하겠다고 선언했다.

붓은 태산처럼 진중하여 경솔하게 판결문을 써서는 아니 되나
마음은 부처님처럼 자비로워 세세한 것까지 다 헤아려야 하는 법.
한번 내려진 판결이 어찌 함부로 뒤집히랴.
그러나 시비가 뒤바뀐 것이라면 누군들 억울하지 않으리!

다음 날 아침 현청 문에 공고문이 하나 걸렸다.

담당 어사가 감기에 걸려 공무를 쉬니 각 관원들은 자신이 맡은
일을 예정대로 처리하되 별도의 지시가 있을 때까지 대기하라.

현청의 관리들이 아침저녁으로 담당 어사인 진렴에게 문안드
린 것이야 말할 필요도 없겠다.

한편 양상빈은 노학증이 죄를 뒤집어쓰고 죽음을 기다리고 있
다는 소식을 듣고는 한숨 돌렸다. 어느 날 대문 앞에서 요란스러
운 소리가 나서 벽 틈으로 살며시 살펴보니 포목 장수 하나가 머
리에는 상주 두건을 쓰고 몸에는 빛바랜 도포를 입고서 강서성
억양으로 연신 소리를 지르고 있었다. 말하기를 자신은 남창(南
昌) 사람으로 포목을 팔러 다닌다는 것이었다. 고향집 노친네가
세상을 떠나서 황급히 돌아가야 하는지라 팔다 남은 수백 필 포
목을 임자만 만나면 밑지더라도 한꺼번에 떨이로 넘기겠다는 것
이었다. 구경하던 사람들 가운데 누구는 한 필을 사겠다, 누구는
두 필을 사겠다 하나 포목 장수는 연신 찜찜해하면서 도무지 팔
려고 들지를 않았다.

"이렇게 한 필 두 필 끊어서 팔면 어느 세월에 다 팔고 고향으
로 간단 말이오? 누구라도 한몫에 다 가져가면 내가 값은 정말
헐하게 드릴 건데."

양상빈은 집 안에서 담장 너머의 흥정을 한참이나 지켜보다가
대문 밖으로 나와 물었다.

　　　　　　　　陳御史巧勘金釵鈿

"남은 포목이 모두 몇 필이나 되오, 본전만 치면 얼마요?"

"사백여 필인데, 본전만 해도 이백 냥입죠."

"그 정도 양을 한꺼번에 살 사람을 찾는 게 어디 쉽나, 팍 깎아 줄 마음이 있어야 살 사람이 나서지 않겠소?"

"열 냥 정도야 깎아 줄 수도 있겠죠. 미적대지 않고 바로 사 가기만 한다면 나도 무거운 포목 짐 벗어 던지고 가볍게 돌아갈 수 있지 않겠소."

양상빈이 포목장수가 들고 있는 포목을 보더니 다시 배까지 쫓아와 거기에 쌓아 둔 포목마저 자세히 살폈다. 그러더니 연신 "거참 물건은 나무랄 데 없이 좋네."라고 칭찬했다.

"하, 살 것도 아니면서 남의 물건을 이리 들추고 저리 들춰서 괜히 장사만 방해하고 있네."

"내가 왜 안 살 것처럼 보여?"

"진짜 사실 거라면 은자를 가지고 와서 보여 주구려."

"추가로 열 냥만 더 깎아 주면 내가 여든 냥에 반절을 팔아 주지."

"무슨 그런 터무니없는 말을 하시우. 그래 이 할이나 깎아 주고 팔려고 하는 사람이 어디 있어? 게다가 반밖에 안 산다면서. 나머지 반은 누구한테 팔라고? 나랑 장난하자는 것도 아니고. 안 살 게 틀림없구먼."

포목 장수는 비꼬는 듯한 말투로 이렇게 중얼거렸다.

"이 북문 밖에 사람이 이렇게 많이 사는데 정작 돈 있는 사람은 하나도 없어 내 포목 사백 필도 못 사 주는구나. 관두라지 뭐,

동문에 가서 물건 주인을 찾아보는 수밖에."

양상빈은 포목 장수의 구시렁대는 소리는 신경도 쓰지 않고 그저 물건과 그 물건에 매긴 가격을 곰곰이 비교해 보았다. 그 가격에 그 물건이면 상당히 구미가 당기는지라 포기하지 못하고 이렇게 말했다.

"이 양반이 사람 참 무시하는구먼. 내가 몽땅 다 사지. 그래, 못 살 거 같아?"

"정말 다 살 거라면 내가 스무 냥 깎아 주지."

양상빈은 마흔 냥을 깎아 달라고 우겼으나 포목 장수는 그렇게는 못 한다고 버텼다. 이를 지켜보던 주변 사람들이 끼어들었다.

"여보슈, 당신은 물건을 다 팔아야 하고, 저 양상빈은 어떻게든 더 깎으려고 하니 각자 조금씩 양보해서 딱 가운데 그러니까 백일흔 냥에 합의를 보는 게 어떻겠소?"

포목 장수는 처음에는 절대 그럴 수 없다고 버텼으나 주변 사람들의 권유에 못 이겨 하는 수 없이 응낙하고 말았다.

"그래 열 냥은 여러 선생님들의 체면을 봐서 내가 양보하리다. 어서 은자를 가져오시구려. 나는 어서 밤을 밝혀서라도 길을 가야 하니."

"은자로만 물건 값을 치르기엔 부족한데, 금붙이 같은 것도 받으시는가?"

"금붙이가 바로 돈이지. 중량이나 속이지 마시우."

양상빈은 포목 장수를 집으로 불러들이더니 은자와 은잔으로 백 냥을 계산하고, 금 장신구를 다 털어 와서는 뭇사람들에게 공정히 재 보라고 하더니 일흔 냥이 되게 집어서 포목 장수에게 주었다. 포목 장수는 돈을 다 받고 나서 포목을 넘겨주었다. 양상빈은 수지맞는 거래를 했다는 생각에 기분이 너무 좋았다.

끝없이 탐욕을 부리니 뱀이 코끼리를 삼키는 격
화복을 구분하지 못하니 사마귀가 매미를 무는 격.

그런데 그 포목 장수는 바로 다름 아닌 어사 진렴이었다. 그는 병을 핑계 대고 집무실 문을 걸어 잠그고는 시종무관인 섭천호(聶千戶)에게 은밀히 명령하기를 포목을 마련하여 작은 배 한 척에 싣고서 먼저 석성현에 가서 대기하라고 했다. 그런 다음 다른 사람 눈에 안 띄게 수종 하나를 데리고 이곳에 찾아와서는 섭천호를 만났다. 섭천호는 진렴을 따라 장사 나선 비서처럼 행동했다. 배에서 짐을 지키는 심부름꾼처럼 보이게 하니 그들을 알아보는 자가 아무도 없었다. 이게 다 진렴의 묘수였던 것이라.

진렴은 배에서 내려 미리 준비한 체포 표찰에다가 양상빈의 이름을 적어 섭천호에게 주고 몰래 잡아들이라 했다. 아울러 편지 한 통을 써서 고 첨사에게 현청에서 만나자고 청했다. 진렴은 어사의 집무실로 돌아와 병이 다 나았으니 집무를 다시 시작한다고 선포했다. 양상빈은 진즉에 붙잡혀 와 있었고 고 첨사도 바로 도착했다. 진렴은 후당에 술자리를 봐 놓으라 하고 고 첨사를 모셔 목을 축이게 했다. 그 자리에서 고 첨사가 다시 노학증의 일을 꺼내 들었다. 어사는 만면에 미소를 머금으면서 입을 열었다.

"오늘 이렇게 첨사 나리를 모신 것도 실은 그 일 때문입니다. 제가 오늘 명명백백하게 밝혀 드리겠습니다."

말을 마치고 진렴은 수종을 불러 작은 서류 상자 같은 것을 하나 가져오게 했다. 그런 다음 상자를 열더니 금은 팔찌와 비녀 두 쌍 그리고 다른 장신구들을 꺼내어 고 첨사에게 보여 주었다. 고 첨사는 그게 다 자기 집 물건임을 즉시 알아보고서 대경실색 했다.

"이것들을 대체 어디서 났소?"

"아수 아씨가 목숨을 끊은 연유는 바로 이 물건들이 밝혀 줄 것입니다. 나리, 조금만 앉아 계십시오. 제가 잠시 나가서 그 사연을 나리께 낱낱이 밝히고 의심을 풀어 드리겠습니다."

진렴은 집무실을 열고 노학증을 불러 심문을 시작하고자 했다. 노학증에게 일단 한쪽에 있으라 하고는 다시 양상빈을 불러 오게 하여 큰 소리로 꾸짖었다.

"양상빈, 그래 고 첨사 나리 댁에 참으로 훌륭한 일을 했더군!"

양상빈은 청천벽력과도 같은 소리를 듣고 어떻게든 변명을 하려 들었다. 바로 이때 진렴은 수종을 시켜 금은 팔찌와 비녀 그리고 다른 장신구들을 보여 주게 하고 물었다.

"그래, 이것들은 대체 어디서 났단 말이냐?"

양상빈이 고개를 들어 바라보니 자기를 심문하는 자가 바로 포목을 판 사람 아닌가. 양상빈이 할 말을 잃고 말았다.

"소인, 죽을죄를 지었나이다."

"나도 곤장을 칠 생각까지는 없으니 사실을 솔직히 털어놓도록 하라."

양상빈도 거짓말해 봐야 소용없는 상황임을 깨닫고 자신의 소행을 자백하기 시작했다. 양상빈이 자백한 내용이 어떠하던가? '남쪽 따뜻한 가지에 매어'라는 의미의 「쇄남지(鎖南枝)」라는 노래(詞) 가락에 가사로 붙여 본다.

공소장을 쓰노니, 양상빈 건이로구나.
양상빈의 외사촌 노학증의 장모가 노학증의 집안이 궁핍한지라
혼례 준비를 도와주려 했더니
저, 양상빈 노학증에게 옷을 빌려주며 그 사정을 알게 되었네.
엉큼한 마음이 일어나 노학증의 발길을 붙잡고
어둠을 틈타 노학증 행세를 하니
장모 댁의 늙은 집사가 가짜 노학증을 내실로 안내했구나.
가짜 노학증을 보고 장모는 금은보화를 건네고
머물러 묵게 하니 부정한 일이 생기고 말았구나.
사흘 후 진짜 노학증이 찾아오니
아! 아씨는 스스로 목숨을 끊었도다.

진렴은 공소장을 다 작성한 다음 고 첨사 댁의 늙은 집사를 불렀다.

"꼼꼼하게 살펴보아라. 그날 밤에 네가 안내한 자가 저 사람이 맞느냐?"

늙은 집사는 두 눈을 크게 뜨더니 양상빈을 바라보았다.

"예, 나리, 저자가 틀림없습니다."

진렴은 아전들을 불러 양상빈에게 곤장 여든 대를 엄히 치라 이르고 노학증이 차고 있던 차꼬를 풀어 양상빈에게 씌우게 했다. 강간죄를 범했으니 목을 베어야 할 것이라 판결하고 그 집행은 본 현령에게 일임했다. 포목 사백 필은 다시 팔아서 국고에 환수하도록 하고, 은자와 장신구들은 늙은 집사에 주어 맹 부인에게 갖다주게 했다. 금팔찌와 금비녀는 노학증에게 주고 노학증을 방면하여 집에 돌아가게 했다. 노학증은 진렴에게 머리를 조아리며 목숨을 구해 준 은혜에 감사했다.

사악한 짓은 만천하에 드러나고,
은혜와 기쁨이 구석진 곳까지 비추네.
산 자나 죽은 자나 모두 아쉬움이 없으리니,
신통한 어사 덕분이라네.

한편 고 첨사는 후당에서 진렴이 사건을 처리하는 과정을 지켜보며 그 신통함에 입을 다물지 못했다. 진렴이 후당으로 돌아오자 그에게 감사의 뜻을 전했다.

"그대의 이처럼 신묘한 해결 노력이 없었더라면 내 딸의 원혼이 편히 눈을 감을 수가 없었을 것이오. 그런데 은자와 장신구들을 대체 어떻게 손에 넣으셨소?"

진렴은 고 첨사의 귀에다 대고 이러이러했노라 설명해 주었다.

"기가 막히는구먼. 다만 한 가지, 양상빈의 처도 제 남편의 소행을 알고 있었을 가능성이 높고 못사는 형편이라 은자나 장신구를 빼돌렸을 수 있으니 번거롭더라도 한번 조사해 주시오."

"어려운 일도 아니지요."

진렴은 바로 문서를 닦아 석성현의 양상빈 처를 찾아가 엄히 심문하고 혹 남은 장물이 있는지 찾아보라 했다. 고 첨사는 진렴에게 인사를 하고 돌아갔다.

한편 석성현의 현령은 진렴의 문서를 보고서 양상빈을 데려오게 하여 물었다.

"네 처의 이름이 무엇이냐? 네가 저지른 일을 네 처가 알고 있느냐?"

양상빈은 아내를 증오하는 마음이 치밀어 이렇게 대답했다.

"소인의 처는 전씨 성을 가진 아낙인데 사실 그것이 재물에 눈이 어두워 소인과 처음부터 공모했습니다."

현령은 곧장 사람을 파견하여 전 씨를 잡아들이라고 했다.

이야기는 여기서 다시 두 갈래로 나뉜다. 양상빈의 아내 전 씨는 친정 부모가 다 돌아가신 상황이라 친정 오라버니 집으로 가서 올케와 함께 바느질로 끼니를 잇고 있었다. 이날 마침 오라버니 전중문(田重文)이 일이 있어 현청 앞을 지나다가 동생을 잡으러 간다는 소식을 듣고서 황망히 집으로 돌아와 이 소식을 알렸다. 전 씨는 오라버니에게 이렇게 말했다.

"제가 알아서 처리할 테니, 오라버니는 걱정하실 필요 없습니다."

전 씨는 지체 없이 양상빈이 자신에게 건넨 이혼장을 챙겨 들고 가마를 불러서 고 첨사 댁으로 가 맹 부인을 찾았다. 맹 부인은 눈이 갑자기 어질하여 지금 딸내미 아수가 들어오는 것이 아닌가 착각했다. 그러나 전 씨가 좀 더 다가오니 아수가 아닌 다른 젊은 아낙이라. 깜짝 놀라며 물었다.

"누구시더라?"

전 씨는 엎드려 머리를 조아리며 말했다.

"소첩은 양상빈의 아내 전가입니다. 제 남편이 한 짓이 너무도 악랄한지라 혹시 그 화가 저에게까지 미칠까 하여 찾아왔습니다. 남편과는 진즉에 헤어졌는데, 첨사 나리께서는 아직 그 사정을 잘 모르고 계신 듯합니다. 청컨대 마님께서 소첩의 목숨을 살려 주십시오."

말을 마친 전 씨는 곧바로 이혼장을 꺼내 맹 부인에게 올렸다.

맹 부인이 그저 멍하니 바라만 보고 있으려니 전 씨가 갑자기 맹 부인의 소매를 부여잡고 대성통곡을 했다.

"어머니, 아버님, 어찌하여 저에게 이렇게 큰 고통을 주시나요!"

맹 부인이 들으니 그건 분명 저세상으로 떠난 딸 아수의 목소리였다. 맹 부인이 울면서 물었다.

"애야, 무슨 말을 하고 싶은 게냐?"

전 씨는 두 눈을 꼭 감고 애절하게 울음을 울 뿐이었다.

"소녀 한때 사람을 잘못 알아보고 몸을 망쳤으니 노 공자를 뵈올 면목이 없어 스스로 목을 매어 저의 정절을 지키려 했습니다. 그러나 아버님께서 일을 성급하게 몰아붙이는 바람에 애꿎은 공자가 누명을 쓰고 죽을 뻔했습니다. 다행히도 이제 사건의 전모

陳御史巧勘金釵鈿

는 밝혀졌으나 노 공자는 정혼한 처자를 잃고 말았습니다. 저와 어머님이 그에게서 처자를 빼앗은 것이나 다름없다 할 것입니다. 어머님이 저를 사랑하신다면 아버님에게 노 공자가 누명을 썼던 일을 잘 마무리하셔서 우리 집안과 그분 집안의 정혼으로 맺어졌던 인연이 이렇게 그냥 끝나지 않도록 해 주십시오. 만약 일이 잘 처리된다면 소녀 구천에서도 여한이 없겠나이다."

말을 마치고 그녀는 바닥에 쓰러졌다.

맹 부인 역시 울다가 혼절하고 말았다. 집안의 찬모, 침모, 보모들이 모두 몰려와 맹 부인을 흔들어 깨웠다. 전 씨는 아직도 멍하니 바닥에 앉아 있었다. 이리 묻고 저리 물어도 아무런 말도 못 알아들었다. 맹 부인은 전 씨를 보고는 죽은 딸 아수가 생각나서 다시 눈물을 흘렸다. 하녀들은 맹 부인을 달래느라 애가 닳았다. 맹 부인은 슬픔에 가위눌린 듯한 표정으로 전 씨를 보고 물었다.

"부모는 계신가?"

"두 분 다 돌아가셨습니다."

"딸아이를 먼저 저세상으로 떠나보낸 몸, 자네를 보니 내 딸을 보는 듯하네. 내 수양딸이 되어 줄 텐가?"

"마님을 모실 수 있다면 소인에게는 더없는 영광이겠습니다."

부인은 전 씨를 기쁨으로 거두었다.

고 첨사는 집에 돌아와 전 씨가 진즉에 양상빈과 이혼하여 양상빈이 저지른 일과는 무관하다는 이야기를 듣게 되었다. 이에 서찰 한 통을 꾸려 전 씨의 이혼장과 함께 현령에게 보냈다. 군이 이 일로 전 씨를 조사할 필요가 없으니 어사에게 그렇게 보고하여 달라는 내용이었다. 고 척사가 보기에 전 씨가 수중에 돈은 없으나 지혜롭고 사람이 겸손해 부인이 원하는 대로 수양딸로 거두기로 했다. 맹 부인은 고 첨사에게 죽은 아수가 전 씨의 몸을 빌어 현신하여 한 말을 그대로 전했다.

"아수가 노씨 댁과의 인연을 그냥 끊어 버리지 말라고 애원했습니다. 우리 수양녀가 인물이 출중하니 노 공자를 그녀와 맺어 주면 어떻겠습니까? 그러면 아수와 못 이룬 인연을 이어 주는 것 아니겠습니까?"

고 첨사는 노학증이 그동안 애꿎게 고초를 당한 것이 못내 마음에 걸렸는데 부인이 이렇게 제안해 주니 다른 말을 할 수 없었다. 다만 노학증이 이런 제안을 어떻게 받아들일지 걱정되어 직접 노학증 집에 찾아가서는 저간의 상황을 사과하고 넌지시 결혼 이야기를 꺼냈다. 노학증은 연신 사양하다가 마지못해 응낙했다. 노학증은 아수에게서 받은 금비녀와 금팔찌를 예물 삼아 택일하고 혼례를 치렀다.

고 첨사는 노학증에게 전 씨를 양녀로 들인 먼 조카뻘 처자라고만 소개하고, 맹 부인은 또 전 씨에게 수재 하나를 데릴사위로 들인다고만 말하고 서로에게 상대방의 이름과 내력을 말해 주지 않았다. 혼례를 치르고 나서야 전 씨는 자신의 신랑이 노학증임을 알게 되었고, 노학증은 또 자신의 신부가 양상빈의 전처 전 씨임을 알게 되었다. 혼례를 치른 전 씨와 노학증은 금슬 좋게 지냈을 뿐 아니라 고 첨사 부부를 지극 정성으로 모셨다. 고 첨사에게 자식이 없으니 노학증이 고 첨사의 재산을 물려받고서 오직 독서에만 매진했다. 고 첨사는 노학증이 과거를 탄탄하게 준비한 것을 보고서 노학증을 국자감에 보내 주었다. 노학증은 연거푸 과거에 급제했다. 노학증이 두 아들을 두었다. 하나는 노씨 성을 따르고 다른 하나는 고씨 성을 따르게 하여 두 집안의 제사를 모시게 했다. 그러나 양상빈의 가문은 폐절되고 말았다.

하룻밤의 쾌락으로 몸을 망치고
백년가약 맺은 처를 다른 사람에게 보내는구나.
허튼수작 부리는 세상 사람들이여
저 양상빈을 좀 보게나.

新橋市韓五賣春情

새다리장터에서
한오가 춘정을 팔다

임안, 지금의 항주는 남송의 수도였다. 금나라의 군사력에 밀려 양자강 아래 자리 잡은 송나라가 잠시 난리를 잊고 평화와 번영을 누린 인구 백만의 도시. 사람이 모이고 술이 흐르고 여인이 모이고, 그 여인을 좇는 사내들이 몰려들던 곳이다.

이 작품은 명 대 중기에 창작되었던 듯하나 상업과 문화의 황금시대인 남송을 배경으로 하고 있다. 양자강 유역 비옥한 평야에서 곡식들이 자라고, 누에를 치고, 미곡과 비단을 사고팔던 시장이 번성하고 그러다 보니 이야기 구연이 도시의 오락거리로 자리 잡은 것 역시 이 남송 때의 일이다. 남송과 임안을 배경으로 하는 작품이 유독 많은 것은 아마도 이런 이유 때문일 것이다. 남송 대의 임금들이 이야기 듣기를 유난히 좋아하여 이 시기에 이야기가 집중적으로 창작되었다는 설도 있으나, 그것 하나만으로 당시 이야기 구연이 성행하기 시작한 이유를 설명하기는 힘들 것이다.

이 작품에 등장하는 여인은 여우나 뱀의 환생도 아니고, 못다한 사랑을 이루려 구천을 떠도는 혼령도 아니다. 그저 남자를 꼬드겨 돈을 뜯어내고자 하는 꽃뱀 같은 존재다.

남자 주인공 오산이 그런 여인에게 빠져드는 것은 원래 놀기 좋아하는 한량이어서가 아니라 자신에게 잔소리하는 엄한 아버지의 감시를 피할 수 있었기 때문이다. 예나 지금이나 순진한 남자들이 많기는 했나 보다.
오산은 결국 과도하게 성을 탐닉하고 죽을 팔자인가, 아니면 죄를 뉘우치고 목숨을 건질 것인가?

교태 부리는 여인에게 눈이 팔려 어쩔 줄을 모르더니
여산(驪山)에 봉화를 올려 제후들을 희롱하네.
천하일색 여인네의 미소만 떠올릴 뿐
적군의 말발굽 아래 이는 흙먼지가 궁궐을 뒤덮을 줄은 몰랐으리.

이 네 구절의 시는 호증(胡曾, 840~?)의 '역사를 노래함'이라는
의미의 「영사시(詠史詩)」 가운데 한 수다. 옛날 주나라 유왕(幽王)
에게는 특별히 총애하던 포사(褒姒)라는 애첩이 있었으니 포사는
온갖 방법을 동원하여 유왕에게 교태를 부렸다. 유왕이 그만 홀
랑 넘어가서 그녀의 웃음을 한번 보겠다고 제후들에게 비상 연락
할 때 쓰는 봉화를 여산에 지피고 말았다. 제후들은 유왕에게 큰
일이라도 난 줄 알고 병사를 이끌고 도우러 달려왔다. 유왕의 궁
전에 이르니 사방이 평온하고 아무런 일도 없고, 포사가 깔깔대
며 웃기만 했다. 나중에 실제로 오랑캐가 공격해 왔을 때는 어떤

제후도 유왕을 도우러 오지 않아 여산 아래에서 목을 베이고 말았다. 한편 춘추 시대에 진 영공(陳靈公)이라는 자가 있었으니 하징서(夏徵舒)의 어미인 하희(夏姬)와 사통하여 신하 공녕(孔寧), 의행보(儀行父)와 더불어 낮이나 밤이나 그 집을 찾아가 음주가무를 즐겼다. 하징서는 자신의 어미가 행음하는 것을 너무도 부끄럽게 여겨 마침내 활을 쏘아 진 영공을 죽였다.

세월이 흘러 육조 시대 진 후주(陳後主)는 장 여화(張麗華)와 공 귀빈(孔貴嬪)을 총애하여 '후원에 핀 꽃'이라는 의미의 「후정화(後庭花)」라는 노래를 직접 만들어 그들의 미색을 찬미하고 음락에 빠져 지냈다. 국사를 등한시하다가 수나라 병사들의 공격을 받았는데 더 이상 숨을 곳이 없자 마침내 두 애첩을 껴안고 우물에 뛰어들었다. 그러나 수나라 장수 한금호(韓擒虎)에게 붙잡히고 나라는 망하고 말았다.

> 쾌락을 좇다가 마구간에서 하징서의 활을 맞고
> 말라 버린 우물에서는
> '옥나무 노래' 뜻하는 「옥수가(玉樹歌)」가 여전히 들려오네.
> 서로 다른 일처럼 보이나 이치는 한가지라
> 자고 이래로 나라에 망조가 드는 것은 여자 때문이라.

한편 수 양제(隋煬帝) 역시 소비(蕭妃)의 재색을 총애했다. 양주의 경치를 구경하려고 마숙도(麻叔度)를 사령관에 임명하고 천하의 백성 백만 명을 징발하여 천여 리에 달하는 대운하를 내게 하니 부역에 시달리다 죽은 이들이 부지기수였다. 봉황새 모양, 용 모양을 아로새긴 배를 만들어 궁녀들에게 끌게 했는데 대운하 양 안에 음악 소리가 끊이지 않았다. 후에 우문화급(宇文化及)이 강 도에서 난을 일으켜 양제를 오공대 아래에서 참수하니 수나라 역시 망하고 말았다.

천 리나 되는 물길이 하루아침에 열리고
수나라를 망하게 하는 물결이 구천에서 내려오네.
비단 돛을 펼치기도 전에 전쟁이 일어나고
애달프다. 용 모양을 새긴 배는 돌아올 줄 모르는구나.

당 현종(玄宗)은 양귀비의 미모를 사랑하여 봄이나 가을이나 같이 유희를 즐기고 밤마다 총애를 아끼지 않았다. 그러나 누가 알았으리? 양귀비가 안록산과 사통하여 아들로 삼아 버릴 줄이 야. 어느 날 둘이 사랑을 나누고 난 다음 양귀비의 비녀가 흐트 러지고 머리카락이 이리저리 흩날릴 때 현종이 들이닥치니 양귀 비는 간신히 둘러대고 위기를 넘겼다. 현종은 이 일을 계기로 양 귀비를 의심하고 안록산을 어양(漁陽)으로 내쳐 절도사로 강등시 켜 버렸다. 안록산은 양귀비를 그리워하는 마음을 이기지 못해 병사를 거느리고 반란을 일으켰다.

전쟁을 알리는 북소리가 어양에 진동하니
궁중에서 연주하던 예상우의곡(霓裳羽衣曲)[10]이 그예 멈추는구나.

현종은 하는 수 없이 만조백관을 거느리고 피난을 떠났다. 마외에 이르러서는 수행하는 병사들의 요구에 못 이겨 양귀비에게 죽음을 내릴 수밖에 없었다. 현종은 서촉으로 내빼고 곽 영공(郭令公)이 수년 동안 목숨을 내놓고 반란군과 싸워 겨우 양경(兩京)을 회복했다.

이처럼 소위 왕 노릇 한다는 자들도 모두 여색에 빠져 나라를 망치고 몸을 망쳤더라. 하물며 필부필부야 어찌 조심하지 않으리.

이야기꾼이여, 그대가 이렇게 여색을 조심하라고 힘주어 강조하는 까닭은 무엇인가? 아, 다 이유가 있지. 오늘 이 이야기꾼이 한 청년의 이야기를 하려 한다네. 그런데 그 청년이 여색을 경계하라는 말을 새기지 않고 한 여인네를 사랑하여 육신은 저세상으로 보내고 수만금의 재산을 다 날려 버릴 뻔했다지. 새다리장터에 그 소문이 자자하게 나서는 두고두고 전해지는 이야기가 되었네.

지난 잘못을 잊지 않고 전하여
후인들이 알고서 경계하게 하도다.

각설하고 송나라 임안, 성에서 십 리쯤 떨어진 곳에 호서(湖墅)라는 곳이 있고, 거기서 또 오 리쯤 더 간 곳에 새다리(新橋)라는 곳이 있었다. 그곳에 부호가 한 사람 살고 있었으니 바로 오방어

---

10 당 현종이 지었다는 화려한 궁중 음악과 무용의 이름.

(吳防禦)라. 그와 그의 아내 반 씨(潘氏) 사이에는 아들이 하나 있었으니 이름이 오산(吳山)이었다. 오산은 여 씨(余氏)에게 장가를 들어 네 살배기 아들 하나를 두었다. 오방어는 집 입구에 면화솜과 실 같은 것을 사고파는 가게도 열고 집 안쪽에서는 돈을 빌려주고 곡식으로 돌려받는 일을 하여 '금은이 집 안에 가득하고, 곡식이 창고에 가득 차는' 살림살이를 했다.

새다리에서 오 리쯤 떨어진 곳에 회색다리장터라는 곳이 있었다. 오방어는 그 장터에 새집을 하나 짓고서 아들 오산에게 새 가게를 운영하게 할 셈이었다. 더불어 집사 하나를 아들에게 붙여주고는 가게 운영을 돕게 했다. 자기 집에 보관하던 면화와 실을 새 가게에 옮기고 성안의 솜틀집이나 베 짜는 집에 팔도록 했다. 오산 역시 본디 총명하고 예의범절에도 밝았으며 매사를 성실하게 처리하고 거들먹거리지도 않아서 오방어는 아들이 따로 나가서 장사하는 걸 크게 염려하지 않았다.

오산은 날이 밝는 대로 가게에 나가서 물건을 팔고 날이 저물면 집에 돌아왔다. 이 가게에는 방도 들였으나 물건 파는 쪽 방만 사용할 뿐 안쪽 방은 늘 비어 있었다. 어느 날인가, 오산이 집에서 일을 보느라 정오가 다 되어서야 가게에 도착했다. 가게 안쪽 방에 연해 있는 강변에 거룻배 두 척이 정박해 있는데, 배 위에는 많은 상자와 바구니와 탁자, 의자 등속이 잔뜩 실려 있었고 네댓 명의 장정들이 그것을 오산의 가게 빈방으로 옮기고 있었다. 그 배에서 아낙 셋이 걸어 내려오는데, 하나는 중년의 통통한 부인네, 다른 하나는 늙수그레한 여인네, 또 다른 하나는 젊은 아낙이었다. 이 셋이 방으로 들어오니 이 일로 오산의 이야기가 또 새롭게 시작되는구나.

몸은 새벽녘 서산에 걸린 달 같은 신세가 되고
운명은 한밤중에 기름 떨어진 등잔불같이 되는구나.

오산은 가게 일을 맡아 하는 집사에게 물었다.

"대관절 어떤 사람들이기에 다짜고짜 내 집에 들이닥치는 겐가?"

"성안 사람들인데, 가장이 향리에 차역을 나가는 바람에 거처할 곳이 사라져 옆집 범 씨네 편에 이삼 일만 머물다 가면 안 되겠냐고 미리 부탁하고서 찾아온 것입니다. 그렇지 않아도 나리께 말씀드리려고 했는데 마침 오셨군요."

오산이 그 말을 듣고 버럭 화를 내려는 찰나 젊은 아낙이 옷깃을 여미며 앞으로 나아와 인사를 올렸다.

"나리께선 화를 거두시고 저 집사를 나무라지 마십시오. 이 천한 것이 외람되게도 일시에 사정이 급한 것만 생각하고 미처 나리께 아뢰지도 못하고 일을 저질렀으니 이 죄를 부디 용서해 주시기 바랍니다. 사나흘만 머물게 해 주시면 다른 곳을 찾아서 이사 갈 것이며 이곳에 머문 방세도 빠뜨리지 않겠습니다."

오산이 그 말을 듣더니 바로 인상을 펴고 대답했다.

"기왕에 이렇게 된 거 며칠 머문다고 큰일 나겠습니까. 그냥 편하게 계십시오."

젊은 아낙은 오산과 대화를 마치더니 바로 남은 짐을 옮기기 시작했다. 오산도 가만히 서 있기 뭣하여 짐 몇 개를 같이 날라 주었다.

아니, 이야기꾼, 그대는 오산의 성품이 순박하고 남들과 잘 어울리지도 않는다고 말하지 않았던가? 그런데 그런 오산이 이 여인들을 보고서 오뉴월 꽃 본 듯이 즐거워하면서 말을 섞더니 짐까지 날라 주는 건 또 어인 까닭인가? 아이고, 이 사람아, 그거야 오산이 집에 있을 때는 부모의 눈이 있으니 함부로 하지 못한 거고, 오산이야 얼굴도 잘생겼겠다, 머리도 영리하겠다, 일하거나 행동하는 게 어찌 꽉 막힌 사람이겠는가. 하물며 한참 혈기 왕성한 청춘인 데다 부모마저 옆에 없으니 약간은 들뜬 상태일 터. 그 와중에 이렇게 아름다운 여인을 보니 어찌 마음이 동하지 않겠는가?

"나리께서 이렇게 직접 짐을 날라 주시다니!"

"이제 한집에 사는 식구가 되었으니 내외하지 말고 서로 편하게 지냅시다."

대화를 나누는 여인들과 오산의 만면에 웃음이 떠나지 않았다. 날이 저물녘 퇴근하면서 오산은 집사에게 안채에 이사 온 여인네들한테 방 계약서를 받아 놓으라고 시켰다. 집사는 시키는 대로 하겠노라고 대답했다. 아무튼 그 일은 굳이 설명하지 않아도 되겠다.

집에 돌아온 오산은 안채에 여인들이 이사 온 일에 대해서는 부모에게 입도 뻥긋하지 않았다. 자리에 누워서도 그 젊은 아낙 생각에 이리 뒹굴 저리 뒹굴했다. 다음 날 새벽같이 일어나 갖은

단장을 하고는 심부름꾼 수동(壽童)을 앞세워 거들먹거리며 가게
에 도착했다.

재수 없으려니 가게엔 외상술 달라는 손님만 들끓고
명이 쇠하려니 여인네 꾐에 빠지는구나.

오산이 가게에 도착해 물건 하나를 팔고 나니 안채에서 여인
들 심부름해 주는 작자가 찾아와서 아낙들이 방세를 드리려고
하니 들어와서 차 한잔 하시라고 말을 건넸다. 그렇지 않아도 들
어가 보고 싶던 차라 오산은 흔쾌히 안으로 들어갔다. 안으로 들
어가니 젊은 아낙이 웃는 얼굴로 인사를 건네며 맞아 주었다.

"나리, 안쪽으로 앉으시지요."

오산은 안채의 내실로 들어가 앉았다. 늙수그레한 여인, 통통
한 부인도 나와서 오산에게 인사를 하니 오산과 세 여인이 모두
함께하는 형국이었다. 오산이 물었다.

"낭자는 성이 무엇이오? 어찌하여 이 집에는 남자가 하나도 보
이지 않는 거요?"

통통한 부인이 말을 받았다.

"한가(韓家) 남정네가 남편이랍시고 저희와 같이 살기는 하나
아들과 함께 관아에서 수행원 노릇을 하느라 아침 일찍 나가서
밤늦게 돌아온답니다. 아마도 관아의 일로 몸을 뺄 틈이 없는 모
양입니다."

잠시 후 오산이 젊은 아낙에게 넌지시 눈길을 주었다. 갸름하

고 귀여운 눈매를 가진 그 여인도 오산의 눈길을 받았다.

"감히 여쭙겠습니다. 올해 나이는 몇이나 되시는지?"

"이러구러 벌써 스물넷이 되었구려. 낭자는 올해 몇이오?"

"나리와는 각별한 인연이 있나 봅니다. 저 역시 올해 스물넷입니다. 성에서 이사 나와 이렇게 우연히 나리를 만나고 게다가 나리가 저와 동갑이라니 이거야말로 '인연이 있으면 천 리를 떨어져 있어도 언젠가는 다시 만난다'는 말 그대로네요."

늙수그레한 여인과 통통한 부인은 오산과 젊은 아낙이 눈빛을 주고받는 걸 보고서 다른 일을 핑계 대고 눈치껏 일어나 나가 버렸다. 둘만 자리에 남으니 젊은 아낙이 춘정을 돋우는 이런저런 이야기를 꺼내며 오산을 꼬드겼다. 오산이 여인들을 안채에 머무르게 허락한 것은 보기에 그다지 나쁜 사람들 같지 않아 같이 지내도 크게 문제가 없겠다 싶어서였다. 그런데 이렇게 얼굴을 마주 대하고 대화를 나누며 아예 대놓고 사람을 꼬드기니 이거 큰일 나겠다 싶은 생각이 들었다. 오산이 아차, 하며 자리를 털고 일어나려니 젊은 아낙이 오산 옆에 바짝 다가와 더욱 요염하게 아양을 떨었다.

"나리, 머리에 하신 그 금비녀 좀 보여 주실 수 있으신가요?"

오산이 그 말을 듣고 모자를 벗어 비녀를 빼려고 하는 찰나 그 젊은 아낙이 냉큼 금비녀를 뽑아 들고 걸어가면서 이렇게 말하는 것이었다.

"나리, 위로 오르셔서 저하고 몇 말씀 나누시지요."

아낙은 벌써 혼자서 위로 올라가고 있었다. 오산이 하는 수 없이 그녀를 따라 올라가며 비녀를 돌려달라고 되뇌었다.

　　그대에게 귀신 들린 나는
　　그대 발 씻은 물이라도 삼키리다.

　오산은 위층으로 걸어 올라가 아낙에게 외쳤다.

　"낭자, 어서 비녀를 돌려주시오. 집에 일이 있어 당장 돌아가야
하오."

　"나리와 저는 전생에 인연이 있는 사이가 분명하니 괜히 쑥스
러워 마시고 저와 함께 운우지정을 나누도록 하시지요."

　"아니, 지금 무슨 말씀을 하시는 거요. 남들이 보면 어쩌려고.
더구나 이곳은 사람들의 이목이 많은 곳 아니오!"

　오산이 다시 아래로 내려가려고 하니 아낙이 온갖 교태를 부
려 오산을 품에 안더니 섬섬옥수로 오산의 바지춤을 풀어 헤쳤
다. 오산은 불길처럼 타오르는 욕정을 이기지 못하고 살을 부비
더니 손을 맞잡고 침상에 올라 운우지정을 누렸다. 잠시 후 구름
이 걷히고 비가 개니 둘은 침상에서 일어나 서로 기대어 앉았다.
오산은 기쁘기도 하고 놀랍기도 하여 물었다.

　"낭자의 이름은 어떻게 되시오?"

　"저는 우리 집안에서 다섯째로 태어났고요. 부모님께서 제 아
명을 황금같이 귀하라고 새금(賽金)이라고 지어 주셨지요. 나이
가 든 뒤에는 새금의 '금' 자에다 아이를 뜻하는 '노' 자를 붙여서
'금노'라고 불렀고요. 제 성씨가 '한'가이니 사람들은 저를 '한오'

라고 부른답니다. 그러는 나리는 집안에서 몇째신지요, 무슨 일을 하시나요?"

"나는 외동아들이라오. 우리 집은 실도 팔고, 돈도 빌려주고 해요. 새다리장터의 이름난 부자지요. 그리고 이 가게는 내가 직접 운영하는 거라오."

한오는 속으로 미소를 지으며 혼잣말했다.

'이번엔 돈 좀 있는 놈을 문 것 같은데!'

이 여자는 본디 혼자 영업하는 창기로서 개인 영업꾼이라 할 수 있다. 늙수그레한 여자는 통통한 부인의 어미고, 통통한 부인은 또 한오의 어미인 것이다. 통통한 부인이 자기 남편이 관청에서 수행원 노릇 한다고 한 것도 말짱 헛소리이고 그저 한오가 벌어들이는 돈으로 온 가족이 입에 풀칠하는 형편이었다. 사실 한오의 어미는 본디 번듯한 집안 출신이었으나 남편이 제 구실을 못 하여 어쩔 수 없이 이쪽 길로 들어서서 가족을 건사했던 것이다. 그래도 한오는 어려서부터 얼굴이 반반하고 글줄깨나 깨우쳐서 진즉에 좋은 남자를 만나 시집을 갔다. 그러나 남편 몰래 딴 남자와 일을 저지르고 소박맞아 친정으로 돌아오게 되었다. 마침 그때가 한오의 어미가 나이 오십에 접어들 즈음이라 그동안 찾아오던 고객들의 발길이 뜸해지기 시작하였다. 한오의 어미는 소박맞고 친정에 돌아온 딸을 저 대신 내세워 기생 영업을 이어 가기로 작심했다. 게다가 한술 더 떠서 기왕에 하는 것 제대로 크게 한번 해 볼 참이었다. 그녀들은 원래 성안에 살면서 기생 영업을 했는데 다른 사람들에게 고발을 당해 잠시 이곳으로 피해 온 것이다.

사실 이미 계략을 다 꾸며 놓고 누군가가 걸리기만을 기다리고 있던 터, 그 함정에 오산이 걸려든 것이라. 그런데 그 집에는 어째서 남정네가 하나도 보이지 않는 것인가? 여자들이 영업하느라 고객을 데리고 오면 그 남정네들이 잽싸게 눈치를 보고서 미리 자리를 피해 주기 때문이었다. 이 여자들이야 꼬시고 싶은 생각이 드는 남자한테는 언제고 손을 뻗었으니 그런 남자가 어디오산 하나뿐이랴.

한오가 오산에게 이렇게 말했다.

"나리, 황망 중에 이사를 나오느라고 수중에 돈을 제대로 챙겨오지 못했습니다. 나리께서 은자 다섯 냥만 빌려주시면 기한을어기지 않고 갚겠습니다."

오산이 그러마고 대답하고선 일어나 의관을 갖춰 입으니 그제야 한오가 오산에게 비녀를 건네주었다. 둘은 아래층으로 내려와안채에 같이 앉았다.

오산은 혼자서 속으로 생각했다.

'가게를 비우고 이렇게 오랫동안 앉아 있으니 이웃집 사람들이눈치를 채고 수군대겠군.'

차를 마시고 나니 한오가 밥을 먹고 가라고 붙잡았지만 사양했다.

"너무 오래 자리를 비워서 밥까지 먹기는 그러하오. 부탁한 돈은 내가 좀 있다 전해 주리다."

"오후에 특별히 술과 안주를 대접해 드릴 테니 제발 사양하지 마세요.”

오산이 다시 가게로 돌아왔다. 사실 이웃 사람들은 오산이 여자의 방에 들어가는 것을 이미 다 보고 있었다. 오산의 가겟집은 이층집으로 가게는 아래층에 있고, 가게 위는 비어 있었다. 그 비어 있는 옆방에 한오 일행이 머물고 있는지라 남의 일에 신경 쓰기 좋아하는 호사가들이 오산이 한오의 방에 들어가 한참이나 나오지 않는 것을 보고는 이층의 빈방을 통해서 한오가 기거하는 방을 엿보다가 오산과 한오가 운우지정을 나누는 순간을 모조리 목도한 것이다.

오산이 다시 가게로 나오자 호사가들이 큰 소리로 놀렸다.

“나리, 감축드립니다! 감축드립니다!”

오산은 처음에는 저들이 무슨 말을 하는 것인가, 저들이 나랑 한오 사이를 눈치챘단 말인가 하고 생각하다가 나중에는 얼굴이 빨개지면서 불쑥 한마디를 내뱉었다.

“아니, 갑자기 뭘 축하한단 말이오?”

그 이웃 사람 가운데 한오와 오산이 정을 통하는 것을 모조리 훔쳐본 심이랑(沈二郎)이 이렇게 소리쳤다.

“아니, 어찌 딴청을 부리는 거요. 금비녀를 뽑아 이층으로 올라가던데, 그래 이층에서 무슨 일을 하셨나?”

오산은 심이랑이 핵심을 찌르는 말을 하자 속으로 찔려서 아무 말도 못 하고 발걸음을 돌려 자리를 모면하고자 했다. 사람들이 오산을 가로막고 이렇게 소리 질렀다.

“우리가 돈을 추렴해서 축의금을 전달해야겠어.”

오산은 사람들이 소리치는 걸 못 들은 척하고는 서쪽 사는 외삼촌 반 씨네 집에 가서 점심이나 먹기로 했다. 그래서 점원한테 저울을 달라고 하여 물건 살 때 필요한 은 두 냥을 달아 가지고 소맷부리 안에 넣어 두었다. 한참을 지체한 뒤 오후 늦게 가게로 돌아오니 점원이 오산을 맞았다.

"새로 들어온 분들이 나리에게 약주를 대접하겠다며 기다리고 있습니다."

마침 이때 한오의 심부름꾼인 노복이 나와서 말을 전했다.

"나리, 대체 어디 계셨어요? 찾느라고 너무 애를 먹었습니다. 지금 안에서 술상을 봐 놓고 나리를 청해 대접하고자 합니다. 오늘 저희가 모실 분들은 나리와 가게 보는 점원밖엔 없습니다."

오산은 점원을 대동하고 안채로 들어갔다. 안에 들어가니 생선, 고기, 과일에다 술이 잘 차려져 있었다. 오산이 주빈 자리에 앉고 한오가 마주 앉았다. 그리고 점원이 옆에 앉았다. 노복이 술을 걸러 건네니 셋은 술을 주거니 받거니 마셨다.

점원이 눈치를 살피더니 가게문을 닫는다며 자리를 떴다. 오산은 평소에 주량이 세지 않았지만 점원이 자리를 비켜 주니 한오와 같이 마음껏 술을 들이켰고 이내 술기운이 올라오는 것을 느꼈다. 오산은 소맷부리 안에서 은자를 꺼내 한오에게 주면서 말했다.

"그대에게 할 말이 있소. 이번 일은 아무래도 내가 잘못한 것 같소. 게다가 동네 사람들도 눈치를 채고 나를 조롱하고 있소. 이 소식이 우리 부모님 귀에 들어가면 정말 안 될 일이오. 게다가 이곳은 이목도 많고 말도 많은 곳이니 누군가가 악의적으로 소문을 내면 산통이 깨지고 불행한 일도 생길 것이오. 그대는 내 말을 듣고 조용한 곳을 찾아가서 지내도록 하시오. 그러면 자주 틈내어 보살펴 주겠소.”

“알겠습니다. 어머니와 상의해 보겠습니다.”

이때 노복이 다시 차를 두 잔 가져왔다. 차를 마시고 나서 두 사람은 다시 서로의 몸을 탐닉했다.

오산은 문을 나서면서 다시 한오에게 당부했다.

“이제 나는 다시 여기를 찾아오지 않을 것이오. 괜히 다른 사람들 입에 오르내리면 좋을 것이 없소. 달리 머물 곳을 정하면 노복 편에 알려 주시오. 내가 꼭 찾아가리다.”

말을 마치고 오산은 가게로 가서 점원에게 이런저런 당부를 하고 집으로 돌아갔다.

한편 한오가 오산을 떠나보내고 나니 해는 이미 뉘엿뉘엿, 위층에서 화장을 지우고, 다시 아래층으로 내려와 저녁밥을 먹고서 이사를 갔으면 한다는 오산의 말을 어머니에게 전하고 잠이 들었다. 다음 날 아침 통통한 부인은 노복을 시켜 조용히 이웃의 반응을 살펴보라고 했다. 노복은 집을 나서서 한참을 두리번거리다가 장대랑네 쌀가게에 잠시 앉아 있었는데 동네 사람들이 오가며 하는 말이 온통 오산과 한오의 이야기였다. 노복이 집에 돌아와 통통한 부인에게 이 사실을 알렸다.

“이곳은 워낙 말이 많이 나는 곳이라 오래 머물 곳이 못 되겠습니다.”

"성안에 머물 때는 고자질하는 놈이 있어 오랫동안 평안하게 머물 곳을 찾아 이사 나왔더니 또 이런 일이 생기는구나. 사람 일이란 알 수가 없는가 보다."

부인은 연거푸 한숨을 쉬어 댔다. 그러는 한편 남편에게 새로운 거처를 알아보게 했다. 동시에 이웃의 동정을 살펴서 어떻게 대응할지를 고민하기로 했다.

오산은 그날 집에 돌아온 다음부터 아무래도 그 일이 소문날 것 같아서 불안했다. 부모에게는 아무런 내색도 하지 않고 그저 몸이 불편하다는 핑계만 대고 가게에 나가 보지도 않으니 점원이 알아서 대신 장사를 맡아 했다. 한오는 혼자서 집에서 지내는 게 영 습관이 되지 않아서 결국 노복을 시켜 예전의 단골들을 불러들였다. 이웃 사람들은 처음엔 한오가 오산한테만 꼬리를 치는 줄 알았으나 나중에 남자들의 발걸음이 끊이지 않는 것을 보고는 한오가 소문난 논다니라는 사실을 알게 되었다. 이웃 사람들 가운데에서도 제법 말참견하기 좋아하는 사람들은 이걸 두고 보지 못했다.

"이곳은 본디 깔끔하기 그지없는 동네인데, 어쩌다 저렇게 더러운 족속이 들어왔지? '간통은 결국 살인을 부른다.'는 옛말도 있잖은가. 여기저기서 다툼이 일어나면 결국 인명이 상하기 마련이고 그런 여파가 우리 동네 어디고 미치지 말라는 법이 없는데."

노복이 이 소리를 듣고는 냉큼 안으로 들어가 통통한 부인에게 전했다. 통통한 부인은 그 말을 전해 듣고서 어디 하소연할 데도 없고 하여 괜히 늙수그레한 부인에게 통을 놓았다.

"나이만 먹어 가지고 도대체 하는 일이 뭐야? 나가서 저런 황당한 소리나 하는 놈들 주둥아리라도 단속해 주지."

늙수그레한 부인이 그 말을 듣고 진짜로 문 앞으로 나가더니 욕을 해 댔다.

"어떤 시러베자식들이 감히 여기 와서 허튼소리를 하는 거야! 나하고 상대하고 싶은 놈들 있으면 다 나와. 누구는 주변에 사람도 없는 줄 알아?"

"이런 빌어먹을 할망구를 봤나. 자기들이 한 구린 짓은 생각도 않고 외려 우리한테 욕을 퍼붓네."

가게를 열고 있던 심이랑이 늙수그레한 부인과 또 한바탕 말싸움을 하려고 드니 옆 사람이 말렸다.

"그냥 내버려 둬요. 다 죽어 가는 노인네하고 싸워서 뭐 하겠다고. 놔둬요 그냥 제풀에 나가떨어지게."

늙수그레한 부인은 계속 소리를 질러 대다가 아무도 대꾸하는 이가 없자 슬그머니 안으로 들어가 버렸다.

이웃 사람들이 오산의 가게로 몰려가서 점원을 붙잡고 말했다.

"저런 근본 없는 사람을 여기서 살도록 내버려 두다니 네가 뭘 몰라도 한참 모르는구나. 그래, 젊은 여자는 그렇다 쳐도 나이 든 할망구까지 저렇게 사람들한테 욕을 해 대잖아. 너도 귀가 있으니 들었을 거 아냐. 우리가 지금 오방어 댁으로 찾아가서 이 일을 이야기할 거구먼. 그러면 아마 너한테도 좋지는 않을걸."

"아이고, 이거 왜 그러십니까? 우리 현명하신 어르신들이 조금만 참으세요. 그렇지 않아도 낼모레면 바로 이사 간다고 했어요."

사람들이 구시렁대다가 자리를 떠났다. 이때 점원이 안으로 들어가 통통한 부인에게 말했다.

"아무래도 하루라도 빨리 이곳을 떠나야겠어요. 안 그러면 우리가 곤란해질 것 같아요. 상황이 이러니 억지로 여기 머물러 봐야 좋을 게 하나도 없어요."

"그렇지 않아도 남편이 성안에 집을 구하고 있으니 조만간 바로 이사 갈 겁니다"

통통한 부인이 한오에게 일렀다.

"우리가 내일 아침이면 성안으로 이사하지 않느냐? 오늘 노복을 시켜 오산에게 이 사실을 몰래 알리도록 해라. 오산 부모가 눈치채지 못하게 각별히 주의하게 하고."

노복은 명령을 받들고 새다리장터에 있는 오방어의 포목 가게로 찾아가 바로 안으로 들어가지는 못하고 맞은편 집의 처마 밑에서 눈치만 살폈다. 얼마 지나지 않아 오산이 가게에서 나오다 한오의 노복을 발견했다. 오산이 황망히 노복에게 달려와 그를 이끌고 평소 알고 지내는 비단 가게 안으로 들어갔다.

"아니, 무슨 일이냐?"

"우리 아씨 마님이 나리의 명령을 받들어 내일 성안으로 거처를 옮긴다고 합니다. 하여 오늘 특별히 저를 보내 나리께 말씀을 전하라고 하셨습니다."

"참으로 잘되었다. 한데 성안 어디로 거처를 옮긴다는 건가?"

"유혁영(遊奕營) 양모채(羊毛寨) 남쪽 횡교가(橫橋街)입니다."

오산이 수중의 은자를 꺼내어 헤아려 보니 약 두 전이라 이것을 심부름 온 노복에게 주고 말했다.

"가는 길에 약주라도 한 사발 들이켜라. 내일 아침 이사할 때 내가 직접 살펴보러 간다고 전하고."

노복은 은자를 받아 들더니 고맙다고 인사를 하고 돌아갔다.

한편 오산은 다음 날 아침 9시경 심부름꾼인 수동을 앞세우고 비단다리(歸錦橋) 옆의 과자 가게에 들러 마른 과일 두 봉지를 사서 들리고는 회색다리장터에 있는 가게로 왔다. 점원을 불러 그동안 생사를 판 장부를 맞춰 보고 안으로 들어갔다. 안에서 한오 모녀와 인사를 나누고는 수동에게 들려서 가져온 마른 과일 봉지와 자신이 수중에 지니고 온 은 석 냥을 꺼내 주면서 말했다.

"약소하지만 이 마른 과일은 차랑 같이 드시고, 이 은 석 냥은 아쉬운 대로 이사 비용으로 보태 쓰시지요. 이사한 집이 정리되는 대로 찾아가 보리다."

한오는 마른 과일과 은 석 냥을 받아 들었다. 한오와 그 어미는 일어나 감사 인사를 했다.

"이렇게 중한 은혜를 입었으니 이를 어찌 감당한단 말입니까?"

"무슨 그런 말씀을! 나중에 차차 왕래합시다."

인사를 나누다 보니 한오 집의 짐 상자가 이미 배에 다 실려 있었다.

"나리, 언제 소첩의 집을 찾아 주시겠나이까?"

"네댓새 지나면 내가 바로 찾아가리다."

한오의 가족은 오산과 작별 인사를 하고서 그날로 성안으로 들어갔다.

이곳을 떠난다 하나
어딘들 살 곳이 없으랴.

한편 오산은 여름이면 더위를 먹곤 해서 얼굴이 해쓱해지고
쉬 피로를 느꼈다. 때는 바야흐로 6월 초순, 오산은 의원을 청하
여 침도 놓고 등에다 뜸도 뜨고 하며 집에서 보양을 하면서 가게
에 나가지 않았다. 마음속으로야 오매불망 한오 생각뿐이지만 뜸
을 뜨느라 등을 쑤셔 대니 운신할 수가 없었다.

한오는 5월 17일에 횡교가로 이사했다. 횡교가는 군영에서 근
무하는 군속 가족들이 대부분이라 한오의 영업에 그다지 도움이
되지 않았다. 게다가 동네도 너무 외떨어져 인적 자체가 드물었
다. 통통한 부인이 한오에게 말했다.

"아니, 오산이 사나흘 안으로 바로 찾아온다고 하더니 한 달이
다 되어도 코빼기 한번 안 비치는구나. 그가 이 근처에 오면 우리
한테 들르지 않을 리가 없는데."

"심부름꾼한테 회색다리장터에 있는 가게에 가서 그 사람을 한
번 만나 보라고 하시지요."

한오의 노복은 간산문(艮山門)을 빠져나와 회색다리장터에 있
는 가게로 가서 점원을 찾았다. 노복을 보고 점원이 말했다.

"무슨 일로 오셨소이까?"

"오씨 나리를 뵈러 특별히 찾아왔습니다."

"나리는 집에서 침과 뜸으로 치료를 받느라 이곳에 나오지 않으신 지가 꽤 되었습니다."

"그럼 나리에게 제가 이렇게 찾아왔다가 못 뵙고 돌아간다는 말을 꼭 좀 전해 주시오."

노복은 더 이상 지체하지 않고 점원에게 하직 인사를 한 후 바로 길을 되짚어 돌아가 한오에게 소식을 전했다. 한오는 그 말을 듣더니 이렇게 말했다.

"어쩐지 찾아오지 않는다 했더니 집에서 침과 뜸으로 치료를 받고 계셨군."

그날 한오는 어미와 상의하여 노복을 시켜 돼지 내장을 사서 그 안에다 찹쌀과 연밥을 집어넣은 다음 잘 삶았다. 그리고 다음 날 아침 먹을 갈고 붓을 들어 종이에 편지를 썼다.

비천한 소첩 새금이 감히 나리께 문안 인사 올립니다. 나리와 작별한 이래로 나리를 향한 마음은 조금도 식지 않고 제 가슴 한켠에 늘 자리 잡고 있습니다. 저를 잊지 않고 찾아 주시겠다고 하신 그 말씀만 믿고 늘 목을 빼고 기다리고 있으나 나리는 아직 찾아 주시지 않는군요. 어제 심부름꾼을 보냈으나 나리를 뵙지 못하고 헛걸음만 하게 했습니다. 소첩이 이사한 곳은 그저 황량하기만 하답니다. 듣자니 나리는 침과 뜸으로 치료 중이시라기에 소첩은 앉으나 서나 걱정이 앞섭니다. 나리를 그리는 마음을 어떻게 표현할 수가 없어 돼지 순대를 만들어 보내니 저의 작은 성의로 알고 받아 주십시오. 저의 구구한 마음은 나리께서 아실 것이니 더 이상 절절히 말씀드리지 않겠습니다.

중하(仲夏)[11] 21일 소첩 새금 재배

한오는 편지를 다 쓰고 난 다음 편지지를 접어서 봉투에 넣었다. 그리고 순대를 찬합에 담고 그 찬합을 다시 보자기로 싸서 노복에게 건넸다.

"나리 댁에 가거든 오씨 나리를 찾아서 전해 드려라. 꼭 직접 전해 드려야 한다."

노복은 찬합 보자기를 받아 든 다음 편지를 가슴에 품고 문을 나서서 큰길로 향했다. 무림문을 지나 새다리장터 오방어 집까지 한숨에 달려와서 처마 아래 돌판 위에 앉아 기다렸다. 오방어 집의 심부름꾼인 수동이 집에서 나오다 한오의 노복을 발견하고 물었다.

"누구시기에 여기 앉아 있는 거요?"

한오의 노복은 사람 눈에 안 띄는 곳으로 수동을 끌고 갔다.

"내가 특별한 일이 있어 나리를 뵈러 왔으니 들어가서 오산 나리에게 말씀 좀 전해 주시오."

수동이 다시 길을 되짚어 돌아간 지 얼마 지나지 않아 오산이 천천히 걸어오는 게 보였다. 한오의 노복은 얼른 인사를 올렸다.

"나리, 기체후일향만강하십니까?"

"아이쿠, 안녕하신가? 그래 보자기 안에는 뭐가 들어 있나?"

---

11 음력 5월.

"나리께서 침뜸 치료를 하고 계시다는 소식을 듣고 아씨가 달리 준비는 못하고 그저 순대 두 줄을 마련하여 소인 편에 전해 드리라 하셨습니다."

오산은 노복을 이끌고 주점을 찾아들었다.

"이사한 집은 어떤가?"

"파리만 날리고 있습니다."

한오의 노복이 품에서 편지를 꺼내 오산에게 건넸다. 오산은 편지를 받아 들어 다 읽은 다음 다시 원래대로 접어서 품에 넣고는 찬합을 열어 순대 한 줄을 꺼내고 주점의 점원에게 술을 데워 내라고 시켰다.

"일단 여기 앉아서 술을 들고 있게. 내가 집에 가서 답신을 써 가지고 오겠네."

"나리 편하신 대로 하십시오."

오산은 집으로 돌아가 안방으로 들어가서 다른 사람이 눈치채지 않게 답신을 쓰고 백은 다섯 냥을 재서 다시 주점으로 돌아왔다. 그리고 한오의 노복과 술을 몇 잔 마셨다.

"나리, 저에게 이렇게 좋은 술을 다 대접해 주시다니요. 이제 충분히 마셨습니다."

한오의 노복은 자리에서 일어섰다. 오산은 노복에게 답신과 백은을 건네주면서 말했다.

"이 백은 다섯 냥은 가용에 보태 쓰도록 아씨에게 전해 드려라. 내가 수일 내에 꼭 찾아간다 전하고."

노복은 편지와 백은을 받아 들고는 아래층으로 내려갔다. 오산도 주점에서 빠져나왔다.

한편 한오의 노복은 저물녘에 집으로 돌아와 오산에게서 받은 편지와 백은을 모두 아씨에게 전달했다. 봉투를 뜯어서 편지지를 등불 아래 비춰 보니 이렇게 적혀 있었다.

소생 오산이 사랑스러운 한오 낭자에게 전하오. 지난번 만남에서 너무 큰 후의를 베풀어 주었소이다. 그대와 나누었던 운우지정과 베갯머리 밀어는 한시도 잊은 적이 없소이다. 마음이야 그대 곁으로 당장 달려가고 싶으나 몸이 편치 않아 침과 뜸으로 다스리느라 그대를 마냥 기다리게 하는 실례를 범하고 말았소. 이렇게 사람을 보내어 소생을 문안하여 주고 입에 맞는 음식까지 친히 만들어 보내 주었으니 그 감동이 넘치고 넘치외다. 수일 내에 꼭 찾아갈 것이오. 백은 다섯 냥은 소생의 정표로 알고 받아 주시기를 바라오.

오산 재배

편지를 받고 나서 한오 모녀는 뛸 듯이 기뻐했다.

오산은 혼자서 주점에 남아 해가 질 때까지 시간을 때우다가 남은 순대 한 줄을 들고서 살며시 침실로 기어들었다. 오산이 아내에게 말했다.

"나랑 거래하는 베 짜는 집 사람 하나가 내가 지금 침과 뜸으로 치료하느라 고생하는 것을 어떻게 알고 오늘 순대 두 줄을 보내왔지 뭐요. 한 줄은 친구들과 같이 먹고 한 줄을 남겨 가져왔으니 당신도 한번 먹어 보구려."

"아이쿠, 그래요. 내일 만나면 고맙다고 꼭 전해 주세요."

그날 밤 오산은 부모가 눈치채지 않도록 조심스럽게 침실에서 아내와 순대를 나눠 먹었다. 이틀이 지나고 사흘이 되는 날 바로 6월 24일이었다. 오산은 일찌감치 일어나 부모에게 말했다.

"제가 치료를 하느라 통 가게에 나가 보지 못했으나 다행히 오늘은 몸이 한결 가벼우니 한번 둘러볼까 합니다. 게다가 성신당 거리의 베 짜는 집 몇 곳에 들러 외상 준 것도 정산해야 하니 일단 성에 들어갔다가 오겠습니다."

오방어가 대답했다.

"너무 무리하지는 마라."

오산은 마차를 하나 불러서 탔다. 뒤에서는 심부름꾼 수동이 수행했다. 이렇게 성에 들어가면서 오산이 저세상으로 갈 뻔했으니 이 일은 이제 따로 이야기를 시작해야겠다.

이팔청춘 젊은 여인 상대하니 몸이 먼저 망가지고
여인은 허리에 검이라도 찬 양 어리석은 남정네를 상하게 하는 구나.
머리가 댕강 땅에 떨어지는 것은 아니라 하여도
서서히 아무도 모르게 남정네의 골수가 말라 가는도다.

오산은 마차를 타고서 회색다리장터에 도착했다. 마차에서 내려 가게로 들어가니 점원이 맞아 주었다. 오산의 관심은 온통 한

오에게 있었으므로 조금 앉아 있는 둥 마는 둥 하고는 바로 일어
나 점원에게 말을 건넸다.

"내가 성안에 있는 베 짜는 집들에 들러 외상값을 받아야겠다.
오늘 장사 정산은 일단 외상값을 받은 다음에 하도록 하자."

점원은 오산이 어디로 가려고 하는지 짐작하고도 남았으나 차
마 대놓고 말리지는 못하며 넌지시 이렇게만 말했다.

"아직 몸이 완전히 쾌차하지 않으셨으니 너무 무리해서 다니지
는 마시기 바랍니다."

오산은 점원의 말을 귓등으로 듣고 마차에 올라타서는 마부에
게 간산문으로 들어가자고 했다. 마차는 곧장 양모채 남횡교에
도착했다. 오산은 그곳에서 호시(湖市)에서 이사 온 한씨네를 찾
았다. 옆에 있던 사람이 알려 주는데 바로 약방 옆집이었다. 오산
이 그 집을 찾아 대문 앞에서 마차에서 내리니 수동이 알아서 먼
저 문을 두드렸다. 안에서 한오의 노복이 나와서 문을 열더니 오
산이 찾아온 걸 보고는 득달같이 안으로 들어가 통기했다. 오산
이 안으로 들어가니 한오 모녀가 섬돌 아래까지 내려와 마중을
했다.

"나리, 얼굴 한번 안 보여 주더니 오늘은 무슨 바람이 불어 여
기까지 오셨습니까?"

오산과 한오 모녀는 서로 인사를 나누고 안으로 들어가 좌정
한 뒤 차를 마셨다. 한오가 오산에게 말했다.

"나리, 기왕 오셨으니 집이나 한번 둘러보시지요."

오산은 한오를 따라 침실이 있는 위층으로 올라갔다.

좋은 친구 찾아오니 마음이 먼저 알아서 열리고

내 마음 알아주는 친구라 말이 서로 통하는구나.

위층에 올라간 오산과 한오는 마치 물고기가 물을 만난 듯, 아교가 풀을 만난 듯, 마음속 사랑의 밀어를 나누기 바빴다. 이런 자리에 술이 빠질 수 있으랴. 노복이 술과 안주를 잘 차려 와서는 경대 앞의 물건을 치우고 그 자리에 차려 놓았다. 노복이 술을 차려 주고 내려갔으니 한오가 부르지 않는 한 다시 올라올 일은 없을 터였다. 한오와 오산이 서로 마주 보고 앉으니 한오가 술을 한 잔 따라 두 손으로 받들고 오산에게 주었다.

"나리께서 침과 뜸으로 치료를 받으신다 하여 소첩은 잠시도 걱정을 내려놓은 적이 없습니다."

오산이 술을 받아 들면서 대답했다.

"내가 침과 뜸으로 치료를 받느라 그대와의 약속을 어기고 말았소."

술잔을 비우니 한오가 다시 한 잔을 따라 올렸다. 이렇게 술을 비우기를 벌써 열 잔. 두 사람의 욕정이 불길처럼 타올라 서로의 몸을 탐하지 않을 수 없었다. 서로가 껴안고 사랑을 나누매 그 기쁨이 한량없었다. 사랑을 나누고 다시 일어나 앉아 옷매무새를 만지고 다시 술을 마시니 술에 취한 눈이 몽롱하며 그 여흥이 끝이 없더라. 오산은 집에서 한 달 동안 치료를 받느라고 방사를 금하다가 이제 한오를 보았으니 어찌 한 번으로 만족하겠는가. 오산이 죽을 팔자인가? 한오에게 정신과 혼령이 온통 다 빠져 버렸구나. 욕정이 또한 불끈 솟아나니 한바탕 불을 더 댕기는구나.

입맛에 맞다고 마구 먹다 보면 체하기 마련
마음에 맞다고 마구 즐기면 재앙이 되기 마련.

오산은 두 번째 방사를 즐기면서 자기 스스로도 왠지 정신이
혼미해지는 느낌이 들고, 몸이 흔들리며 주체할 수가 없어 밥도
먹지 못한 채 침상에 누워 잠에 빠져들었다. 한오는 오산이 잠든
것을 보고 아래층으로 내려와 밖에서 기다리고 있는 마부에게
말했다.

"나리께서 약주를 과하게 드셨는지 위에서 잠이 드셨네요. 두
분은 마음 푹 놓고 여기서 기다리시고, 괜히 나리를 재촉하지 마
십시오."

마부가 대답했다.

"소인이 어찌 감히 재촉하겠습니까?"

한오는 말을 마치고 다시 위층으로 올라와 오산의 옆에 누워
잠을 청했다.

한편 침대 위에 누워 있는 오산은 비록 눈은 감고 있으나 귀에
는 끊임없이 환청이 들려왔다. 오산이 게슴츠레 실눈을 뜨고 바
라보니 통통한 승려 하나가 보였다. 해진 승복을 걸쳐 입고 발엔
승려의 신발을 신고 허리엔 누런 천으로 만든 부대를 차고 있었
다. 승려가 먼저 오산에게 인사를 건넸다. 오산은 화들짝 놀라며
일어나 답례를 하고서 물었다.

"스님께서는 대관절 어느 절에 계시는 분이시오? 무슨 연유로 나를 찾으시오?"

"소승은 상채원(桑茱園) 수월사(水月寺)의 주지입니다. 소승의 상좌가 세상을 떠났기에 특별히 그대에게 와서 출가를 권하는 것이오. 소승이 관상을 좀 볼 줄 압니다. 그대는 박복하여 세상의 복락을 누릴 팔자가 아니라 맑고 깨끗하게 사는 게 여러모로 좋을 것이니 세상을 등지고 출가하여 나의 상좌가 되길 바라오."

"스님께서 뭘 모르시는군요. 나의 부모님은 오십 평생 외동으로 나를 낳고 길러 주시고 장가도 들여 주시고 가게도 열어 주셨는데 제가 어찌 출가를 한단 말입니까?"

"그대에겐 출가밖에 길이 없소이다. 이렇게 세상 속에서 살다 보면 요절하고 말 것이오. 소승의 말을 듣고 어서 따라오시오."

"쓸데없는 소리 마십시오. 이곳은 아녀자의 방인데 출가한 자가 어인 일로 들어온 것이오?"

승려가 두 눈을 부릅뜨고서 오산에게 외쳤다.

"그래, 나를 따라올 텐가, 말 텐가?"

"이런 세상에, 머리 깎은 놈이 뭐 하러 나한테 와서 이렇게 귀찮게 구는 거야?"

승려가 버럭 화를 내며 오산을 붙잡고 아래로 내려가려는 찰나 오산이 살려 달라, 억울하다 소리를 질러 대니 승려가 오산을 힘껏 밀쳐 냈고 오산은 계단을 데굴데굴 굴렀다. 오산이 소스라쳐 일어나니 온몸에 땀이 흥건하게 배어 있었다.

눈을 뜨고 보니 한오는 아직 잠들어 있었다. 역시 꿈이었다. 정신이 몽롱하여 엉금엉금 기다시피 억지로 침대에 일어나 앉아 한참을 멍하니 있었다. 잠시 후에 한오가 일어나 물었다.

"나리, 잘 주무셨는지요? 어려운 걸음 하셨는데 오늘은 여기서 주무시고 내일 가세요."

"집에서 부모님이 기다리고 계시니 돌아가야겠소. 일간 날을 잡아 다시 한번 오리다."

한오가 일어나 간식을 준비시키려 했다.

"내가 몸이 편치 않으니 굳이 간식을 차릴 필요는 없소이다."

한오는 오산의 안색이 좋지 않은 것을 보고 억지로 붙잡지 않았다. 오산은 옷매무새를 바로잡고 아래로 내려와 한오 어미에게 인사를 하고선 서둘러 마차에 올랐다. 해는 이미 기울어 있었다. 오산은 마차에 앉아 곰곰이 낮에 꾼 꿈을 생각해 보았다. 참으로 괴이하고 아직도 생생한 그 꿈이 놀랍기도 하고 근심스럽기도 했다. 생각에 잠겨 있는 그때 배가 살살 아파 오기에 도저히 참을 수가 없어 마부에게 어서 서둘러 집으로 돌아가자고 몇 번이고 채근했다. 집에 도착하자마자 마차에서 뛰어내려 우선 급한 대로 뛰어가서 용변을 보니 배가 아픈 게 어김없는 설사라. 온통 피똥을 쌌다. 한참이 지나고 침대에 드러누우니 머리가 어질어질, 사지가 흔들흔들, 모골이 송연했다. 아무래도 몸이 건강하지 못한 상태에서 과도하게 방사를 치른 탓인 것 같았다.

오방어는 아들이 얼굴이 창백한 채로 서둘러 올라가는 것을 보고 화들짝 놀랐다.

"얘야, 도대체 무슨 일이냐?"

"베 짜는 집에서 술을 좀 과하게 마신 것 같습니다. 술기운에 곯아떨어졌다가 목이 말라 일어나 냉수를 마셨더니 몸이 오슬오슬 떨리고 지금은 설사까지 합니다."

말을 하면서도 오산은 입을 덜덜 떨리고 온몸에 식은땀을 흘렸다. 오방어는 너무 놀라 바로 아래로 내려와 의원을 불렀다. 의원이 도착하여 맥을 짚었다.

"맥이 거의 끊겨 버렸으니 치료하기가 난망입니다."

오방어는 의원에게 제발 살려 달라며 애걸했다.

"이 병은 설사병이 아니라 과도하게 색욕을 탐하여 원기가 소진되고 양기가 다 빠져나가서 생긴 병입니다. 아무래도 어려울 것 같습니다. 제가 원기를 돋울 약을 한 첩 지어 드리죠. 만약 약을 복용한 다음에 열기가 내려가고 맥이 살아난다면 그나마 희망이 있을 것입니다."

의원이 약을 한 첩 지어 주고 일어났다. 오방어 부부가 오산에게 도대체 어떻게 된 일이냐고 몇 번이고 물었으나 오산은 도리질만 할 뿐 대답하지 않았다.

초저녁이 조금 지났을 무렵, 오산은 약을 먹고는 자리에 누웠다. 한데 낮에 꿈에서 나타났던 그 승려가 다시 침대 곁에 나타나서는 소리를 지르는 것이었다.

"오산, 어이하여 이렇게 억지를 부리는 것이냐? 어서 나를 따라오거라."

"왜 나를 따라다니며 괴롭히는 것이오? 어서 물러나시오."

승려는 오산이 뭐라 말하건 신경 쓰지 않고 자신의 허리에 차

고 있는 누런 천의 부대를 풀어 오산의 얼굴 위에 덮어씌워 놓고
사라져 버렸다. 오산은 침대 머리맡을 붙잡고서 소리를 지르다 깜
짝 놀라 잠에서 깼다. 꿈이었다. 눈을 떠 보니 부모와 아내가 모
두 자기를 바라보고 있었다.

"얘야, 무슨 일로 그렇게 깜짝 놀란 것이냐?"

오산은 갈수록 정신이 혼미해지는 것을 스스로도 느끼는지라
더 이상 숨길 수만은 없어 한오와의 일 그리고 꿈속에서 보았던
승려의 일을 털어놓았다. 말을 마친 다음에는 자기도 모르게 오
열했다. 오산의 말을 들은 부모와 아내도 같이 눈물을 흘렸다. 오
방어가 보기에도 오산의 상태가 매우 위중한지라 책망하지도 못
하고 그저 위로하고 달랠 뿐이었다. 오산은 부모에게 말을 마친
후 혼절했다 깨고 또 혼절하기를 반복였다. 그러고는 다시 깨어나
서 아내에게 울면서 말했다.

"부모님을 잘 봉양해 주시오. 그리고 어린 아들도 부탁하오. 가
게에서 들어오는 수입이면 집안 살림은 꾸릴 수 있을 거요."

"쓸데없는 말씀 마시고 몸조리나 잘하세요."

오산은 한숨을 몰아쉬더니 계집종에게 자기를 일으켜 세우라
하고는 부모에게 말했다.

"소자는 이제 더 이상 살 수가 없을 듯합니다. 이 몹쓸 자식을
키워 주시느라 괜한 고생만 하셨습니다. 제가 명이 짧고 팔자가
박복하여 그런 요물을 만나 고생했으니 이제 와서 후회한들 무
슨 소용이 있겠습니까? 젊은이들에게 저처럼 그릇된 일을 따라
하여 몸을 망치지 말라고 전해 주십시오. 신체발부는 수지부모인

것을 제가 남아로 태어나서 여색을 탐하느라 이렇게 몸을 망치고 말았습니다. 제가 죽거든 저의 시신을 물에 버려 처자를 버리고 부모를 제대로 모시지 못한 죄를 씻을 수 있게 해 주십시오."

말을 마치고 눈을 감으니 그 승려가 바로 앞에 서 있는 것 아닌가. 오산이 애처롭게 소리를 질렀다.

"스님, 저하고 무슨 원수가 졌다고 이렇게 저에게 붙어서 떨어지지 않는 겁니까?"

"소승은 색계를 범하여 저세상으로 떠난 뒤 구천을 맴돌면서 귀신 세계에서 빠져나오지 못하고 있습니다. 지난번 나리가 백주 대낮에 사랑을 나누는 것을 보고 일시에 또 마음이 동하여 나리를 제 귀신 세계의 동반자로 삼고자 했습니다."

승려가 말을 마치고 떠나갔다. 오산은 깨어나서 잠들었던 동안 승려와 나눈 이야기를 부모에게 해 주었다. 오방어가 아들의 이야기를 듣고 말했다.

"그래, 귀신이 달라붙었던 것이구먼."

오방어는 서둘러 대문 밖의 거리에다 향과 촛불을 사르고 음식을 차린 다음 하늘에 대고 고사를 지냈다.

"부디 자비를 베푸셔서 제 아들을 살려 주십시오. 제가 직접 찾아뵙고 제사를 드리겠습니다."

오방어는 축수를 마치고 지전을 살랐다. 오방어가 다시 집으로 돌아와 보니 아들이 여전히 침대에서 잠들어 있었다. 그러다가 갑자기 아들이 일어나 앉더니 눈을 부릅뜨고 소리를 지르는 것이었다.

"오방어, 내가 부처의 색계를 범하여 양모채에서 자결하고자 했는데 마침 네 아들이 그곳에서 정욕을 불사르고 있었다. 그러니 내가 전에 범한 그 일을 생각지 않을 수 있었겠는가. 그래 네 아들이 나를 대신하여 죽든지 아니면 네 아들이 나를 위하여 재를 올리거나 중이 되도록 하라고 했지. 한데 마침 네가 아들을 대신하여 나에게 재를 올리고 음식도 챙겨 주고 지전까지 살라서 내가 천도할 수 있도록 했으니 이제 네 아들을 놓아주고 더 이상 여기서 화를 부리지 않겠다. 내가 양모채에 가서 네가 천도재를 지내 주기를 기다릴 터라 이번에 내가 천도에 성공하면 다시는 나타나지 않을 것이다."

말을 마친 오산은 두 손을 합장하며 예를 갖추었다. 오산은 제정신이 돌아오고 안색 역시 다시 활기를 찾았다. 아내가 오산의 몸을 만져 보니 온몸의 열도 가라앉아 있었다. 오산은 침대에서 내려왔다. 더 이상 설사도 하지 않았다. 온 가족이 뛸 듯이 기뻐했다. 전에 오산을 진찰했던 의원을 다시 불러 보이니 그 의원이 검진을 하고 나서 이렇게 말했다.

"맥이 다 돌아왔으니 이젠 살길이 열렸습니다."

의원이 지어 준 첩약을 먹으며 며칠간 몸조리를 하니 오산의 몸이 점점 호전되었다. 오방어는 스님을 여럿 청하여 한오의 집에서 밤낮을 가리지 않고 한바탕 재를 올렸다. 한오네 식구들이 꿈을 꾸니 그 꿈에 통통한 승려 하나가 지팡이를 짚고서 어디론가 떠나가는 모습이 보였다.

오산은 반년 정도 더 몸을 추스른 다음 다시 새다리장터의 가게에 나가 장사를 했다. 어느 날 저도 모르게 점원에게 예전 일을 언급한 오산은 후회막급이라는 표정으로 이렇게 말하는 것이었다.

"세상 살다가 바보 같은 일에 휘둘리면 절대 안 되는 거야. 사람이 잘못을 저지르면 귀신이라도 나서서 벌준다고 하는 말은 허튼소리가 아니거든. 나도 까딱하면 목숨을 잃을 뻔했지."

이날 이후 오산은 지난 일을 더욱 반성하고 다시는 한오의 집 쪽으로는 눈길조차 주지 않았다. 이런 전후 사정을 아는 지인들은 오산을 칭송했다.

어리석은 마음으로는 모든 여인이 다 예뻐 보이고
냉정한 마음으로는 모든 여인이 다 그저 그렇다.
이치를 꿰뚫으면 사악한 마음이 사그라질지니
한평생 나가야 할 길이 더없이 평안하리라.

閑雲庵阮三償冤債

완삼이 한운암에서
전생의 사랑
빚을 갚다

한눈에 반한 여인과 나눈 처음이자 마지막 밀회. 그 밀회를 마지막으로 청년은 세상을 떠난다.

알고 보니 청년은 옛날 남경의 한량이었고 여인은 옛날 양주의 기생으로, 한량이 기생을 데리고 놀다가 버린 사연이 있었다. 이제 기생은 고관대작의 외동딸, 한량은 장사치 집안의 셋째 아들로 환생했으니, 청년이 빚을 갚을 차례였던 것이다.

이생에서 못다 이룬 인연은 저승까지 이어지고, 전생에서 풀지 못한 억울함은 다음 생에서라도 풀리리라.

이 작품은 명 대 가정(嘉靖, 1522~1566)에 출간된 홍편(洪楩)의 『청평산당화본(淸平山堂話本)』에 실려 있는 「가락지 이야기(戒指兒記)」를 풍몽룡이 다듬은 것이다. 이 「가락지 이야기」의 원형이 되었던 것은 또 송나라 때 홍매(洪邁)가 1162년에서 1202년에 걸쳐 출간한 이야기 모음집 『이견지(夷堅志)』에 실려 있는 「서호 암자의 여승 이야기(西湖庵尼)」다. 이 뿐 아니라 '가락지 이야기(寶環記)'라는 제목의 중국의 전통연극도 있었다고 한다. 동일한 이야기가 다양하게 각색되고 전해지는 것은 예나 지금이나 마찬가지인 모양이다.

좋은 인연 나쁜 인연, 어디 정해져 있던가.

공연히 다른 사람이나 하늘을 원망 말게.

자식들 일찍 낳아 결혼시키고

일찌감치 은거하여 말년을 보낸 상자평(向子平)[12]이 그립구나.

자식들 일찍 결혼시키라는 노래이다. 사내자식은 크면 장가보내고 계집아이는 크면 시집보내라, 시기를 놓쳤다간 괜히 불상사만 일어난다는 속담도 있지 않던가. 하지만 딸 시집보내면서 사윗감 가문을 따지고 인물을 따지다가 시기를 놓치는 자가 어디한둘인가. 사춘기 처녀한테 참아라, 참아라 하는 것이 어찌 능사일 것인가. 남자들이야 기루(妓樓)에 가서 하룻밤 사랑이라도 나눈다지만 여자들은 엄하게 단속한다고 집 안에 가두었다가 이러

---

12 동한(東漢) 사람으로 일찍이 은거하고 벼슬길에 나아가지 않았으며 자녀들을 결혼시킨 후에 집안일을 일절 끊고 명산대천을 유람했다고 한다.

지도 저러지도 못할 일 생기는 경우가 한둘이 아니니 그때 가서 후회한들 무엇 하리.

여기 고관 나리를 소개하니, 이름은 진태상(陳太常)이라. 서경(西京) 하남부(河南府) 오동가(梧桐街) 토연항(兎演巷)에서 살고 있다. 진태상은 어려서 과거에 급제하여 전전태위(殿前太尉)까지 지냈다. 나이 오십에 소실을 들였으나 아들은 낳지 못하고 딸을 하나 두었는데, 그 딸아이 이름이 옥란(玉蘭)이었다. 옥란은 이렇게 한다 하는 집안에서 태어나 곱게 자라 나이 열여섯에 화용월태(花容月態)라. 침선에도 능하고 글씨와 그림에도 재주가 있으니 참으로 재색을 겸비한 재원이었다. 진 태위는 부인에게 늘, 자신은 고관을 지낸 자로서 재산도 수만금인 데다가 딸 옥란이 재색까지 겸비했으니 그에 어울리는 고관대작의 자제와 짝지워 체면을 세울 거라고 말하곤 했다.

하루는 진 태위가 매파를 불러 말했다.

"우리 아이가 이제 나이가 찼으니 시집을 보내야겠네. 나는 다음 세 가지 조건을 갖춘 사람을 사위로 맞을 생각이야. 첫째, 고관대작의 아들이어야 하네. 둘째, 재주와 용모가 출중해야 하네. 셋째, 과거에 급제한 자여야 하네. 이런 조건을 모두 갖춘 사람이라면 사위로 맞아들이겠지만, 이 가운데 하나라도 모자라면 절대 사위로 맞아들이지 않을 걸세."

그날부터 매파는 신발에 불이 나도록 사윗감을 찾아다녔으나, 이거 하나가 괜찮으면 저거 하나가 문제, 저거 하나가 괜찮으면 이거 하나가 문제, 세 가지 조건을 모두 만족시키는 상대를 찾기란 너무도 어려웠다. 이렇게 시간은 자꾸만 흘러가서 옥란의 나이 벌써 열아홉이 되었다.

때는 바야흐로 정화(正和) 2년(1112) 정월 대보름. 나라 전체가 잔치 분위기로 떠들썩했다. 오봉루(五鳳樓) 앞에 등불산 하나를 만드니 온통 등불 천지요, 사방에는 악기 소리가 넘쳤다. 정월 초닷새부터 스무날까지는 성문을 닫지 않고 천자의 궁실을 개방하여 여민동락했다. 「서학선(瑞鶴仙)」이라는 노래는 이때의 광경을 이렇게 묘사했다.

황제의 궁궐에 상서로운 안개가 피어오르고
붉은 기운 타고서 봄이 다시 돌아오는구나.
정월도 벌써 보름
달도 동그랗게 보름달이 되었구나.
꽃단장한 아가씨들 거리를 다니며 노래하니
한 떨기 연꽃이 길 위에 핀 듯하여라.
망루 위에 누대 위에
별처럼 은하수처럼 찬란하게 빛나는 등불.
주렴을 살짝 걷어 올리고 하루 종일 음악에 취하니
팔찌와 목걸이 장식 아름다운 여인들이 모여드네.
오호라
비단결 속에서
사향 향기 속에서
어찌 노닐지 않을쏜가.

이젠 밤바람이 차갑지 않아
꽃 그림자 어지럽게 날리고
웃음소리 거리를 가득 메우네.
화려한 머리핀을 꽂은 여인네들 서로 짝을 지어
이리저리 몰려다니네.
서울의 야경이 이렇게 기쁠 줄이야, 이렇게 즐거울 줄이야
태평성대가 예 있었도다.

이런 축제에 남녀 간의 사랑 이야기가 어찌 빠질 수 있겠는가.
토연항에 완화(阮華)라는 청년이 살고 있었다. 그는 형제 중 셋째
인지라 완삼랑(阮三郞)이라 불렸다. 큰형 완대(阮大)는 아버지를
도와 양경에서 장사를 했고 둘째 형 완이(阮二)는 집안 살림을 도
맡아 했다. 완삼은 나이 열여덟에 용모가 준수하고 글에 능했을
뿐 아니라 다방면에 모르는 것이 없고 통소도 잘 불었다. 완삼은
명문가의 자제들과 교유하며 매일 기루에 가서 풍류를 즐겼다.
정월 대보름에도 완삼은 몇몇 친구들과 함께 악기를 연주하며
등불을 감상했다. 이들은 완삼의 집에서 삼경까지 놀았다. 삼경
이 지나 완삼이 친구들을 배웅하러 거리로 나서 보니 행인은 별
로 없고 달빛만 대낮처럼 환하게 거리를 비추었다. 완삼이 친구
들을 붙잡았다.
  "이렇게 아름답고 기분 좋은 날 어찌 이대로 잠들 수 있겠는
가? 우리 노래 한 곡 더 하고 가세."
  하여 완삼 일행은 길가의 연석에 앉아 생황과 통소, 상판을 연

주하면서 소리에 맞춰 노래를 불렀다.

벽에도 귀가 감추어져 있다는데
창밖에 어이 듣는 사람이 없을쏜가.

완삼의 집은 진 태위의 집과 마주 보고 있었다. 등불 구경을
마친 옥란이 막 잠자리에 들려다 아련히 들려오는 노랫소리에 취
하게 되었다. 야심한 시각, 모두 잠들었을 이 시각에 어디서 이토
록 청아한 소리가 들려온단 말인가. 옥란은 하녀를 불러 같이 대
문 쪽으로 살며시 걸어갔다. 노랫소리를 들은 옥란의 마음은 마
치 봄바람이 들린 듯 억누를 수가 없었다. 옥란이 하녀 벽운(碧
雲)에게 나지막이 속삭였다.
"나가서 이 노랫소리의 주인공이 누구인지 알아보아라."
벽운도 노래의 주인공이 궁금하던 차라 주인아씨의 말을 듣자
마자 기다렸다는 듯이 밖으로 나가 보았다. 밖에 나가 살펴보니
맞은편 집 도련님의 노랫소리가 아닌가.
벽운은 다시 들어와 아씨에게 아뢰었다.
"앞집 완삼 도련님이 친구들과 부르는 노랫소리예요."
옥란은 잠시 동안 말없이 속으로 생각했다.
'언젠가 아버님이 완삼이 부마 물망에 올랐다가 인연이 아니었
던지 집으로 돌아왔다고 하시던데, 그런 도련님이시라면 필시 재
주와 용모가 뛰어날 거야.'
완삼과 친구들이 번갈아 노래하는 소리가 마침내 그쳤다. 옥

란은 침실로 돌아왔으나 잠을 이룰 수 없었다. 이리 누워도 저리 누워도 오직 완삼 생각뿐이었다.

'완삼 도련님처럼 풍류를 즐길 줄 아는 남자에게 시집간다면 한평생이 아깝지 않을 텐데. 어떻게 하면 만나 볼 수 있을까?'

옆집 아가씨 남자 그리는 맘 불현듯 일어나네
탁문군이 사마상여 거문고 소리 듣고
마음이 싱숭생숭해진 것과 같다네.

다음 날 동틀 무렵, 완삼은 친구들과 영복사로 놀러 갔다. 예불을 드리러 온 젊은 처자들을 보자 젊은이들의 마음도 싱숭생숭했다. 저녁 무렵 다시 완삼의 집으로 몰려가 악기를 연주하고 노래를 부르면서 시간을 보냈다. 이러기를 며칠, 정월 스무날이 되었다. 이날은 친구들에게 다른 일이 생겨 완삼의 집에 놀러 오지 않았다. 무료해진 완삼은 길가에 면한 행랑채에서 통소로 유행가 가락을 연주하기 시작했다. 한참을 연주하고 있으려니 하녀 하나가 살며시 문을 열고 들어와 인사를 했다.

"뉘 댁의 계집인고?"

"쇤네는 벽운이라 하고 앞집 진 태위 댁의 외동딸 옥란 아씨의 몸종입니다. 아씨가 도련님을 흠모하여 간절히 뵙고자 하는 마음에 이렇게 저를 보내셨답니다."

완삼은 이렇게 생각했다.

'내로라는 명문거족이니 감시하는 눈도 많고 간섭하는 입도 적지 않을 것이다. 내가 직접 찾아가고 싶어도 그게 어찌 쉬운 일일까? 진 태위 댁 사람들에게 발각이라도 된다면 뭐라고 변명한단 말인가? 이 역시 곤욕당하기 쉬운 일일 텐데.'

완삼은 마침내 입을 열어 벽운에게 일렀다.

"돌아가서 아씨에게 이르게. 지체 높은 댁에 출입하다가 괜히 문제가 생길까 염려스럽다고."

벽운이 돌아가 아씨에게 완삼의 말을 전했다. 옥란의 귓전에는 완삼의 퉁소 소리가 맴돌고 있었다. 완삼을 향한 마음을 억누르지 못한 옥란은 손가락에 끼고 있던 금가락지 한 짝을 빼서 벽운에게 주었다.

"이 금가락지를 도련님에게 전해 드려라. 우리 집에 왔다가 문제가 생기거든 이 금가락지를 보여 주면 된다고 말씀드려라."

벽운은 금가락지를 받아 들고 마음이 다급해져 쏜살같이 달려갔다. 벽운에게서 금가락지를 받아 든 완삼은 비로소 옥란의 마음을 알아차렸다.

"옥란 아씨의 금가락지가 내게 있고, 벽운이 나를 안내한다면 못 갈 것도 없지."

완삼은 벽운을 따라 옥란을 만나러 갔다. 진 태위 댁에 도착하여 중문 안으로 들어가니, 옥란이 몸소 중문까지 나와서 완삼이 오기를 기다리고 있었다. 옥란의 눈이 완삼을 보고는 그대로 멈추었다. 완삼 역시 옥란을 뚫어져라 바라보았다. 두 사람이 서로 입을 열려는 순간 문밖에서 하인이 외치는 소리가 들려왔다.

"나리께서 돌아오십니다!"

옥란은 황급히 자기 방으로 들어갔으며, 완삼은 재빠르게 자기 집으로 돌아갔다.

그날 이후로 완삼은 손에는 금가락지를, 가슴에는 옥란을 끼고 살았다. 옥란이 규중심처에 있어 소식을 전할 수 없는 것이 안타까웠다. 집에 있거나 출타하거나 옥란이 준 금가락지만 보면 가슴이 미어졌다. 다시 만날 기약이 없으니 그리는 마음만 키워 갈밖에. 완삼은 고관대작의 아들은 아니어도 돈푼깨나 있다는 장사치의 아들이었다. 그럼에도 하루가 다르게 야위어 갔고, 잠도 제대로 못 자고 밥도 먹는 둥 마는 둥 했다. 옥란을 그리워하는 마음이 너무도 깊었던 까닭이리라. 이렇게 두 달여가 지나자 완삼은 결국 몸져눕고 말았다. 아버지가 물어도 어머니가 물어도 완삼의 입은 열릴 줄을 몰랐다.

소태를 씹은 듯 찡그리며 닫은 입
그 괴로움 본인이 아니면 누가 알리요.

완삼의 친구 가운데 집안도 형편도 비슷한 장원(張遠)이라는 이가 있었다. 장원은 완삼이 몸져누웠다는 소식을 듣고 걱정하며 문병을 왔다. 침상에 누워 있던 완삼이 장원이 부르는 소리를 듣고 하인을 시켜 장원을 데려오게 했다. 파리한 얼굴과 야윈 뺨, 입으로는 연신 가래를 뱉어 내는 완삼을 보고 장원은 안타까운 마음에 혀를 찼다. 장원은 침상 옆으로 다가갔다.

"며칠 보이지 않는다 했더니 이렇게 병이 들었군. 대체 무슨 병에 걸린 겐가?"

완삼은 고개만 저을 뿐 아무 대답도 하지 않았다. 장원이 다시 말을 이었다.

"어디 손을 내밀어 봐. 맥이라도 한번 짚어 보세."

완삼은 체념한 듯 순순히 손을 내밀었다.

완삼이 내미는 손을 잡고 진맥하려던 장원의 눈에 금가락지 하나가 들어왔다.

'어허, 환자가 금가락지를 끼고 있다니. 더구나 이 금가락지는 여자 건데. 아마도 완삼이 아픈 것이 이 금가락지하고 관련이 있으렷다.'

여기까지 생각이 미치자, 장원은 맥은 짚을 생각도 않고 바로 완삼에게 물었다.

"이 금가락지는 어디서 난 건가? 내 생각에는 자네의 병이 금가락지 때문인 것 같네. 우리야말로 오래 사귀어 온 친구 아닌가? 속이려 하지 말고 솔직히 말해 주게나."

완삼은 장원이 이미 눈치챘음을 알았다. 죽마고우에게 털어놓지 못할 일이 어디 있으랴! 완삼은 장원에게 자초지종을 소상히 털어놓았다.

"권문세가의 여식이 이런 금가락지를 준 걸 보면 자네를 생각하는 마음이 보통이 아닌 건 분명하네. 어서 기운을 차리게. 나에게 다 생각이 있으니 반드시 자네와 옥란 처자가 만날 수 있게 해 주겠네."

"내 병이야 옥란 처자를 그리워해서 생긴 것이니 만나기만 하면 바로 나을 걸세. 자네는 어서 내가 옥란 처자가 만날 수 있게 돕기나 하게."

완삼은 머리맡에 감추어 둔 은자를 장원에게 건네주었다.

"이건 내 성의니 거절하지 말고 받아 주게."

장원은 그 돈을 받았다.

"내가 어떻게 해서든 자네와 옥란 처자가 만날 수 있도록 해 보겠네. 몸조리나 잘하게."

장원은 완삼의 집에서 나와 옥란의 집으로 걸어갔다. 옥란의 집 대문 앞에서 한참이나 서서 출입하는 사람들을 살펴보았으나 아는 사람이 하나도 보이지 않았다. 장원은 고민하며 돌아섰다.

다음 날도 장원은 옥란의 집을 찾았으나 역시 기회를 얻지 못했다.

"도대체 어디서부터 시작해야 할지 모르겠구나. 우선 옥란 처자의 몸종이라는 벽운부터 만나 보아야겠다."

저녁 무렵, 누군가 자기 항아리 두 개를 들고 옥란의 집에서 나오더니 소리를 질렀다.

"이놈의 마당쇠는 대체 어디 간 거야? 마님이 한운암(閑雲庵)의 주지 스님에게 음식을 갖다주라 분부하셨는데."

이 말을 들은 장원은 순간 정신이 번쩍 들었다.

'한운암의 주지라면 잘 아는 스님이잖아. 옥란 처자의 어머님이 음식을 보낼 정도라면 한운암 주지와는 평소 왕래가 있는 사이겠구나. 그렇다면 한운암 주지가 옥란 처자의 집안 사정에 대해서도 잘 알고 있을 테니 그를 먼저 만나야겠군.'

하루가 지난 다음 날 아침, 장원은 은자 두 덩이를 들고 한운
암을 찾아갔다. 한운암은 작고 고즈넉한 암자였다.

야트막한 담, 작은 암자.
처마에 달린 풍경은 바람에 땡땡.
외진 곳의 암자엔 인적 드물고
공양 짓는 연기와 독경 소리뿐.

한운암의 주지 왕수장(王守長)은 본디 기녀였다가 불문에 귀의
한 이였다. 모시던 스님이 입적한 지 얼마 지나지 않은지라 밥 짓
고 청소해 주는 보살 둘만을 데리고 암자를 돌보고 있었다. 권문
세가의 시주를 받아 대웅전 뒤에다 문수·관음·보현 보살상을 세
우는 중인데, 가운데 세운 관음상은 진 태위 댁의 시주를 받아
금도장을 했으나 나머지 두 불상은 아직 시주를 받지 못한 채였
다. 이날 왕 주지는 막 암자를 나서려다가 장원의 방문을 받았다.
"장원 나리, 어인 일로 오셨습니까?"
"그야 스님을 뵈러 일부러 왔지요."
왕 주지와 장원은 같이 암자 안으로 들어갔다. 차를 마시고 나
서 장원이 먼저 입을 열었다.
"참, 스님은 어디를 가시려던 참이었습니까?"
"진 태위 댁의 시주를 받아 관음상 조성 불사를 마쳤는데도
그간 바쁘다는 핑계로 인사를 못 드렸지요. 어제 진 태위 댁에서
음식을 만들어 보내 주셨기에 소승이 답례 차 찾아뵈려던 참이

었습니다. 나머지 두 불상도 진 태위 댁의 시주를 받아야 할 형편이니 작은 선물이라도 사서 직접 찾아뵈려고 합니다."

장원은 이야말로 절호의 기회라고 생각했다.

"스님, 저에게 둘도 없이 친한 친구가 있는데 재산이 엄청납니다. 불상 조성 정도야 그 친구한테 부탁하면 문제없을 것이니 진 태위 댁까지 찾아갈 필요는 없을 듯합니다. 다만 그 전에 스님께서 도와주셔야 할 일이 있습니다."

장원은 소매에서 은자 두 덩이를 꺼내 탁자 위에 올려놓았다.

"이 돈은 착수금조로 드리는 거고, 일만 잘되면 불상 조성도 순풍에 돛 단 격으로 금방 해결될 것입니다."

본디 재물을 탐하는 성격이었던 왕 주지는 탁자 위에 놓인 질 좋은 은자를 보고는 금세 환한 표정이 되어 물었다.

"그래, 나리 친구분이 뉘신지요? 소승이 할 일이란 게 대체 뭔가요?"

"이 일은 비밀에 부쳐야 하니 스님이 직접 해 주셔야 합니다. 다른 사람이 알지 못하는 곳으로 안내해 주시면 거기서 말씀드리지요."

말을 마친 장원이 은자 두 덩이를 왕 주지의 소맷자락에 넣어 주니 주지는 못 이기는 체하며 받았다. 두 사람은 암자의 작은 별채로 들어가 대나무 의자에 앉았다. 장원이 말문을 열었다.

"제게 완삼이란 친구가 있는데, 그가 올해 정월에 진 태위 댁의 옥란 처자를 한 번 보았다는군요. 옥란 처자 역시 완삼을 사모하게 되어 징표를 하녀 편에 보냈다는데 그 후로 두 사람이 만날 길이 없어 애만 태우고 있습니다. 내일 스님께서 진 태위 댁에 가시면 기회를 봐서 옥란 처자 방으로 찾아가 완삼이 암자에서 만나고자 한다는 말을 전해 주십시오."

왕 주지는 한참이나 말이 없다가 마침내 입을 열었다.

"이 일은 소승이 나서기에 만만치 않습니다. 소승이 옥란 아씨를 보게 되면 이런저런 눈치를 살피고 나서 은근슬쩍 말을 붙여야 하는데, 나리가 말씀하신 징표란 무엇입니까?"

"금가락지 한 짝입니다."

"그럼 그 금가락지를 잠시 소승에게 맡기십시오. 제게 생각이 있습니다."

장원은 왕 주지가 은자도 받고 자신의 청도 거절하지 않는 것을 보고 마음이 홀가분해졌다. 장원은 암자에서 나와 완삼을 찾아가 옥란이 준 금가락지를 받아 들고 밤사이 왕 주지에게 갖다주었다.

왕 주지는 그날 밤늦게까지 침대에 누워 이런저런 생각을 했다. 다음 날 날이 밝자마자 일어나 소세를 마치고 옥란의 금가락지를 왼손에 끼고는 예물 상자를 보살에게 들려서 진 태위 댁을 찾았다. 진 태위 부인이 왕 주지를 보더니 말했다.

"번거롭게 여기까지 뭐 하러 오셨어요?"

"마님이 보시해 주신 덕택에 관음상 조성 불사를 마쳤으니 저희 암자의 홍복(洪福)입니다. 그렇지 않아도 소승이 인사드리려던 참이었는데 외려 음식을 다 보내 주셨으니 그 은혜를 어찌 그냥 지나치겠습니까?"

"그렇지 않아도 암자에 먹을 것이 변변치 않을 것 같아 뭐라도 보내 드리려 생각했는데 마침 강남의 관리 하나가 특산품을 보내왔기에 그 가운데 두 항아리를 스님께 보내 드린 것입니다. 변변치 않은 걸 가지고 그렇게 말씀하시니 몸 둘 바를 모르겠습니다."

왕 주지는 합장하면서 말을 받았다.

"아미타불! 물 한 모금에도 불심이 담겨 있다지요. 우리들 불제자가 아무리 시방 대중의 시주를 받아 공양을 해결한다지만 시주받는 걸 당연히 생각할 수야 없지요."

"관음상은 이미 완성되어 보기에도 좋습니다만 문수상과 보현상은 아직 마무리하지 못했으니 시주가 더 필요하시겠습니다."

"그게 다 마님께서 공덕을 베풀어 주신 덕분이지요. 마님께서 전생에 널리 보시하시면서 덕업을 쌓으셨기에 이렇게 부귀영화를 누리시는 것입니다. 한데 이생에서도 이렇게 덕업을 쌓으시니 다음 생애에서도 틀림없이 부귀영화를 누리실 것입니다."

진 태위 부인은 하녀를 시켜 왕 주지가 들고 온 예물 상자를 잘 받아 두게 하고 식사를 준비시키는 한편 점심을 들고 가라며 왕 주지를 붙들었다.

잠시 후, 부인과 왕 주지가 점심을 먹는데 옥란이 함께했다. 식사를 마치고 왕 주지가 먼저 입을 열었다.

"소승이 염치도 좋게 마님께 드릴 말씀이 있습니다. 저희 암자에서 이번 4월 초파일에 불상 조성을 기념하는 불상 점안식을 거행하려 합니다. 소승이 마님과 아씨를 특별히 초청하니 부디 왕

림해 주십시오."

"저야 꼭 갈 테지만 옥란이 갈 수 있을지는 모르겠습니다."

왕 주지는 부인의 말을 듣더니 잽싸게 꾀를 내어 한마디 했다.

"어제부터 배가 살살 아프더니 아직도 낫질 않았나 봅니다. 잠시 화장실에 다녀오겠습니다."

사모하는 완삼을 만나지 못해 마음에 병이 들어 버린 옥란은 왕 주지가 자신을 암자에 초대하자 마음속으로 자못 기뻐했다. 한데 어머니가 자신이 암자를 방문하는 걸 썩 내켜 하지 않는 눈치라 왕 주지에게게라도 떼를 써 보고 싶은 마음이 생겼다. 왕 주지가 화장실에 간다는 핑계로 일어나자 옥란도 따라 일어나며 입을 열었다.

"스님, 제가 안내해 드리지요."

등 뒤에서 소곤소곤 아마도 무슨 꿍꿍이속 있으렷다.

남몰래 꾀를 내니 몰래 사랑 꾸미는구나.

왕 주지는 변기통에 앉아 옥란에게 말을 건넸다.

"아씨, 초파일에 마님과 함께 꼭 암자에 들르세요."

"저도 가고 싶은 마음은 굴뚝같지만 어머님이 허락하셔야죠."

"아씨께서 꼭 가셔야겠다고 떼를 쓰면 마님도 허락하실 거예요. 마님이 허락하신 걸 나리께서 안 된다고 하실 리 없겠지요."

말을 마친 왕 주지는 화장실 종이를 집으면서 금가락지를 낀 손가락이 잘 보이도록 일부러 손을 높이 들었다. 옥란은 그 금가락지를 보고 소스라치게 놀랐다.

"아니, 스님, 그 금가락지 어디서 나셨어요?"

"두 달 전인가 한 잘생긴 청년이 우리 암자에 왔었지요. 그 청년은 한참 동안 관음상을 바라보더니 이 금가락지를 관음상 손가락에 끼우며 축원하더이다. '금생에 이루지 못한 사랑, 내생(來生)에서나마 이루게 해 주소서.' 하고요. 청년은 그렇게 한참 동안이나 관음상 앞에서 눈물을 흘렸습니다. 내가 대체 무슨 사연이냐고 거듭 물었더니 청년이 소승에게 '이 금가락지의 임자를 찾아가 내가 꼭 할 말이 있다고 전해 주십시오.'라고 하더군요."

왕 주지가 하는 말이 바로 자기 이야기임을 깨닫고, 옥란이 얼굴을 붉혔다.

"그 청년의 성이 뭐예요? 스님 계신 암자에 자주 찾아오나요?"

"청년의 성씨는 완씨이고, 가끔 우리 암자에 찾아오지요."

"그 금가락지의 다른 한 짝은 바로 제가 갖고 있어요."

옥란은 자신의 보석함을 열어 금가락지 한 짝을 꺼내 왕 주지에게 보여 주었다. 왕 주지가 두 개의 금가락지를 맞대어 보니 영락없는 한 쌍이라. 왕 주지가 갑자기 웃기 시작했다.

"스님, 어째서 웃으시는 거예요?"

"완삼 도령은 오매불망 이 금가락지의 짝만을 찾아 헤맸는데 이제야 그 짝을 찾았군요. 아씨, 혹시 하실 말씀이라도?"

"스님, 전……."

옥란은 이내 입을 다물었다.

"아씨, 우리처럼 출가한 사람들은 입이 자물통보다 무겁답니다.

염려 마시고 말씀하세요."

"완삼 도련님을 꼭 한번 만나고 싶은데 어찌해야 좋을지 모르겠어요."

"완삼 도령이 부처님 전에서 빌었던 것도 다 아씨와 만나게 해달라는 거겠지요. 두 분이 서로 만나는 거야 뭐 그리 어렵겠습니까. 다만 이번 초파일에 아씨와 마님이 우리 암자에 오셔야겠지요."

"스님 계신 암자에 찾아가더라도 어머님이 계신데 어떻게 완삼 도련님을 만나지요?"

왕 주지는 옥란의 귀에 대고 낮게 속삭였다.

"초파일에 오시거든 예불과 식사를 마치신 후 몸이 피곤하다는 핑계를 대고 좀 쉬겠다고 하십시오. 그다음은 소승이 다 알아서 하겠습니다."

옥란은 왕 주지의 말을 알아들었다는 듯이 고개를 끄덕이며 자신이 끼고 있던 금가락지마저 왕 주지에게 주었다.

"이 금가락지면 불상을 도금하는 데 안성맞춤이겠군요. 아씨의 뜻대로 모든 일이 이루어질 테니 염려 마세요."

두 사람이 화장실에서 나와 방으로 들어서니 부인이 그 둘을 맞으며 말했다.

"화장실에서 뭐 그리 할 이야기가 많으신가?"

가슴이 뜨끔해진 왕 주지가 얼른 둘러댔다.

"아씨께서 불상을 씻는 의식에 대해 물어보시기에 말이 좀 길어졌습니다. 아씨께서 그 의식을 구경하고 싶어 하시니 마님께서 나리께 말씀 좀 잘하셔서 함께 오시지요."

왕 주지는 부인의 배웅을 받으며 진 태위 댁에서 나왔다.

꼼짝없이 걸려들 계책을 짜 놓고서,
젊은 두 남녀를 맺어 주려 하는구나.

왕 주지는 옥란이 건네준 금가락지를 들고 곧장 장원의 집으로 달려갔다. 장원은 자기 집 대문 앞에서 안절부절못하며 왕 주지만을 기다리고 있었다. 멀리서 왕 주지가 달려오는 모습이 보였다. 집에서는 주변의 이목이 있어 마음 놓고 이야기하기 어렵다고 생각한 장원은 왕 주지가 오는 것을 보고 다급히 맞으며 말했다.

"스님, 어서 암자로 돌아가시지요. 제가 따라가겠습니다."

왕 주지가 한운암으로 발길을 돌리자 장원도 곧 뒤를 따랐다. 왕 주지는 장원에게 자초지종을 세세하게 설명해 주었다.

"스님이 아니었다면 두 남녀의 만남이 어찌 가능하겠습니까? 완삼이 이 은혜를 잊지 않을 것입니다."

장원은 돌아오는 길에 완삼을 찾아갔다. 완삼은 짝을 이룬 금가락지를 손가락에 껴 보고서 뛸 듯이 기뻐했다.

4월 초이렛날, 왕 주지는 다시 진 태위 댁으로 가 부인 모녀를 암자로 초청했다.

"마님, 초파일에는 누추한 우리 암자에 왕림해 주십시오. 다른 사람들은 오늘 다 예불을 마치고 돌아갈 것이니 초파일에는 특별히 부인 마님만을 모시겠습니다. 내일 아침 일찍 뵙기를 바라나이다."

옥란에게 달달 볶였던 부인은 암자에 같이 가도 좋다고 허락
했다. 그날 저녁 장원은 완삼에게 먼저 찾아가 준비하고 있으라
고 했다. 황혼이 지고 사위가 어둑해질 무렵, 완삼은 여자들이 타
는 가마를 타고 한운암에 도착했다. 왕 주지가 직접 나와 완삼을
맞아 한운암의 깊숙한 방으로 안내했다.

돼지와 양이 제 발로 백정의 집에 찾아들듯
한 걸음 한 걸음 죽음의 길로 접어드는구나.

왕 주지는 오경에 일어나 보살을 깨워 불전에 향을 사르고 공
양을 짓도록 했다. 또 날이 밝기가 무섭게 화공을 불러 불상에
색칠을 하게 했다. 진 태위 부인 모녀가 도착하기 전에 번거로운
일을 다 끝내 놓으려는 심산이었다. 일을 다 끝낸 후 암자에는 왕
주지와 보살들만 남아 독경을 했다.

사시(巳時)가 되자 부인과 옥란이 가마를 타고 도착했다. 왕 주
지는 황급히 달려 나가 그들을 주지 방으로 맞아들였다. 먼저 차
를 마시고 법당에 나가 향을 사르며 예불을 올렸다. 부인은 암자
에 다른 사람이 없는 것을 보고 적이 안심했다. 왕 주지는 부인
모녀를 방에 들어가 편히 쉬게 하는 한편 수행원들도 다른 방에
들어가 쉬도록 안내했다. 안내를 마친 후, 왕 주지는 부인과 옥란
에게 암자를 구경시켜 주고 방에 들어와 같이 점심을 들었다. 옥
란은 마치 밥알을 세기라도 하듯 깨작거리면서 당최 밥을 넘기지

못했다. 또한 눈꺼풀이 무거운 듯 눈을 감았다 떴다 했다. 부인이
옥란을 보더니 말한다.

"얘야, 아침에 너무 일찍 일어났나 보구나."

왕 주지가 기회를 놓칠세라 말을 받았다.

"마님, 저희 암자에는 부랑배들은 전혀 없고 착실한 보살들만
있는데 그들도 소승의 방은 함부로 출입하지 못합니다. 아씨는
소승의 방에 들어가 잠시 쉬게 하시고 마님은 소승과 같이 산책
이라도 하시지요. 언제 또다시 오시겠어요?"

"얘야, 피곤하면 스님이 안내해 주시는 방에 들어가서 좀 쉬려
무나."

옥란은 왕 주지가 안내하는 대로 따라갔다. 방문을 닫으니 완
삼이 침대 저편에서 걸어오는 것이 아닌가. 완삼은 옥란을 보더
니 읍했다.

"아씨, 오랜만입니다."

옥란이 황급히 손을 젓고는 그 손을 자기 입에 갖다 댔다.

"쉿!"

완삼은 몇 발짝 뒤로 물러나 옥란이 다가오기를 기다렸다. 그
런 다음 옥란을 두 손으로 잡아끌더니 침대 옆의 쪽문을 열고
다른 방으로 데리고 갔다. 옻칠한 탁자와 등나무 침대. 소리가 전
혀 새어 나가지 않을 깊숙한 곳. 두 사람은 마침내 서로를 껴안았
다. 몇 마디 밀어가 오간 뒤 서로 옷을 벗기기 시작했다. 이 황홀
함을 어찌 말로 다 표현하랴!

완삼은 옥란과 사랑을 나누면서 혼신의 힘을 다했다. 그러나

오랫동안 병석에 누워 있던 완삼인지라 몸도 마음도 허약해질 대로 허약해진 상태였다. 병약한 몸을 돌보지 않고 사랑하기에 몰두하던 완삼은 갑자기 옥란의 배 위에 쓰러지고 말았다. 단전에서 기가 다 빠져나가 버린 것이다.

하늘의 비바람 예측 못 하듯
인간의 길흉화복도 예측할 수 없는 것.

완삼은 이를 꽉 다물고 있었다. 옥란이 완삼의 몸을 쓰다듬어 보니 몸은 이미 차가워져 가고 있었다. 옥란은 당황하여 어찌할 줄을 몰랐다. 옥란은 완삼의 몸을 밀쳐 내고 주섬주섬 옷을 챙겨 입고 쪽문을 거쳐 곁방으로 나갔다. 거친 숨결은 진정되지 않았고 그저 어머니가 부르시면 어쩌나 하는 생각에 전전긍긍할 뿐이었다. 화장품 그릇을 열어 얼굴을 매만지고 거울을 보며 머리를 다듬었다. 얼추 매무새를 수습하고 나니 밖에서 어머니가 부르는 소리가 들렸다. 옥란은 황급히 문을 열었다.

"애야, 예불도 다 마쳤는데 아직도 자고 있느냐?"

"방금 일어나 얼굴을 만지고 있었어요. 그렇지 않아도 지금 막 나가려던 참이었어요."

"가마꾼이 기다리고 있단다."

옥란과 부인은 왕 주지에게 인사하고 가마를 타고서 길을 나섰다.

왕 주지는 부인 일행을 배웅하고는 암자로 돌아왔다. 진 태위 부인을 대접하느라 특별히 꺼내 놓은 그릇들을 챙기고 나서 불전에 향을 살랐다. 이때, 장원과 완삼의 형 완이가 암자로 들어왔다. 그들은 왕 주지를 보더니 연신 고맙다고 인사했다.

"완삼은 지금 어디에 있습니까?"

"아직도 방에서 주무십니다."

왕 주지는 장원과 완이를 데리고 방으로 들어갔다.

"아이고, 완삼 도령이 잠이 푹 드셨네."

그들이 연거푸 완삼을 불렀으나 아무 대답이 없었다. 완이가 완삼을 흔들어 깨워도 아무런 기척이 없었다. 다급해진 완이가 손가락을 완삼의 코밑에 대어 보니 완삼의 숨이 멈춰 있는 게 아닌가. 완이가 놀라 물었다.

"스님, 이게 어찌 된 일입니까? 일이 이렇게 꼬이다니."

"옥란 아씨가 점심 공양을 마친 다음에 쉬고 싶다며 이 방으로 들어가셨지요. 그러고 나서 두 시간쯤 후에 예불을 마치고 부인 마님께서 옥란 아씨를 나오라 하여 데리고 가셨습니다. 그게 얼마 전 일이라 소승은 완삼 도령이 계속 자나 보다고만 생각했지요. 이런 일이 있을 줄 어찌 알았겠습니까?"

완이가 말했다.

"하여간 이제 어떡합니까?"

"마침 여기 장원 나리가 있으니 사실대로 말씀드리겠습니다. 장원 나리가 찾아와 이 일을 도와주면 완씨 가문에서 섭섭지 않게 시주할 것이라며 부탁하셔서 소승이 나선 것입니다. 완삼 도령이 이렇게 허무하게 저세상으로 갈 줄이야 누가 알았겠습니까.

원래 이 일은 장원 나리가 소승에게 부탁한 것이지, 소승이 먼저 나선 것이 아닙니다. 이 일을 가지고 관가에 찾아간들 피차 좋을 것이 없을 겝니다. 저번에 소승에게 준 은 두 덩이 가운데 한 덩이가 아직 남아 있으니 다시 돌려드리겠습니다. 그 돈으로 관을 사서 장사나 잘 지내 주도록 합시다. 다른 사람에게는 절에서 요양 중에 잘못되어 급사했다고 둘러대고요."

왕 주지는 은자 한 덩이를 탁자 위에 올려놓고 물었다.

"자, 어떻게 하시겠습니까?"

장원과 완이는 한동안 말없이 생각에 잠겼다. 완이가 먼저 입을 열었다.

"우선 관부터 사고 나서 다시 이야기합시다."

장원과 완이는 은자를 받아 들고 함께 한운암을 나섰다.

"완이 형님, 사실 왕 주지의 말이 맞긴 맞아요. 그리고 완삼이는 평소 몸이 약골인지라 옥란 아씨와 사랑을 나누다가 일시에 양기가 빠져나가서 그리된 걸 거예요. 저도 완삼이가 너무도 옥란 아씨를 그리워하면서 부탁하길래 차마 그냥 두고 볼 수가 없어서 나섰던 거고요."

"이 일이 어찌 너의 잘못이며 왕 주지의 잘못이겠느냐. 우리 완삼이의 타고난 명이 이것밖에 안 되어 생긴 일이겠지. 하지만 나는 그렇다 쳐도 아버님과 형님께는 어떻게 말씀드린단 말이냐?"

장원과 완이는 서둘러 관을 사 가지고 다시 한운암으로 갔다. 장원과 완이는 완삼을 염하고 입관한 다음 아버지와 형이 돌아오기를 기다렸다.

술자리를 파하니 기쁨도 다하려나

실의에 빠져드니 탄식 소리 잦아지려나.

마침내 완삼의 아버지와 큰형이 장사에서 돌아왔다. 아버지는
완삼의 병이 차도가 있는지 물었다. 완이는 하는 수 없이 그간의
일을 알렸다. 완삼의 아버지는 완이의 설명을 듣고는 목을 놓아
울었다. 완삼의 아버지는 고소장을 작성하여 옥란을 고발하려
했다.

"돼먹지 않은 계집이 우리 완삼의 목숨을 앗아 가다니."

완삼의 큰형과 작은형은 아버지를 계속해서 말렸다.

"아버님, 이번 일은 완삼이 자초한 면이 많습니다. 권세 등등한
진 태위를 건드려 보아야 득 될 것이 하나도 없습니다."

완삼의 아버지는 하는 수 없이 길일을 택해 한운암에 가서 재
를 지내고 완삼의 장례를 치러 주었다.

한편 옥란은 한운암에서 돌아온 후 헛구역질이 자꾸 나고 연
거푸 석 달 동안 달거리를 하지 않았다. 쉬 피로를 느끼는 딸을
보고 부인이 의원을 불러왔으나 그것이 의원이 치료할 수 있는
병이던가. 부인이 조용히 옥란을 불렀다.

"얘야, 너 혹시 이번 초파일에 무슨 일 있었던 게 아니냐? 나에
게만 사실대로 말해 다오."

옥란은 더 이상 속일 수 없음을 깨닫고선 어머니에게 자초지
종을 털어놓았다. 부인은 놀라서 한동안 말을 잇지 못했다.

"네 아버지가 너를 고관대작의 자제에게 시집보내겠다고 그렇

게 벼르고 계시는데 이런 일이 생겼으니 어쩌면 좋단 말이냐? 네 아버지가 이 일을 아시면 어찌할꼬?"

"어머님, 기왕 일이 이렇게 된 것, 소녀 죽음으로 모든 걸 마무리하겠습니다."

부인은 속상하고 걱정되어 죽을 지경이었다.

해 저물어 궁궐에서 퇴청한 진 태위가 부인의 얼굴을 보더니 물었다.

"부인, 오늘은 어인 일로 얼굴이 그렇게 어두우시오?"

"고민거리가 하나 있긴 있지요."

"무슨 일이오?"

부인은 머뭇거리며 옥란의 일을 이야기했다. 노기충천한 진 태위가 버럭 소리를 질렀다.

"그래, 어미라는 자가 딸을 어떻게 간수했길래 이런 일이 생긴단 말이오?"

부인은 그저 눈물만 흘리고 아무런 대꾸도 하지 못했다. 진 태위는 전전반측 뜬눈으로 밤을 새웠다.

다음 날 외출에서 돌아온 진 태위는 부인과 상의했다.

"이 일을 가지고 시끄럽게 해 봐야 좋을 것 없고, 괜히 관가에 고발한다 해도 우리 딸아이만 망신 당하고 가문에 먹칠하는 꼴이 되겠소. 옥란이를 불러 조용히 처리합시다."

옥란은 그저 눈물만 주룩주룩 흘리며 아무 말도 하지 못하더니 한참 후에야 어머니에게 조용히 말을 건넸다.

"소녀, 괜히 일을 저질러 완삼 도련님을 저세상으로 가게 했으니 그 죄 크고도 큽니다. 소녀 자결하여 모든 걸 깨끗이 정리하고자 했으나 제 배 속에 석 달 된 유복자가 자라고 있고, 또 그냥 있자니 사람들의 손가락질이 두렵습니다."

옥란은 눈물을 훔치고 나서 다시 말을 이었다.

"제가 조금만 참고 견뎌 아이를 낳으면 완삼 도련님에게 후사를 이어 주는 것이니 이 역시 다행일 듯싶습니다. 하루 부부는 영원한 부부. 하늘이 굽어 살피사 아들을 낳게 해 주신다면 그 아들을 잘 키워 완씨 집안에 보내 줄 것입니다. 그러고 난 뒤, 소녀 자결하여 아버님 어머님을 욕되게 한 죄를 조금이나마 씻을까 합니다."

부인이 이 말을 진 태위에게 전하니 진 태위는 혀만 끌끌 차며 아무 말이 없었다. 진 태위는 아무도 몰래 완씨 집안에 사람을 보내 완삼의 아버지를 불렀다.

"우리가 여식을 잘못 키워 그대의 귀한 자식을 저세상으로 보내게 하고 말았소이다. 하지만 이제 와서 그런 이야기가 무슨 소용이겠소. 한데 우리 여식의 배에 완삼의 씨가 자라고 있으니 이를 어쩐단 말이오. 지금 생각해 보건대 우리 여식이 그대의 아들에게 마음을 주었다가 나중에 한운암에서 만나 서로 사랑을 했고, 그대 아들 역시 내 딸을 그리워하다가 병에 걸려 이렇게 불행한 일이 생겼으니, 서로 마음이 맞아서 그렇게 된 것 아니겠소? 우리 여식이 아들이라도 낳으면 그나마 다행이니, 그때 우리가 나서서 두 집안 사이의 연을 맺어 보도록 합시다."

완삼의 아버지가 이를 받아들였고 이날 이후로 두 집안은 왕래하기 시작했다.

초파일 후 열 달이 지나 옥란은 아들을 낳았다. 그 아들이 세 살이 되자 옥란은 아들을 데리고 완삼의 집에 가서 부모에게 인사 올리고 완삼의 무덤을 찾아보고자 했다. 어머니가 진 태위에게 그 뜻을 전하니 진 태위는 두말없이 허락했다. 옥란은 예물을 준비하고 길일을 택하여 완삼의 부모를 찾았다. 다음 날 옥란은 완삼의 무덤을 찾아가 온갖 설움의 눈물을 마음껏 쏟아 냈다. 옥란은 고승을 불러 완삼을 위하여 재를 지내 주도록 했다. 그날 밤 옥란의 꿈에 완삼이 나타났다.

"옥란, 그대는 우리의 오래된 인연을 알고 있소? 전생에 그대는 양주의 명기였고, 나는 금릉의 한량이었다오. 그대와 나는 서로 사랑을 나누게 되었지요. 내가 그대 곁을 떠나면서 일 년 후에 꼭 다시 와서 그대를 데려가겠노라고 맹세했으나 집에 돌아가 차마 그 일을 부모님께 말씀드리지 못하고 다른 곳으로 장가들고 말았다오. 그대는 매일같이 나를 그리워하다가 병들어 죽었소. 그러나 우리의 인연이 아직 끝날 때가 아니었던지 이생에서 다시 만나 이렇게 사랑을 나누게 된 것이오. 한운암에서 우리가 나눈 사랑은 그대에게 지은 죄를 내가 갚는 의식이기도 했다오. 그대가 나를 이렇게 챙겨 주니 나는 이제 마음 놓고 저 먼 곳으로 떠나오. 그대는 전생에서 사랑 때문에 일찍 생을 마감했나니 이생에서는 온갖 복을 누릴 자격이 있소이다. 그대가 낳은 아들은 나중에 귀히 될 것이니 잘 키워 주기 바라오. 이젠 더 이상 나를 그리워하지 마시오."

옥란은 완삼을 붙들고 어디로 가는지 물었다. 완삼은 대답하지 않고 옥란을 밀쳤다. 옥란은 놀라 꿈에서 깼다. 옥란은 그제야 삶과 죽음 그리고 사랑이 모두 전생의 업보였음을 깨달았다.

이날 이후로 옥란은 모든 정념에서 벗어나 오직 아들 키우는 일에만 매진했다. 그 아들은 자라면서 영락없이 완삼을 빼닮았으며 총명하기가 이를 데 없었다. 진 태위는 아이를 무척 귀여워했으며 자신의 성을 따라 진종완(陳宗阮)[13]이라 이름 붙여 주고 스승을 모셔 와 글을 가르쳤다. 진종완은 열여섯 살이 되었을 때 이미 다섯 수레의 책을 읽었으며 열아홉 살에는 과거에 장원급제했고 돌아와서 장가도 들었다. 진씨 집안과 완씨 집안은 앞다투어 진종완의 장원급제를 축하했고, 친지들을 모두 모아 잔치를 열었다.

옥란이 진종완을 출산했을 때 소문이 퍼져 동네 사람들이 뒤에서 수군거렸으나, 진종완이 장원급제하자 태도를 바꾸어 옥란의 정절과 현숙함을 입에 침이 마르도록 칭송했다. 세속적인 성패로 사람을 논하는 세상의 인심은 대체로 이 같은 법. 후에 진종완은 이부상서유수관(吏部尙書留守官)에 올랐다. 옥란이 열아홉 살에 과부가 된 후 재가하지 않고 아들을 훌륭하게 키운 공로가 조정까지 알려져 옥란은 열녀 칭호를 받게 되었다. 권세가 높고 돈이 많으면 열녀 칭호도 받기 쉬운 모양이렷다. 여하튼 진옥란

---

13 어머니의 성씨 '진(陳)'과 아버지의 성씨 '완(阮)'을 각각 쓰고 그 중간에 종가, 가문을 의미하는 '종(宗)'을 집어 넣어 붙인 이름이다. 풀이하자면 진 씨 성을 가진 아이로 완 씨 성을 가진 가문을 잇는다는 의미이다.

閑雲庵阮三償寃債

窮馬周遭際賣䭔媼

가난뱅이 마주가
떡 파는 여인을
만나다

마주(馬周, 601~648)가 천하에 가뭄이 심하게 들어 그 대비책을 갈망하는 당 태종에게 자신의 주인 중랑장(中郎將) 상하(常何) 대신 시무 대책을 써 준 것이 정관(貞觀) 3년 629년의 일이었다. 조실부모하고 어렵게 살던 그가 세상을 향해 오만하리만치 당당했던 것은 진짜로 당당했기 때문일까, 아니면 움츠러들지 않고자 하는 몸부림이었을까.

재상까지 지낸 마주의 일대기가 역사서에 등장함은 당연한 일로, 동시대 사람 유속(劉餗)이 편찬한 『수당가화(隋唐佳話)』와, 역시 동시대 사람인 조자근(趙自勤)이 편찬한 『정명록(定命錄)』에도 일화가 전한다. 이렇게 실려 전한 이야기가 풍몽룡의 손에 들어와 살집이 붙고 나름 이야기가 풍성해진 것도 사실이나, 기실 떡장수 왕 여인, 관상쟁이 원천강이나 중랑장 상하와 관련한 기록이 풍몽룡에게 훌륭한 창작 모티프가 된 것은 부인하기 어렵다. 마주의 이야기가 '정해진 운명의 기록'을 의미하는 『정명록』에 실려 전하는 것도 절묘한 일 아닌가. 당시 사람들은 사람의 출세 역시 팔자소관이라고 보았나 보다.

안되는 사람은 어떻게 해도 안된다고 볼 것인가, 나는 될 사람이니 느긋하게 기다려 볼 것인가. 밑져야 본전인데! 그러나 나를 알아보는 사람을 만나야 함은 분명하다. 강태공이 문왕을 만나지 못했다면 어찌 재상이 되었을 것이며, 마주가 태종을 만나지 못했던들 어찌 재상이 되었겠는가. 자신이 천리마라면 천리마를 알아보는 사람을 찾아가야 할 것이다.

앞날은 칠흑처럼 어두워 한 치 앞도 내다볼 수가 없고
가을밤의 달빛과 봄날의 꽃도 다 때가 있는 법이라네.
조용히 하늘의 명령을 삼가 들으시게나
어쩌자고 어두운 밤에 고통스럽게 날뛰는가.

이야기를 시작하자면 당나라 정관(627~649) 연호가 시작되던 그 해, 태종 황제가 어질고 현명하며 도리에 밝아 현명한 선비를 믿고 채용해서 문관으로는 십팔학사가 있고, 무관으로는 십팔로의 총관이 있었다. 그리하여 마치 원앙새가 줄을 맞춰 날아가듯, 백로 떼가 열 지어 날듯 질서가 잘 잡혔다. 이 세상의 재주 있고 지혜로운 사람들은 한 사람도 빠짐없이 천거를 받아 자리를 차지하고는 자신들의 포부를 펼치고 있었다. 천하는 태평하고 만백성은 모두 안락한 생활을 영위했다.

이제 그 만백성 가운데 한 사람 이야기를 좀 해 볼거나. 그 사람 성은 마(馬)요, 이름은 주(周)며, 별명은 빈왕(賓王)이라. 박주(博州) 치평(荏平) 사람으로 부모를 모두 여의고 쌀독엔 쌀 한 톨 없이 가난했다. 나이가 서른을 넘도록 장가도 못 들고, 혈혈단신으로 지냈다. 어려서부터 경서와 역사책에 정통하고 학문을 넓게 닦아 지략과 기개가 출중하고 매사에 다른 사람보다 빼어난 그 무엇이 있었다. 워낙 혼자서 세상을 버텨 내는 상황이라 아무도 뒤를 봐주지 않았으니 신명한 용이 진흙 더미에서 곤욕을 당하며 비상하지 못하는 격이었다. 재주가 자기 발뒤꿈치에도 못 미치는 자들이 출세하여 떵떵거리는데, 스스로는 재주를 품고서도 때를 만나지 못했으니 매일 탄식에 탄식만을 거듭했다.

"내가 때를 못 만난 것인가, 운수가 꼬인 것인가, 내 팔자런가."

이러니 느는 것은 술이라. 틈나면 혼자서라도 술잔을 기울여 흠씬 취하고서야 겨우 자리를 털고 일어났다. 술잔에 술만 찰랑거리면 매 끼니 식사도 전혀 신경 쓰지 않았다. 마주는 수중에 돈이 떨어지면 술 있는 집을 찾아가서 술을 얻어먹곤 했는데, 그 모양이 당당하기 이를 데 없고 조심하는 기색이라곤 아예 찾아볼 수 없었다. 술을 마시고 나서는 함부로 말하고 욕을 해 대기까지 했다. 이웃 사람들 모두 마주에게 당하기가 한두 번이 아닌지라 그만 보면 피하고 손가락질하면서 자기들끼리 '가난뱅이 마주'라고 수군댔으며 술주정뱅이라고 놀려 댔다. 하지만 마주는 그런 말을 들어도 눈 하나 깜짝하지 않았다.

용과 호랑이라도 때를 못 만나면

그저 소나 말 취급당하는 거지.

한편 박주 자사 달해(達奚)는 마주가 경서에 밝고 학문이 깊다는 소리를 듣고 마주를 초빙하여 박주의 조교에 임명했다. 마주가 부임하는 날 여러 동료들이 축하의 술자리를 마련했고 다들 거나하게 마셨다. 다음 날 자사가 직접 학관을 찾아와 마주를 찾았으나 그때까지도 마주는 술이 깨지 않아 몸도 가누지 못했다. 자사는 버럭 화를 내고 돌아가 버렸다. 마주는 술에서 깨어난 다음에야 자사가 왔다 갔다는 사실을 알아차리고 자사의 집무실로 달려가 사죄했으나 돌아온 것은 질책뿐이었다.

마주는 입으로는 연신 죄송하다고 말했지만 뉘우치는 기색이 전혀 없었다. 어쩌다 학관의 학생들이 모르는 문제가 있어 찾아와도 학생들과 더불어 술을 마시는 게 일이었고 월급이라도 받으면 다 술독에 털어 넣고 그마저도 여의치 않으면 학생들 집에 찾아가서 술을 얻어먹었다.

어느 날 마주가 술에 흠뻑 취해서 두 학생의 부축을 받으면서 소리 높여 노래하며 길을 걷다가 자사의 행렬과 마주쳤다. 한데 마주가 자사에게 길을 양보하기는커녕 두 눈을 부릅뜨고 욕을 퍼붓기 시작했다. 그러다 결국 노상에서 자사에게 한바탕 핀잔을 듣고 말았다. 그날은 마주 역시 술에 취해 아무것도 몰랐으나 다음 날 술이 깨고 나니 학생들이 전날의 전후 사정을 이야기해 주며 자사에게 찾아가 죄를 청하라고 하는 것이었다. 마주가 한숨을 쉬고 나더니 이렇게 말했다.

"주변에 나를 돌봐 줄 사람이 너무도 없어 자사에게 몸을 의탁하여 세상에 나갈 기회를 잡고자 했으나 늘 술이 원수로구나. 자사에게도 몇 차례나 핀잔을 들었으니 무슨 낯으로 찾아가 용서를 빌겠는가. 옛사람도 쥐꼬리만 한 월급에 허리를 굽히지 않겠다고 했는데 나 또한 이 조교직이 무슨 평생을 먹여 살릴 자리라고 연연하겠는가."

말을 마치더니 마주는 관복을 벗어서 학생들에게 주며 자사에게 전달해 달라 하고는 하늘을 향해 한바탕 호탕하게 웃고 밖으로 나갔다.

재주 믿고 큰소리치며 당당하게 떠나지만
다시 고개 숙이고 돌아오면 체면도 못 건지리.

옛말에 "물은 흔들지 않으면 움직이지 않고, 사람은 자극하지 않으면 움직이지 않는다."고 하지 않던가. 마주는 그놈의 술버릇 때문에 자사에게 몇 번이나 질책을 들은 후 스스로 못 견디고 자리를 박차고 나왔다가 이 일이 인연이 되어 새 사람을 만나 마침내 이부상서의 지위에 올랐다. 아무튼 그건 나중의 이야기다.

자리를 박차고 나오긴 했지만 마주는 어디로 갈지 막막했다. 이곳저곳을 떠돌아 다닌다 한들 무슨 뾰족한 수가 있겠는가. 그러느니 차라리 장안으로 가서 재상 판서를 만나 보자 마음먹었다. 그러다 보면 재능 있는 자를 잘 알아보고 추천했다는 소하(蕭何)나 재주 있는 자를 발탁했다는 위무지(魏無知)를 만나지 말란

법도 없지 않은가. 그들의 추천을 받아 두각을 나타내면 평생의 소원을 이룰 수 있으리라. 마주는 서쪽을 향해 발걸음을 옮겼다.

하루도 안 되어 그가 도착한 곳은 바로 신풍(新豊)이었다. 본디 신풍은 한고조가 건설한 곳이다. 고조는 풍(豊)이라는 마을에서 태어나 나중에 기병하여 진나라를 무찌르고 항우를 멸한 뒤 한나라를 세우고 황제가 되었다. 고조는 자신의 아버지를 높여 태상황에 봉했다. 태상황이 장안에서도 고향을 그리워하는 마음이 더욱 사무치매 고조가 장인들을 불러 고향의 모습 그대로 성을 쌓으라 한 다음 고향에 살던 사람들을 이주시켜 살게 했다. 거리와 집들이 고향과 조금도 다를 바 없었으니 옆집에서 기르던 닭이나 뒷집에서 기르던 개까지 모두 그대로 가지고 와서 거리에 풀어놓으면 그 닭이나 개가 예전 자기들이 노닐던 곳으로 알고 각자 집을 찾아갈 정도였다. 태상황은 너무도 흡족해하며 그 마을을 신풍이라고 불렀다. 오늘날 당나라가 장안에 도읍을 정하고 신풍을 장안의 직속 행정 구역으로 삼으니 시장과 집들이 빽빽하고 북적대기가 이루 말할 수 없으며, 점포와 객점이 그 수를 다 헤아리기 어려울 정도였다.

신풍에 이르니 해는 뉘엿뉘엿, 마주는 커다란 객점을 찾아들어 성큼 안으로 들어섰다. 수많은 마차들이 객점을 드나드니 마당엔 온통 흙먼지가 뽀얗게 일었다. 길 떠나 장사하는 사람들이 물건을 싣고서 삼삼오오 짝을 지어 객점에 찾아들어 하루 저녁을 쉬어 가고자 했다. 객점 주인 왕 씨는 손님을 맞아 물건을 받아 주고 방을 배정하느라 눈코 뜰 새 없이 바쁘게 움직였다. 손님들은 손님들대로 각자 자기 패끼리 객점 탁자를 하나씩 차지하고 는 술을 시켜 마시기에 바빴다. 객점 심부름꾼 역시 손님들을 시 중드느라 얼이 나갈 정도였다. 마주는 탁자 하나를 차지하고 혼 자서 썰렁하게 앉아 있었으나 그를 신경 써 주는 사람이 주위에 아무도 없었다. 울화가 치민 그가 주먹으로 탁자를 치면서 소리 질렀다.

"쿤장, 지금 사람 무시하는 거요! 그래, 나는 손님도 아니란 말 이오? 나한테는 주문도 안 받으니 어찌 이런 법이 있소?"

주인장 왕 씨는 그 말을 듣고서 깜짝 놀라 마주에게 달려와 머리를 조아리며 사죄했다.

"손님, 진정하시지요. 지금 단체 손님이 한꺼번에 몰려와서 그 런 것 아닙니까. 손님은 혼자시니 제가 이분들 안내하고 바로 응 대해 드리지요. 참, 술이나 음식을 주문하시려면 저한테 말만 하 십쇼. 바로 대령하겠습니다."

"내가 하루 종일 걸어오느라 발도 한번 제대로 못 씻었소. 따 뜻한 물이나 좀 갖다 주시오. 발 좀 씻게."

"지금 솥단지에 막 데우려고 하는지라 시간이 좀 걸리네요."

"그래, 그럼 술 먼저 갖고 오구려."

"얼마나 대령할깝쇼?"

마주는 맞은편에서 술을 마시고 있는 손님들을 가리키면서 주 인에게 말했다.

"저기 저 사람들이 마시는 만큼 가져와 보시오."

"저분들은 다섯 분이서 각자 한 말씩 주문하셨습니다요."

窮馬周遭際賣䭃媼

"다섯 사람 것 다 합쳐 봐야 내 평소 주량의 반밖에 안 되는구
면. 아무튼 우선 다섯 말 좀 가져와 보시오. 안주거리도 좀 좋은
것으로 가져오고."

왕 씨는 점원에게 우선 술 다섯 말을 데워서 탁자에다 갖다
주라 하고 술 사발 하나와 안주 몇 접시를 마저 갖다 놓게 했다.
마주가 술 사발을 들고 혼자서 마시는데 방자함이 이루 말할 수
없었다. 대략 서 말쯤 마셨을까. 그가 대야를 가져오라 하더니 마
시다 남은 술을 대야에 붓고는 신발을 벗고 발을 씻었다. 사람들
이 이 모습을 보고 대경실색했다. 왕 씨는 이 상황을 지켜보면서
마주가 대단한 사람임을 간파했다. 한편 그때 잠문목(岑文木)이
'마주가 발을 씻는 그림'이라는 의미의 「마주세족도(馬周洗足圖)」
를 그렸고, '안개 낀 강가에서 낚시하는 늙은이'라는 뜻의 연파조
수(烟波釣叟)라는 별명으로 불리는 시인이 그 그림에다 이런 시를
적었다.

세상 사람들은 다 입을 기리나
그대는 오직 발만을 드높이는구려.
입은 풍파를 일으키기 쉬우나
발은 땅을 굳건히 밟고 선다네.
우리 몸에 가장 낮은 곳에 있으나 그 덕에 우리 몸이 지탱하고
그 덕에 천 리 길도 갈 수 있다네.
그렇게 고생하지만 기림은 적고
말없이 모욕을 참고 견딜 뿐.

그 발에게 그대는 술을 대접했나니
그 발이 수고했음을 이렇게라도 위로하고 싶었음이라.
그대 발아, 근심 걱정일랑 다 잊으라
그대 발이 근심 걱정 잊을 수 있다면
그 술을 배 속에다 들이붓는 것보다 백배 나으리라.
아아, 저 마주여
세속을 초월함이 이와 같구나.

마주는 그날 밤을 그렇게 보냈다. 다음 날 아침 주인장 왕 씨가 손님들의 숙박비와 술값을 정산하는데, 마주는 수중에 돈 한 푼 없는 처지였다. 날씨도 점점 풀리고 있으니 가죽 신발이 없어도 생활하는 데 지장 없겠다 하는 생각으로 그는 숙박비와 술값 대신 신발을 벗어 건넸다. 왕 씨가 보기에 마주가 그래도 비범한 사람인 데다 여우 가죽 신발은 가격도 상당히 나가는 지라 거듭 사양하면서 받지 않았다. 그러자 마주가 붓을 들어 벽에다 시를 한 수 적었다.

한신(韓信)은 자신에게 밥 한 끼를 대접한 여인에게
출세한 다음 금덩이로 보답했다지.
금덩이로 보답해도 아깝지 않음은
자기를 알아줌에 대한 감사의 마음이 넘치기 때문.
나, 여기 신풍에서 술을 마시고
여우 가죽 신발로 술값을 치르려네.

　　　　　　　　窮馬周遭際賣鎚媼

아, 저 줜장 필요 없다 안 받으시니
줜장의 저 기상은 온 천하를 덮고도 남는도다.

마주는 시를 다 적고선 이어서 "치평 사람 마주가 적다"라고
부기했다. 주인장이 보니 시 자체도 빼어나거니와 서체도 훌륭하
여 마음속 깊은 곳에서 존경심이 절로 우러났다.

"이제 어디로 가실 참입니까?"

"장안으로 들어가서 어떻게든 비벼 봐야지요."

"잘 아는 사람이라도 있습니까?"

"딱히 아는 사람이 있는 것은 아니외다."

"손님처럼 훌륭한 선비는 장안에 가면 분명 출세할 겁니다. 그
러나 장안은 쌀이나 땔감 같은 것이 너무 비싸 생활비가 엄청 들
고 지금은 노자가 다 바닥난 상태니 어디 가서 비빈단 말이오?
마침 내 생질녀가 장안 만수가(萬壽街)에서 떡장사를 하는 조삼
랑(趙三郎)에게 시집가서 살고 있습니다. 제가 소개 편지를 써 드
릴 테니 우선 거기 가서 지내십시오. 그래도 생판 모르는 집에 가
서 지내는 것보다야 낫지 않겠습니까. 그리고 제가 백은 한 냥을
드릴 테니 너무 적다 마시고 노자에 보태 쓰시지요."

마주는 주인장의 후의에 감사를 표시했다. 주인장은 소개장을
다 쓰더니 마주에게 건넸다.

"나중에 출세하면 이 은혜는 꼭 갚겠소이다."

마주는 주인장에게 이렇게 말을 건네고 길을 나섰다.

장안에 도착해 보니 과연 신풍과는 비교가 안 되는 별천지라

그 번화함과 화려함이 이루 말할 수 없었다. 마주는 물어물어 만수가에 있는 조 씨네 떡집을 찾아가서 객점 주인 왕 씨가 써 준 소개장을 건넸다. 조 씨네는 대대로 떡 가게를 하는 집이었는데, 조삼랑은 몇 해 전 이미 세상을 하직하고 없었다. 그 아내가 죽은 남편 대신 가게를 꾸리고 있었으니 그가 바로 신풍에서 객점을 운영하는 왕 씨의 생질녀인 것이다. 나이는 서른을 넘겼으나 여전히 미색이 빼어났는데 인근 사람들에게는 떡 파는 아줌마라고 불렸다. 여기서 아줌마란 장안 사투리로 여인네라는 말 정도에 해당된다. 한참 전에 이 떡 파는 여인네가 가게에 나와서 일하기 시작할 무렵 소문난 관상쟁이 원천강(袁天罡)이 그녀를 보더니 무릎을 치면서 이렇게 말했다.

"얼굴이 보름달 같고, 입술이 연꽃처럼 붉고, 목소리가 청아하며, 콧날이 오뚝하고 곧으니 나중에 크게 귀히 될 상이라. 분명 정경부인이 될 텐데, 어쩌자고 여기서 떡이나 팔고 있는가."

원천강이 우연히 중랑장(中郎將) 상하(常何)에게 이런 이야기를 했고, 상하는 그 말을 듣고 매일 떡을 산다는 핑계로 종을 앞세워 떡 가게에 와서 자신의 첩이 될 것을 권유했다. 하지만 여인은 웃기만 할 뿐 한 번도 응낙한 적이 없었다.

인연이란 전생에서 이미 정해져 있는 것
인연이 아니라면 억지로 들이댄들 이루어지겠는가.

한편 떡 파는 여인 왕 씨는 마주가 찾아오기 전날 밤, 기이한 꿈을 꾸었다. 백마 한 필이 동쪽에서 나타나더니 가게 안에 있는 떡을 한입에 먹어 치우는 것이었다. 왕 여인이 말을 쫓아내려고 채찍을 들고 달려갔다가 자기도 모르게 말 잔등에 올라타니 그 말이 화룡(火龍)으로 변하여 갑자기 하늘 높이 날아올랐다. 왕 여인이 깜짝 놀라 일어나 보니 온몸이 땀에 흠씬 젖어 있더라. 왕 여인은 보통 꿈이 아님을 직감적으로 알아차렸다.

공교롭게도 바로 그 다음 날 외삼촌의 소개 편지를 갖고 온 마주를 만났는데 마주가 흰 옷을 입고 있는지라 왕 여인은 마주를 자기 집에 머물게 하고는 하루 세 끼 식사를 몹시도 공손하게 차려 냈다. 그런데 마주라는 사람은 당연히 그런 대접을 받을 자격이 있다는 듯 고마운 기색 하나 없이 넙죽넙죽 받아먹었다. 왕 여인은 마주가 어떤 태도를 보이든 상관하지 않고 시종여일 공손한 태도로 그를 받들었다.

왕 여인의 이웃에 사는 불한당 같은 놈들은 미색이 빼어난 왕 여인이 청상과부가 되자 수시로 떡 가게를 들락거리며 여인에게 농지거리하기를 밥 먹듯이 했으나 왕 여인은 눈길도 주지 않으니 그저 속이 알차고 대찬 여인이구나 하고 인정할 수밖에 없었다. 한데 이제 보니 어디서 굴러먹던 놈인지 알 수 없는 사내 하나가 왕 여인의 가게에 찾아와 있으니 무슨 말이든 나지 않을 수가 없었다. 왕 여인이 본디 사려 깊은 사람이라 이런 상황을 다 헤아리고 있었고 주변 사람들의 입방아도 다 들어 알고 있는지라 마주에게 이렇게 말했다.

"저야 나리를 더 모시고 싶으나 제가 과부인 처지라 사람들 말이 많습니다. 나리는 앞길이 구만리 같으신 분으로 출세에 출세를 거듭할 분인데 이처럼 누추한 곳에서 그런 재주를 썩히신다면 안 될 일입니다."

"나 역시 누군가의 식객으로라도 나가고 싶으나 비빌 언덕이 있어야지요."

왕 여인과 마주가 이야기를 나누고 있을 때 마침 중랑장 상하 집의 하인이 떡을 사러 왔다. 왕 여인이 생각해 보니 상하는 무관이라 아무래도 글 읽는 선비의 조력이 필요하겠다 싶어 하인에게 이렇게 물었다.

"내게 사돈의 팔촌쯤 되는 먼 친척으로 마주라는 선비가 있는데 학문만은 정말 대단하신 분이라 그 양반이 지금 식객으로 의탁할 집을 찾고 있는데 귀댁의 나리께서 관심을 보이실지?"

"걱정할 거 뭐 있수? 우리 나리가 꼭 거두실 거유."

마침 그때 온 천하에 큰 가뭄이 들어 태종 황제가 칙령을 내려 오품 이상의 모든 관원에게 정치의 득실을 가려내고 나름의 대책을 세우는 글을 올리게 했다. 상하 역시 관직 품계상 당연히 대책 글을 올려야 했다. 하여 그 작업을 맡아 줄 인재를 널리 찾던 중이었다. 이런 상황에서 왕 여인이 마주 이야기를 꺼내니 이는 허기질 때 밥 주는 격이요, 목마를 때 시원한 물 한잔 주는 격이요, 가려울 때 긁어 주는 격이라 어찌 마다하겠는가. 상하 집의 하인이 마주 이야기를 상하에게 꺼내니 그는 너무도 반가운 나머지 바로 마차를 마련하여 보내 주면서 어서 데려오라 했다. 마주는 왕 여인에게 인사를 하고 상하의 집으로 이거했다. 상하가 마주를 만나 보니 생긴 것부터가 범상치 않아 저절로 신뢰와 존경심이 일어났다. 상하는 그날로 마주와 술잔을 기울이고 서재를 치운 뒤 마주를 머물게 했다.

다음 날 상하는 백은 스무 냥과 비단 열 필을 친히 들고서 서재로 찾아와 마주에게 선물로 주었다. 그런 다음 태종 황제가 지금 시무 대책 글을 받고 있는 사정을 이야기했다. 마주는 상하의 말을 듣고 나서 먹을 갈아 붓에 먹물을 듬뿍 적신 다음 흰 종이 위에 성큼성큼 글자를 써 내려갔다. 마침내 일필휘지로 「세상을 이롭게 하는 스무 가지 대책」을 완성했다. 상하는 감탄하여 입을 다물지 못했다. 상하는 마주가 작성한 「세상을 이롭게 하는 스무 가지 대책」을 다시 직접 종이에 한 자 한 자 옮겨 적었다. 그런 다음 다음 날 태종 황제에게 올렸다. 태종 황제가 그것을 받아 들고 읽더니 한 조목 한 조목 넘어갈 때마다 침이 마르도록 칭찬하고 또 칭찬하더니 마침내 상하에게 이렇게 물었다.

"그래, 이런 식견 있는 글을 그대가 직접 적었을 리는 만무하고 대체 누가 작성했단 말이오?"

상하는 바짝 엎드려 말씀을 올렸다.

"신이 죽을죄를 지었나이다. 이 「세상을 이롭게 하는 스무 가지 대책」은 우둔한 소신이 차마 황제 폐하의 어명을 거스를 수 없어 저희 집의 가신인 마주에게 부탁하여 지은 것입니다."

"그래, 그럼 그 마주는 지금 어디에 있소? 어서 짐 앞에 보이도록 하시오."

황제의 명령을 수행하는 비서관이 상하의 집으로 곧바로 달려가 마주를 찾았다. 마주는 이날도 아침부터 술을 마시고 코를 골며 잠든지라 아무리 흔들어 깨워도 일어날 줄을 몰랐다. 그래도 황제의 추상같은 명령을 받들고 왔으니 거듭 깨우지 않을 수 없었다. 비서관이 마주를 깨우느라 진땀을 흘리고 있을 때 상하가 달려왔다.

어진 선비를 찾는 소리가 끊임없이 들려오니
태종의 어진 선비 구함이 이처럼 절실했구나.
조정에서 재주를 아낌이 이와 같았으니
재주 있는 자가 어찌 초야에서 덧없이 묻혔으랴.

상하는 황급히 서재로 달려와 심부름꾼에게 마주를 부축하라 하고는 차가운 물을 얼굴에 뿜으니 그제야 마주가 정신을 차렸다. 마주는 황제께서 자신을 찾는다는 말을 듣고서 황급히 말에 올라탔다. 상하가 마주를 이끌고 황궁에 도착했다. 황제를 알현하고서 인사를 올리니 황제의 질문이 들려왔다.

"그대는 어디 출신이오? 지금 어떤 벼슬을 하고 있소?"

"소신은 치평 태생으로 일찍이 박주의 조교를 지냈으나 제 뜻을 제대로 펼치지 못했기에 장안으로 오게 되었습니다. 이렇게 폐하를 뵙게 되었으니 무한한 영광입니다."

태종은 그 말을 듣고서 매우 기뻐하며 즉시 감찰어사로 임명하고 도포와 홀과 관대를 하사했다. 마주는 그것들을 받아 입고는 은혜에 감사드리며 물러났다. 마주는 상하의 집으로 돌아와 자신을 천거해 준 은혜에 거듭 감사했다. 상하는 성대한 잔치를 열어 술을 따라 주며 마주를 격려하고 축하했다.

술자리가 파할 무렵, 상하는 이제 더 이상 마주를 자기 집 서재에 붙잡아 둘 수 없겠다는 생각에 마차를 따로 준비하여 떡 가게 왕 여인에게 보내 주고자 했다. 이때 마주가 상하에게 이렇게 말했다.

"왕 여인은 사실 제 친척이 아닙니다. 그저 왕 여인의 도움으로 그 집에 기식하고 있었을 따름입니다."

상하가 깜짝 놀라며 물었다.

"그럼 그대의 가족은 어디 있소?"

"말씀드리기 부끄럽습니다만 집안이 가난하여 아직 장가를 들지 못했습니다."

"원천강 선생이 관상을 보더니 왕 여인이 정경부인이 될 관상이라고 하여 혼약을 권할까 했으나 둘 사이가 친척이라 하여 꺼렸는데 친척도 아니라 하니 이것도 천생연분이라. 그대는 걱정 마시오. 내가 꼭 중매를 서리다."

마주도 평소 왕 여인에게 마음이 있었던지라 바로 응낙했다.

"선배께서 저를 위하여 다리를 놓아 주신다면 그 은혜를 평생 잊지 않겠나이다."

그날 밤 마주는 상하의 집에서 하루 더 묵었다. 다음 날 아침 마주는 상하와 같이 입궐하여 황제를 알현했다. 때는 바야흐로 돌궐이 반란을 일으켜 태종 황제가 사대총관을 출병시켜 정벌케 하고자 했으므로 이 건과 관련하여 마주에게 오랑캐를 평정하고 안정시킬 계책을 보고하게 했다. 마주가 황제의 면전에서 계책을 상주하는데 말하는 모양은 청산유수요, 하는 말마다 이치에 딱딱 들어맞아 황제가 흡족해하더니 마침내 감찰어사 대신 급사중에 임명했다. 상하는 현명한 선비를 추천한 공이 있다 하여 비단 백 필을 하사받았다.

한편 상하는 즉시 사람을 파견하여 왕 여인에게 만나자고 기별했다. 왕 여인은 상하가 또 자기에게 억지 청혼을 하는 것이라 짐작하고 안으로 들어가 숨어 버리고서는 결코 나오려 들지 않았다. 상하는 왕 여인의 태도에 아랑곳하지 않고 천천히 가게 안으로 들어가서 가게 심부름꾼을 부르더니 이웃집 할멈을 불러오게 했다. 왕 여인의 떡 가게에 할멈이 들어오니 상하가 불러 세우고는 이렇게 말했다.

"지금 나 상하가 이 떡 가게에 찾아온 것은 다른 일이 아니라 급사중 마주의 중매를 서고자 함이오."

왕 할멈에게 그 전후 사정을 물어보고는 급사중 마주가 바로 며칠 전 자신의 가게에 머물던 그 마주임을 알게 되었다. 왕 여인은 백마가 용으로 변하는 꿈이 현실로 이루어졌구나 생각했다. 이거야말로 하늘이 내린 인연인데 어찌 거역할 수 있으리오! 왕 여인이 감히 거스르지 못함을 본 상하는 황제에게서 하사받은 비단을 결혼 예물로 주었다. 그런 다음 집을 빌려 마주에게 이사 들게 하고는 길일을 택하여 왕 여인과 결혼식을 올리게 했다. 결혼식 날 문무백관들이 모두 와서 축하했음은 말할 필요조차 없다.

빌어먹던 보잘것없던 저 선비
하루아침에 고관대작이 되었네.

왕 여인은 마주에게 시집을 갔고 자신의 살림을 모두 마주 집으로 합쳤다. 동네 사람들은 한 사람도 빠짐없이 왕 여인의 행실을 칭송하고 또 칭송했다.

한편 황제는 마주를 만난 다음부터 마주의 말이라면 무조건 신용하고, 마주가 건의하는 것이라면 받아들이지 않는 것이 없었다. 불과 삼 년 만에 마주는 이부상서가 되었다. 왕 여인 역시 마침내 정경부인이 되었다.

신풍 객점의 주인 왕 씨는 마주가 이부상서가 되었다는 소식을 듣고는 특별히 장안으로 찾아가 마주를 한번 만나 보고자 했다. 우선 자신의 여조카 왕 여인을 먼저 만나 보고자 만수가에 도착하여 떡 가게를 찾았으나 아무리 해도 떡 가게를 찾지 못했다. 왕 씨가 주변 사람들에게 물어보니 왕 여인은 이미 떡 가게를 같이 하던 남편과는 사별하고 개가를 했는데 그 남편이 바로 마주라는 것이었다. 왕 씨는 이 소식을 듣고 더욱더 기뻐했다.

왕 씨는 물어물어 마 상서 댁을 찾아가 마주와 왕 여인을 만나 지난 이야기를 함께 나누었다. 왕 씨가 그 집에서 한 달여를 머물다가 떠나려 하니 마주가 왕 씨에게 천금을 선물로 주었다. 그러나 왕 씨가 어찌 그걸 받으려 하겠는가.

"내가 그대의 집 벽에 써 두었던, 한 끼 식사가 천금보다 귀하다는 시구를 잊지 않으셨겠지요. 그대에게 받은 그 한 끼 식사의 은혜를 어찌 갚지 않을 수 있겠소."

왕 씨는 그 말을 듣고서야 하는 수 없다는 듯 마주의 선물을 받았다. 왕 씨는 마주의 선물 덕분에 신풍의 거부가 되었다. 이거야말로 자비를 베풀고 은혜를 받는 것이요, 되로 주고 말로 받는 격 아니겠는가.

한편 박주의 자사를 지냈던 달해가 부모상을 당하여 고향에 갔다가 상복을 벗고 장안으로 돌아와서는 자기가 예전에 마주를 파면한 일을 생각하니 마음속으로 너무도 송구하여 차마 마주에게 나아가 복직 신청을 하지 못했다. 마주는 그런 달해에게 걱정하지 말고 나오라 여러 차례 통기했다. 달해는 마주를 만나더니 바닥에 바짝 엎드려 이렇게 말했다.

"소인이 눈이 있어도 태산 같은 인물을 알아보지 못했으니 그 죄는 죽어 마땅합니다."

마주가 황급히 달해를 일으켜 세우며 말했다.

"자사께서는 여러 학생의 교육을 책임지는 자리에 있었으니 당연히 품행이 방정한 선비를 택하여 조교로 삼아야 했지요. 술 마시며 미친 듯이 소리를 지른 저의 잘못이지 그것이 어찌 자사의 죄겠습니까."

마주는 그날로 달해를 경조윤(京兆尹)에 보임했다. 모든 관원들은 마주의 도량이 넓음을 보고 크게 감동했다. 마주는 목숨이 다하는 날까지 왕 여인과 다복하게 함께했다.

일대의 명신이 술독에서 났구나

떡 파는 왕 여인 역시 기인 중의 기인이로고.

세상 사람들 눈이 멀어

돌멩이 속의 진주를 알아보지 못했구나.

葛令公生遣弄珠兒

갈령공이 농주아를
억지로 돌려보내다

사나이의 우정을 위해서라면, 대의명분을 위해서라면 사랑하는 여인 하나쯤 눈 딱 감고 내줄 수 있는 것이 대장부다운 일이라고 여겨지던 시절이 있었다. 정말 우정과 의리 때문일까? 아니면 출세하여 권력을 잡으면 다른 여인을 얼마든지 얻을 수 있다는 치밀한 계산이 있었던 것일까?

여인을 위해 천하를 포기한 인물로는 아마도 항우(項羽)를 꼽을 수 있을 것이다. 서초패왕 항우는 그 험한 전쟁터에서도 늘 우미인(虞美人)을 데리고 다녔다. 마지막 순간 죽음을 직감한 자리, 우미인은 구차하게 목숨을 잇는 대신 사랑하는 남자의 칼을 빼어 스스로 목을 베고, 항우는 적병들의 화살에 고슴도치가 된다. "지금은 오직 소신에게만 배 한 척이 있으니 어서 이 배를 타고 고향으로 돌아가서 후일을 도모하소서!"라고 청한 뱃사공의 말은 허공으로 흩어져 버렸다.

여 태후(呂太后) 한 사람에게 만족하지 못하고 시도 때도 없이 바람을 피웠던 유방(劉邦), 그가 죽고 나서 여 태후와 외척에 의해 한나라가 휘청거렸던 것도 업보이런가. 역사가 사마천이 패자인 항우를 은근히 기렸던 것은 그 역시 굴곡진 인생을 살았기 때문이 아니었을까. 인생은 수없는 선택의 연속이려니 그 선택에 정답이 어디 있을까. 그래도 과거를 알면 오늘을 살아 내고 미래를 준비하는 데 약간의 실마리나마 얻을 수 있지 않을까.

춘추 오패 중 하나였던 장왕
사실 그는 오패 중에서도 으뜸.
다들 여인 때문에 나라를 망치지만
여인 대신 인재를 택한 장왕 같은 인물은 드물다네.

춘추 시대, 초나라 장왕의 성은 우(芋)요, 이름은 여(旅)라, 그는 춘추 오패 가운데 하나였다. 어느 날 장왕이 침전에서 연회를 베풀었는데 미인이 옆에서 시중을 들었다. 바로 그때 바람이 불어 촛불이 꺼지고 사방이 어두워졌는데 누군가가 여인의 옷을 더듬었다. 그 미인은 자신의 옷을 더듬은 남자의 갓끈 자락을 움켜쥐고는 장왕에게 갓끈이 풀린 남자를 색출하여 벌주시라 청했다. 장왕은 그 말을 듣고 곰곰이 생각했다.

"술을 마시다 춘정이 동하는 것은 남자들에게 흔한 일 아닌가. 내가 여인 하나로 말미암아 장수를 잃을 수야 없지. 장수보다 여인을 더 중히 여긴다면 이 역시 사람들에게 웃음거리가 되는 것 아니랴."

이에 장왕은 명령을 내렸다.

"오늘 이 술자리가 참으로 즐겁도다. 여러분도 즐거울 테니 모두 갓끈을 풀고 즐기도록 하라. 과인은 갓끈을 풀지 않은 사람은 잔치를 즐기지 않은 것으로 알겠다."

다시 촛불에 불을 붙여 놓고 보니 갓끈이 풀리지 않은 이가 하나도 없어, 여인을 희롱한 자를 찾을 수 없었다.

세월이 흘러 초나라와 진나라가 전쟁을 하게 되었다. 장왕이 진나라 병사들에게 포위되어 진퇴양난에 빠졌다. 마침내 적들의 포위망이 점점 좁혀지던 순간 한 장수가 홀연히 나타나 적병을 쳐부수며 장왕을 구해 냈다. 장왕이 나중에 물었다.

"나를 위험에서 구해 준 장수가 누구인가?"

이에 장수 하나가 땅에 엎드려 아뢰었다.

"소신은 예전에 한 여인에게 갓끈이 풀린 적이 있습니다. 그러나 폐하의 은혜를 입어 벌을 받지 않았으니 이에 죽음으로 폐하를 모시고자 마음먹었습니다."

장왕은 크게 기뻐하며 말했다.

"과인이 당시 여인네의 말을 따랐더라면 나를 죽음에서 구해 줄 장수를 잃을 뻔했구려."

후에 초나라는 진나라의 병사를 크게 무찔렀고, 제후들도 진나라에게 등을 돌리고 초나라를 섬기게 되었으니 마침내 장왕은 패자가 되었다.

장수의 갓끈을 풀어 낸 미인이여

어찌 그대 때문에 용맹한 장수를 버리겠는가.

초나라 장왕에게 패자의 기운이 있었음은 하나도 이상치 않으
리니

여산에서 거짓 봉화 올린 유왕과는 비교하지 말지라.

　세상 사람들은 속 좁고 도량이 협소하여 다른 사람들의 잘못
을 들추면서 자신이 뭔가 대단한 양 자랑하기를 좋아한다. 다른
사람들의 잘못을 들춰 내는 것이 죄는 아니겠지만 잘못이 들춰
진 사람이 어찌 그런 사람들을 좋게 생각하겠는가. 이런 사람들
은 결국 평생 남의 원망을 사게 되니 자신에게 다급한 일이 생겨
도 좀처럼 도움을 받을 수 없게 된다. 장왕처럼 남의 허물을 너그
럽게 덮어 주면 나중에 큰일을 이루게 되니 이 역시 영웅의 풍도
다. 이게 어찌 쉬운 일이겠는가.

　장왕과 같은 인물이 정말 세상에 다시 없을까? 여러분에게 그
런 이야기 하나를 또 들려드리고자 한다. 그게 누구 이야기인고
하면 당말 오대 사람 이야기이다. 오대란 도대체 무엇이냐. 양(梁),
당(唐), 진(晋), 한(漢), 주(周) 이렇게 다섯 조대를 일러 오대라 하
는데, 양은 주온(朱溫), 당은 이존욱(李存勖), 진은 석경당(石敬塘),
한은 유지원(劉知遠), 주는 곽위(郭威)가 각각 세웠다.

　지금 여기서 이야기하려고 하는 사람은 양나라의 용맹한 장수
갈주(葛周)로 어려서부터 도량이 바다처럼 넓고 뜻이 산처럼 높
으며 힘은 어른 만 명을 당할 만하며 수없는 전쟁을 몸소 겪었다.

그는 본디 망탕산(芒碭山)에서 주온과 같이 병사를 일으킨 자다. 주온은 당나라로부터 왕위를 물려받아 양나라를 세우고 황제로 등극한 다음 갈주를 중서령과 절도사에 겸직시키고 연주(兗州)를 맡아 다스리게 했다. 연주는 하북과 매우 가깝고 하북은 또 후당 이극용의 근거지였다. 양나라의 태조인 주온이 자기가 특별히 신임하는 갈주에게 연주를 맡아 다스리면서 하북과 대치하도록 한 것도 그 때문이었다. 당시 하북 사람들은 갈주를 두려워하고도 존경하여 이런 말들을 했다고 한다.

산동에 칡[14]이 한 줄기 있으니
무사히 지내고 싶으면 그 칡 줄기를 건들지 마시게.

이때부터 사람들은 그를 갈령공(칡 어른)이라 불렀다. 그 휘하에는 날랜 병사가 십만이요, 싸움 잘하는 장수가 구름 같았다. 그중에서도 성은 두 자로 신도(申徒)라 불리며 이름은 한 글자로 태(泰)라 불리는 자가 있었으니 그자는 사수(泗水) 사람으로 키가 칠 척이요, 위용이 당당하고 칼도 잘 쓰고 활도 잘 쏘았다. 신도 태는 원래 갈령공 휘하의 호위 병사를 지내고 있었다.

갈령공이 증산(甑山)으로 사냥을 떠난 어느 날 신도태가 사슴한 마리를 쏘아 맞혔고, 이때 갈령공 휘하의 무술 교관들이 달려와 서로 제가 쏘아 맞힌 것이라고 우겨 댔다. 신도태는 혼자 힘으

---

14 갈주의 성인 '갈'이 바로 칡이라는 의미임.

로 그들을 무찌른 다음 그 사슴을 들춰 메고 갈령공 앞으로 나아가 머리를 조아리며 벌을 청했다. 갈령공이 신도태를 보니 용기도 가상하고 힘 또한 장사인지라 아무 말 하지 않고 그저 언젠가는 그를 중용하리라 마음을 다져 먹었다.

다음 날 교장에서 무예를 연마하고 있는 신도태를 보고서 갈령공이 크게 칭찬하고 난 다음 그를 우후(虞侯)로 앉히고 늘 자기 옆에서 수행하게 했다. 더불어 군사 문제에 관한 모든 것을 맡기고 그의 의견을 존중해 주었다. 한편 신도태는 가정형편이 어려워 아직 장가도 들지 않은 처지였으므로 갈령공 댁의 곁방에서 숙식을 해결하였다. 갈령공을 호위하는 병사들은 신도태를 '방장(房長, 호위대장)'으로 불렀다. 이런 까닭에 신도태의 상사든 아랫사람이든 모두 그를 방장이라고 부르게 되었다.

소하는 진나라의 옥을 다스리는 관리였고
한신은 한때 창을 들고 궁을 호위하는 관리였다네.
애벌레로 살 것인가, 용이 되어 날아갈 것인가는
지인을 만나고 못 만나고에 달려 있을 뿐
사내대장부에게 뉘 집 자손인지는 하나도 중요하지 않다네.

한편 이야기는 두 갈래로 나뉜다. 갈령공에게는 애첩이 많았으니 애첩들 때문에 그 넓은 집이 다 좁아 보일 정도였다. 갈령공은 지관을 시켜 좋은 집터를 고르게 한 뒤 동남쪽의 길지에 엄청난 규모로 관사를 새로 짓게 했다. 일 년을 기한으로 하는 그 공사의 총책임을 신도태에게 맡기고 매일 두 차례씩 직접 현장을 가보게 했다.

　때는 바야흐로 청명절, 사람들은 죄다 집에서 나와 푸른 들판을 유람하고 곳곳을 누비며 경치를 구경했다. 갈령공은 악운루(嶽雲樓)에서 연회를 베풀었다. 악운루는 연주성에서 가장 높은 누각으로, 갈령공은 애첩들을 거느리고 누각에 올라 경치를 감상했다. 갈령공의 수많은 애첩 가운데에서도 단연 두드러지는 여인이 하나 있었으니 이름이 농주아(弄珠兒)였다. 농주아의 생김새가 어떠했는지 보자.

　　가을날 맑은 물처럼 맑고 투명한 눈
　　멀리 두 봉우리의 산 같은 두 눈썹
　　앵두 같은 입술
　　버들가지처럼 가늘고 하늘거리는 허리.
　　요염함은 양귀비 못지않고
　　날씬하고 어여쁨은 조비연(趙飛燕)[15] 못지않도다.
　　선녀가 인간 세상에 강림한 듯
　　서시와 남위보다 더 아름다운 저 여인이여.

　갈령공은 농주아를 아끼고 또 아껴서 낮에는 늘 자기 옆에서 시중들게 하고 밤이면 오로지 농주아하고만 침실을 나눴다. 갈령

15　한나라 성제(成帝, 기원전 33~기원전 7년 재위)의 황후였으며, 미색을 겸비하여 전통 시기 중국 미인의 대명사였다.

공 집안의 권속들은 모두 그녀를 구슬 아씨(珠兒)라고 불렀다. 이 날도 농주아는 다른 여인들과 함께 악운루 연회에 참석했다. 이 때 신도태도 새로 짓는 건물의 진행 상황을 보고하러 악운루에 있는 갈령공을 찾았다.

갈령공이 신도태를 누대로 올라오게 하여 연꽃 장식이 새겨진 술잔에 연거푸 석 잔을 따라 주며 마시게 했다. 신도태는 갈령공에게 감사의 인사를 올리고 받아 마셨다. 그러고는 갈령공 옆에 배석하여 서 있었다. 신도태가 잠시 고개를 돌려보니 갈령공의 애첩이 눈에 들어왔다. 맑은 눈동자에 흰 치아, 요염함이 비길 자가 없었다.

신도태는 마음속으로 생각했다.

'세상에 어쩌면 이렇게 아름다운 여인이 있단 말인가? 천상에서 하강한 선녀로다.'

신도태는 바야흐로 한참 혈기 왕성한 나이, 형편이 어려워 아직 장가도 들지 못한 처지에다 평소에 갈령공에게는 아름다운 여인들이 많고, 특히 농주아라는 여인이 아름답기 그지없다는 이야기를 익히 들어 와서 언제고 한번 보았으면 하고 바라던 차였다. 그런데 이렇게 면전에서 아름다운 여인을 보게 되니 이 여인이 바로 농주아인가 보다 짐작했다. 정신이 오락가락, 가슴이 두근두근, 눈길은 온통 그녀에게만 향하고 또 향했다. 이렇게 여인에게 눈이 팔리고 정신이 팔려서 갈령공이 자신에게 질문하는 것도 듣지 못했다.

"방장, 그래, 공사는 언제쯤 끝날 것 같소? 아, 신도태, 신도태!

공사가 언제쯤 끝날 것 같은가?"

이렇게 몇 차례나 물었으나 신도태는 묵묵부답 아무 대답도 하지 않았다. "정신이 팔리면 다른 게 귀에 들어오지 않는다."는 옛말도 있지 않은가. 신도태는 여인에게 정신이 팔려 자신의 주인인 갈령공이 묻는 소리도 전혀 듣지 못했던 것이다. 갈령공은 신도태가 자신의 말에 대꾸도 하지 않고 눈길도 돌리지 않는 것을 보고서 대충 상황을 짐작했다. 갈령공은 너털웃음을 짓고는 술자리를 서둘러 마무리하게 했다. 갈령공은 신도태를 더 이상 찾지도 부르지도 문제 삼지도 않았다.

한편 갈령공을 옆에서 시중하던 병사와 장교들은 신도태가 갈령공의 말에 대꾸조차 하지 않는 것을 보고 손에 땀을 쥐면서 걱정했다. 갈령공이 그 자리에서 불호령을 내리지 않아서 그나마 다행이라고 생각하면서도 나중에 무슨 일이 벌어질지 모르니 신도태에게 몇 마디 해 둬야겠다고 생각했다. 신도태는 사람들의 이야기를 듣고는 사색이 되었다.

"아이고, 내 목숨이 이제 오래가지 못하겠구나. 내가 어쩌자고 그런 어처구니없는 짓을 했던고."

신도태는 밤새 고민에 사로잡혔다.

시비는 쓸데없이 입을 놀려서 생기고
고민거리는 모두가 노련하지 못해서 생기는 것이라.

다음 날 갈령공은 집무실로 나와서 업무를 처리하고 있었다.

신도태는 그런 갈령공을 먼발치에서 바라보면서 차마 고개도 들지 못했다. 갈령공이 하루 일과를 마치고 퇴청할 때까지 그날은 아무런 말이 없었다. 이런 식으로 하루 또 하루가 지나가니 신도태는 입술이 바짝바짝 마르고 정신이 혼미해질 지경이었다. 갈령공은 신도태가 불안해하고 있음을 눈치챘다. 하여 그를 불러 좋은 말로 위로한 다음 관사 신축에 더욱 만전을 하라고 당부했다. 신도태는 만약 갈령공이 자신을 다른 곳으로 파견한다면 그것은 자신의 생명줄을 끊는 것과 마찬가지라고 생각했다. 지금 이렇게 갈령공이 좋은 말로 자신을 위로할 때도 정말 조심하고 또 조심해야 한다고 생각하여 낮이나 밤이나 공사를 감독하면서 조금도 몸을 사리지 않았다.

어느 날 갈령공이 우후 허고(許高)를 보내 신도태 대신 관사 신축을 대리하고 신도태에게는 자신을 찾아오라고 했다. 신도태는 이 소식을 듣고 바짝 긴장해서 갈령공을 찾아갔다. 집무실에 도착하여 갈령공에게 보고했다.

"부르셨습니까?"

"주상께서 협채(夾寨) 전투에서 패하신 이후로 당나라 병사들이 여러 갈래 길로 우리 강토를 넘보고 있소. 이존장(李存璋)이 병사를 이끌고 산동 경계를 넘보고 있으니 현지를 지키는 우리 병사들이 급히 문서를 보내어 도움을 요청하고 있는 실정이오. 내가 지금 병사를 이끌고 도우러 가고자 하는데 마땅히 같이할 자가 없어 아무래도 그대가 같이 가 주어야 할 것 같소."

"소인이 어찌 그 명을 거역하겠습니까?"

갈령공은 무기고를 열게 하고는 구리를 벼리고 벼려 만든 갑옷 한 벌을 신도태에게 하사했다. 신도태는 기쁘고도 걱정되었다. 갈령공을 모시고 전장으로 나가는 것은 당연히 기쁜 일이나 만약 조금이라도 실수가 있다면 전에 악운루에서의 실수와 더불어 가중 처벌될 것이라는 생각에 긴장하지 않을 수 없었다.

　청룡과 백호가 함께하니
　길할지 흉할지 알 수가 없구나.

　한편 갈령공은 병사들을 모으고 장수들을 선발하여 그날로 출정했다. 깃발은 하늘을 가리고 징 소리와 북소리는 땅을 흔들었다. 갈령공의 병사들이 섬성(剡城)에 이르렀다. 당나라의 장수 이존장은 연주에서 대규모 병사들이 이동해 온다는 소식을 듣고서 연주에서 출발한 갈령공의 병사들이 섬성에 웅거할 거라 예상했다. 이존장이 먼저 낭야산(瑯琊山)의 높은 언덕을 차지하고 병사를 세 무리로 나눠 세 곳에 진을 친 채 기다렸다.
　갈령공이 병사를 이끌고 도착하여 살펴보니 이미 적병들이 지형상 우세한 곳을 차지하고 있는지라 일단 삼십 리를 다시 물러나 진을 치고 방어선을 구축했다. 네댓새 동안 적병에게 싸움을 걸어 보았지만 이존장은 진을 굳게 지키기만 할 뿐 진문을 열고 나서지 않았다. 이레째 되는 날 갈령공의 병사들은 끝장을 내겠다는 심산으로 모두 소리를 지르며 이존장의 본진을 향해 달려들었다.

이존장은 이미 예견하고 있었다는 듯이 방어선을 굳게 다지고 사방에서 갈령공의 병사를 막아 싸웠다. 이존장이 매복시켜 둔 병사들이 하늘에서 비를 뿌리듯이 사방에서 화살을 쏘아 대니 진지로 달려들던 갈령공의 병사들은 아무 힘도 쓰지 못하고 쓰러졌다. 갈령공이 직접 지휘하는 병사들 앞에 서서 적진을 바라보니 적병은 질서 정연하게 정렬하고 꿈쩍도 하지 않는 모습으로 그 자리에서 자신의 병사를 막아 내고 있는 것이었다.

"이존장이 백향(柏鄕) 전투에서 혁혁한 전공을 세워 그리 유명하다더니만 오늘 그가 치는 진법을 보니 실로 명불허전이로다."

이존장이 치는 진법은 일명 구궁팔괘진으로 옛날 오왕 부차(夫差)가 진공(晉公)과 황지(黃池)에서 맞붙었을 때 대승을 거둔 진법으로 널리 알려졌다. 갈령공은 그저 무식하게 공격하는 것은 아무런 승산이 없으니 적병들이 피곤하여 느슨해질 때를 기다려 공격해야 할 것이라고 생각했다. 갈령공은 즉시 명령을 내려 병사들을 물리고 경거망동하지 하지 않도록 경계했다. 오후 3시경, 갈령공의 병사들은 주리고 지친 기색이 역력했고 그저 서 있는 것 자체도 힘들어 보였다. 병사들을 물리려니 당나라 병사들이 이 틈을 타서 타격해 올까 걱정이라 이러지도 저러지도 못하고 있었다.

갈령공은 옆에서 보좌하고 있던 신도태에게 물었다.

"방장, 그대의 생각은 어떠하오?"

"저의 우둔한 소견으로는 상대 병사들이 비록 보기에는 잘 정돈되어 있는 것 같으나 우리 병사들이 힘들고 지친 만큼 그네들도 힘들고 지쳤음이 분명합니다. 죽음을 두려워하지 않는 병사들을 뽑아서 적들이 전혀 예상치 못하는 순간에 기습을 감행하여 적진 깊숙이 밀고 들어가게 하고 우리의 본진이 그 뒤를 이으면 틀림없이 성공을 거둘 것입니다."

갈령공이 신도태의 등을 쓰다듬으면서 말했다.

"내가 그대의 용맹함은 익히 알고 있으니 그대가 나를 위해 적진을 교란시켜 줄 수 있겠는가?"

신도태는 한치의 망설임도 없이 곧 말에 올라 칼을 빼 들고 외쳤다.

"용기 있는 자는 나를 따르라. 나는 적병의 목을 따 버리련다."

아뿔싸! 그런데 막사 근방에서 신도태를 따르는 자는 아무도 없었다. 신도태는 뒤도 돌아보지 않고 적진을 향해 말을 달려 나갔다.

갈령공은 너무도 놀라서 여러 장수들을 거느리고 앞으로 달려가 상황을 살폈다. 보이는 것은 신도태가 타고 있는 말 한 필, 신도태의 칼 한 자루뿐이었다. 말발굽은 끊임없이 달리고, 칼은 쉼없이 허공을 갈랐다. 번개가 치듯이 빠르게 달리는 말발굽과 바람처럼 빠르게 움직이는 칼날이 좌충우돌 적병을 파고들었다. 당나라 병사들도 단기 필마로 장수 하나가 달려드는 것을 보고 웬 미친놈이 다 있나 하는 듯 신경도 쓰지 않았다. 하지만 누가 알았으리? 죽기를 각오하고 달려드는 신도태의 기세에 눌려 당나라 병사들이 추풍낙엽처럼 쓰러지니, 신도태는 마치 무인지경을 마음대로 활보하는 것과 같았다. 당나라의 내로라는 선봉장 심상(沈祥)은 신도태에게 일합을 버티지 못하고 목이 날아갔다. 신도태가 심상의 목을 베어 들고 다시 나는 듯이 말 등에 올라타 적진을 유린하니 감히 막아 서는 자가 없었다. 갈령공이 장병을 이끌고 다가오니 신도태가 허리를 굽히고 소리를 질렀다.

"적진은 지금 혼란에 빠졌으니 이 기회를 놓치지 말고 즉시 궤멸하소서."

신도태는 심상의 모가지를 갈령공의 말 아래에 집어 던지고 다시 말 머리를 돌려 적진을 향해 돌격했다.

갈령공이 공격 깃발을 흔드니 병사들이 함성을 지르며 적진을 향해 달려갔다. 당나라 병사들은 일대 혼란에 빠져 이존장이 도저히 제어할 수 없는 지경에 이르렀다. 이존장은 하는 수 없이 먼저 말을 달려 퇴각했다. 당나라 병사들은 양나라 병사들에게 열에 일고여덟은 목이 달아나고, 걸음이 빠른 놈만 겨우 목숨을 부지하고, 느린 놈은 그저 전장의 이슬이 되어 버렸다. 당나라를 대표하는 명장 이존장은 이 전투에서 수많은 병사를 잃었으며, 무기와 마필은 얼마나 잃었는지 셀 수조차 없었다.

양나라는 대승을 거두었다. 갈령공이 신도태를 불러 일렀다.

"오늘의 승리는 온전히 그대의 공 덕분이오."

신도태는 머리를 조아리며 아뢰었다.

"제가 무슨 공을 세웠겠습니까. 오직 공의 위엄 덕분입니다."

갈령공은 너무 기뻐하며 보고서를 작성하여 조정에 신도태의 공을 알렸다. 병사들에게 특별히 먹을 것을 내리고 사흘 동안 휴식을 취하게 했다. 나흘째 되는 날 병사들을 거느리고 연주로 돌아갔다.

승전의 기쁨에 채찍을 들어 말등자를 두드리고

웃음 지으며 승전가를 부르며 돌아오네.

한편 갈령공이 관사로 돌아오니 시첩들이 인사를 올리며 승전을 축하했다.

"장수 된 자가 전쟁터로 나가 적병을 무찌르는 것이야 당연한 일이지 칭찬받고 호들갑 떨 일인가."

갈령공이 농주아를 가리키며 여러 시첩들에게 말했다.

"여봐라, 오늘의 이 기쁨은 특별히 저 아이에게 축하해야 할 것이다."

여러 시첩들이 말했다.

"오늘 상공께서 특별한 공을 세우셨으니 조정에서 특별히 상을 내리실 것이고, 그러니 나리를 모시는 저희들에게도 자동적으로 영광이 될 것인데, 어이하여 특별히 저 아이를 가리키며 축하하라 하시는지요?"

"이번에 내가 전공을 세울 수 있었던 것은 오로지 내 휘하의 장수 덕이라. 그 장수에게 따로 선물을 줄 게 마땅치 않으니 내가 그에게 애첩 하나를 주고자 한다. 그래 이제 그 애첩에게는 평생을 맡길 낭군이 생기는 셈이니 어찌 축하할 일이 아니겠느냐?"

평소 갈령공의 귀여움을 한 몸에 받고 있던 농주아는 설마 자신을 그 장수에게 주려고 하겠는가 하는 생각이 들어 갈령공에게 이렇게 말했다.

"나리, 설마 그럴 리가요. 농담이 지나치십니다."

葛令公生遣弄珠兒

"아니다. 나는 평생 함부로 농담을 해 본 적이 없다. 이미 창고에서 육십만 전을 꺼내어 너의 결혼 예물로 쓰라 했다. 오늘 밤에는 나를 시중들 필요도 없으니 서쪽 채에서 따로 자도록 하라."

농주아는 갈령공의 말을 듣고서 대경실색하여 두 줄기 눈물을 흘리며 무릎을 꿇고 말했다.

"천첩이 나리를 모신 지난 몇 년 동안 한 번도 나리의 뜻을 거스른 적이 없는데 이렇게 하루아침에 버리시다니 차라리 죽었으면 죽었지 이 명령만은 따를 수가 없습니다."

갈령공이 너털웃음을 지으며 말했다.

"이 바보 같은 것! 나도 목석이 아닌데 어찌 너에 대한 정이 없겠느냐. 그러나 이전에 악운루에서 연회가 열리던 날 이 장수가 너를 바라보고 눈길도 제대로 돌리지 못하는 것을 보고 너에게 한눈에 반했음을 알게 되었지. 이 장수는 나이도 젊고 아직 장가도 들지 않았고, 이제 큰 공도 세웠으니 네가 아니고는 만족시킬 수가 없게 되었구나."

농주아는 갈령공의 소맷부리를 잡고서 온갖 아양을 떨면서 이 명령만은 받들 수가 없다고 도리질했다.

"이것만은 내가 너의 말을 들어줄 수가 없다. 게다가 첩으로 사는 것보다 정실로 사는 것이 더 낫지 않겠느냐. 이 장수는 나중에 큰 공을 세울 것이 분명하니 너에게도 큰 복이 될 것이다. 다 너를 잘되게 하려고 그러는 것인데, 어찌 이리 슬퍼하느냐?"

갈령공은 시첩들에게 농주아를 일으켜 세우라 했다. 시첩들은 평소에 농주아가 갈령공의 사랑을 독차지하여 시기 질투하고 있던 터라 갈령공의 말이 떨어지기 무섭게 농주아를 일으켜 세워 함께 나갔다. 시첩들은 좋아라 하며 농주아랑 서쪽 채에 함께 가서 그녀를 어르고 달랬다. 농주아는 이제는 하는 수 없구나 하고 생각했다. 더욱이 대장부 갈령공이 이제 자신 같은 아녀자에게 더 이상 미련이 없는 것을 깨닫는 순간 한숨을 쉬며 이 모든 걸 그대로 받아들이는 수밖에 없음을 인정했다. 이날부터 갈령공은 매일 두 명의 시녀를 보내어 농주아를 시중들게 하고는 다시는 그녀를 찾지 않았다.

> 귀여움을 독차지하던 그녀
> 이제 더는 찾지 않는다오.
> 그녀를 향한 정이 식어서가 아니라
> 그녀를 향한 정이 더욱 일어날까 봐.

한편 신도태는 섬성에서 돌아온 다음 자신의 전공은 일체 언급하지 않은 채 갈령공에게 보고를 드리고 다시 관사 신축 현장으로 달려갔다. 그러던 어느 날 마침내 공사가 다 끝나고 신도태가 갈령공을 찾아와 건물이 완공되었음을 보고했다. 보고를 마치고 나가려는데 창고지기가 들어와 다른 보고를 했다.

"결혼 예물로 사용할 육십만 전을 이미 준비해 놓았습니다. 분부만 내려 주십시오."

"그대로 잘 보관하고 있어라. 관사를 옮긴 다음 쓸 것이다."

갈령공은 점쟁이를 불러 길일을 택하게 하더니 온 가족을 거느리고 새 관사로 이사했다. 그러면서 동시에 농주아와 농주아를 시중들 하녀 십여 명만은 유독 옛 관사에 그대로 남게 했다. 창고지기는 갈령공의 결재를 받고 육십만 전을 들여 구입한 결혼 예물과 살림살이를 모두 옛 관사로 옮겨 배치하고 장식했다. 사람들은 그저 갈령공이 옛 관사를 별채처럼 사용하려나 보다 생각했지, 그 속에 나름 깊은 뜻이 있음은 헤아리지 못했다.

이날 신도태는 다른 동료 관리들과 새 관사로 갈령공을 찾아뵙고 이사를 축하했다. 이때 갈령공이 신도태만 따로 불러서 앞으로 나아오게 했다.

"그대가 섬성에서 크나큰 공적을 세운 지가 이미 오래되었는데 내가 아직 보답하지 못했네. 듣자 하니 그대가 아직 장가를 들지 않았다 하더군. 내 첩 가운데 인물이 반듯하고 품행이 방정한 아이와 특별히 짝지어 주고 싶네. 약소하나마 결혼 예물과 살림살이를 옛 관사에 다 준비해 두었네. 오늘은 길일 중에 길일이라 하니 옛 관사로 가서 혼례를 치르게 하고 그 집을 그대에게 주고 싶군."

신도태는 갈령공의 말을 듣고 얼굴이 흙빛으로 변하여 바닥에 엎드렸다. 그러고는 신이 감히 그런 걸 받을 자격이 있는지 모르겠노라고 연신 사양하고 또 사양했다. 갈령공이 또 이어서 말했다.

"대장부들끼리 의기만 투합하면 목숨도 서로 내줄 터인데, 그깟 첩 하나가 대단하겠는가? 내 마음은 이미 결정되었으니 괜히 사양하지 마시게."

그래도 신도태는 감히 받을 수 없다고 계속 버텼다. 갈령공은 다른 관리들에게 명령하여 신도태에게 결혼 예복을 입히고 꽃을 꽂아 주게 했고 악공들에게는 축하 연주를 하게 했다. 여러 관리들이 신도태에게 소리쳤다.

"신도태는 어서 일어나 갈령공께 절하고 감사의 표시를 하시오."

신도태는 마치 꿈을 꾸는 것 같은 심정으로 얼결에 일어나 갈령공에게 절했다. 그리고 자기도 모르게 분위기에 이끌려 앞장서니 다른 관리들이 뒤를 따랐고 풍물쟁이들은 음악을 연주하며 이들의 길잡이 역할을 했다. 갈령공의 옛 관사를 호위하고 보좌하던 관리들이 갈령공의 명령을 미리 받들고 옛 관사의 구석구석을 꽃과 비단으로 장식해 두었다. 하녀와 유모 등이 모두 나와서 신도태 일행을 맞았다. 음악 소리는 하늘을 찌르고 화려한 촛불을 잔치 자리를 밝혔다.

신도태가 정신을 차리고 바라보니 자기의 짝이 될 여자는 바로 자기가 악운루 연회에서 보았던 그 여자가 아닌가. 그때 악운루에서 볼 때는 마치 하늘나라에서 잠시 내려온 선녀 같아서 그녀를 바라보느라 하마터면 큰 화를 자초할 뻔했는데 이렇게 그 여자와 백년가약을 맺게 될 줄이야. 옛 관사 안으로 들어가 보니 온갖 살림살이가 다 갖추어져 있었고 하나같이 모두 다 새것이었다. 마치 비단으로 만든 보금자리에 들어서는 것 같아 너무도 기뻐서 입을 다물 수가 없었다. 그날 밤 서쪽 행랑채에서 첫날밤을 보냈으니 그 기쁨이야 굳이 말할 필요가 없을 것이다.

다음 날 아침 부부의 연을 맺은 신도태와 농주아는 새 관사로 갈령공을 찾아가 인사를 올렸다. 갈령공은 면회를 사절한다는 표지를 내걸고 일부러 만나 주지 않았다. 하는 수 없이 발길을 돌려 이제는 자기의 집이 된 옛 관사로 돌아왔다. 얼마 지나지 않아 대문에서 갈령공이 직접 찾아왔다는 소리가 들렸다. 신도태가 황망히 달려 나가 갈령공의 말 아래에 몸을 조아리고 갈령공을 맞았다. 갈령공 역시 황급히 말에서 내려 신도태를 일으켜 세우고는 같이 관사 안으로 들어갔다.

관사 안에서 갈령공이 관직 임명장을 꺼내 들고 신도태에게 참모를 맡아 달라고 간청했다. 당시 변방을 지키는 책임 장수는 백지 임명장을 받아서 자신이 필요하다고 생각하는 사람의 이름을 그 임명장에 적어 먼저 임용한 뒤 나중에 조정에 보고하는 권한이 있었다. 게다가 신도태가 이미 혁혁한 공을 세웠으니 조정에서도 신도태를 비준하지 않을 리 없었다. 갈령공은 신도태에게 참모의 관대를 건네주며 그에 맞는 예우를 해 주었다. 이제 신도태는 자신의 애칭인 '방장'이라는 칭호를 떼어 버리고 정식 관직 호칭을 사용할 수 있게 되었으니 갈령공에게 감사하고 또 감사했다.

하루는 신도태가 아내 농주아와 한담을 하다가 갈령공의 총애를 한 몸에 받다가 어이하여 하루아침에 자기에게 시집오게 되었는지 물어보았다. 농주아는 신도태가 악운루 연회에서 자기에게서 눈을 떼지 못했던 일을 상기시키고는 이렇게 말했다.

"갈령공께서 당신이 나에게 한눈에 반한 것을 눈치채고 이렇게 아끼는 소첩이었던 나를 당신에게 주신 겁니다."

이 말을 듣고 나서 신도태는 갈령공이 사람의 마음을 잘 헤아리고 현명한 자를 우대하는 진정한 대장부임을 다시 한번 깨달았다. 신도태의 이런 사연은 전 군대에 다 퍼져서 갈령공의 어짊

과 덕을 찬양하지 않는 자가 없었다. 갈령공을 위해서라면 목숨
도 아끼지 않겠다는 자들이 한둘이 아니었다. 갈령공이 살아 있
는 동안 사람들이 모두 그를 따랐으니 세상이 두루 평안했다.

현자를 숭앙하고 여색을 멀리하는 자는 고금에 드물더라
원망을 되돌려 은혜를 갚는 자는 고금에 더욱 드물더라.
연주의 공적부를 들춰 보니
공훈으로 여인을 받은 일도 있었다네.

　　　　　　　　　　　　　　　　葛令公生遣弄珠兒

羊角哀捨命全交

양각애가 목숨을 바쳐

우정을 지키다

공자는 지킬 수 없는 약속은 하지를 말고, 일단 약속을 했으면 지켜야 한다고 강조했다.(『논어』「학이」제13장) 그리고 이것을 '신(信)'이라 했다. '신'은 말이 끄는 힘을 수레바퀴에 전달하여 수레가 굴러가게 하는 수레 끌채와 같은 것이라 한다.(『논어』「위정」제22장) 말이 열심히 힘을 내어 수레를 끌고 있는데 정작 그 힘이 수레바퀴에 전달되지 않는다면 어찌 되겠는가. 사람과 사람을 연결시켜 주는 것 역시 이러한 믿음, 바로 '신'이다.

춘추 시대, 노나라에 미생(尾生)이라는 사람이 있었다. 미생이 어느 날 한 여자와 다리 아래에서 만나기로 했는데 여자가 오지 않자, 물이 밀려와도 떠나지 않고 기둥을 끌어안고 있다가 죽음을 맞았다. 이 사건으로 미생은 신의의 대명사가 되었다. 그런 미생을 장자는 신의를 지켜야 한다는 명목에 사로잡혀 목숨의 소중함을 몰랐던 바보라고 꾸짖었다.(『장자』「도척」)

양각애가 저승에서 고생하는 의형 좌백도의 안식을 위해 기꺼이 목숨을 던짐은 신의인가, 아니면 바보짓인가. 우리는 안다. 바보가 바보가 아니고 손해가 손해가 아님을. 순간을 죽고 영원을 사는 것이 얼마나 숭고한 것인지 어찌 모르겠는가. 그러나 그것은 또 얼마나 어려운 일인가. 그래서 양각애와 좌백도의 이야기가 예부터 문헌에 실려 전하고, 그 사당이 남아 있는 것이리라.

손바닥 뒤집듯 얼굴 바꾸는 세상인심
세상만사 경박함 이젠 탓할 수조차 없을 정도네.
관중과 포숙의 가난한 시절의 사귐
세상 사람들은 이를 헌신짝처럼 여긴다지.

아주 먼 옛날 제나라에 관중(管仲)과 포숙(鮑叔)이라는 자가
있었다. 관중은 자가 이오(夷吾)이며, 포숙은 자가 선자(宣子)였다.
두 사람은 가난하던 어린 시절부터 친구였다고 한다. 나중에 포
숙이 먼저 제 환공 밑에서 출세하여 벼슬을 하게 되자 관중을 천
거했는데 관중이 오히려 포숙보다 높은 자리인 재상에 올랐다.
그러나 두 사람은 시종여일 한마음으로 정치를 펼쳤다. 관중은
일찍이 이런 말을 한 적이 있다.

"내가 전에 세 번 전쟁을 치러 세 번이나 연거푸 지고 도망했으
나 포숙은 나를 비겁하다 하지 않았다. 나에게 노모가 있음을 알

았기 때문이다. 내가 일찍이 세 번 벼슬자리에 나갔다가 세 번이
나 그대로 쫓겨났을 때도 포숙은 나를 주변머리 없다고 탓하지
않았다. 내가 아직 때를 못 만난 것을 알았기 때문이다. 포숙은
나와 대화하면서 한 번도 나를 답답하다고 탓하지 않았다. 그저
매사가 잘 어울리는 때도 있고 그렇지 못한 때도 있음을 잘 알았
기 때문이다. 나와 포숙이 같이 장사를 할 때는 내가 이익을 좀
더 많이 취하더라도 나를 욕심쟁이로 몰아붙이지 않았으니 내
형편이 어려움을 잘 알았기 때문이다. 나를 낳아 준 자는 부모이
지만, 나를 알아준 자는 포숙이다."

이러한 이유로 예부터 관중과 포숙은 서로 이해하고 마음을
알아주는 친구로 꼽히곤 했다.

오늘 이야기하려고 하는 두 사람도 정말 우연히 만났다가 의
기투합하여 친구가 되고 각자 서로를 위하여 목숨을 던짐으로써
만고에 이름을 남겼다.

춘추 시대 초나라 원왕(元王)은 유가와 도가를 아울러 존중하
고 널리 현명한 선비들을 불러 모았다. 천하 사람들이 먼 곳에서
부터 소문을 듣고 몰려들었으니 그 수를 헤아리기가 어려울 정도
였다.

당시 서강(西羌) 적석산(積石山)에 현자가 한 사람 살고 있었으
니 성은 좌(左)요, 이름은 백도(伯桃)라. 어려서 부모를 여의고 독
서에 힘써 세상을 구할 재주를 키웠으며, 널리 세상 사람들을 편
하게 할 학업을 쌓았다. 어언 마흔을 바라볼 나이지만 제후들이
서로 으르렁대고 싸우며 어진 정치를 펴는 자들이 너무 적으며

자신의 강함을 믿고 억지로 상대방을 제압하고자 하는 자들이 넘쳐 나는 것을 보고는 계속 출사를 미루었다. 나중에 좌백도는 초나라의 원왕이 인의를 숭상하며 널리 현자를 구한다는 소식을 듣고는 보따리 하나에다 책을 쑤셔 넣고 고향 친구들에게 작별 인사를 건네고 초나라로 달려갔다. 이러구러 옹(雍)이라고 하는 땅에 도착해 보니 때는 바야흐로 한겨울이라 비바람이 그칠 줄을 몰랐다. 그 차가운 겨울의 모습을 「서강월」은 이렇게 그리고 있다.

쏴아쏴아 을씨년스러운 바람이 얼굴 살갗을 파고들고
부슬부슬 가랑비는 옷깃을 적시는구나.
쫙쫙 얼어붙고 눈마저 내리니 동장군의 기세가 몹시도 대단하구나
따뜻한 그때가 어찌 이리도 그리울까.
산 빛깔은 늘 어둡고
햇볕도 안개에 가려 흐릿하구나.
세상을 떠도는 나그네는 어서 고향으로 돌아가고 싶어 하며
어설프게 길을 나선 자들은 후회막급이라네.

좌백도 역시 비바람을 맞으며 하루 종일 길을 걷느라 옷이 온통 젖어 버렸다. 고개 들어 하늘을 바라보니 해는 이미 서산에 기우는지라 마을이라도 찾아 몸 뉘는 게 상책일 듯싶었다. 멀리 바라보니 대나무 숲속 인가의 깨진 창문 틈에서 희미하게 불빛

이 새어 나오고 있었다. 좌백도가 생각할 겨를도 없이 바로 그쪽을 향해 달려갔다. 가서 보니 키 작은 나무 담장이 초가집 한 칸을 둘러싸고 있었다. 사립문을 밀고 집 앞에 이르러 문을 두드렸다. 집 안에서 누군가가 문을 열고 나왔다. 좌백도는 처마 아래에서 황망하게 예를 갖추고 말했다.

"저는 서강 사람으로 좌백도라고 합니다. 초나라를 향해 길을 떠났다가 예상치 못하게 비바람을 만나 이렇게 갇히는 신세가 되었습니다. 하룻밤만 재워 주신다면 내일 날이 밝는 대로 바로 길을 떠나겠습니다. 주인장께 부탁드립니다."

집주인은 좌백도의 이야기를 듣고는 황급히 답례를 하고 집 안으로 맞아들였다. 좌백도가 집 안에 들어가 보니 책상 하나만 덩그러니 놓고 그 위에 책들이 수북이 쌓여 있었다. 좌백도는 직감적으로 집주인 역시 선비임을 알아차리고 다시 인사를 올리려 했으나 집주인이 이렇게 말했다.

"이렇게까지 예의를 차리실 필요는 없습니다. 아무튼 불에다 옷을 말리시면서 편하게 말씀이나 나누시지요."

집주인은 대나무로 불을 피워 좌백도의 옷을 말리게 했다. 더불어 술과 안주를 마련해 와 대접하는데 그 정성과 태도가 너무도 융숭했다. 좌백도가 집주인에게 이름을 물었다.

"소생은 성은 양이요, 이름은 각애입니다. 어려서 부모를 여의고, 여기서 혼자 살고 있습니다. 책 읽기를 좋아하여 그만 농사도 작파하고 말았습니다. 오늘 이렇게 멀리서 오신 고매한 선비를 만나게 되었으나 형편이 변변치 않아 대접할 것이 없으니 그게 죄송

할 따름입니다."

"안개 끼고 비 오는 날 쉴 곳을 제공해 주시고 더불어 마실 물과 한 끼 식사마저도 해결해 주시는데 어찌 이 은혜를 잊겠습니까?"

그날 밤 두 사람은 한 방에 자리를 잡고서 흉중의 이야기를 나누느라 밤새 한 잠도 이루지 못했다.

다음 날, 날이 밝아 왔으나 비는 여전히 그칠 줄을 몰랐다. 양각애는 자신의 집에 있는 것을 다 차려 내어 좌백도를 대접했다. 더불어 의형제를 맺었다. 양각애보다 다섯 살이 많은 좌백도가 형이 되었다. 좌백도가 양각애의 집에 머문 지 사흘째 되던 날 겨우 비가 그쳤다.

"아우는 한 나라의 임금을 보좌할 재주와 세상을 경영할 지조를 가지고도 벼슬을 구하지 않고 초야에 묻히고자 하니 참으로 안타깝소이다."

"일부러 벼슬을 구하지 않은 것이 아니라 아직 인연을 만나지 못한 것뿐이지요."

"지금 초나라 왕이 세상의 어진 인재를 두루 구한다 하니 초나라 왕을 한번 만나 보시는 건 어떻소?"

"형님의 말씀을 따르겠습니다."

양각애는 바로 짐을 꾸리고 노자로 삼을 만한 것들을 준비하여 집을 나섰다. 두 사람은 함께 초나라 쪽을 바라고 발걸음을 옮겼다.

이틀을 채 가지 못하고 또 비를 만나 객점에 발이 묶였으나 얼마 되지 않는 노잣돈마저 다 떨어지고 쌀 한 포대만 달랑 남았다.

두 사람은 너 한 번 나 한 번 교대로 쌀 포대를 지고서 비를 무릅쓰고 길을 걸었다. 비는 그치지 않고 바람마저 몰아치더니 어느새 눈으로 변하여 천지를 하얗게 물들이기 시작했다. 그 모습이 어떠했을까.

바람은 매서운데 차가운 눈마저.
눈이 바람을 타고 얼음이 되어 버리는구나.
풀어 헤쳐진 하얀 솜처럼 어지러이 날리는 저 눈발
하얀 새털이 풀려 하늘에 어지러이 날리는 듯.
하늘엔 이 모양 저 모양의 구름만 한가득
어디가 하늘이요, 어디가 길인가?
길이 눈에 숨고, 하늘이 구름에 숨었으니
파란색, 노란색, 빨간색, 검은색 모두 사라지고
오직 흰색만이 천지에 가득하다.
절경에 취해 시상을 다듬는 시인 묵객이야 이 경치를 반길 테지만
길 떠난 나그네는 시름만 깊구나.

두 사람의 발길은 기양(岐陽)을 지나 양산(梁山)으로 접어들었다. 나무꾼에게 물으니 여기서부터 백여 리는 인가도 하나 없고 그저 황량한 광야라 승냥이와 호랑이가 어슬렁거릴 뿐이라며 더 이상 억지로 가지 말라 했다. 좌백도가 양각애에게 물었다.

"아우님 생각은 어떠시오?"

"인명은 재천이라고 하는데 기왕 여기까지 왔으니 계속 가 보

기로 하지요. 예서 말 수야 없지 않겠습니까?"

이렇게 하룻길을 더 가고 밤에 무덤가에서 잠을 청하는데 옷은 얇고 날씨는 추워 바람이 뼛속까지 파고들었다.

다음 날 날이 새고 보니 눈발이 더욱 거세져 산길은 한 자 정도나 눈이 쌓여 발이 푹푹 빠질 지경이었다. 좌백도는 온몸이 얼어 도저히 어찌해 볼 도리가 없었다.

"여기서부터 백 리 동안은 인가도 없으려니와 우리 식량도 이제 바닥이 나 버렸고 옷도 제대로 갖추어 입지 못한 상황이오. 우리 중에 한 사람만 초나라를 향해 간다면 그럭저럭 갈 수도 있을 테지만 둘 다 가겠다고 한다면 도중에 얼어 죽거나 굶어 죽기 딱 알맞은 상황이오. 억지로 길을 가다가 길바닥에서 죽어 풀과 같이 썩어 버린다면 그게 다 무슨 소용이겠소? 내가 지금 입고 있는 옷을 아우에게 벗어 줄 테니 아우께서는 내 옷을 받아 입고, 내 몫의 식량까지 같이 들쳐 메고 힘내서 길을 떠나도록 하시오. 나는 더 이상 갈 수 없으려니 예서 죽음을 기다리려오. 초나라 왕을 만나게 되면 아우께선 틀림없이 크게 쓰임을 받을 것이니 그때 여기 와서 나를 장사 지내 주시구려."

"형님, 그게 무슨 말씀입니까? 형님과 저는 비록 한 부모에게서 태어나지는 않았어도 의리와 우애만은 친형제보다 더하면 더했지 못하지 않은데 제가 어찌 혼자만 길을 떠나 벼슬자리를 구하겠습니까?"

양각애는 좌백도를 억지로 일으켜 세워 길을 떠났다. 십 리도 채 못 가 좌백도가 다시 입을 열었다.

"눈보라가 이렇게 거세니 어찌 더 갈 수 있겠소? 길가에 쉴 곳이라도 찾아봅시다."

바라보니 말라비틀어진 뽕나무 한 그루가 눈에 들어오는지라 그 나무 밑에 몸을 감출 수 있을 것 같았다. 나무 밑으로 들어가려니 겨우 한 사람 몸밖에는 가릴 수 없었다. 양각애가 좌백도를 안아서 뽕나무 밑에서 쉬게 했다. 좌백도가 마른 나뭇가지를 모아 부싯돌로 모닥불을 만들어 추위를 피하자고 했다. 양각애가 좌백도의 말을 따라 주변을 돌아다니며 그래도 눈에 젖지 않은 나뭇가지를 모아 와 보니 좌백도가 온몸에 아무런 옷가지도 걸치지 않은 채 눈발에 그대로 앉아 있고 벗은 옷은 한곳에 잘 개켜져 있었다. 양각애가 깜짝 놀라 소리쳤다.

"형님, 이게 어찌 된 일입니까?"

"아무리 생각해도 이 방법밖에 없소. 아우는 일을 그르치지 마시고 내가 벗어 놓은 옷을 마저 입고 식량을 들쳐 메고서 어서 길을 떠나시오. 나는 여기서 천천히 죽음을 맞으려오."

양각애가 대성통곡을 했다.

"생사고락을 함께하기로 했는데 어찌 저만 홀로 길을 떠나겠습니까?"

"우리 둘 다 여기서 죽으면 내 뼈는 누가 거둬 준단 말이오?"

"그러면 제 옷을 벗어 형님에게 드리겠습니다. 형님이 제 옷을 입고 가십시오. 제가 여기서 죽음을 맞겠습니다."

"나는 어려서부터 몸이 약하여 골골했으나 아우는 아직 젊고 건강하지 않소. 게다가 학문의 깊이 역시 내가 감히 범접하지 못

할 정도이니 초나라 왕을 만나면 틀림없이 높은 벼슬을 할 것이오. 그러니 내가 여기서 죽는다 한들 무슨 원망이 있겠소. 아우는 더 이상 지체하지 말고 어서 속히 길을 떠나시오."

"형님이 예서 죽음을 맞이하고 저 혼자서 벼슬을 한다면 그게 무슨 소용이겠습니까. 저는 차마 그같이 불의한 일은 하지 못하겠습니다."

"내가 적석산에서 길을 떠나 아우를 만났을 때 평생의 지기를 찾은 듯해 너무도 기뻤소. 아우는 학문이 깊어 내가 아우에게 벼슬길에 나아가기를 권했으나 아쉽게도 이렇게 도중에 눈보라에 길이 막혀 곤경에 빠져들고 말았으니 이 역시 우리의 운명인 듯하오. 아우까지 여기서 죽음을 맞는다면 그것은 내게 씻을 수 없는 죄가 될 것이오."

좌백도가 말을 마치더니 계곡 아래로 몸을 던져 스스로 죽음으로 나아가고자 했다. 양각애가 좌백도를 끌어안고 좌백도의 옷으로 좌백도의 몸을 덮어 다시 뽕나무 아래로 안고 가려 하니 좌백도가 완강하게 몸에서 옷을 밀쳐 버렸다. 양각애가 다시 좌백도에게 다가가 설득하려 하니 좌백도의 얼굴색이 이미 흙빛으로 변하기 시작하고 사지는 굳어지며 입에서는 말이 새어 나오지 못하고 그저 손만 휘저으며 어서 길을 가라고 재촉했다. 양각애가 생각에 잠겼다.

'아, 내가 여기서 더 이상 어물거리다간 나 역시 황천길로 가겠구나. 그래, 나마저 죽고 나면 누가 형님의 시신을 수습한단 말인가?'

양각애는 눈 속에서 좌백도에게 재배를 올리며 흐느꼈다.

"불초한 동생은 이렇게 길을 떠납니다. 부디 형님이 저 먼 곳에서라도 저를 바라보며 도우셔서 제가 조금이라도 이름을 날리게 되면 필히 형님을 찾아 후히 장사 지내 드리겠습니다."

좌백도가 힘겹게 고개를 끄덕여 대답을 대신했다. 양각애는 좌백도가 건네준 양식과 옷을 챙긴 다음, 눈물을 흘리며 길을 떠났다. 좌백도는 결국 뽕나무 아래에서 죽음을 맞았다. 후대 사람의 시가 있어 이를 인용한다.

> 바람은 매서운데, 눈은 석 자나 쌓이고
> 가야 할 길은 천 리나 남았네.
> 먼 길을 그저 추위와 눈만이 짝을 하니
> 어쩌나, 배낭엔 쌀마저 다 떨어져 가는구나.
> 다 긁어모아 한 사람이라도 길을 가야 하리
> 둘이 다 길을 가려면 다 죽고 말지라.
> 둘이 다 죽고 나면 무슨 소용이 있으랴
> 하나라도 살면 훗날이라도 기약하지.
> 현명하도다, 좌백도의 선택이여
> 목숨을 버려 큰일을 이루었도다.

온몸을 파고드는 추위 속에서 주린 배를 움켜쥐며 양각애는 그렇게 초나라에 당도했다. 여각에서 하루를 묵고 다음 날 입성하여 사람들에게 물었다.

"초나라 왕이 현자들을 초빙한다고 하던데 어떻게 하면 왕을 만나 뵐 수 있겠소이까?"

"저 궁성 출입문 옆에 객사를 만들어 놓고 상대부 배중(裴仲)을 파견하여 천하의 선비들을 맞아들이고 있다 하오."

양각애가 객사 앞을 찾아가니 마침 배중이 마차에서 내리는 길이라 앞으로 나가 인사를 했다. 배중이 양각애를 바라보니 형색은 남루하나 눈빛과 기세는 범상치 않아 서둘러 답례를 하고 물었다.

"선비께서는 어디서 오셨소이까?"

"소인은 성은 양이요, 이름은 각애로, 옹주 사람입니다. 초나라 왕께서 현자를 초치한다는 소문을 듣고 이렇게 특별히 찾아왔습니다."

배중은 양각애를 객사로 맞아들이고 술과 음식을 대접한 뒤 객사에서 묵도록 배려했다.

다음 날 배중이 객사로 와서 양각애를 찾더니 흉중의 일을 질문하면서 양각애의 학문을 시험했다. 양각애가 배중이 묻는 대로 척척 대답하는데 하나도 막힘이 없었다. 배중은 양각애의 학식에 감탄하여 바로 입궐하여 초왕에게 보고했다.

보고를 받은 초왕이 양각애를 불러들여 부국강병책을 물으니 양각애가 자신의 열 가지 대책을 아뢰는데 그 열 가지 대책이 하나같이 현실에 맞고 묘책 중의 묘책이었다. 초나라 원왕은 너무도 마음에 들어하며 잔치를 열어 양각애를 환영하고 중대부에 임명했다. 더불어 황금 백 냥과 비단 백 필을 하사했다. 양각애가 재배를 하며 감사를 표하는데 외려 두 눈에서 눈물이 비 오듯이 흘러내렸다. 왕이 깜짝 놀라며 연유를 물으니 양각애가 저간의 사정을 일일이 고했다. 왕은 그 말을 듣고 감동을 받았으며 신하들 역시 모두 애통해했다. 왕이 양각애에게 물었다.

"공의 의향은 어떠하오?"

"저에게 잠시만 말미를 주신다면 좌백도에게 찾아가 그를 잘 장사 지내 주고 다시 돌아와 왕을 받들겠습니다."

그 말을 들은 초왕이 죽은 좌백도에게 중대부를 추증하고 부의금 역시 후히 내려 주고는 사람들을 붙여 양각애를 보좌하며 좌백도에게 다녀오게 했다.

양각애가 초왕에게 하직 인사를 올리고 양산을 지나 좌백도와 작별했던 곳에 이르니 과연 좌백도의 시신이 거기에 있는데 얼굴이 살아 있을 때와 하나도 다름이 없었다. 양각애가 좌백도에게 재배를 올리고 곡을 했다. 수행원들을 시켜 동네 노원로들을 불러오게 한 다음 포당(浦塘)의 들판에 묏자리를 잡으니, 앞으로는 내를 바라보고 뒤로는 언덕배기를 등졌으며 좌우의 봉우리가 묏자리를 호위하는 형국이었다.

향을 푼 물에 좌백도의 시신을 씻긴 다음 대부의 의관으로 염을 했다. 속 관과 바깥 관을 잘 갖춰 시신을 안치하고 땅을 파고 묻은 다음 봉분을 올렸다. 무덤 주변에 나무를 심고 무덤에서 삼십 보 정도 떨어진 곳에 사당을 짓고 좌백도의 형상을 세우고 깃발을 세웠다. 기둥 위엔 현판도 걸었다. 더불어 자그마한 집도 짓고는 사람을 두어 묘를 돌보게 했다. 모든 일을 마친 다음 사당에서 제사를 올리고 다시 한번 곡을 하니 주변 사람과 마을 사람들 가운데 따라 울지 않는 자가 없었다. 모든 일이 마무리되니 사람들이 흩어졌다.

이날 밤 양각애는 방 안에서 촛불 심지를 돋우며 상념에 잠겨 있었다. 한데 갑자기 쌀쌀한 바람이 한바탕 불어오더니 촛불이 꺼질 듯하다가 다시 밝아졌다. 바라보니 누군가 사람이 서 있는데 다가오려는 것인지 떠나가려는 것인지 분간할 수가 없었다. 어디선가 가늘게 울음소리가 들려왔다. 양각애가 날카롭게 소리를 질렀다.

"누구냐? 이렇게 늦은 밤에 불쑥 찾아오다니!"

그 사람은 아무런 대답도 하지 않았다. 양각애가 일어나서 살펴보니 바로 좌백도라. 양각애가 깜짝 놀라 물었다.

"형님을 이미 장사 지냈으니 저승길로 가셔야 할 텐데 이렇게 이 아우에게 나타나신 것을 보니 뭔가 사연이 있는 것이 틀림없습니다."

"고맙네, 아우. 그대가 약속을 저버리지 않고 초왕을 만나자마자 내 장례부터 주청하여 나를 중대부에 추증하고 관과 수의까지 이렇게 잘 갖추어 주었으니 모든 일이 다 흡족하다네. 하나 다만 한 가지, 내 유택이 형가(荊軻)의 묏자리와 너무 가까운 게 흠이라네. 형가는 생전에 진나라 왕을 암살하려다 실패하여 오히려 죽임을 당해서 고점리(高漸離)가 그 시신을 이곳에 거두었지. 형가의 혼백은 아직도 기세가 등등하여 밤마다 검을 빼어 들고 나에게 달려와 이렇게 욕한다네. '얼어 죽고 굶어 죽은 주제에 어찌 내 어깨 자리에 묘를 써서 어깨를 짓누르고 내 묏자리의 풍수를 망치느냐. 만약 다른 곳으로 가지 않으면 내가 너의 무덤을 파헤쳐서 들판에 던져 버리겠다.' 그래서 아우께 특별히 이렇게 말을 하는 것이니 나를 다른 곳으로 이장해 주시게."

양각애가 재차 질문하여 자세한 사정을 더 알아보려 했으나 홀연 바람이 불더니 좌백도가 시야에서 사라져 버렸다. 양각애는 사당에서 자다가 꿈에서 본 일을 일일이 기록해 두었다.

날이 밝자마자 양각애는 동네 원로를 찾아 물었다.

"이 근처에 다른 무덤이 또 있소?"

동네 원로가 대답했다.

"소나무가 우거진 숲속에 형가의 무덤이 있고 무덤 앞에 사당이 있습니다."

"형가는 예전에 진나라 왕을 살해하려다 실패하여 죽임을 당한 자인데 어이하여 여기에 무덤이 있다는 말이오?"

"원래 고점리가 이 동네 사람입니다. 고점리가 형가가 진나라 왕을 살해하려다 실패한 다음 죽임을 당하고 그 시신이 들판에 던져진 것을 알고는 몰래 그 시신을 수습하여 여기에다 묻어 준 것입니다. 형가의 영혼이 영험함을 보이니 사람들이 여기에다 사당을 짓고 철마다 제사를 지내고 복을 빌곤 했답니다."

양각애는 동네 원로의 말을 듣고서야 비로소 꿈에서 본 일이 이해되었다. 양각애는 수행원들을 이끌고 형가의 사당을 찾아가 형가 초상을 보면서 꾸짖었다.

"그대는 연나라의 촌구석 출신으로 태자의 인정을 받고 여인들과 보물을 그득히 받았으나, 그에 상응하는 계책을 생각해 내지 못하고 겨우 칼 한 자루를 들고 진나라로 갔다. 그곳에서 일도 그르치고 자신도 죽임을 당하고 말았구나. 이제 죽어서는 이곳에 이르러 마을 사람들에게 겁이나 주고 제사나 받아먹는 것이냐. 내 형님 좌백도는 당대의 빼어난 선비요, 청렴결백하고 인의가 넘치시는 분인데 감히 우리 형님에게 텃세를 부린단 말이냐. 한 번만 더 내 형님에게 텃세를 부린다면 내가 네 사당을 다 부숴 버리고 네 무덤을 들어내서 이곳에 다시는 발을 붙이지 못하게 하겠다."

양각애는 말을 마치더니 좌백도의 무덤 앞으로 다가가 이렇게 말했다.

"형님, 형가가 오늘 또 나타나거든 저에게 바로 말씀하여 주십시오."

양각애가 사당으로 돌아와 촛불을 켜고 기다리려니 좌백도가 꺼억꺼억 울며 다가왔다.

"아우님의 배려에 감사하네. 그런데 형가에겐 마을 사람들이 바친 졸개들이 너무 많아 상대하기가 버거우니 아우님은 지푸라기를 엮어서 사람 모양을 만들고 비단옷을 입힌 다음 내 무덤 앞에서 태워 주기 바라네. 내가 그 힘을 얻어 형가가 다시는 내 유택을 넘보지 못하게 하리다."

이 말을 마치고 좌백도가 사라졌다. 양각애는 밤새 사람들을 시켜 지푸라기로 인형을 만들게 하고 비단으로 옷을 짓게 해서 입히고는 창과 칼 등을 인형에 쥐어 주고 수십 개의 인형을 좌백도의 무덤 옆에 세운 후 불에 태우면서 축도했다.

"이 인형으로 말미암아 형님의 걱정거리가 해결되기 바랍니다. 일이 잘되면 이 아우에게도 알려 주십시오."

양각애가 사당에 돌아오니 밤새 비바람 소리가 나는데 마치 그 소리가 전쟁터의 북소리, 징 소리 같았다. 양각애가 문을 열고 나가서 바라보니 좌백도가 황망하게 달려와 말했다.

"아우께서 많은 인형을 만들어 주었으나 형가는 고점리가 옆에서 끝끝내 지켜 주고 있으니 아무래도 내 몸이 이 무덤에서 들려 나올 것만 같네. 아우께서 나를 다른 곳으로 이장해 주시는 게 좋을 듯싶네."

"그놈이 어째서 우리 형님을 그렇게 능멸하려 든단 말입니까. 제가 형님을 도와 같이 싸우겠습니다."

"아우는 산 사람이고 나는 죽은 귀신 아니오. 이 세상 사람이 아무리 용력이 뛰어나다 한들 어찌 죽은 귀신을 도와 싸울 수 있겠소. 인형을 만들어 불태운 덕분에 도움이 되긴 하나 그것들은 옆에서 고함만 질러 줄 뿐 저 강한 귀신을 직접 물리치는 데는 그다지 도움이 되지 못하네."

"형님 먼저 가 계십시오. 저에게 나름 생각이 있습니다."

다음 날 양각애는 형가의 사당을 다시 찾아가 형가를 꾸짖고 형가의 신상을 부숴 버렸다. 그런 다음 형가의 사당을 불태우려 했다. 동네 원로들이 양각애에게 애절하게 빌었다.

"이 사당은 우리 동네 사람들이 일이 있을 때마다 와서 비는 곳인데 만약 불에 태워 버린다면 마을 사람들에게 화가 미칠까 걱정입니다."

시간이 지날수록 동네 사람들이 하나둘 더 몰려 와서 애절하게 간구하니 양각애도 차마 모질게 태우지는 못했다.

양각애는 초당으로 돌아와 초왕에게 올리는 글을 하나 썼다.

"지난날 좌백도는 소신에게 식량을 내주었고 그 덕에 저는 살아남아 폐하를 뵐 수 있었습니다. 제가 폐하께 받은 은혜는 이미 평생 갚아도 못 갚을 정도입니다. 원컨대 저는 저세상에 가서라도 폐하께 보답하고자 합니다."

양각애가 쓴 글은 이토록 애절했다. 양각애는 이 글을 수행원에게 맡겼다. 그런 다음 좌백도의 무덤 옆에서 대성통곡을 했다. 양각애가 수행원에게 이렇게 당부했다.

"내 형님이 지금 형가의 혼백 때문에 고통을 당하시며 이러지도 저러지도 못하고 계신다. 이런 상황을 차마 그냥 두고 볼 수는 없는 법. 그렇다고 형가의 사당을 불태우고 무덤을 파내려니 마을 사람들이 눈에 밟히는구나. 그러니 차라리 내가 죽어 음부의 귀신이 되어서 형님을 도와드리는 게 나을 듯하다. 너희는 내 죽은 몸을 형님 무덤의 오른쪽에 묻어라. 나는 살아서나 죽어서나 형님과 함께하여 자기 몸을 던져 나를 살려 주신 형님의 은혜에 보답하려 한다. 돌아가서는 폐하께 너희가 본 대로 들은 대로 아뢰고 내가 폐하를 알현하고 올린 말씀을 실천하셔서 사직을 영원토록 보존하시라고 하여라."

양각애가 말을 마치고 차고 있던 검을 꺼내어 스스로 목숨을 끊으니 수행원들이 황급히 말리고자 했으나 그럴 틈조차 없었다.

수행원들은 관을 구하고 시신을 염하여 좌백도의 무덤 옆에 묻어 주었다.

그날 밤 1시부터 3시 사이, 비바람이 거세게 몰아치고 벼락과 번개가 무섭게 치면서 사람 죽이라는 고함 소리가 십 리 밖에서도 확연하게 들려왔다. 날이 밝은 다음에 보니 형가의 무덤이 파헤쳐지고 백골이 다 무덤 주위에 흩어져 있으며 무덤 주위의 소나무, 잣나무가 뿌리째 뽑혀 있었다. 형가의 사당은 원인 모를 불길에 흔적도 없이 다 불태워져 있었다. 동네 사람들이 깜짝 놀라 양각애와 좌백도의 무덤에 가서 향을 사르고 재배를 했다.

수행원들이 초왕을 만나 자신들이 보고 들은 일을 알렸다. 양각애와 좌백도의 우정과 의리에 감탄한 초나라 왕은 관리를 파견하여 두 사람의 무덤 앞에 사당을 짓게 하고 그들의 지위도 중대부에서 상대부로 올려 주었다. 사당의 이름도 '충의지사'로 하도록 하고 저간의 일을 기록한 석비를 세우게 하니 그 사당의 향불이 지금까지 끊이지 않더라. 형가의 혼령은 이 일로 더 이상 행세하지 못하게 되었다. 동네 사람들이 철마다 양각애와 좌백도의 사당에서 제사를 지내고 복을 빌었다. 그 영험함은 이루 말할 수가 없다.

예부터 이름난 인의는 천하를 뒤엎고
사람들 마음에 깊이 새겨져 있다네.
두 의인의 사당에 가을 햇살 맑게 비추는데
두 혼령은 달빛 아래 청량하다.

吳保安棄家贖友

오보안이 가정을
희생하여 친구를
살리다

당나라 현종(玄宗, 712~756 재위) 때 오보안이 자기를 알아준 친구 곽중상을 위하여 대신 속전을 모아 바치고 살려 낸 이야기는 이미 당나라 우숙(牛肅)이 지은 『오보안전(吳保安傳)』에 전한다. 이 『오보안전』은 송나라 때까지의 온갖 이야기를 모은 『태평광기(太平廣記)』에도 그대로 실려 있다. 물론 『신당서(新唐書)』 권 191 「충의전(忠義傳)」에도 소략하게나마 오보안의 일대기가 실려 있다. 중국 전통 연극인 심경(沈璟)의 「매검기(埋劍記)」는 바로 이 오보안의 이야기를 극으로 꾸민 것이다.

풍몽룡은 이 작품을 이렇게 논평했다. "남들은 오보안이 십 년 동안이나 가정까지 버려 가면서 한 번도 본 적 없는 친구를 구하려 한 것이 참으로 바보스러운 짓이라고들 말한다. 그러나 진정으로 자기를 알아주는 친구가 있다면 설사 죽는다 한들 무슨 후회가 있겠는가?" 자기를 알아주는 자, 바로 '지기(知己)'이다. 사마천이 궁형의 치욕을 견디면서 여생을 『사기(史記)』 편찬에 바친 것도 바로 누군가 자신의 진심과 억울함을 알아주기를 바랐기 때문일 것이다. 사마천은 이렇게 말했다. "선비는 자기를 알아주는 자를 위해 죽는다." 그리스의 다몬과 피티아스의 이야기 역시 우정을 갈망하는 사람들의 바람 덕분에 지금까지 잊히지 않고 전해지는 것이다. 우정과 신뢰가 바닥에 떨어진 시대이기에 더욱더 별처럼 빛나는 우정과 신의를 기리는 것이리라. "자기 하기 싫은 것을 남에게 떠넘기지 말라."(『논어』「위령공」제23장)라고 한 공자의 말씀을 이 시대에 떠올려 보는 것도 좋을 것 같다.

친구를 배려하고 내가 힘들 때보다 그가 힘들 때를 생각하려고 노력하다 보면 우정과 신뢰가 회복되고, 그러면서 '나'도 회복될 수 있을 것이다. 이 작은 실천이 모이면 친구를 위해 나를 희생해도 큰 결과마저 만들어지는 게 아닐까 싶다.

옛사람의 사귐은 마음을 보고

지금 사람의 사귐은 체면을 본다네.

마음으로 맺으니 생사마저 함께하고

체면을 따지니 곤궁함조차 같이하지 못하네.

거리엔 도움이 될 자를 찾는 숱한 저 발걸음들

밤낮없이 줄을 대려는 저 사람들

서로 이야기할 땐 처자라도 내줄 듯 비분강개하고

술 한잔 걸치면 모두 친형제라도 된 듯하다.

그러나 작은 이익 앞에서 속절없이 무너지는 우정인데

인생의 난관을 어찌 함께 헤쳐 나가리.

그대들은 죽음마저 같이했던 양각애와 좌백도의 우정을 아는가[16],

만고에 길이 전하는 그 숭고한 우정을.

---

16 양각애와 좌백도의 우정에 대해서는 본서의 「양각애가 목숨을 바쳐 우정을 지키
다」를 참조하라.

위 작품은 '친구 사귐에 대한 노래'라는 뜻의 「결교행(結交行)」
이라는 유명한 사(詞)다. 염량세태를 비판하면서 우정의 소중함
을 읊고 있다. 평소 술이라도 같이 마실 때는 호형호제하다가 이
해관계가 맞물리면 안면을 싹 바꾸는 것이 세상인심이다. 술친구
가 아무리 많아도 막상 힘든 일이 생기면 주위에 아무도 남지 않
는 경우가 태반이고, 아침에는 친구였다가 해 질 녘에는 원수로
바뀌고 술을 같이 마시다가도 바로 화살을 재어 겨누는 게 세태
이다. 도연명(陶淵明)이 친구를 끊겠다고 한 것이나[17] 혜숙야가 친
구 사귐을 그만두겠다고 한 것이나[18] 유효표가 사귐을 그만두어
야 할 친구의 종류를 밝힌 「광절교론(廣絶交論)」을 지은 것이나[19]
모두 야박한 세상인심을 욕하고 분통을 터뜨린 것이다.

　오늘 나는 두 사람의 이야기를 하려 한다. 이 두 사람은 일면
식도 없었으나 서로 의기투합하여 환난을 함께하고 생사까지 함
께했으니 정말 마음으로 친구를 사귄 표본이라 할 것이다.

---

17 도연명(365~427)의 「귀거래사(歸去來辭)」에 등장하는 "고향으로 돌아가리라. 친구
　들과의 교류도 끊고, 세상과의 인연도 끊으리라. 이제 다시 수레를 타고 세상에 나
　간들 무얼 하리오(歸去來兮, 請息交以絶遊, 世與我而相違. 復駕言兮焉求)"라는 구절.

18 죽림칠현의 한 사람인 혜강(嵇康 223~262)이 산도(山濤, 205~283)가 자신에게 사
　마씨(司馬氏)가 세운 진(晉)나라에서 벼슬하기를 권하자 「산도에게 보내는 절교
　편지(與山巨源絶交書)」를 보내어 절교한 사실을 말한다. 거원(巨源)은 산도의 별명
　이다.

19 유준(劉峻, 462~521). 별명이 효표(孝標)이다. 그는 「광절교론」을 지어 당대의 문
　장가였던 임방(任昉)의 사후에 그 후손들이 고생하는 데도 아무도 돌보는 이 없
　는 세태를 통렬하게 비판했다.

친구를 믿고 모자를 털고 기다리던 공우(貢禹)[20]

자기를 알아주는 이를 위해 죽음의 칼을 움켜쥐었던 형경(荊卿).[21]

당나라 개원 연간에 재상을 지낸 대국공(代國公) 곽진(郭震)은 자가 원진(元振)이며 하북 무양(武陽) 사람이다. 한편 곽중상(郭仲翔)이라는 자가 있었으니 바로 곽진의 조카로 문무를 겸비했으나 성격이 호탕하며 자질구레한 규범에 얽매이기를 싫어하여 그를 천거하는 이가 아무도 없었다. 그의 아버지는 아들이 나이가 들어서도 성취한 것이 없음을 걱정하는 마음에 편지를 한 통 써서 주고는 수도에 있는 큰아버지 곽진에게 자리를 부탁해 보라 했다. 곽중상이 곽진을 만나러 갔다가 이런 말을 들었다.

"대장부라면 모름지기 과거에서 장원급제를 하여 청운의 뜻을 이루거나, 아니면 반초(班超)[22]나 부개자(傅介子)[23]처럼 변방을 다스려 공을 세우고 부귀를 이루어야지, 친척을 사다리 삼아 올라

---

20 기원전 127~기원전 44. 한나라 선제(宣帝) 때 낭야(琅琊) 출신이다. 왕길(王吉)과 절친한 친구였으며, 왕길이 벼슬자리에 나가자 그를 임용한 자는 현명한 군주일 것이며, 그는 또 나를 잊지 않고 추천할 것이라 확신하고 모자를 꺼내어 먼지를 떨어 냈다는 일화가 유명하다.

21 형가(荊軻). 연나라 태자 단의 부탁을 받고 칼 한 자루만을 들고 진나라 왕을 암살하러 떠났다가 목적을 이루지 못하고 불귀의 객이 된 인물이다. 그가 때를 만나지 못했을 때, 그를 알아봐 준 고점리나 전광(田光) 같은 자들 덕분에 연나라 태자를 만날 수도 있었고 그들 때문에 결국 자객의 길을 떠났던 것이다.

22 32~102. 동한 시대의 뛰어난 장수이자 외교관. 지금의 신장 위구르 지역을 탐사하고 개척한 공이 크다.

23 ?~기원전 65. 서한 시대의 뛰어난 장수이자 외교관. 서역 지역을 침공한 외적 우두머리의 목을 베어 공을 세웠다.

가 본들 어느 높이까지 올라갈 수 있겠느냐?"

곽중상은 그저 지당하신 말씀이라며 맞장구칠 수밖에 없었다.

이때 마침 남부 지방에서 동굴에서 사는 족속이 반란을 일으켰다는 보고가 조정으로 올라왔다. 원래 측천무후가 통치할 무렵에는 남만 무리를 달래기 위하여 이곳의 9계(溪) 18동(洞) 지역에 매년 일정한 위로금을 주고 또 삼 년에 한 번은 특별 위로금을 전해 주었다.

그러나 현종이 즉위한 다음부터는 이 제도를 없애 버렸다. 이 때문에 남만의 무리가 반란을 일으키고 중원을 향해 칼끝을 겨누었다. 조정은 이몽(李蒙)을 요주(姚州) 도독으로 임명하고 병사를 이끌고 가서 난을 평정하게 했다. 이몽이 황제의 명을 받들어 출정하려 특별히 재상 곽진을 찾아가 인사를 올렸다. 곽진이 이몽에게 당부했다.

"옛날 제갈공명이 남만을 칠 때 칠종칠금한 것은 무력이 아니라 마음으로 그들을 복속시키고자 함이었소이다. 장군은 이번 평정 작업을 신중하게 처리해서 성공리에 마무리하시기 바라오. 내 조카인 곽중상이 나름 재주가 있으니 이번 출정에 데리고 가서 한번 써 보시고 만약 공을 세우거든 나중에 미관말직이라도 하나 챙겨 주시기 바라오."

곽진은 바로 곽중상을 불러내어 이몽에게 인사시켰다. 이몽이 곽중상을 만나 보니 재주가 비범해 보이는 데다 당대의 재상 곽진이 특별히 부탁까지 하니 감히 거절할 수가 없었다. 이몽은 즉시 곽중상을 행군판관(行軍判官)에 임명했다. 곽중상은 큰아버지 곽진에게 하직 인사를 올리고 이몽을 따라 길을 나섰다.

군사 행렬이 검남(劍南)에 이르렀을 때 곽중상은 지금 동천(東川) 수주(遂州) 방의위(方義尉)를 맡고 있으며 동향인 오보안, 자는 영고(永固)라 하는 자가 인편에 보내온 편지를 받게 되었다. 사실 곽중상은 오보안과 일면식도 없었지만 오보안이 지위는 낮아도 의기가 넘치고 학식이 뛰어난 자라는 소문은 익히 들어 알고 있었다. 곽중상은 즉시 봉투를 열어 편지를 읽어 보았다.

불초한 소인 오보안은 다행히도 귀하와 동향이었으나 여태껏 인사 한번 제대로 못 드리고 그저 귀하의 덕만을 사모하고 있었습니다. 귀하는 재주가 비상하니 이몽 장군을 모시고 난을 평정하는 일 역시 수일 내에 성공을 거두리라 확신합니다. 저는 나름 학식을 수년간 닦아 왔다고 자부하나 이렇게 고향과는 천리만리 떨어진 곳에서 미관말직을 맡고 있습니다. 그러나 그 미관말직마저 이제 임기가 다 찼지만 이부의 보직 임명 기준이 녹록지 않아 다른 보직을 받을 수 있을지 기대하기 어려운 상황입니다. 귀하는 나라를 걱정하는 의기가 가득하고 후덕한 마음씨를 지닌 분이라 들었습니다. 지금 대군을 이끌고 난을 평정하러 길을 떠나는 중이니 바야흐로 널리 사람이 필요한 때일 듯합니다. 동향의 정을 생각하시어 보잘것없는 자리라도 하나 마련해 주셔서 제가 작은 공이나마 세울 수 있도록 해 주시면 태산 같은 은혜를 어찌 감히 잊겠습니까.

곽중상은 그 편지를 읽고 나서 한참이나 탄식했다.

"이 사람은 나와 일면식도 없지만 자신에게 위급한 일이 닥쳤을 때 나를 믿고 이렇게 도움을 요청하니 이는 내 속을 깊이 아는 처사라. 대장부가 상대방의 급한 처지를 알고서 도움을 주지 않는다면 이 역시 부끄러운 일이 아니겠는가."

곽중상은 이몽에게 오보안의 재주를 입에 침이 마르도록 칭찬하고 그를 데려와 같이 일하게 해 달라고 간청했다. 이몽이 허락하고서 바로 방의위 오보안을 관기(管記)에 임명한다는 문서를 준비하여 차인을 시켜 수주로 발송했다. 문서를 발송하고 나자마자 정탐병이 보고했다. 남만 병사들이 창궐하여 중원 남부 지방까지 공략해 들어오고 있다 했다.

이몽은 명령을 내려 병사들에게 밤낮을 가리지 말고 달려가도록 했다. 병사들이 요주에 이르러 마침 그 지역에서 노략질하는 남만 병사들과 맞닥뜨렸다. 그들이 미처 방비하지 못한 틈을 타서 일시에 공격하여 사방으로 흩뜨리고 대승을 거두었다. 이몽은 자기 군대의 위용을 믿고서 남만 병사들을 쫓아 오십 리 길을 짓쳐 들어갔다. 날이 저물어 병사들이 진을 치고 머물려 할 때 곽중상이 이몽에게 이렇게 간했다.

"남만 병사들은 탐욕스럽고 꼼수가 많다고 들었습니다. 지금 장군께서 그들을 크게 무찔러 명성이 이미 하늘을 찌르고 있으니 이제 군사를 돌리셔도 좋을 것 같습니다. 대신 사람을 파견하여 다시 한번 장군의 위엄을 각인시키시고 그들로 하여금 중원의 말씀에 귀 기울이도록 하십시오. 본진이 적진 깊숙이 들어가 예

기치 못한 변고에 빠져들지 않는 것이 좋을 것 같습니다."

이 말을 듣고서 이몽이 버럭 소리를 질렀다.

"남만 병사들이 이제 기세가 떨어졌는데 이 틈을 타서 소굴을 소탕하지 않으면 언제 한단 말인가. 그대는 아무 말 말고 내가 어떻게 적들을 섬멸하는지 지켜보기나 하라."

다음 날 진을 거두고 다시 행군을 시작했다. 며칠을 행군하여 드디어 중원과 남만의 경계 지역에 다다랐다. 사방에 높은 봉우리들이 삐죽삐죽 솟아나고 초목이 봉우리와 계곡을 모조리 덮고 있어 도대체 어디가 길이고 어디가 숲인지 분간할 수가 없었다. 이몽은 와락 겁이 나 일단 평평한 곳을 찾아 진을 치라고 명령했다.

이때 남만인 하나를 만나 길을 물으려니 사방에서 갑자기 징소리, 북소리가 요란하게 울렸다. 남만 병사들이 물밀듯이 쳐들어왔다. 성이 몽(蒙)이요, 이름이 세노라(細奴邏)인 남만 추장이 나무로 만든 활과 시누대로 만든 화살을 매고서 사방으로 화살을 쏘아 대는데 백발백중이라. 여러 부족의 병사들을 모두 이끌고 숲을 뚫고 봉우리를 넘어 달려드는 것이 마치 새가 하늘을 날고 날랜 짐승이 들판을 질주하듯이 힘 하나 들지 않는 모습이었다.

당나라 병사들은 함정에 빠져 버렸다. 행군하면서 있는 힘 다 써 버렸으니 어찌 제대로 적을 격퇴시킬 수 있으리! 이몽 장군이 아무리 빼어난 재주가 있다고 해도 이렇듯 생소하고 열악한 환경에서는 아무런 소용이 없으니 휘하의 장병들이 모두 죽어 나가는 것을 보고는 탄식만 할 뿐이었다.

"곽중상의 조언을 듣지 않았더니 짐승만도 못한 것들에게 이렇게 모욕을 당하는구나."

그는 신발에 붙여 놓은 단검을 빼내 스스로 목을 찔러 자결했다. 당나라 병사들은 남만 땅에서 몰살당했다. 후세 사람이 이 장면을 시로 읊었다.

마원(馬援)이 세운 기둥은 세월을 이기고 서 있고
제갈량의 깃대는 구계(九溪)에 우뚝 솟아 있구나.
그러나 저 당나라 병사들은 어찌하다 저리 몰살을 당했나
이 장군을 기용한 게 잘못이었던가.

더불어 이몽 장군이 곽중상의 조언을 듣지 않아 패전을 자초했다는 시도 전한다.

이 장군을 기용한 것이 잘못이 아니라
대군을 이끌고 험악한 적진에 깊이 들어간 것이 잘못이라네.
곽중상의 충언을 듣고 회군을 했더라면
저 남만 군사들이 어찌 감히 당나라 군사를 공격했으리.

곽중상은 포로로 잡혔다. 세노라는 곽중상의 기상과 재주가 비범한 것을 보고는 심문하여 그가 곽진의 조카임을 알아냈다. 세노라는 곽중상을 오라(烏羅) 휘하의 부하로 임명했다. 본디 남만 족속들은 달리 원대한 계획이 있어서 중국을 공격한 것이 아니라 그저 재물을 탐하여 공격한 것이었다. 사로잡은 중국 사람

들 역시 각 추장들끼리 나눠 가졌다. 전투에서 큰 공을 세운 추장은 많이 차지하고, 작은 공을 세운 추장은 적게 차지했다. 추장들은 분배받은 중국 사람이 학식이 있나 없나를 따지지 않고 모두 노예처럼 취급하여 나무하기, 풀 베기, 말 먹이기, 양치기 같은 일을 시켰다. 중국 사람을 많이 소유한 추장은 다른 추장에게 팔아 넘기기도 했다. 그러니 잡혀 온 중국 사람들 열에 아홉은 차라리 죽기를 바랄 뿐이었다. 하지만 남만 사람들이 눈을 부릅뜨고 지켜보는지라 죽는 것도 마음대로 할 수 없어서 갖은 고초를 묵묵히 견뎌 내는 수밖에 없었다.

이번 전투에서 남만인들에게 포로로 잡힌 중국 사람들이 특히 많았다. 남만의 추장들은 포로들을 일일이 심문하여 지위가 있고 돈이 있는 자들을 철저히 가려낸 뒤 중국에 소식을 전해 속전을 바치기를 강요하여 큰돈을 만들곤 했다. 포로로 잡힌 중국 사람 가운데 고향에 돌아가고 싶어 하지 않는 자가 한 사람이라도 있을까. 포로로 잡힌 사람들은 남만 추장의 이런 제안을 받으면 부귀빈천을 가리지 않고 즉시 고향으로 편지를 띄워 속전을 요청하곤 했다. 편지를 받은 가족이 도저히 속전을 마련하지 못할 형편이면 어쩔 수 없겠으나 그래도 일가친척 가운데 돈푼이라도 마련할 수 있다면 어찌 그냥 두고만 보겠는가. 저 무자비하고 탐욕스러운 남만 추장들은 의지가지없고 가난한 중국 사람들에게도 비단 서른 필을 요구했을 정도니 행세깨나 하는 사람에게 얼마를 요구할지는 불문가지였다. 오라는 곽중상이 곽진의 조카라는 것을 알고 그의 속전으로 비단 천 필을 요구했다. 곽중상은 추장의 제안을 듣고 이렇게 생각했다.

"비단 천 필이라면 큰아버님이 아니고서는 어찌해 보지 못할 텐데 누가 내 편지를 큰아버님에게 전달한단 말인가?"

곽중상은 갑자기 오보안이 떠올랐다.

"그래, 맞아! 오보안이 바로 나를 알아주는 친구 아닌가! 일면 식이 없을 때에도 나는 편지 몇 줄을 읽고 이몽 장군에게 적극 추천하여 관기로 임명받게 하지 않았던가.내가 그를 위해 신경 써 준 것은 그 역시 잘 알고 있을 터. 그가 만약 부임이 늦어서 이번 전란에서 무사할 수 있었다면 지금쯤 요주에 도착했을 테니 그에게 장안으로 달려가 나의 편지를 큰아버지에게 전해 달라고 부탁해야겠구나."

곽중상은 곧 오보안에게 보낼 편지를 작성했다. 편지에는 자신 이 지금까지 겪은 고초와 남만의 추장이 돈을 요구하는 정황을 소상하게 적었다.

"만약 그대가 이 부탁을 거절하지 않고 나의 큰아버지에게 편 지를 전해 주어 나의 속전이 당도한다면 나는 그래도 살아 돌아 갈 수 있을 것이오. 만약 이 편지가 전달되지 않는다면 나는 살 아서는 남만의 포로요, 죽어서는 남만의 귀신이 될 것이오. 나는 그대가 나를 그냥 두지 않으리라 믿소."

곽중상은 말미에 시 한 수를 덧붙이는 것으로 편지를 마무리 했다.

이방에서 노예 노릇 하던 기자(箕子)[24]

변국에서 십수 년을 볼모 노릇 하던 소경(蘇卿),[25]

그들도 결국 본국으로 돌아왔으리니.

그대는 의리와 인정이 넘치는 자

바라노니, 그대 옛 현인처럼 나를 구해 내기를.

곽중상이 편지를 다 쓰고 났을 때 마침 요주의 군량미 담당관을 지냈던 한 관리가 속전을 내고 풀려나게 되었다는 소식이 들려왔다. 곽중상은 그의 편에 편지를 부쳤다. 다른 사람이 풀려나는 것을 눈앞에서 보면서도 자기는 이곳에 갇혀 고향으로 달려갈 수 없는 신세. 곽중상의 가슴은 만 개의 화살을 맞은 듯 찢어지게 아팠다. 곽중상의 두 눈에서 눈물이 비 오듯 흘러내렸다.

저 새는 하늘을 높이도 날아가건만

이 내 몸은 조롱에 갇혀 언제 날개를 펴리오.

곽중상이 남만에서 겪은 고초는 여기서 접고 이제 오보안 이야기를 해 보자. 이몽 장군의 임명장을 받은 오보안은 그게 다 곽중상의 천거 덕분임을 알게 되었다. 오보안은 아내 장씨(張氏)와 이제 갓 태어나 아직 돌이 안 된 아들은 수주에 남겨 놓고 수

---

24 은나라의 마지막 왕인 주(紂) 임금의 숙부로 주 임금의 폭정을 막고자 여러 차례 간언을 했으나 주 임금이 끝내 듣지 않자 미친 척 머리를 풀어 헤치고 멀리 도망가 남의 노예 노릇을 했다고 한다.

25 본명은 소무(蘇武, 기원전 140~기원전 60), 별명은 자경(子卿)이다. 한나라의 사신으로 흉노를 방문했다가 억류되어 십구 년이나 고생한 끝에 가까스로 귀환했다.

행원 하나만 데리고서 단출하게 임지인 요주로 길을 떠났다. 도중에 이몽 장군이 전사했다는 소식을 듣고 너무도 실망하고 놀랐지만 곽중상의 생사를 모르는 상황이라 이곳저곳을 다니면서 곽중상의 소식을 알아보았다. 마침 이때 요주의 군량미 담당관이 속전을 내고 풀려나 돌아와서 곽중상의 편지를 전했다.

오보안은 편지를 열어 보고 곽중상이 어떤 고초를 당하고 있는지 생생히 알게 되었다. 오보안은 즉시 받은 편지를 장안의 큰아버지에게 전달하겠다는 내용으로 답장을 쓰기 시작했다. 오보안은 군량미 담당관의 관사에 머물면서 그에게 곽중상에게 답장을 전달해 달라고 부탁했다. 그런 다음 황급히 짐을 꾸려 장안으로 길을 떠났다. 요주에서 장안까지는 상거 삼천 리, 그 길목에는 자신의 집이 있는 동천(東川)이 자리 잡고 있었다. 그러나 오보안은 자신의 집에는 들르지도 않고 곧장 장안으로 달려갔으니 어서 빨리 재상 곽진을 만나기 위함이었다.

아뿔싸, 한 달 전에 곽진은 이미 저세상 사람이 되었고 곽진의 가족들은 그의 상여를 매고 고향으로 이미 돌아간 다음이었다. 오보안은 실망이 이만저만이 아니었다. 게다가 노자도 다 떨어져 버려서 당장 타고 온 말과 하인이라도 팔아야 할 형편이었다. 발걸음을 돌려 수주에 도착하여 아내를 본 오보안은 목 놓아 울었다. 아내가 도대체 어떻게 된 것인지 묻자 오보안은 곽중상이 남만에 포로로 잡힌 일을 세세히 설명했다.

"상황이 이러니 내가 기를 쓰고 곽중상을 구해 주고 싶어도 속전을 구할 길이 막막하고, 그냥 두자니 곽중상이 겪을 고초가 눈에 밟히오. 내 맘이 정말 편치 않구려."

말을 마치고 나서 또 울었다. 장 씨는 남편 오보안을 달래며 이렇게 말했다.

"아무리 착한 며느리도 쌀 없이는 죽을 못 끓인다고 하잖아요. 여보, 당신의 능력이 마음을 따라가지 못하는 것뿐이니 너무 상심하지 마시고 그냥 접읍시다."

오보안은 고개를 저으며 말했다.

"내가 지난번에 편지를 보내 자리를 부탁했을 때 곽중상은 편지만 보고서 나를 천거해 주었소. 지금 그가 사지에서 고생하면서 나에게 생명을 부탁했는데 어찌 모른 척한단 말이오? 곽중상이 남만에서 고생하도록 두고 나 혼자 편안하게 살 수는 없소."

오보안이 전 재산을 탈탈 털어 계산해 보니 겨우 비단 이백 필에 값했다. 처자식을 버려두고 타지에 나가 장사라도 하고 싶었지만 남만의 곽중상에게서 언제 편지가 올지 몰라 요주 근처에서만 장사를 했다. 오보안은 해진 옷을 입고 거친 곡식으로 밥을 해 먹고 아침저녁으로 애써 일하며 한 푼도 허투루 쓰지 않고 비단 살 돈을 모으고 또 모았다. 돈이 조금이라도 모이면 비단을 사 모았다. 비단 한 필 값이 모이면 열 필 값을 바라고 모으고, 열 필 값이 모이면 백 필 값을 바라고 모았다가, 백 필 값이 모이면 바로 비단으로 바꿔 요주의 창고에 쌓아 두었다. 오보안은 꿈에서도 '곽중상'이라는 세 글자만 되뇌며 아내도 자식도 안중에 두지 않았다. 이렇게 십 년을 열심히 일하고 모았으나 천 필에는 못 미쳐도 칠백 필을 모았다.

고향에서 천 리나 떨어진 곳, 한 푼이라도 벌려고 애씀은
내 맘 알아준 친구를 위하는 마음 하나 때문이네.
십 년을 애써도 속전을 다 못 모았으니
언제나 내 친구를 만나 그 마음을 위로하리.

　한편 오보안의 처 장 씨는 어린 아들을 데리고 홀로 수주에서
살고 있었다. 처음에는 그래도 수주의 관리를 지냈던 남편 체면
을 봐서 마을 사람들이 호의를 베풀어 주기도 했으나 몇 년이 지
나도록 남편에게서 아무런 소식이 없는 것을 보고는 마을 사람들
의 관심도 점점 멀어져 갔다. 집에 무슨 재산이 있는 것도 아닌데
십 년을 버티고 살려니 입을 것 먹을 것이 바닥이 나 버렸다. 이
제는 하는 수 없어 돈이 될 만한 것은 모조리 팔아서 노자를 마
련하여 열한 살 된 아들을 데리고 물어물어 요주에 사는 남편을
찾아 나섰다.
　날이 새면 걷고 해가 지면 자는 식으로 열심히 길을 간다고 했
지만 아녀자의 걸음걸이라 하루에 겨우 사십 리 길을 갈 뿐이었
다. 융주(戎州) 근처에 이르러 노자는 모두 바닥나고 이제는 어찌
할 도리가 없었다. 구걸이라도 하며 길을 더 가고 싶었지만 체면
때문에 그러지도 못했다. 박복한 팔자를 생각하면 차라리 목숨
을 끊어 버리고 싶었으나 어린 자식 생각에 차마 그리하지도 못
했다. 해는 기울어 날은 어둑해지는데 오몽산(烏蒙山) 아래에 앉
아 목 놓아 울었다.
　이때 지나가던 관리 하나가 이들 모자를 발견했으니 성은 양

씨(楊氏)요, 이름은 안거(安居)라, 신임 요주 도독으로 이몽을 대신하여 부임하는 중이었다. 양안거는 장안에서 요주를 향해 가는 길에 오몽산을 지나다가 여인네의 애절한 울음소리에 놀라 수레를 세우고 여인을 불러오게 했다.

장 씨는 아들 손을 붙잡고 신임 도독 앞에 나아와 말했다.

"저는 수주 방의위 오보안의 안사람이고 이 아이는 오보안의 아들입니다. 저의 남편 오보안은 친구인 곽중상이 남만에 포로로 잡혀 있다는 소식을 듣고 그의 속전 천 필을 구하기 위해 저희 모자를 버려두고 요주로 나가서 십 년 동안 소식 한 번 전하지 않고 있습니다. 저 혼자서 살림을 꾸려 나가기가 너무도 힘들어 이 아들의 손을 잡고 직접 요주로 남편을 찾아 나섰으나 길은 멀고 노자는 떨어져 어찌할 도리가 없어 이렇게 울고 있습니다."

양안거는 속으로 생각했다.

'이 사람 오보안은 진정 의로운 선비로구나. 내가 그를 직접 보지 못한 것이 안타까울 뿐이다.'

이에 장 씨를 바라보고서는 이렇게 일렀다.

"부인, 걱정하지 마시오. 내가 바로 요주의 신임 도독이니 임지에 도착하면 남편을 찾고, 부인의 노자도 마련해 주겠소. 저 앞길에 보이는 객사로 찾아오도록 하시오. 내가 부인이 머물 곳도 마련해 주겠소이다."

부인은 겨우 눈물을 거두며 양안거에게 감사하고 또 감사했다. 양안거는 바로 다시 길을 출발했다. 장 씨 모자도 서로 부축하여 앞에 보이는 객사를 찾아들었다. 양안거가 미리 객사 관리인에게 장 씨 모자를 잘 맞아 빈방으로 안내하고 식사도 챙겨 주도록 해 두었다. 다음 날 아침 날이 밝는 대로 양안거는 길을 떠났다. 양안거의 부탁을 받은 객사 관리인은 장 씨 모자에게 노잣돈을 두둑이 전해 주고 마부한테 장 씨 모자를 요주 보빙(普淜) 객사까지 모시고 가게 했다. 장 씨는 감사의 마음이 절로 솟아났다.

착한 일을 하는 사람은 결국 착한 사람을 만나 도움을 받고
나쁜 짓을 하는 사람은 결국 악한 사람을 만나 곤궁에 빠진다.

한편 신임 도독 양안거는 임지인 요주에 도착하자마자 사방으로 사람을 풀어 오보안을 찾았다. 사나흘이 못 되어 오보안을 바로 찾을 수 있었다. 양안거는 오보안을 도독관사로 불렀다. 손수 계단 아래까지 내려와 오보안의 손을 맞잡고 당에 같이 올랐다.

"옛날에 생사고락을 함께하는 우정이 있었다는 것을 말로만 들어 왔더니 이제 귀하를 이렇게 직접 보게 되는구려. 귀하의 부인과 아들도 멀리서부터 귀하를 만나고자 이렇게 요주로 찾아와 객사에서 기다리고 있으니 가서서 십 년 동안 못 만난 회포를 푸시기 바랍니다. 그리고 속전으로 쓸 비단이 모자라면 내가 보충해 드리리다."

"친구를 위해 저의 온 힘을 다함은 응당 해야 할 일이고 또 원해서 하는 일이니 어찌 도독에게 폐를 끼칠 수 있겠습니까."

"나는 귀하의 의로움을 존중하고 그의 뜻을 이루어 드리고 싶을 따름이오."

오보안은 머리를 조아리며 양안거에게 말했다.

"도독 각하의 뜻을 이미 알게 되었으니 제가 어찌 감히 거절하겠습니까? 제 친구의 속전은 이제 3분의 2를 마련하고 아직 3분의 1이 부족합니다. 그걸 다 마련하면 당장 남만으로 가서 친구를 구해 올 것이니 그런 다음 아내와 아들을 보아도 늦지 않을 것입니다."

양안거가 일단 관청의 창고에서 비단 사백 필을 빌려 오보안에게 주고 더불어 안장을 제대로 갖춘 말을 마련해 주었다. 오보안은 뛸 듯이 기뻐했다. 오보안은 신임 도독이 마련해 준 비단 사백 필과 자신이 그동안 마련한 칠백 필의 비단을 합하여 천백 필의 비단을 싣고서 말을 몰아 남만으로 직행했다. 중국 말을 할줄 아는 남만 사람 하나를 안내원 겸 통역으로 고용하고 속전으로 쓰고 남은 백 필의 비단을 주었다. 곽중상만 데려올 수 있다면 다른 건 어떻게 되어도 상관없었다.

풀려나는 그를 볼 수만 있다면
악양루를 가득 채울 금조차 아깝지 않도다.

한편 곽중상은 포로로 잡혀 오라의 수하에서 지내게 되었다. 오라는 곽중상을 데리고 있으면 속전을 많이 받을 것이라 기대하여 먹고 마실 것을 후하게 주면서 은근히 곽중상을 대접해 주었다. 하지만 해가 지나고 달이 지나도 곽중상의 속전이 도착하지 않자 태도가 차츰 달라지더니 나중에는 곽중상에게 주는 식사도 점점 달라졌다. 하루에 한 끼만 주면서 코끼리를 기르게 했다. 곽중상은 고향 생각이 간절하고 코끼리를 기르는 일이 힘들기도 하여 오라가 사냥하러 나간 틈을 타서 발에 차던 차꼬를 풀고 북쪽을 향해 달아났다. 하나 남만의 땅이 모두 험준하고 길조차 따로 없어 밤낮없이 달리고도 얼마 가지 못하여 발바닥만 문드러진 채로 코끼리를 관리하는 남만 사람에게 붙들리고 말았다.

오라는 불같이 화를 내며 곽중상을 남쪽으로 이백여 리나 떨어진 지역의 추장 신정(新丁)에게 노예로 팔아 버렸다. 새 주인 신정은 얼마나 악독한지 조금이라도 마음에 들지 않으면 가차 없이 채찍을 휘둘렀다. 곽중상의 등은 온통 시퍼렇게 멍들고 부어올랐다. 곽중상은 고통을 참지 못하고 틈을 노려 다시 도망했다. 그러나 길이 생소하여 대체 어디로 가야 할지 알지 못하고 산과 계곡 사이를 계속 헤매다가 마침내 남만의 추격대에 잡혀 또다시 팔리는 신세가 되었다.

이렇게 팔려 가는 동안 곽중상은 남으로, 남으로 중국과는 자꾸만 멀어져 갔다. 보살만이라고 하는 곽중상의 새 주인은 더욱 포학하여 곽중상이 몇 차례 탈주를 시도한 것을 알고는 길이 오륙 자, 두께 삼사 촌짜리 나무판 두 개를 구해 곽중상의 양발에 채우고는 나무판이 서로 떨어지지 않게 못질을 하여 곽중상을 앉으나 서나 그 나무판과 함께 살게 했다. 밤에는 동굴에 가두었는데, 동굴 입구는 나무판으로 막고 못질을 했다. 더불어 동굴 입구에 간수를 세워 곽중상을 꼼짝하지 못하게 했다. 나무판과 발을 고정하는 못에 쓸려 발은 늘 피와 고름 범벅이었다. 곽중상이 받는 고통은 바로 지옥의 그것이었다. 시 한 수로 이를 증거해본다.

남만에 포로로 잡힌 몸, 더욱 남으로, 남으로
토굴에 갇히고 나무판에 묶인 몸, 그 고통을 어이 견디리.
중국에서의 소식이 끊긴 지는 이미 십 년
꿈에서도 친구를 잊지 못하면서 차마 입밖으로 꺼내지도 못하는구나.

한편 오보안이 대동한 남만 사람은 오라를 만나 오보안이 곽중상의 속전을 들고 찾아왔다는 말을 전했다. 오라는 족히 천 필이나 되는 비단을 확인하고 입이 쩍 벌어졌다. 오라는 즉시 사람을 보내 속전을 주고 곽중상을 다시 사 오게 했다. 신정은 오라가 보낸 사람을 다시 보살만에게 보내어 속전을 건네주게 했다.

마침내 보살만을 찾아가 속전을 바쳤다. 보살만은 곽중상의 발에 채운 나무 차꼬에서 못을 빼냈다. 못과 살이 늘 맞닿아 마치 한 몸 같았는데, 이제 그 못을 빼내니 고통이 처음 못을 박을 때보다 더 심했다. 피와 고름이 사방에 튀면서 곽중상은 잠시 혼절했다. 곽중상은 한참이 지나서 겨우 일어났지만 도저히 발걸음을 뗄 수 없었다. 하는 수 없이 남만인 두 사람이 부대에다 곽중상을 담고 그걸 멜대에 꿰어 어깨에 메고는 오라 앞으로 찾아왔다. 오라는 이미 비단을 받아 챙겼는지라 곽중상이 죽든 말든 상관하지 않고 곽중상을 남만인 안내원 겸 통역에게 건네주고 오보안에게 데리고 가라 했다.

오보안은 곽중상을 친형제를 만나듯이 그렇게 맞아들였다. 오늘에서야 비로소 두 사람이 얼굴을 마주하게 된 것이다. 말을 건넬 틈도 없이 얼굴을 보자마자 둘은 껴안고 목 놓아 울었다. 두 사람 모두 이게 꿈인가 생시인가 싶었다. 곽중상이 오보안에게 감사의 뜻을 전했음은 당연한 일이다. 오보안이 보기에 곽중상의 꼴이 말이 아니라 짐승인지 사람인지 분간하기 힘들고 두 다리로는 몸을 지탱하지도 못할 정도였다. 일단 자신이 타고 온 말에 곽중상을 태우고 자신은 말고삐를 잡고 뒤를 따랐다. 마침내 요주에 도착하여 양안거를 만나 보고를 올렸다.

원래 양안거는 재상 곽진의 문하에서 막료를 지낸 적이 있어 곽중상을 마치 한 식구처럼 대접했다. 예전 상관이 살았든 죽었든 변함이 없는 양안거 역시 진정한 군자였다. 양안거는 우선 곽중상에게 목욕을 하게 하고 새 옷으로 갈아입혔다. 아울러 부대 안의 전담 의원을 불러 곽중상의 상처를 치료하게 했다. 잘 먹고 보양하니 한 달 정도 지나서 곽중상은 예전의 몸 상태로 회복되었다.

한편 오보안은 남만에서 곽중상을 데려오고 나서야 보빙 객사에 묵고 있는 아내와 아들을 만났다. 헤어질 때만 해도 포대기에 싸여 있던 아들이 이제 열한 살이라 무상하게 흐른 세월에 어찌 회한이 남지 않겠는가. 양안거는 오보안의 의로움을 높이 사서 그를 존중했을 뿐 아니라 만나는 사람들에게 모두 오보안의 행동을 칭찬하고 장안의 요직에 있는 사람들에게도 그의 행적을 널리 알렸다. 아울러 오보안에게 경비를 후히 마련해 주어 장안에 가서 또 다른 자리를 알아보게 했다. 도독이 이처럼 오보안을 챙기는 것을 보고 요주의 다른 관속들도 오보안을 후히 대접하고 경비를 댔다.

곽중상은 요주 도독 밑에서 판관직을 수행하기로 했다. 오보안은 자신이 받은 것 가운데 반을 뚝 떼어 곽중상에게 주고 쓰게 했다. 곽중상은 거듭 사양하며 받지 않으려 했으나 오보안이 거듭 권하자 차마 거절하지 못하고 받아 두었다. 오보안은 양안거에게 감사의 인사를 올리고 아내와 아들과 함께 장안으로 출발했다. 곽중상은 요주가 끝나는 곳까지 오보안과 함께 길을 가며 전송했다. 오보안은 아내와 아들과 함께 수주로 이동해 그곳에 두 사람을 남겨 두고 혼자서 장안으로 갔다. 장안에서 오보안은 가주(嘉州) 팽산현(彭山縣)의 부현령을 임명받았다. 가주는 또한 서촉 지방에 자리 잡고 있어 수주에 있는 가솔을 데리고 가기에도 편했다. 오보안은 기쁜 마음에 임지로 길을 떠났다.

곽중상은 오랜 남만 생활을 통해 남만의 속사정을 자세히 알게 되었다. 남만 여인은 미모가 빼어난 데도 몸값은 남자의 반밖에 하지 않았다. 곽중상은 임지에 있는 삼 년 동안 형편이 닿는 대로 사람을 보내 남만 여인을 사 모았다. 마침내 열 명의 남만 여인을 사서는 자신이 직접 중원의 음악과 춤을 가르치고 좋은 옷으로 치장시켜 양안거에게 보내 모시게 했다. 양안거의 은혜를 이런 식으로라도 갚고 싶었던 것이다. 양안거는 여인을 받고 웃으면서 말했다.

"나는 그대의 높은 기개와 의리에 감동해 돕고 싶었던 것인데 이렇게 여인을 보내 은혜를 갚겠다고 하면 대가나 바라는 시정잡배가 되는 것 아니오."

"나리의 은혜를 입어 제가 다시 세상에서 살 수 있게 되었습니다. 남만 여인들이라도 바쳐서 제 감사의 마음을 표현하고 싶습니다. 만약 나리께서 이마저도 거절하신다면 죽어도 눈을 감을 수 없을 것입니다."

양안거는 곽중상의 진심을 알아보고 이렇게 말했다.

"나에게 끔찍하게 아끼는 여식이 하나 있으니 그대가 주는 여인 하나를 받아 그 아이와 친구가 되게 하겠소이다. 나머지 여인은 받을 수가 없소이다."

곽중상은 나머지 아홉 남만 여인을 양안거의 심복 부하 장수 아홉 명에게 나눠 주어 양안거의 덕이 널리 드러나게 했다.

이때 조정에서는 바야흐로 대국공 곽진의 공적을 기리고 그의 자식이나 조카를 특별히 임용하고자 했다. 양안거가 표장을 올려 이렇게 아뢰었다.

"이젠 고인이 된 재상 곽진의 조카 곽중상은 예전 남만의 전투에서 승패의 조짐을 알고 이몽 장군에게 간언했으며, 마침내 남만의 포로가 되어서도 굳은 절개를 지켰습니다. 이제 십 년의 고생을 마치고 중원으로 돌아와 삼 년에 걸쳐 소신의 막부에서 일하고 있습니다. 그자는 선대의 공적으로도 가히 직위를 받을 만하며 자신이 세운 공적으로도 보답을 받을 만합니다."

그리하여 곽중상은 울주녹사참군(蔚州錄事參軍)에 임명되었다.

곽중상이 아버지에게 등 떠밀려 청운의 뜻을 품고 고향을 떠난 지 십오 년 만의 일이었다. 원래 그의 아버지와 아내는 그가 남만에서 포로로 잡혔다는 소식은 들었지만 그 후로 아무런 소식도 들을 수가 없어서 죽은 줄로만 여기고 있었다. 한데 이제 이렇게 곽중상이 관직을 제수받아 울주로 가면서 식솔을 데려가겠다고 전갈을 해 오니 온 가족의 기쁨을 이루 말할 수 없었다.

곽중상은 울주에서 이 년간 복무하면서 널리 명성을 쌓았고 이어서 대주호조참군(代州戶曹參軍)으로 전근했다. 그곳에서 삼 년 동안 복무할 즈음 부친이 세상을 떠서 상례를 치르기 위해 고향인 하북으로 돌아왔다. 상례를 다 치르고 나서 곽중상은 홀연히 상념에 빠져들어 탄식했다.

"오보안이 나를 위해 속전을 치러 주어 내가 이렇게 살아 돌아와 제2의 인생을 살게 되었는데 부모를 봉양한다는 핑계로 은혜 갚는 일을 등한히 했구나. 이제 아버님도 돌아가시고 상례도 마무리했으니 더 이상 은인을 모른 척할 수 없겠다."

곽중상은 오보안이 임지에서 아직 돌아오지 않았다는 소식을 듣고는 직접 가주 팽산현으로 그를 찾아가 보기로 했다.

오보안은 팽산현의 부현령 임기를 다 마치고 나서도 형편이 어려워 다시 장안에서 새로운 자리를 물색하지 못한 채 팽산현에 눌러 살았다. 그러다 육 년 전 역병이 돌았을 때 그만 부부가 병을 피하지 못하고 저세상으로 떠나고 말았다. 오보안의 아들 오천우(吳天祐)는 부모를 황룡사 뒤편 공터에 장사 지냈다. 오천우는 어려서부터 어머니를 따라 글자를 깨친 덕에 팽산현에서 훈

장 노릇을 하며 먹고살았다. 곽중상은 이 소식을 듣고서 마음이 매우 아팠다. 이에 직접 상복을 차려입고 허리에는 삼베 허리띠를 하고 지팡이를 짚고서 황룡사를 찾아가 오보안의 무덤 앞에서 울며 제사를 올렸다. 제사를 마치고 나서 오천우를 찾아가 자신이 입고 있던 옷을 벗어 주고는 오천우를 동생이라 부르며 오보안의 유골을 고향으로 모시는 일을 상의했다.

먼저 오보안의 혼령에게 올리는 글을 지어 바치고 무덤을 열어 보니 유골 두 구가 드러났다. 곽중상은 슬픔에 겨워 울음을 그치지 못하고, 지켜보던 자들도 모두 눈물을 흘렸다. 곽중상은 비단 주머니 두 개를 마련해 오보안 부부의 유골을 각각 나눠 담았는데 혹시 순서가 잘못되거나 이장할 때 못 알아보는 일이 있을까봐 일일이 붓에 먹물을 묻혀 표시하면서 담았다. 곽중상은 그 비단 주머니 두 개를 또 대나무 상자에 담아 직접 지고서 출발했다. 오천우는 자신의 부모 유골이니 도리상 응당 자기가 지고 가야 한다고 했으나 곽중상은 들은 척도 하지 않았다.

"자네의 아버지는 나를 위해 십 년 세월을 희생했는데 내가 이렇게 잠시 지고 간다 한들 어찌 힘들다 하겠는가. 그저 이렇게라도 내 마음을 다하고 싶을 뿐이네."

곽중상은 울면서 그 먼 길을 갔고, 길을 가다가 저녁에 주막에 들러 쉬게 되면 반드시 대나무 유골 상자를 상좌에 놓고 술과 음식을 차려 제사를 지낸 다음에야 오천우와 함께 식사를 했다. 밤에는 다시 한번 대나무 유골 상자가 제대로 있는지 확인하고 난 다음에야 잠자리에 들었다. 가주에서부터 위군(魏郡)까지 수천

리 길을 그렇게 걸어서 갔다. 그 두 사람의 발바닥에는 못이 박히고 잠시 낫는가 하면 다시 핏줄이 터지곤 했다. 이렇게 계속 며칠을 가니 발바닥이 온통 퍼렇게 멍이 들더니 안에서부터 아려 왔다. 도저히 걸을 수도 없고 움직일 수도 없을 것 같은 상황에서도 다른 사람에게 유골 상자를 내주는 법이 없었다.

> 은혜를 갚는 길은 장례를 치르는 것뿐
> 유골을 메고 떠난 길 밤낮없이 걷고 또 걷는다.
> 바라보니 양평까지 가는 길은 수천 리
> 언제나 고향 땅에 닿으려나.

갈 길은 먼데 어쩌면 좋을 것인가. 곽중상은 걱정이 앞섰다. 날이 저물어 주막에 자리를 잡고 유골 상자 앞에다 술과 음식을 차려 놓고 눈물을 흘리며 재배하고 애절하게 간구했다.

"아, 오보안 부부의 영령이여, 나의 발바닥을 치유하여 내가 무양(武陽)까지 가서 장례를 마칠 수 있게 해 주십시오."

오천우 역시 곽중상 옆에서 간구하고 또 간구했다. 다음 날 아침 일어나 보니 곽중상의 두 발은 씻은 듯이 나았고 무양현에 갈 때까지 조금도 아프지 않았다. 오보안의 영령이 그들을 보호한 것뿐 아니라 하늘도 그들의 갸륵한 마음을 보살핀 것이리라.

곽중상은 자신의 집에 도착하여 오천우를 집에 머물게 했다. 그러면서 일단 중당을 청소하게 한 다음 오보안 부부의 신위를 모시고 수의와 관을 새로 마련하여 새롭게 염하고 관에 안치했다. 곽중상은 자신이 직접 상복을 입고 오천우와 함께 조문객을 맞고, 또 산일 하는 사람들을 고용하여 봉분을 만들었다. 모든 장례용품과 절차는 친아버지 장사를 지내는 것과 똑같이 했다. 아울러 무덤 앞에 석비를 세워 오보안이 가정을 희생하고 친구를 구해 낸 전말을 상세히 적었다. 무덤에 참배하러 오는 사람들이 그 전후 사정을 소상히 알 수 있었다. 또 오보안의 무덤가에 초막을 짓고 오천우와 함께 삼 년 치상을 했다. 그 삼 년 치상을 하는 동안 오천우에게 경서를 가르쳐 오천우의 학문이 더욱 깊고 넓어지게 했다.

삼년상을 마친 후에 다시 장안으로 가서 복직하려고 했더니 오천우가 아직 장가를 들지 않은지라 집안 처녀 가운데 덕 있고 현숙한 아가씨를 골라 자신이 직접 결혼 예물을 마련하여 보내 주었다. 더불어 동편의 가옥과 마당을 오천우에게 떼어 주고는 자신의 재산 가운데 반을 딱 갈라 주어 생활하는 데 불편함이 없게 했다.

그 옛날 친구를 위해 처자식을 희생했더니
이제 아들이 그 친구에게 보살핌을 받네.
오이를 선물로 주었더니 보배를 답례로 받은 격
선인은 선인의 마음을 저버리지 않는다네.

곽중상은 삼년상을 마치고 장안으로 돌아가서 남주 장사(嵐州長史)에 보임되었고 더불어 조산대부(朝散大夫)라는 명예직도 얼었다. 그래도 오보안을 생각하는 마음이 사라지지 않아 상소를 올렸다.

착한 일을 실천하라고 권하는 것은 국가의 법도요, 은혜를 입었으면 반드시 갚는 것이 사람의 도리라고 배웠습니다. 신은 일전에 요주 도독 이몽 장군을 따라 남만과 싸울 때 우리 군사가 대승을 거두고 그 기세를 따라 남만으로 짓쳐 들어가자 남만 땅에 깊이 들어가는 것은 위험하니 신중하고 조심해야 한다고 간언했습니다. 그러나 이몽 장군은 저의 간언을 듣지 않으셨고 우리 군사는 전패하고 말았습니다. 신은 재상 집안 출신으로 이역만리 남만 땅에서 온갖 고초를 겪었습니다. 남만의 추장은 제가 재상의 조카임을 알고 재물을 탐내 비단 천 필을 속전으로 요구했습니다. 그러나 신의 집안은 천 리나 떨어져 있었으니 이 소식을 전해 줄 사람이 없었습니다. 어쩔 수 없이 남만에 억류되어 지내던 십 년은 너무도 힘들었습니다. 피부가 짓이겨 달아나고 살이 파여 눈물을 흘리지 않은 날이 없습니다. 신은 이역만리에서 양을 키우며 기다렸던 소무처럼 기꺼이 기다릴 각오는 있었으나 황제께서 편지 전하는 기러기를 쏘아 맞힐 일이 생길 기약은 없었습니다.[26] 이때 수주 방의위 오보안이 마침 요주에 들렀

---

26 흉노에게 억류된 소무(蘇武)는 바이칼호 근처에서 양을 키우는 노역을 하면서 힘든 세월을 보냈다. 흉노족은 소무에게 숫양이 새끼를 낳으면 한나라에 돌아가게 해 주겠다고 놀렸다. 세월이 한참 흐른 뒤 한나라가 소무의 귀환을 요청하자 흉노

는데, 신과는 비록 동향 출신이라고는 하나 일면식도 없다가 저와 의기가 투합함을 알고서 마침내 저를 위해 속전을 마련해 주기로 마음먹었습니다. 오보안은 갖은 노력을 다하여 수년 동안 가정을 돌보지 않은 채 돈을 모았고, 처자가 주리고 추위에 떨 지경에 이를 때까지 갖은 고초를 견디며 속전을 마련해 마침내 죽음을 목전에 두고 있던 신을 구해 다시 이 세상을 살아갈 수 있게 해 주었습니다.

그러나 신이 오보안에게 제대로 은혜를 갚기도 전에 오보안은 저세상으로 떠나 버렸습니다. 신은 지금 조정에서 직책을 받고 녹을 먹고 있으나 오보안의 아들 오천우는 여전히 가난에 허덕이고 있으니 차마 그냥 두고 볼 수가 없습니다. 게다가 오천우는 젊고 학문도 깊어 관직에 나아가기에 모자람이 전혀 없으니 신의 자리를 오천우에게 물려주기 원합니다. 그리하면 조정은 선을 권면하는 본보기를 세울 수 있고 신은 오보안에게서 입은 은혜를 갚을 수가 있으니 일거양득이 될 것입니다. 저는 관직에서 지금 당장 물러난다 해도 조금도 여한이 없습니다. 함부로 글월을 올린 죄 죽어 마땅합니다.

때는 바야흐로 천보(天寶) 12년(753) 황제는 상주문을 받아 예부에 보내 토론하게 했다. 이 일은 모든 문무백관에게 알려졌다.

의 임금은 소무가 이미 죽었다고만 말했다. 그러던 어느 날 소제(昭帝)가 사냥터에서 사냥을 하다가 기러기를 쏴 맞히니 그 기러기 다리에 소무 일행의 소식이 적힌 편지가 묶여 있었다고 한다.

비록 오보안의 은혜가 있었다 해도 자신의 관직을 던지는 곽중상의 의기 또한 세상에 드문 일이니 이 둘은 정말 생사고락을 같이하는 진정한 친구라고 모두 칭송했다.

예부에서는 이 일을 여러 각도로 토론한 다음 보고서를 작성하기를 곽중상의 행동은 귀감이 되기에 족하니 비록 파격적이라 해도 이 일을 기려 만고에 드러나게 해야 한다고 했다. 하여, 오천우를 남곡(嵐谷) 현위로 임명했으며 곽중상은 남주 장사직을 그대로 유지하게 했다. 이 남곡현과 남주는 매우 가까워서 두 사람이 조석으로 만날 수 있을 정도였다. 이 역시 예부에서 특별히 배려한 것이었다.

곽중상은 오천우의 임명장을 품에 안고 은혜에 감사하며 장안을 빠져나와 무양현에서 오천우에게 임명장을 전달했다. 아울러 제사 음식을 마련하게 하여 양쪽 집안의 선영에 제사를 올렸다. 길일을 택하여 양쪽 집안이 같이 출발하여 서경을 바라고 임지로 향했다. 당시 사람들은 모두 한결같이 오보안과 곽중상의 우정을 기렸으며 관중과 포숙, 양각애와 좌백도의 우정도 이들 두 사람에는 미치지 못한다고들 했다.

나중에 곽중상은 남주에서, 오천우는 남곡현에서 정사를 빼어나게 펼쳐 모두 승진에 승진을 거듭했다. 남주 사람들은 이 일을 기리고자 쌍의사(雙義祠)를 짓고 오보안과 곽중상의 제사를 모셨다. 마을 사람들은 소원하는 바가 있으면 꼭 이 쌍의사에 찾아와 제사를 지냈으며, 쌍의사의 향불은 한 번도 꺼진 적이 없다고 한다.

좋을 때 손 내밀어 악수하는 것이야 무엇이 어려우리
어려운 일 같이 겪어 봐야 진정한 친구를 아는 법.
오보안과 곽중상의 진정한 사귐을 보았는가
그들의 사귐은 범상한 자들의 그것과 비할 바가 아니라네.

吳保安棄家贖友

裴晉公義還原配

배진공이 여인을
원래 짝에게
돌려보내다

배도(765-839)의 전기는 『구당서(舊唐書)』, 『신당서(新唐書)』, 『자치통감(資治通鑑)』 등에 두루 실려 있다. 곤궁하던 어린 시절에도 타인이 잃어버린 옥대를 주워 돌려준 것을 보면 바탕이 착한 사람이었음이 분명하다. 그런 사람이기에 자신에게 바쳐진 여인과 그 정혼자의 딱한 사연을 듣고서 적극 도왔을 것이다. 그래서 기림을 받았을 것이며, 두고두고 인구에 회자되었을 것이다.

자신과 정혼한 여인이 자신이 감히 넘볼 수 없는 권세를 지닌 자에게 거의 강제로 팔려갔음을 알았을 때 분노를 느끼는 건 당연지사다. 그러나 자신은 그 문제를 도저히 해결할 수 없음을 절감하면 더욱더 좌절할 수밖에 없다. 풍몽룡은 이 좌절을 극복해 주는 힘으로 도덕을 이야기하고 그 도덕은 마침내 운명처럼 우리 곁에 찾아온다고 설파한다. 여인을 뺏긴 자와 본의 아니게 그 여인을 차지한 자가 운명처럼 만나고, 그 여인은 정혼했으며 지금도 사랑하는 남자에게 돌아간다.

애당초 문제가 생기지 않는 게 제일 좋을 것이나, 그래도 생긴 문제를 해결하려고 노력하는 그 자세는 바로 인간이 본디 지니고 있는 선한 본성에서 온다. 그래서 맹자는 '선'을 이야기했고, 그 선을 실천하는 힘으로 '의(義)'를 이야기했다. 이 편의 제목에 '의'자가 들어 있는 이유다. 그러므로 제목은 배진공이 여인을 원래 짝에게 의리상 돌려보낸다는 의미가 된다.

지극히 높은 벼슬에 수만금의 재산
누리기도 전에 백발이 먼저 나를 찾아오는구나.
어진 마음으로 선행을 베푸는 것만이
이 세상에 썩지 않는 뭔가를 남기는 길이려니.

한 문제 치세에 황제의 총애를 독차지한 신하가 있었으니 바로
등통(鄧通)이었다. 황제가 외출하면 가마를 뒤에서 수행하고 황
제가 잠자리에 들면 침대 옆에서 모실 정도였으니 그 총애를 넘
볼 자가 없었다. 그때 천하의 관상가 허부(許負)가 등통의 얼굴을
보더니 주름이 세로로 입꼬리까지 이어지고 있어 종국에는 굶어
죽을 상이라 예언했다. 문제가 그 말을 듣고 크게 화를 내며 이렇
게 말했다.
"천하의 부귀영화가 다 나로부터 생겨나는데, 누가 감히 등통
을 가난하게 만들 수 있단 말이냐."

문제는 이렇게 말하고 나서 촉도의 구리 광산을 등통에게 하사하여 동전을 주조하게 했다. 당시 등통이 만든 동전이 천하에 널리 퍼지니 그의 부가 온 천하를 덮을 정도였다. 어느 날 문제가 종기가 나고 피고름이 줄줄 흘러 매우 고통스러워했다. 그때 등통이 문제 옆에 무릎을 꿇고 앉아 종기의 고름을 입으로 빨아내니 그렇게 시원할 수가 없었다. 문제가 등통에게 물었다.

"세상에서 제일 가까운 사이가 누구인가?"

"그야 부자지간이지요."

마침 황태자가 병문안을 하러 왔기에 문제가 황태자에게 종기를 빨아 보라고 했다. 황태자가 핑계를 대며 마다했다.

"소자가 방금 생고기를 먹었기에 혹여 폐하께서 감염이라도 될까 염려됩니다."

태자가 물러가자 문제가 탄식했다.

"부자지간은 세상 그 어떤 사이보다 가깝다는데 아들은 내 종기조차 빨아 주지 않는구나. 피 한 방울 섞이지 않은 등통이 친아들보다 낫다."

이 일을 계기로 문제는 등통을 더욱 총애하고, 황태자는 등통을 시기하고 미워하게 되었다. 후에 문제가 세상을 떠나고 황태자가 즉위하여 경제가 되니 경제는 마침내 등통의 죄를 물었다. 선대 황제의 종기를 빨아 주며 아부를 하고, 제멋대로 동전을 주조했다 하여 등통의 재산을 몰수하고 아무도 없는 빈 옥에 가둬 놓고는 먹을 것 하나 주지 않았다. 결국 등통은 굶어 죽고 말았다.

한편 경제 때의 승상 주아부(周亞夫) 역시 세로 주름이 입꼬리까지 이어지는 관상이었다. 주아부의 위세가 너무 커지는 것을 시기한 경제가 그에게 죄를 뒤집어씌우고 옥에 가둬 버리니 주아부가 분에 못 이겨 식음을 전폐하고 죽고 말았다. 등통과 주아부는 지극히 높은 벼슬과 많은 재산을 누렸으나 굶어 죽을 관상을 타고 나서 과연 말년이 좋지 못했다. 그러나 모든 게 다 그런 것은 아니었다. 또 다른 설도 있으니 얼굴 관상보다는 마음 관상이 더욱 중요하다는 것이다. 아무리 좋은 관상을 타고나도 마음씨를 곱게 쓰지 않으면 관상 덕을 다 깎아 먹고 도리어 끝이 안 좋은 경우가 태반이다. 반대로 관상은 별로 좋지 않아도 마음씨를 곱게 쓰고 선행을 쌓으면 오히려 좋은 결과를 얻기도 한다. 물론 이는 사람의 정성이 하늘에 닿은 것이지 관상법 자체가 잘못된 것은 아니다.

당나라 때에 배도(裴度)라는 자가 있었으니 어려서 집안이 가난할 적에 관상쟁이가 배도의 관상이 세로 주름이 입꼬리에 닿은 형상이라 굶어 죽을 상이라고 했다. 배도가 한번은 향산사에 갔다가 우물 난간에서 보석이 박힌 허리띠 세 개를 발견했다.

'누가 잃어버린 모양이구나. 남의 물건에 손을 대서 손해를 입히고 나의 이익을 취하는 건 양심 없는 짓이지.'

배도는 그 자리에서 꿈쩍지 않고 한참을 기다렸다. 조금 있으려니 여인 하나가 울면서 다가와 말했다.

"연로하신 아버님이 옥중에 갇히셔서 제가 보석 박힌 허리띠 세 개를 속전으로 삼아 아버님을 구해 드리려고 했습니다. 이 향산사에 이르러 잠시 허리띠를 내려놓고 손을 씻고 향을 사르다 그만 두고 가 버렸습니다. 그걸 주우신 분이 저를 가련히 여기고 돌려주시면 우리 아버님을 구할 수 있을 텐데요."

배도는 그 말을 듣자마자 허리띠 세 개를 여인에게 건네주었고 여인은 그걸 받고서 감사 인사를 올리고 돌아갔다. 그런 다음 우연히 전에 자신의 관상을 봐준 적이 있는 그 관상쟁이를 만나게 되었다. 그 사람이 놀라 말했다.

"아니, 어떻게 이렇게 관상이 싹 바뀔 수 있단 말이오. 전에 보던 굶어 죽을 관상이 전혀 아니로구먼. 혹시 음덕이라도 쌓은 적 있소?"

이 말을 듣고서 배도는 뭐 그런 일이 있을까 하며 대수롭지 않게 생각했지만 그 관상쟁이가 자꾸 다그치며 물었다.

"곰곰이 생각해 보시구려. 그대가 물에 빠진 사람을 건져 주거나 불속에서 사람을 구해 준 일이 있는지."

그 말을 듣고 배도가 여인에게 보석 박힌 허리띠 세 개를 찾아 준 이야기를 했다.

"그거야말로 정말 대단한 음덕을 쌓은 것이지요. 나중에 틀림없이 재산도 늘고 지위도 올라갈 테니 미리 축하드립니다."

과연 배도는 승승장구하여 재상이 되고 천수를 누렸다.

얼굴 관상보다는 마음 관상
사람은 모름지기 음덕을 쌓아야지.
팔자가 절대 바꿀 수 없는 것이라면
굶어 죽을 팔자에 어찌 재상까지 되었겠는가.

이야기꾼, 그대는 배도가 음덕을 쌓아 부자가 된 이야기만 하는데, 실은 배도가 부자가 되고 높은 벼슬에 오른 이후에 더 많은 공덕을 쌓은 일은 왜 이야기하지 않는 거요? 그런가? 지금 내가 배도가 여인을 원래 짝에게 돌려보내 준 이야기를 해 줄 것이라. 그 사연은 특히 더 감동적이라오.

당나라 헌종(憲宗) 원화(元和) 13년, 배도가 군사를 거느리고 회서(淮西)의 반적 두목 오원제(吳元濟)를 무찌른 뒤 조정으로 돌아와 재상이 되었고 진국공(晉國公)이라는 작위를 받았다. 그 후로 배도는 배 진공이라 불렸다. 이제까지 한참 위세를 키우던 번진들도 모두 진국공의 위세에 눌려 표를 올려 땅을 바치고 스스로 항복했다. 항기(恒冀) 절도사 왕승종(王承宗)은 덕주(德州)와 예주(隸州)를 바치고, 치청(淄靑) 절도사 이사도(李師道)는 기주(沂州), 밀주(密州), 해주(海州) 삼도를 바치겠다고 했다.

헌종은 외치가 어느 정도 안정되고 천하가 태평해졌다고 생각하고는 용덕전(龍德殿)을 짓고, 용수지(龍首池)를 파고, 승휘전(承暉殿)의 건축을 시작하는 등 대대적인 토목 공사를 일으켰다. 그러는 한편 도사 유필(柳泌)의 말을 듣고서 불로장생약을 찾았다. 배 진공이 몇 차례 간언을 했지만 듣지 않았다. 궁정 살림을 맡고 있는 간신 황보박(皇甫鎛), 소금과 철의 전매를 담당하는 정이(程異) 등이 앞장서서 백성들의 재물을 뜯어냈다. 그들은 태평성대를 살아가는 백성이라면 모름지기 모든 걸 아껴 쓰고 남는 것은 감사하는 마음으로 황제께 바쳐야 한다는 구실을 갖다 붙였다. 이 둘은 헌종의 총애를 등에 업고 평장사(平章事)까지 겸직했다.

배 진공은 그들과 함께 관직을 수행하는 것이 너무도 수치스러워 황제께 표를 올려 사직을 구했으나 황제가 허락하지 않고 오히려 배 진공이 붕당을 이루고 타인을 시기하고 있다며 은근히 질책했다. 배 진공은 공을 세움이 크고 자리에 올라감이 높아질수록 거꾸러지고 넘어지는 일이 많아질 것을 직감하고서 조정의 일은 거의 관여하지 않고 그저 주색잡기에 몰두하며 여생을 그렇게 마무리하고자 했다.

각 지방의 관리들 가운데 이런 상황을 눈치채고 가기와 무희를 구하여 배 진공에게 보내는 자가 한둘이 아니었다. 배 진공이 보내 달라고 한 것은 아니었으나 아부하기를 좋아하는 무리가 배 진공이 좋아하리라 짐작한 것이다. 그들은 비싼 돈을 들여 가기와 무희를 사거나 아니면 억지로 빼앗다시피 하여 좋은 옷을 입히고 치장을 하여 내실에서 음악을 연주하는 여자라 둘러대거나 심부름하는 계집아이라고 하면서 은근슬쩍 배 진공 댁으로 보내곤 했던 것이다. 배 진공은 드러내 놓고 거절하기도 뭣하여 그냥 받아들이곤 했다.

한편 진주(晉州) 만천현(萬泉縣)에 한 인물이 살았었으니 성은 당(唐)이요, 이름은 벽(壁)이며, 자는 국보(國寶)였다. 일찍이 효렴과(孝廉科)에 급제하여 괄주(括州) 용종(龍宗) 현위를 지냈다가 월주(越州) 회계승(會稽丞)으로 있었다. 고향에서 지내던 시절에 동향 황 태학(黃太學)의 여식 소아(小娥)와 정혼했다. 하지만 당시 소아의 나이가 너무 어렸던지라 몇 년 기다린 다음 정식 혼인을 치를 참이었다. 한데 정작 소아의 나이가 찼을 때는 그만 당벽이

裴晋公義還原配

두 번이나 연거푸 남쪽으로 발령을 받는 바람에 두 사람이 너무 멀리 떨어져 있게 되어 정식 혼인을 치르지 못했다.

이제 그 소아의 나이 바야흐로 열여덟, 얼굴은 꽃 더미를 쌓아 놓은 듯, 몸매는 옥을 깎아 놓은 듯, 음률에 통달하고 피리를 잘 불고 게다가 비파까지 잘 다루니 정말 어느 것 하나 빠지는 게 없었다. 한데 그때 진주 자사가 배 진공의 비위를 맞추고자 자신의 지역에서 미모와 재주가 빼어난 여아를 선발하여 바칠 마음을 먹었다. 이미 다섯 명의 여아를 선발했지만 대표로 삼을 만큼 특별히 빼어난 이를 아직 구하지 못하고 있었다. 이때 황소아의 이름을 듣게 되어 관심을 가졌지만 그래도 태학 벼슬아치의 여식이라 함부로 어쩌지 못하고 있다가 마침내 만천 현령에게 삼십만 전을 주고서 어떻게든 황소아를 데려오라 하였다.

만천 현령은 자사의 명령을 받들고서 황 태학의 집에 사람을 보내 자사의 뜻을 전하게 했다. 황 태학은 그 전갈을 받고는 자신의 여식은 이미 정혼한 몸이라 명령을 받들 수가 없노라고 정중히 거절했다. 현령이 두세 차례 거듭 부탁했지만 황 태학은 끝내 허락하지 않았다. 그러다 청명절이 되자 황 태학이 집 안에 소아만을 남겨 두고 조상 묘에 성묘를 갔다. 현령이 이 상황을 알고는 직접 황 태학의 집에 달려와 소아를 찾아서 가마에 태우고 곧바로 두 명의 여종을 붙여 진주 자사가 있는 곳으로 보내 버렸다. 그러고는 삼십만 전을 황 태학의 집에 몸값으로 남겨 두었다.

성묘를 마치고 돌아온 황 태학이 현령이 소아를 억지로 데리고 간 것을 알고 서둘러 현령에게 찾아갔지만 소아는 이미 자사에게 보내진 후였다. 황 태학은 다시 진주 자사를 찾아가 사정을 설명하고 간청했다. 자사가 황 태학에게 이렇게 설득했다.

"그대의 여식은 재색을 겸비했으니 재상부에 들어가면 당장 총애를 독차지할 것이오. 그럼 필부의 아내가 되어 집안일이나 하는 것보다 백배 천배 나은 것 아니오? 게다가 내가 이미 딸내미 몸값으로 육십만 전을 주었으니 그걸 자네 딸과 정혼한 사위에게 건네주고 다른 여인을 찾도록 권하는 게 어떻소."

"현령이 저의 가족이 성묘 간 틈을 타서 제멋대로 돈을 던져 놓고 제 딸을 억지로 데려간 것이지 제가 있을 때 허락을 받고 데려간 것이 아닙니다. 더욱이 제가 받은 돈은 삼십만 전이고 지금 그 돈을 모조리 들고 왔습니다. 저는 딸을 원하지 돈을 원하는 게 아닙니다."

진주 자사는 책상을 내려치며 버럭 화를 내었다.

"돈을 받고 딸내미를 판 주제에 육십만 전을 받고도 삼십만 전밖에 안 받았다고 기만하니 이게 무슨 경우인가. 그대의 딸은 이미 배 진공에게 보내졌으니 딸을 찾고 싶으면 배 진공 댁으로 달려가 보게. 여기서 이래 봐야 아무 소용이 없을 것이야."

진주 자사가 화를 내고 억지를 부리는 것을 본 황 태학은 더 이상 말해 봐야 소용이 없음을 깨닫고 눈물을 흘리며 진주 자사의 관사에서 나왔다. 진주에서 머물며 딸내미 얼굴을 한 번이라도 볼 수 있을까 기대했지만 아무런 소식도 얻어 들을 수가 없었다. 아무런 일도 할 수 없으니 이제 한숨을 쉬면서 집으로 돌아가는 수밖에 없었다.

한편 진주 자사가 돈 천금을 써서 화려한 복식과 장신구, 보석 등을 구입하여 여섯 여아를 치장시키니 모두 선녀처럼 아름다웠다. 그녀들에게는 악기를 하나씩 맡겨서 아침부터 저녁까지 연습하게 했다. 진국공의 생일에 맞춰 그녀들을 선물로 바칠 심산이었다. 진주 자사는 이를 위해 치밀하게 준비하고 돈도 많이 써서 어떻게든 진국공의 환심을 사고자 했다. 한데 막상 진국공의 집에 당도해 보니 각처에서 보내온 미녀들이 수를 헤아릴 수 없을 정도로 많아 이 여섯 여인들이 그 틈바구니에서 눈에 띌 방도가 없었다. 사실 뭔가를 바쳐서 점수를 따려는 자의 말로는 대체로 이러하지 않은가.

윗사람에게 잘 보이려면 내 살점이라도 떼 주려 하지
가기를 구하고자 천금도 아까워하지 않는구나.
진국공이야 가기를 보고도 그저 심드렁
진주 자사, 만천 현령은 부끄러운 줄 알라.

한편 당벽은 회계에서 임기를 마치고 승진을 기대할 차례가 되었다. 황소아도 이제 나이가 찼을 테니 일단 고향으로 돌아가 혼례를 치른 다음 서울로 가도 늦지 않을 것 같았다. 당벽은 짐을 꾸리고 만천현을 향해서 출발했다. 고향에 도착한 다음 날 장인 황 태학을 찾아 만났다. 황 태학은 당벽이 찾아온 이유를 알고도 남는지라 바로 당벽에게 황소아가 억지로 팔려간 자초지종을 낱낱이 말해 주었다. 전후 사정을 듣고 난 당벽은 한참을 멍하니 있다가 이를 부득부득 갈면서 말했다.

"사내대장부가 보잘것없는 벼슬살이나 한다고 제 아내 하나 제대로 간수하지 못했으니 더 살아서 무엇 하겠습니까?"

"자네는 나이도 젊고 재주도 비상하니 더 좋은 인연을 만날 것이네. 내 딸이 박복하여 이런 일을 당한 것이니 자네는 이 일 때문에 너무 상심하여 앞길을 망치는 일이 없기를 바라네."

당벽이 현령과 자사를 만나 꼭 따져 물을 것이라 하자 황 태학이 이렇게 권유했다.

"아이는 이미 떠나갔는데, 이제 와서 따져 본들 무슨 소용이 있겠나? 게다가 배 진공은 지금 일인지하, 만인지상의 지위에 있는데 그 사람 눈 밖에 나는 게 자네의 입장에서도 전혀 좋은 일은 아니라네."

황 태학은 자사로부터 받은 삼십만 전을 당벽에게 주면서 이렇게 말했다.

"이것을 새로운 인연을 찾는 데 보태 쓰도록 하시게. 정혼할 때 예물로 받은 보석은 소아가 몸에 지니고 있어 지금 돌려줄 수가 없구려. 자네는 지금 한창 나이니 이런 작은 일에 좌절하여 앞날을 그르치지 않기를 바라네."

당벽이 눈물을 줄줄 흘리며 대답했다.

"제 나이 이제 서른인데 평생의 인연을 잃고 말았습니다. 부부의 인연은 평생을 두고 맺는 것이고, 작은 이익이나 명예를 탐하는 것은 인생을 망치는 지름길이라 들었습니다. 이제 저는 더 이상 벼슬길에 나아가지 않겠습니다."

당벽은 이 말을 마치고 대성통곡했다. 황 태학 역시 침통하여 당벽을 안고 울었다. 둘은 한참이나 울고 나서 일어났다. 당벽이 어디 그 돈을 받으려 하겠는가. 당벽은 빈손으로 황 태학의 집을 나섰다.

다음 날 날이 밝자마자 황 태학이 황급히 당벽의 집을 찾았다. 황 태학은 당벽에게 어서 빨리 장안에 가서 다음 관직을 제수받고 더 좋은 인연을 찾으라고 강권했다. 당벽은 처음에는 완강하게 거절했으나 그래도 명색이 장인이라는 사람이 계속 권하니 모른 척할 수만은 없었다.

'집에서 이렇게 답답하게 지내느니 차라리 장안에 가서 기분 전환이라도 하는 게 낫겠구나.'

당벽은 길 떠날 날짜를 정하여 배를 준비했다. 황 태학은 삼십만 전을 몰래 배에다 갖다 놓고는 당벽의 수행원들에게 당부했다.

"배가 출발하기 전에는 절대 알려 주지 마라. 장안에 도착하면 돈 쓸 일도 많을 것이다. 이 돈을 다른 좋은 인연을 찾는 데 보태 쓰라고 말씀드려라."

당벽은 나중에 배에서 돈을 발견하고는 한바탕 감상에 젖었다. 당벽이 수행원들에게 분부했다.

"이 돈은 황씨 집안에서 딸을 팔고 받은 돈이다. 한 푼도 손대지 말라."

며칠 지나지 않아 당벽은 장안에 도착했다. 짐꾼을 사서 짐을 들리고 배 진공 댁 근처에 숙소를 정했다. 아침저녁으로 배 진공 댁 앞을 지나게 될 테니 소아의 소식을 탐문하기 좋을 것 같았다. 하룻밤을 묵고 나서 다음 날 아침 이부(吏部)에 가서 그동안 관직을 수행하면서 작성한 고과표와 보고서를 전달하고 검사를 받았다. 숙소로 돌아와 밥을 먹고 난 다음에 배 진공 댁 문 앞에 가서 정황을 살폈다. 하루에도 수십 번을 이렇게 왔다 갔다 했지만 한 달이나 지나도록 소아에게 말 한마디도 전할 수 없었다. 배 진공 댁을 출입하는 관리들이야 그저 일개미처럼 부지런히 들락날락할 뿐, 영문도 모르는 일에 끼어들 이유가 없었다.

　　그녀가 팔려 간 곳은 누구의 손도 미치지 않는 넓고 깊은 재상댁
　　정혼남 당벽도 그녀에게 소식 한 번 전할 수 없다네.

　그러던 어느 날 이부에서 인사를 알리는 방을 붙였다. 당벽은 호주녹사참군(湖州錄事參軍)에 임명되었다. 호주는 남쪽에 위치해 있는 데다 그도 잘 아는 곳이라서 당벽은 좋아라 했다. 임명장을 수령하고 짐을 꾸린 다음 당벽은 배를 빌려 장안을 떠났다. 당벽이 동진(潼津) 가까이 다다랐을 때 떼강도를 만나고 말았다. 속담에도 "물건 간수를 제대로 못 하면 도둑이 붙는다."라고 하지 않던가. 황 태학에게서 받은 삼십만 전을 오가는 길 내내 가지고 다녔으니 자연히 사람들 눈에 띄었을 테고 그걸 노리는 자들이 생겨났던 것이다. 하여 강도들이 떼를 지어 장안에서부터 당벽의 뒤를 밟아 이곳 동진까지 따라와서는 당벽이 빌린 배의 사공과 내통하여 야심한 시각이 되자 일제히 손을 뻗친 것이었다. 그래도 당벽이 아직 죽을 팔자는 아니었던지 뱃머리에 나가 있던 참

　　　　　　　　　　裴晋公義還原配

이라 불리한 판세를 깨닫고 즉각 물로 뛰어들어 강둑까지 헤엄쳐 간 덕에 목숨만은 보전할 수 있었다. 멀리서 강도떼들이 자기들끼리 소리를 지르며 배를 뒤진다고 한참 동안 법석을 떨더니 아예 그냥 배를 몰고 가 버렸다. 당벽은 수행원들이 살았는지 죽었는지도 알 길이 없었다. 배에 실어 둔 짐들을 모두 잃어버리고 그저 몸뚱이 하나만 남았을 뿐이다.

지붕에 구멍이 났는데 비는 연이어 내리고
갈 길은 먼데 맞바람까지 부네.

삼십만 전과 짐은 그렇다 쳐도 그의 자료와 임명장은 부임 증명서와 다름없는데 그게 사라져 버렸으니 이제 관직 생활을 할 수 있을지도 걱정이었다. 하소연할 데도 없고, 옴짝달싹할 수도 없었다.

'아, 내 팔자여, 나는 어쩌면 이렇게 되는 일이 없을까. 고향에 돌아가려고 해도 면목이 없구나. 다시 장안으로 돌아가 이부를 찾아가서 전후 사정을 설명하려 해도 여비가 없고. 아는 사람 하나 없는 이곳에서 완전히 거지 신세로구나.'

차라리 강에 몸을 던져 죽어 버리려 했으나 사나이 한평생을 이렇게 억울하게 마무리하고 싶지는 않았다. 길가에 앉아 생각에 잠겼다가 울고, 울다가 다시 생각에 잠기기를 몇 차례, 아무리 생각해도 뾰족한 수가 없어 그렇게 하얗게 밤을 지새우고 아침을 맞았다.

하지만 궁하면 통한다고 했던가, 어디선가 노인 하나가 지팡이를 짚고서 그곳으로 다가왔다.

"그대는 어인 일로 그렇게 슬피 울고 계시오?"

당벽은 그 노인에게 자신이 임지로 가다가 강도를 당한 일을 소상히 이야기했다.

"아이쿠, 이런! 소인이 높으신 관직에 계신 어른을 알아보지 못했습니다. 제 집이 여기서 멀지 않은데 우리 집으로 같이 가시지요."

노인은 당벽을 안내하여 자신의 집으로 데리고 가더니 다시 인사를 올렸다.

"이 늙은이는 성이 소가(蘇家)입니다. 소인의 아들은 소봉화(蘇鳳華)라고 하는데 호주 무원(武源) 현위를 맡고 있으니 바로 나리의 부하가 되겠습니다. 소인이 나리께서 장안에 다녀올 경비를 대 드릴 수 있어 무한한 영광입니다."

그 노인은 즉시 술과 음식을 내오게 하더니 새 옷 한 벌도 마련하여 당벽에게 주었다. 또한 백금 스무 냥을 마련하여 경비로 쓰라고 건넸다.

당벽은 노인에게 거듭거듭 감사를 전하고는 혼자서 길을 떠났다. 장안에 도착하여 예전에 묵었던 그곳을 다시 숙소로 정했다. 객사의 주인은 당벽이 임지로 가는 도중에 당한 일을 알고는 진심으로 걱정해 주었다. 당벽은 이부로 찾아가서 자신의 상황을 보고했다. 그러나 이부에서는 당벽의 사정이 비록 딱하기는 해도 인사 자료도 없고 임명장도 없으니 그 말의 진위 여부를 가릴 수 없다고 했다. 당벽이 수중의 은자를 다 동원하여 바치고 간청했건만 닷새가 지나도록 새로운 임명장을 발부해 주지 않았다. 하는 수 없이 숙소로 돌아오니 자기도 모르게 두 줄기 눈물이 뺨을 타고 흘러내렸다.

이때 밖에서 한 사람이 들어왔다. 한창때를 지나 노년으로 접어드는 나이의 그 사람은 깃털 장식이 달린 비단 모자를 쓰고 자색 옷을 입고 검정색 신발을 신고 있는 모습이 직급이 약간 낮은 관리처럼 보였다. 그가 당벽에게 인사를 올린 다음 얼굴을 마주하고 물었다.

"나리는 어디 분인가요? 여기는 어인 일로 오셨습니까?"

"그런 건 왜 물으시오? 내 사연을 이야기하려면 며칠 밤을 새도 모자랄 것입니다."

당벽은 이렇게 대답하면서 또 눈물을 흘렸다.

"그래도 혹시 압니까? 제게 이야기하다 보면 무슨 수라도 생길지 모르잖습니까?"

"저는 성은 당이요, 이름은 벽이라고 하오. 진주 만천현이 고향이지요. 호주녹사참군에 임명되어 임지로 가던 도중 동진에서 그만 강도를 당하여 경비도 잃어버리고 인사 자료와 임명장도 잃어버려 부임을 못하고 있소이다."

"부임하러 가는 도중에 강도를 만난 것이야 나리의 잘못도 아닌데 그 사정을 이부에 가서 보고하고 다시 임명장을 발급받으시면 되지 않습니까?"

"그렇잖아도 몇 차례나 가서 사정했지만 해결이 되지 않으니 이러지도 저러지도 못하고 이렇게 걱정만 하고 있습니다."

"재상 배 진공이란 분은 의기가 넘치고 다른 사람의 곤란한 처지를 보면 그냥 넘어가지 못하는 분이라던데 그분에게 한번 찾아가 보시지요."

당벽은 그 말을 듣더니 설움이 복받치는 듯, 더욱 구슬프게 울었다.

"배 진공이라면 말도 꺼내지 마십시오. 그는 제 가슴을 갈가리 찢어 놓은 사람입니다."

"아니, 어찌하여 그런 말을 하십니까?"

"저에게는 어린 시절 정혼한 여자가 있었습니다. 그녀가 아직 나이도 어리고 저도 남쪽 지방에서 관직 생활을 하느라 혼례를 미루고 있었는데 자사와 현령이 억지로 제 정혼녀를 데려가 노래와 춤을 가르쳐서 배 진공에게 바쳐 버렸답니다. 저는 그 일 때문에 아직 장가도 못 가고 있습니다. 물론 배 진공이 직접 한 일은 아니나 다른 사람들의 아부를 내치지 않고 받아들였던 까닭에 자사와 현령이 그런 짓을 한 것이니 책임이 없다고는 못 할 것이오. 그런데 저더러 그런 배 진공에게 찾아가 부탁을 하라는 말입니까?"

"나리와 정혼한 여인의 이름은 무엇이오? 나리는 그녀에게 예물로 무엇을 주었습니까?"

"성은 황이고 이름은 소아입니다. 아마 지금도 제가 예물로 준 푸른 옥 한 쌍을 몸에 지니고 있을 것입니다."

"허허, 이런 제가 바로 그 배 진공의 호위 무사로 내실에도 드

　　　　　　　　裴晉公義還原配

나드니 그대를 위해 한번 알아보겠습니다."

"소아가 배 진공 댁에 들어간 다음 그녀의 소식을 알 길이 없었는데 어르신이 그녀에게 제 소식을 전하고 이 마음을 알려 주신다면 저는 죽어도 여한이 없겠습니다."

"내일 이 시간에 다시 만납시다. 아마 좋은 소식이 있을 겁니다."

그 노인은 말을 마치더니 인사를 하고서 떠나갔다.

당벽은 노인과 나눈 이야기를 가만히 되짚어 생각하면서 후회했다.

"저 노인이 배 진공의 심복 부하는 아닐까? 주위의 소식을 염탐하러 왔을지도 모르는데 소아의 일을 괜히 말한 것은 아닐까? 내가 배 진공을 원망하는 말을 해서 소아에게 누를 끼친 건 아닌지 걱정이구나."

당벽은 걱정이 앞을 가려 밤새 잠을 이루지 못했다.

그리고 날이 밝는 대로 소세를 마치고 배 진공 댁으로 달려갔다. 배 진공은 오늘 안채에 머물고 집무실에 나오지 않는다 했으나 문서가 들락날락 여전히 분주했다. 당벽이 어제 만났던 자색 옷을 입은 노인은 도무지 눈에 띄지 않았다. 한참을 기다렸다가 다시 숙소로 돌아와 점심을 먹고 나서 다시 배 진공 댁 앞으로 달려갔으나 역시 아무런 동정도 없었다. 해 질 녘이 되어도 자색 옷을 입은 노인은 보이지 않으니 당벽은 한숨만 쉬며 처량한 심정으로 숙소로 돌아왔다.

당벽이 숙소로 돌아와 등불에 불을 붙이기 무섭게 하인 행색을 한 두 사람이 헐레벌떡 뛰어 들어와서 물었다.

"어느 분이 당벽 참군이시오?"

깜짝 놀란 당벽은 자기도 모르게 몸을 움츠리며 감히 나서지 못하는데 숙소의 주인이 나서서 되물었다.

"그대들은 뉘시오?"

"우리는 배 진공 나리의 심부름꾼으로 나리의 명령을 받들어 당벽 참군을 모시러 왔습니다. 배 진공 나리께서 당벽 참군에게 할 말이 있다 하십니다."

숙소의 주인이 당벽을 가리키며 대답했다.

"저분이 바로 당벽 참군이라오."

당벽은 하는 수 없이 그 두 사람 앞에 몸을 내밀었다.

"나는 배 진공 나리와 일면식도 없는 사람인데, 나리께서 어인 일로 나를 찾으시는 게요? 게다가 지금은 외출복을 벗고 편한 복장인데 어찌 이런 모습으로 배 진공을 만난단 말이오."

"나리께서 애타게 기다리시니 부디 지체하지 마십시오."

두 심부름꾼이 양쪽에서 당벽을 안내하여 쏜살같이 배 진공 댁으로 달렸다. 그러고는 대청 앞에 도착해 당벽에게 이렇게 말했다.

"참군 나리, 여기서 잠시만 기다리십시오. 저희가 먼저 배 진공 나리께 나리가 당도했음을 보고하겠습니다."

말을 마치고 두 심부름꾼이 안으로 들어갔다. 얼마 지나지 않아 바로 다시 안에서 나오더니 이렇게 말했다.

"공께서 휴가를 내고 안채에 계신다 하니 어서 안채로 들어가 만나 보시지요."

당벽이 심부름꾼을 따라 안으로 들어가니 길 모서리를 지날 때마다 대낮같이 등불이 환히 밝혀져 있는 것이 역시 재상댁다웠다. 두 심부름꾼이 앞서거니 뒤서거니 당벽을 안내했다. 마침내 안채의 작은 방에 당도하니 비단으로 등갓을 씌운 등불이 두 줄로 늘어서 있었다. 그곳에서 배 진공이 평상복을 입고 서서 당벽을 맞이하기 위하여 두 손을 맞잡고 읍하며 서 있었다. 당벽은 땀을 흘리며 황망히 바닥에 엎드려 감히 고개조차 들지 못했다. 배 진공이 어서 일어나라 명하더니 이렇게 말하는 것이었다.

"이미 구면인데 무엇 하러 그렇게 엎드려 예를 차리시는가."

배 진공이 당벽에게 일어나 앉으라 했으나 당벽은 감히 그러지 못했다. 당벽이 한 차례 더 사양하다가 못 이기는 척 일어나 앉아 배 진공을 바라보니 바로 어제 숙소에서 만난 그 자색 옷을 입은 노인이었다. 당벽은 더욱 황송해하며 식은땀을 흘렸다. 감히 숨조차 쉬지 못할 정도였다. 원래 배 진공은 한가한 틈을 타서 장안 구석구석을 둘러보기를 즐겼는데 지난밤 당벽이 묵던 숙소에 우연히 들렀다가 그를 만난 것이었다. 다시 자신의 집으로 돌아간 다음에 황소아라는 여인을 조사하여 불러들여 보니 과연 미색이 출중했다. 배 진공이 황소아에게 여기에 오게 된 내력을 물으니 당벽이 말한 바와 정확히 들어맞았다. 당벽이 말한 푸른 옥 한 쌍도 팔뚝에 차고 있었다. 배 진공은 그녀에게 연민을 느꼈다.

"그대와 정혼한 이가 여기 와 있는데 한번 만나 볼 텐가?"

"제 팔자가 기구하여 이렇게 이별하여 지내는 신세가 되었습니다. 정혼자를 만나고 못 만나고는 온전히 나리의 소관인데, 제가 어찌 감히 이러쿵저러쿵 말을 하겠습니까."

배 진공은 고개를 끄덕이며 일단 물러나 있으라 했다. 그런 뒤 조용히 집사를 불러 경비 천 관을 준비시켰다. 아울러 아무런 이름도 적혀 있지 않은 관직 임명장을 꺼내어 이름 쓰는 난에다 당벽의 성과 이름을 적고 그걸 이부에 보내어 당벽의 인사 기록과 당벽이 새로 발령받은 호주참군의 임명장을 다시 발급하게 했다. 이렇게 만반의 준비를 마친 다음 당벽을 자신의 집으로 불러오게 한 것이었다. 당황하고 긴장한 당벽이 이런 사연을 어찌 짐작이나 할 수 있었겠는가.

배 진공이 마침내 입을 열었다.

"어제 그대의 이야기를 듣고 너무도 마음이 안쓰러웠소이다. 내가 사람들이 바치는 선물을 거절하지 못하여 그대 부부의 백년가약의 기쁨을 그르쳤으니 그건 바로 내 죄라 할 것이오."

당벽이 자리에서 일어나 다시 바닥에 엎드려 말했다.

"소인이 기구한 팔자로 힘든 일을 겪어 어제 나리를 뵙고 험한 말을 함부로 내뱉었으니 정말 죽을죄를 지었습니다. 그저 나리께서 너그러이 용서해 주시기만을 바랍니다."

"오늘같이 좋은 날 내가 주례를 맡아 두 사람의 혼례를 치러 주고자 하오. 내가 경비 천 관을 마련했으니 이를 부조하여 나의 미안한 마음을 씻고자 하오. 혼례를 치른 다음에는 임지로 출발하도록 하시오."

당벽은 황송하고 감사하여 임지로 다시 출발하는 일에 관하여는 감히 물어볼 엄두도 내지 못했다. 안채에서부터 풍각 소리가 들려오더니 홍등과 여자 악사 무리가 앞에서 길잡이하고 혼례를 집례해 줄 여인들과 보좌할 여인들이 꽃처럼 아름답고 벽옥처럼 우아하게 차린 황소아를 이끌고 나왔다. 당벽이 부끄러워 자리를 피하려고 하는데 혼례를 집례하는 여인들이 소리를 질렀다.

"신랑 신부는 나와서 식을 거행하시오."

혼례를 보조하는 여인들이 붉은색 융단을 펴니 그 위로 황소아와 당벽이 마주 보고 섰다. 다시 배 진공을 향한 다음 네 번을 거듭 절하니 배 진공도 자기 자리에서 답례를 했다. 가마가 대령하고 있다가 황소아를 태우고 당벽이 숙소로 쓰고 있는 객사로 출발했다. 배 진공이 당벽에게 어서 객사로 달려가서 혼례를 잘 진행하라고 일렀다. 당벽이 객사로 돌아오니 사람들이 수런대는 소리가 먼저 귀에 들려왔다. 고개를 들어 살펴보니 비단 상자와 동전 상자가 열을 지어 놓여 있었다. 배 진공 댁의 두 심부름꾼이 미리 준비하고 있다가 당벽이 숙소로 돌아올 때를 맞춰 가지고 온 것이었다. 또 작은 상자 하나가 있었는데, 배 진공이 직접 챙겨 준 것이었다. 상자를 열어 보니 바로 호주사호참군으로 임명하는 발령장이 들어 있었다. 당벽의 기쁨은 말로 다 표현할 수 없을 정도였다. 당벽은 그날 객사에서 신혼의 촛불을 밝혔다. 이 혼인의 기쁨은 그냥 정혼했다가 순탄하게 혼인하는 것과는 비교할 수 없는 것이었다.

운때가 맞지 않으면 잘 차려 놓은 밥상도 제대로 먹지 못하고

운이 맞으면 순풍에 돛 단 듯, 모든 일이 술술 풀린다.
이제 결혼 문제, 임용 문제 한꺼번에 다 해결되니
가슴 쓰리던 일은 이제 다 지난 일.

당벽은 이제 혼인 문제, 임용 문제가 한꺼번에 다 깨끗하게 해결되고 게다가 천 관의 경비까지 마련되었으니 저 깊은 지옥의 심연에서 저 높은 천상의 세계로 올라간 것과도 같은 심정이었다. 만약 다른 사람의 힘든 처지를 불쌍히 여기는 배 진공의 어진 마음이 없었더라면 이렇게 만족스러운 결과가 어찌 가능했겠는가.

다음 날 당벽이 하직 인사를 하러 배 진공 댁을 방문했지만 배 진공이 이미 문지기에게 번거롭게 다시 인사할 필요 없으니 들이지 말라고 말해 둔 터였다. 당벽은 하는 수 없이 숙소로 돌아와 다시 관대를 챙기고 짐을 꾸렸다. 아울러 장안에서 노복 몇 명을 사서 따르게 한 다음 황소아와 함께 고향으로 돌아가 장인 황 태학을 찾아갔다. 마른 나무에 다시 꽃이 핀 듯, 거문고의 끊긴 현이 다시 이어진 듯했으니 다시 만난 기쁨이 그 얼마나 컸겠는가. 며칠을 묵고 나서 부부는 함께 임지인 호주에 도착했다. 부부는 배 진공의 은혜를 영원히 기억하기 위해 침향목으로 배 진공을 조각하고 아침저녁으로 복을 빌었다. 한편 세월이 흘러 배 진공의 가문이 더욱 번성하고 자손들이 널리 뻗어 나가자 사람들은 모두 이게 다 배 진공이 널리 음덕을 베푼 덕이라고들 했다.

짝을 맺지도 못하고 임지에 부임하지도 못하는 그 쓰라린 심정

裵晋公義還原配

선한 손길의 은혜 입어 위로받고 해결되었네.

은혜를 베푸는 자, 그 선한 자여

그대의 자손들은 끝없이 복을 받을 것이오.

滕大尹鬼斷家私

등대윤이 유산문제를
절묘하게 해결해 주다

욕심 많은 큰아들과 아직은 코흘리개 어린 아들, 더욱이 그 어린 아들은 뒤늦게 새장가를 들어 얻은 아들이다. 여든이 넘어 오늘내일하는 순간에도 평생 모은 엄청난 재산 가운데 재취로 들인 아내와 어린 아들에게 일부라도 남겨 줄 방법을 고민해야 한다. 이제 방법은 단 하나, 수수께끼를 남기고 떠나는 것. 어린 아들이 복이 있으면 그 수수께끼를 풀 것이다. 아니면 그 수수께끼를 풀 자를 만날 것이다. 오이디푸스가 테베의 스핑크스 앞에서 수수께끼를 풀어내듯이, 어린 아들은 수수께끼를 풀어야 한다.

이런 면에서 이 작품은 사건 해결형 탐정 소설이다. 그러나 풍몽룡은 탐정 소설의 외피 속에 설교 담기를 주저하지 않았으니, 형제가 우애했으면 부친이 죽음을 앞두고 수수께끼를 만들어 내려고 애쓰지도 않았을 것이고, 그 수수께끼를 풀어 줄 자를 기다릴 필요도 없었을 것이며, 수수께끼를 풀어 준 자에게 사례할 필요도 없었을 것이라고 통박한다. 그런 면에서 형제간의 우애는 경제적으로도 이득이다. 그러나 알고도 어쩔 수 없는 것이 욕망 아니던가. 멈출 지점을 정확히 알고 멈출 수만 있었다면 아마도 인류에게 전해지는 이야기의 반은 생겨나지도 않았을 것이다.

그래서 등대윤이 등장하고 우리는 등대윤에게 꼼짝하지 못하는 것이리라. 등대윤은 그렇게 얻은 대가를 잘 지켰을까? 사실 등대윤은 일을 부탁한 자가 미리 정해 놓은 사례의 몇 배를 스스로 챙겼다. 그리고 관련 증거를 없애 버렸다. 정작 등대윤의 아들들은 그 재산을 사이좋게 나눠 가졌을까?

난초와 회화나무가 정원에 가득하듯

빼어난 인물 가득했던 사안(謝安)의 집안,

시든 박태기나무도 살아나게 했다던 전씨(田氏) 삼 형제의 우애.[27]

왕대로 만든 피리 소리 조화롭듯 형제간에 우애 있으니

부모의 마음이야 얼마나 기쁠까.

유산을 가지고 다투는 사람들아

한 뿌리에서 난 콩대가 콩깍지를 삶는 비유를 알지 못하는가.

도요새와 조개가 서로 잡아먹겠다고 공연히 침만 흘리다가

결국 어부 좋은 일만 시켰구나.

---

27 한나라 때 전씨 삼 형제가 서로 야박하게 살림을 나눠 분가하려고 했다. 집 뜰에 심어진 박태기나무마저 삼등분해서 땔감으로 쓰고자 하니 그 박태기나무가 시들어 버렸다고 한다. 삼 형제가 그것을 보고 우리가 이렇게까지 각박하게 살림을 나눠야 하나 싶어 화해하자 나무가 다시 생기를 얻었다고 한다.

「서강월」이라는 이 노래에서 작가는 형제간의 우애를 권면하고 있다. 유불도 삼교의 경전은 모두 하나같이 사람들에게 착한 일을 하라고 가르친다. 유교의 13경, 6경, 5경, 불교의 대장경, 도교의 『장자』, 『열자』, 수많은 경전, 수천 수만의 말들, 책 상자를 가득 채우는 수많은 서적들, 사실 모두가 쓸데없는 군말들이다.

내 생각에 착한 사람이 되려면 두 자짜리 경전, 즉 '효제(孝弟)'만 있으면 족하다. 이 두 자 가운데에서도 딱 한 자, 즉 '효(孝)'만 있으면 된다. 부모에게 효도하는 자식이라면 부모가 사랑하는 자를 자신도 사랑할 것이며, 부모가 공경하는 자를 자신도 공경할 것이다. 형제나 동기들도 다 부모가 낳고 아끼는 자들이라 생각하면 어찌 화목하게 지내지 않겠는가. 물려받은 유산이라는 것도 부모가 평생 이루어 놓은 것이니 네 것 내 것 가릴 게 뭐 있으며 척박한 땅, 비옥한 땅 가릴 게 어디 있겠는가. 만약 가난한 집에서 태어났다면 물려받을 것이 한 푼도 없을 것이니 그저 죽으나 사나 자기 힘으로 노력해서 먹고살 길을 찾아야 할 것이다. 그러나 물려받은 땅뙈기라도 조금 있을라치면 다른 형제보다 어떻게든 더 많이 가지려고 갖은 애를 쓰고, 앉으나 서나 부모가 다른 자식만 편애하여 공평하게 나눠 주지 않았다고 입이 나오니 부모가 저세상에서라도 얼마나 쓸쓸하겠는가. 이게 효자가 할 짓인가.

"땅이야 돈만 있으면 쉽게 살 수 있지만, 형제는 돈으로도 살 수 없다."는 옛말 하나도 그른 게 없다. 형제는 돈으로 살 수 없다. 정말 그렇지 않은가. 사람이 이 세상 살면서 가장 사랑하는 대상은 부모라지만 부모가 나를 낳아 기르다 보면 벌써 장년의 나이

滕大尹鬼斷家私

를 넘겨 버리니 우리가 부모와 같이 사는 시간은 반평생뿐이다. 그런 다음 정말 사랑이 넘치는 사이로 부부를 들 수 있을 것이다. 결혼하여 백발이 되도록 함께 사니 정말 오랜 시간을 함께 보내는 것이다. 그러나 결혼하기 전에는 서로 모르는 사이로 어린 시절을 따로 보내지 않던가. 오직 형제만이 한 집에서 태어나 어려서부터 늙어 죽을 때까지 모든 일을 함께하고 어려움을 함께 이겨 내니 마치 손발과도 같은 사이로 얼마나 정이 넘치는 관계인가. 기름진 논밭과 좋은 곡식이야 오늘 얻지 못하면 내일 다시 노력해서 얻으면 되지만 형제를 잃으면 내 팔 한 짝을 잃고 다리 한 짝이 달아나는 것과 같아 평생 불구의 몸이 되는 것이다.

이렇게 생각하면 "땅이야 돈만 있으면 쉽게 살 수 있지만, 형제는 돈으로도 살 수 없다."는 옛말이 정말 맞지 않는가. 만약 기름진 논밭 때문에 수족 같은 형제를 잃는다면 차라리 아무런 유산도 물려받지 못하는 가난한 집 자식으로 살아서 다른 사람 구설에 오르내리지 않는 편이 훨씬 나을 것이다.

지금 나는 여기서 우리 국조(명나라)에서 있었던 이야기, 등대윤이 유산을 귀신같이 분배해 준 이야기를 하려 한다. 이 이야기야말로 의리를 중시하고 재물은 가벼이 여기며 절대 '효제'라는 두 글자를 잊으면 안 된다는 것을 경고하고 있다. 듣는 여러분에게 형제가 있는지 없는지는 모르겠지만, 잘 새겨듣고 좋은 사람 되려고 노력하길 바랄 뿐이다.

착한 사람은 잘 새겨듣고 마음을 다잡지만

못난 사람은 귓가로 흘려듣기만 하지.

　한편 우리 왕조 영락(永樂, 1403~1424) 연간에 북경의 북부 직할 지역인 순천부(順天府) 향하현(香河縣)에 태수 예 씨(倪氏)가 살고 있었다. 이름은 수겸(守謙)이고, 자가 익지(益之)이며, 집에 천금의 재산을 쌓아 두었으며 기름진 문전옥답이 넘치고 넘쳤다고 한다. 부인 진 씨(陳氏)와의 사이에 외동아들을 두었으니 그 아들 이름이 선계(善繼)라. 선계를 장가들이고 나서 부인 진 씨마저 세상을 뜨니 예 태수는 관직에서 은퇴하여 결혼하지 않고 혼자서 살았다.
　예 태수는 비록 나이가 많이 들었어도 아직 기운이 팔팔했다. 하여 도조를 거둬들이거나 돈을 빌려주고 이자를 쳐서 받는 일을 일일이 직접 챙기면서 뒷짐 지고 물러날 기색이 전혀 없었다. 예 태수 나이 일흔아홉이 되었을 때 예선계가 아버지에게 이렇게 권했다.
　"아버지, 인생칠십고래희라는데 아버지 연세 이미 일흔아홉으로 내년이면 여든이 되십니다. 이제 집안일은 저에게 맡기고 챙겨 드리는 진지나 편하게 받아 드시지요."
　예 태수는 고개를 절레절레 흔들면서 이렇게 말했다.

　　마지막 죽는 날까지 몸을 움직여야지.
　　나는 너를 보살피고 너를 위해 힘쓸 것이다.
　　열심히 벌어서 그걸로 먹고 입을 것이니
　　그저 마지막 눈감는 날

그날이 내가 일을 그만두는 날이다.

해마다 10월이면 예 태수는 직접 들녘으로 나가 한 해의 도조를 거둬들였는데 그 기간이 한 달 내내 이어졌다. 그동안 예 태수 땅을 부쳐 먹는 농부들이 닭을 잡는다, 술을 거른다 하며 예 태수를 대접했다. 그해도 어김없이 예 태수는 들판에 나가 일을 보았다. 며칠이 지났을까 오후에 마침 일이 없어 마을을 한 바퀴 도는데 한 여인이 호호백발 노파와 시냇가에서 빨래를 하고 있었다. 이런 시골 마을에 살고 있을 거라고는 도저히 상상하기 어려울 만큼 아름다운 여인이었다.

윤기 나는 검은 머리
맑고 푸른 눈동자
쪽파 순처럼 길고 흰 손가락
직접 숯으로 그린 듯한 까만 눈썹.
그저 볼품없는 천으로 옷을 만들어 입었어도
능라 비단 걸친 것보다 훨씬 낫구나.
들녘에 핀 한 떨기 야생화처럼
보석 하나 걸치지 않아도 어찌 그리 아름다운가.
앙증맞은 몸체가 더욱 아름다워
이팔청춘, 한창때라지.

예 태수는 노년에 웬 춘흥이 도는가 싶었지만 그녀를 보고 정신이 아득해져 버렸다. 여인은 빨래를 마치고 노파와 같이 일어나 집으로 돌아가는 듯했다. 유심히 살펴보니 두 사람은 몇 집을 지나 색바랜 사립문이 달린 집으로 들어갔다. 예 태수는 황급히 돌아와 마름을 불러 자신이 본 여인에 대해 이야기하고는 이렇게 주문했다.

"그 여자에 대해서 좀 알아보아라. 만약 결혼을 하지 않았거든 내가 첩으로 맞을 터이니, 의향이 있는지 물어보아라."

마름은 입맛을 다시며 떠났다. 사실 그녀는 매씨(梅氏) 성을 가진 여인으로 아버지 역시 부학(府學)의 수재(秀才)였을 정도로 집안이 나쁘지 않았다. 하지만 어렸을 때 부모가 모두 세상을 떠나 외할머니와 같이 살고 있었으며 나이는 올해 열일곱, 아직 결혼은 하지 않은 상태였다. 마름은 여인의 집을 찾아가 이런저런 사실을 알아본 다음 그녀의 외할머니에게 말했다.

"우리 나리가 당신네 외손녀를 보고서 맘에 들어 측실로 앉히고자 한다오. 측실이긴 해도 정실 부인이 이미 저세상으로 떠났으니 정실이나 다름없지요. 나리와 함께 살림을 하게 되면야 먹을 것, 입을 것 걱정할 일 없을 테고 나이 드신 외할머니의 입을 것, 먹을 것까지 우리 나리가 다 책임져 주실 테고 또 돌아가시면 장례까지 후하게 치러 주실 겁니다. 다만 할머님 팔자에 그런 복이 있을까가 걱정이네요."

외할머니는 만면에 웃음을 띠며 당장 그리하겠다고 매달렸다. 아무래도 전생에 혼인으로 맺어질 인연이었던지 마름이 말을 꺼내기 무섭게 일이 성사되어 버린 것이다. 마름이 돌아가 보고하니 예 태수는 기뻐하며 예물로 쓸 것들을 정하고 길일을 택했다. 또 아들이 뭐라고 할까 봐 본가로 돌아오지 않고 그 마을에서 혼례를 치러 버렸다. 혼례를 치른 나이 든 신랑과 어린 신부의 모습이 과연 어떠했을까?

신랑은 백발 위에 검은 모자
신부는 빨간 혼례복에 검은 머리.
마른 나무에 새 꽃이 피어 향내를 발하니
손녀가 할아버지와 짝을 맺었구나.
신부의 마음은 처연하기 그지없고
신랑의 마음은 속없이 들뜨네.
이렇게 터무니없이 나이 차이 많이 나니
혹여 없던 일로 하잘까 걱정일 뿐.

예 태수는 젖 먹던 힘까지 다하여 성스러운 첫날밤을 보냈다.

첫날밤의 사랑을 어이 잊으리
그 모습 젊은 시절 못지않구나.

사흘이 지나자 예 태수는 가마를 불러서 소실 매 씨를 태우고는 집으로 데려가, 아들 며느리와 인사를 나누게 했다. 온 집안의 남녀노소가 모두 나와 '작은 마님'이라고 깍듯이 인사를 했다. 예 태수가 비단을 꺼내 여러 사람들에게 나눠 주니 모두 기뻐했다.

하지만 예선계는 기뻐할 수 없었다. 비록 드러내 놓고 말하지는 못하고 등 뒤에서 아내와 이렇게 수군거렸다.

"노인네가 미쳤지. 오늘내일하는 나이에 일을 하려면 앞뒤를 좀 가려서 해야지. 한 오 년 십 년은 더 살 줄 아는 건지, 어찌 이런 황당한 짓을 하지? 저렇게 이팔청춘 꽃다운 아가씨를 소실로 데려오면 자기도 정력이 되어야 감당을 하지. 감당할 정력이 없으면 그건 이름만 소실이지 속은 아무것도 아니잖아. 제대로 감당하지 못하면 한창때인 소실은 견디지 못하고 야반도주할 텐데. 그래서 볼썽사나운 일이 일어나면 우리 가문의 수치라. 게다가 지금 저 여자가 나이 많은 사람의 소실로 들어오는 것은 흉년에 굶어 죽지 않기 위해서 임시방편을 찾는 거라서 흉년을 넘기고 나면 분명 언제 그랬냐는 듯 가 버릴 거 아냐. 저 여자는 평소에 딴 주머니를 차고 갖은 핑계를 대고 아양을 떨어서 노인네한테 이거 해 달라 저거 해 달라 할 거 아니냐고. 그러다가 나무가 기울어 새가 둥지에서 날아갈 때가 되면 안면 바꾸고 다른 놈한테 시집가겠지. 그땐 딴 주머니에 찬 거 몽땅 털어 갈 테고. 그러니 저 여자는 나무에 긴 벌레요, 쌀 중에 든 좀이라. 저런 여자가 들어오는 건 집안 망하는 지름길이야."

또 이어서 이렇게 말했다.

"저 여자 아양 떠는 것 좀 봐. 영락없는 기생이네. 양갓집 규수 같은 느낌이 하나도 없어. 보아하니 어떻게든 말이나 그럴듯하게 해서 아버지를 쥐고 흔드는 건 잘할 것 같군. 저 여자야 우리 아버지한테는 소실이라기보다는 몸종에 가까울 것이니 '아줌마' 정도로 불러 주는 게 좋을 것 같지 않아? 우리 아버지가 온 집안사람들에게 그녀를 '작은 마님'이라고 부르라 하신 것은 너무 성급한 처사야. 이러다가 우리한테는 어머니라고 부르게 하실 기세네. 우리는 저 여자를 어머니로 인정할 수도 없고 깍듯하게 모실 수도 없어. 만약 우리가 인정하고 모신다면 완전히 기고만장해져서 나중에는 아예 우리를 무시하려고 들걸."

선계 부부는 이런 식으로 끊임없이 구시렁댔다. 말이 많다 보면 다른 사람 귀에도 들어가는 법. 예 태수 역시 아들 부부가 자신의 소실 매 씨를 두고 험담하는 걸 알고 속을 태웠지만 그저 가슴에 담아 둘 뿐이었다. 다행히 매 씨가 속이 무던하고 윗사람과 아랫사람 사이에서 처신을 잘하는지라 집안 전체가 별 불화 없이 잘 굴러갔다.

두 달 정도가 지났을까, 매 씨에게 아이가 섰다. 매 씨는 아무에게도 내색하지 않았지만 예 태수만은 바로 눈치를 챘다. 하루가 가고, 이틀이 가고, 한 주가 가고, 한 달이 가고 이렇게 열 달이 가서 사내아이가 태어났다. 온 집안이 잔치 분위기였다. 아이가 태어난 날이 바로 9월 9일이라 아명(兒名)을 양의 기운이 가장 큰 수 아홉이 겹쳤다는 의미로 중양아(重陽兒)라고 지었다. 그리고 9월 열하루는 바로 예 태수의 생일이었다. 예 태수의 팔순 생일을 축하하러 하객들이 모여들었다. 예 태수가 큰 잔치를 벌였으니 하나는 자신의 팔순을 축하하는 것이요, 다른 하나는 태어난 아이의 사흘째 되는 날을 축하하는 것이었다. 떡이야 술이야 한참 벌여 놓고 잔치를 벌이는데 많은 손님들이 축하 인사를 건넸다.

"팔순에 아들을 보셨으니 이는 나리의 기력이 아직 쇠하지 않았음을 보여 주는 것입니다. 틀림없이 장수하실 것입니다."

예선계는 남모르게 뒤에서 이렇게 중얼거렸다.

"남자 나이 예순이면 정력이 쇠하는 법인데 아버지야 벌써 팔순 아닌가. 고목나무에 어찌 꽃이 필 것이며 저 아이가 누구 씬지 누가 알겠는가. 우리 집안의 씨는 분명 아니니 나는 저놈을 내 동생으로 인정할 수 없다."

예 태수 역시 예선계가 이렇게 말하고 다니는 걸 알았지만 모른 척했다.

세월은 쏜살같이 흘러 다시 일 년이 지났다. 중양아가 돌을 맞았다. 아이가 커서 뭐가 될지를 알려 주는 여러 물건이 돌상에 올려지는 등 준비가 이어지고 일가친척들이 축하하러 찾아왔다. 큰아들 예선계는 다른 곳으로 나가 버려 축하객 맞는 일을 나 몰라라 했으니 예 태수는 아들의 심사를 짐작하고도 남았다. 하여 따로 큰아들을 찾지 않고 직접 손님도 맞고 손님들과 어울려 술잔도 기울였다. 그러나 입으로 아무 말 하지 않는다고 가슴속에 서운한 마음이 왜 없겠는가. "효도하는 아들한테 모질게 구는 아비 없다."는 옛말도 있는데 큰아들 예선계의 마음 씀씀이가 탐욕스럽고 표독하여 재산 때문에 작은아들을 인정하려 들지 않는 것이 참으로 걱정이었다.

게다가 예선계는 일부러 허튼 소문을 퍼뜨리기까지 하였으니 나중에 매 씨와 중양아를 내치려 하는 심보가 너무도 뻔히 보였

다. 공부도 많이 하고 세상 물정도 잘 아는 예 태수가 어찌 미리
방비하지 않겠는가. 다만 자신이 너무 늙어 버려 중양아가 다 클
때까지 기다리기에는 시간이 부족한 것이 아쉬웠다. 자기가 죽고
나면 중양아는 형 밑에서 먹고살아야 할 텐데 지금 선계와 괜히
척을 지면 안 될 일이라 참을 수밖에 없었다. 이런 생각을 하면
서 작은아들을 보면 안쓰럽기가 그지없고 한창 젊디젊은 매 씨
를 보면 미안하기가 이루 말할 수 없었다. 이런 생각은 고민을 낳
았고, 고민을 하다 보면 번뇌가 일고, 번뇌가 일어나면 마음이 괴
로웠다.

다시 사 년이 더 지나 중양아가 다섯 살이 되었다. 예 태수가
보니 중양아는 참으로 영리하기도 하고 개구쟁이처럼 놀기도 좋
아했다. 이제 학관에 보내 공부를 시키리라 마음먹고 학관에 다
니면서 쓸 새 이름을 지어 주었다. 형이 선계이니 형 이름의 선
자를 따서 선술(善述)이라 이름 지었다. 길일을 택해 다과를 준비
하여 선술을 데리고 선생에게 인사를 시켰다. 그 선생은 본디 예
태수가 손자를 가르치려고 집에 초청했던 자인데 삼촌과 조카가
같이 학관에서 같은 선생에게 배우게 되었으니 차라리 잘되었다
싶었다.

하나 예선계의 마음은 예 태수의 마음과 같지 않았다. 예선계
는 중양아에게 자신과 같은 항렬자를 써서 선술이라는 이름을
지어 준 것부터가 마음에 들지 않았다. 게다가 선술과 자기 아들
이 같이 공부를 하게 되면 어려서부터 작은아버지라고 부르는 게
습관이 될 텐데 그러면 자연스럽게 선술보다 항렬이 낮다고 생각

할까 싶어 염려스러웠다. 당연히 따로따로 선생을 모셔서 공부시키는 게 낫겠다 생각했다.

하여 공부하러 가기로 한 첫날부터 아프다 핑계 대고 보내지 않더니 며칠을 계속해서 학관에 보내지 않았다. 예 태수는 처음에는 손자가 정말 아파서 공부하러 오지 않나 생각했으나 며칠 지나서 선생이 말하는 것을 듣고 사실을 알게 되었다.

"큰아드님께서는 따로 선생을 초빙하여 공부를 시키려 하신다는데 무슨 이유로 그러시는지 모르겠습니다."

그 말을 듣지 않았으면 그냥 넘어갔겠지만 듣고 나니 자기도 모르게 버럭 화가 났다. 예 태수는 즉각 큰아들을 불러 연고를 물어보고자 했다. 그러나 이내 생각을 바꾸었다.

"이미 타고나기를 욕심 덩어리로 태어났으니 불러서 이야기한들 무슨 소용이 있겠는가. 그래, 그냥 내버려 두자."

답답한 마음에 한숨을 쉬며 방으로 돌아오려니 갑자기 다리가 뻣뻣해져 황급히 문고리를 잡으려 했으나 기우뚱하고 쓰러졌다. 매 씨가 다급히 부축하여 좌탁에 앉혔으나 아뿔싸, 이미 정신을 차리지 못하게 되었다. 급하게 의원을 불러오니 의원이 중풍이라고 했다. 서둘러 생강탕을 끓여 입에 넣어 주고 침상에 뉘이니 가슴이 좀 시원해진 듯한 표정을 지었다. 하지만 사지는 이미 마비되어 움직이지를 못했다. 매 씨는 침상 곁에서 탕을 끓이고 약을 달여 예 태수를 보살폈으나 아무리 정성껏 달여 먹여도 차도가 없었다. 의원이 예 태수의 맥을 짚어 보더니 이렇게 말한다.

"며칠 더 살게 할 수는 있지만 완치는 불가능해 보입니다."

큰아들 예선계 역시 이 소식을 듣고는 몇 차례 병문안을 왔다. 아버지의 병세가 위중하여 아무래도 자리를 털고 일어나지 못할 것 같다는 사실을 안 뒤로 그는 큰소리로 위세를 부리고 하인들을 불러 혼을 내기도 하는 게 마치 집주인 역할을 미리 연습하는 듯했다. 예 태수는 그 꼴을 보고 더욱 화가 치밀었다. 매 씨는 예 태수 옆에서 하루 종일 눈물 바람이요, 어린 아들 선술마저도 학관에 공부하러 가는 것도 쉬고 예 태수 옆을 지켰다.

예 태수는 자신의 병이 위중하여 이젠 더 이상 앞날을 기약할 수 없음을 알고 큰아들을 부르더니 장부를 하나 꺼내 보였다. 그 안에는 토지 전답과 주택 목록, 하인들의 명단 등이 모두 기록되어 있었다.

"네 동생 선술이 올해로 다섯 살, 옷 입는 것도 어른의 보살핌을 받아야 할 나이다. 선술의 어미 역시 아직은 연소하여 한 집안을 건사할 상황이 아니다. 하니 선술이나 선술 어미에게 유산을 나눠 주기도 뭣하다. 지금 우리 집안의 재산 목록을 적어 너에게 주니 나중에 선술이 장성하거든 네가 이 아비의 입장을 잘 헤아려 선술이 장가도 보내 주고 집도 한 채 마련해 주고 기름진 밭도 오륙십 무 정도 나눠 주도록 하라. 선술이나 선술 어미야 굶어 죽지 않으면 되지. 아무튼 지금 내가 한 이야기는 재산 목록을 적은 단자에 소상히 적어 두었으니 나중에 재산을 갈라 줄 때 그것을 근거로 삼거라. 선술 어미가 나중에 개가하기를 원하든, 선술이를 키우며 수절하기를 원하든 선술 어미의 뜻을 존중해 주도록 해라. 내가 죽더라도 이렇게 살아 있을 때 한 말을 헤아려 내 말을 따라 준다면 그게 바로 효도니 나는 저세상에서라도 편히 눈을 감을 수 있을 것이다."

선계가 아버지에게서 재산 목록을 받아 보니 정말 자세하고 명확하게 정리되어 있는지라 만면에 미소를 띠며 계속 이렇게 대답했다.

"아버님 걱정 마십시오. 아버님 분부대로 실행하겠습니다."

선계는 재산 목록을 들고 들뜬 마음으로 방을 나갔다. 매 씨는 예선계가 방을 나가서 멀어져 가는 것을 확인한 다음 눈물을 흘리면서 어린 선술을 가리키며 입을 열었다.

"이 어린 건 자식도 아니란 말인가요? 있는 재산을 탈탈 털어서 큰아들에게 줘 버리면 저와 저 어린 것은 뭘 먹고 살라는 말인가요?"

"허허, 이 사람아, 자네가 모르는 게 있네. 선계는 내 아들이긴 하지만 그렇게 착한 놈은 못 돼. 만약 내가 지금 재산을 반씩 갈라 선술이한테도 주면 선술이는 목숨도 부지하기가 어려울 거야. 차라리 그냥 다 줘 버리고 선계가 딴마음 먹지 않게 하는 게 나아."

매 씨는 그래도 계속 울면서 또 말을 이어 갔다.

"아무리 나리 말이 그럴듯해도 본처 소생과 후처 소생을 차별하지 말라는 옛말도 있는데 재산 분할이 이렇게 불공평해서야 되겠습니까? 다른 사람들이 봐도 비웃을 것입니다."

"그거야 내가 어쩌겠나? 참 자네도 한창 팔팔한 나이니 그래도 내가 아직 눈을 감지 않은 지금 선계한테 선술이를 맡아달라 부탁하고 내가 죽은 뒤 길면 일 년, 짧으면 여섯 달 정도 기다렸다가 좋은 짝을 찾아 떠나서 남은 인생을 꾸리기 바라네. 괜히 애들한테 눈칫밥 먹지 말고!"

"무슨 말씀이십니까? 저는 선비 가문에서 태어나 일부종사의 도리를 배운 사람입니다. 하물며 어린 아들까지 있는데, 어떻게 그 아들을 떼어 놓고 개가한단 말입니까? 어쨌든 저 어린 것은 제 손으로 직접 키울 겁니다."

"자네 뜻이 그렇게 굳세니 앞으로 두 모자가 살아갈 일은 하나도 걱정할 게 없겠네."

예 태수는 말을 마치고 베게 밑에서 부스럭거리며 뭔가를 찾아서 매 씨에게 건넸다. 매 씨는 또 다른 재산 목록인가 하고 받았으나 폭이 한 자, 길이가 석 자 정도 되는 작은 두루마리였다.

"이 작은 두루마리는 왜 주시는 거예요?"

"그건 내 초상화네. 잘 살펴보면 그 안에 길이 있을 거야. 선술이가 장성할 때까지 절대 다른 사람에게 말하지 말고 잘 간직하게. 선계가 선술이를 푸대접하더라도 절대 맞서지 말고 기다렸다가 현명한 관리가 부임하거든 찾아가 송사를 하게. 내 유언을 들려주면서 이 초상화를 잘 살펴봐 달라고 하면 뭔가 수가 생길 것이고 자네 두 모자가 충분히 먹고살 길이 열릴 것이네."

매 씨가 초상화 두루마리를 받았다.

길게 얘기할 것도 없이 줄거리만 간추리기로 하자. 예 태수는 그렇게 며칠 더 연명하다가 어느 밤 갑자기 담이 끓어오르고 숨이 막히는 듯 아무리 소리를 질러도 못 알아듣더니 결국 숨을 거두었다. 향년 여든네 살이었다.

짧은 숨이라도 붙어 있으면 어떤 일이라도 할 수 있으련만
어느 날 마지막 숨을 거두니 모든 게 끝나 버리는구나.
저세상 떠날 때 아무것도 가져가지 못함을 진즉에 알았더라면
집안 건사하려 그렇게 아등바등하지는 않았을 것을.

한편 예선계는 집안의 재산 목록표와 각 창고의 열쇠를 다 물려받은 즉시 매일 집 안 구석구석을 다니며 장부와 실제 재물을 대조하며 조사하느라 아비의 병석에 가 볼 틈도 내지 못했다. 예 태수가 숨을 거두자 매 씨는 하녀를 시켜 예선계에게 소식을 알렸다. 예선계 부부는 소식을 듣고서야 예 태수가 자리를 보전하고 있던 방으로 찾아와 몇 차례 마른 울음을 울고 가 버렸다.

이제 모든 일을 처리해야 할 사람은 매 씨가 되어 버렸다. 그러나 다행히도 장례 준비는 예 태수가 생전에 다 해 두었던 터라 굳이 예선계의 손을 빌릴 필요가 없었다. 염을 하고 입관을 한 다음, 매 씨 모자는 관을 지키며 아침저녁으로 슬피 울면서 자리를 뜨지 않았다. 예선계는 상주로서 문상객을 맞을 뿐 정작 슬퍼하는 기색은 하나도 없었다.

사십구재가 가기 전에 택일을 하여 안장하고 돌아온 날, 예선계가 매 씨 방에 들이닥쳤다. 그러고는 혹시 매 씨 방에 은자라도 숨겨 두었을까 하여 서랍과 상자를 일일이 뒤지고 뒤집어 보았다. 매 씨는 나름 기지가 넘치는 여인이라 예 태수가 물려준 초상화가 발각될까 봐 자기가 시집올 때 가져온 예물 상자 속에 넣어두고 그 덮개를 일부러 먼저 열어젖히고는 상자 속에서 케케묵

은 옷을 한 벌 한 벌 꺼내 보이며 선계 부부에게 검사해 보라 했다. 예선계는 매 씨가 당당하게 나서자 별것 없겠다 싶었는지 상자 속을 살펴보려고 들지 않았다. 예선계 부부는 한바탕 소란을 피우더니 가 버렸다. 긴장이 풀린 매 씨는 속이 아려 와 방성대곡했다. 어린 아들 선술도 어미가 구슬피 우는 걸 보고 애절하게 따라 울었다. 그 광경이 어땠을까.

목석같은 사람도 눈물을 흘리고
냉혈한도 가슴이 아릴 것이다.

다음 날 예선계는 목수를 불러 매 씨가 묵던 방을 뜯어고치게 했다. 그 방을 새로 고쳐서 곧 장가들 자기 아들에게 주겠다며 매 씨와 선술은 후원에 있는 세 칸짜리 좁은 방으로 옮기라 했다. 새로 옮긴 방에는 침상 하나와 등받이도 없는 나무 의자 하나뿐, 다른 세간은 눈을 씻고 봐도 찾을 수 없었다. 예선계는 또 원래 매 씨 시중을 들던 두 하녀 가운데 나이도 지긋하고 일 좀 하게 생긴 하녀는 데려가 버리고 겨우 열한두 살 먹은 물정 모르는 하녀 하나만 남겨 두었다. 게다가 매 씨네 밥은 예선계네 부엌에서 타다 먹게 했다. 예선계네 부엌살림을 하는 사람들 중 매 씨네에 먹을거리가 남았는지 없는지 관심을 갖는 사람은 아무도 없었다.

매 씨는 가만히 두고 볼 수 없어서 스스로 쌀을 변통하고, 부뚜막을 만들어 밥을 직접 지어 먹었다. 아침저녁으로는 삯바느질을 하여 찬거리도 대며 하루하루를 살아갔다. 어린 아들 선술은 이웃집에 끼어서 공부를 했고, 그 비용은 모두 매 씨가 댔다. 예선계는 여러 차례 아내 편에 매 씨한테 재가를 권하고 매파를 동원하여 혼처를 물색하기도 했으나 매 씨가 워낙 완강하게 거절하니 더 이상 권하지 않았다. 매 씨가 모든 걸 참아 내는 편이고 또 이렇다 저렇다 말을 내는 편이 아니라 탐탁지 않아도 그냥 내버려 두는 수밖에 없었다.

세월은 어김없이 흐르고 흘러 선술이 열네 살이 되었다. 매 씨는 조심 또 조심하면서 예 태수가 생전에 초상화를 남겼다는 사실은 절대 함구했다. 괜히 선술이 어릴 때 이런 사실을 알고서 입을 놀려 일이 잘못되면 득 될 게 하나도 없었기 때문이다. 그러나 이제 선술도 열네 살, 사리분별 할 줄 아는 나이가 되었으니 그동안 감추어 온 비밀을 풀어놓아도 크게 문제가 없을 듯했다.

어느 날 선술이 매 씨에게 새 옷을 하나 해 달라고 했다. 매 씨는 돈이 없다고 대답했다. 선술이 어머니 말을 듣고는 따지듯이 물었다.

"우리 아버지는 태수까지 지내신 분에 자식이라고 해야 형하고 저 단둘이고 형님은 저렇게 돈이 넘치는데 내가 겨우 옷 한 벌 해 달라고 해도 돈이 없다 하시니 그게 말이 돼요? 어머니가 돈이 없다고 하시면 제가 직접 형님한테 달라고 할게요."

말을 마치더니 바로 달려갈 기세였다. 매 씨는 선술을 잡아 주저앉히고는 말했다.

"얘야, 옷 한 벌이 뭐 대단한 거라고 다른 사람한테 아쉬운 소

滕大尹鬼斷家私

리를 하느냐. '누릴 복을 아끼면 더 큰 복이 찾아오고, 어려서 해
진 옷 입으면 커서 비단 옷 입는다.'고 하지 않더냐. 어려서부터 비
단옷을 입기 시작하면 커서 해진 옷도 못 입을 수가 있단다. 이
년 정도 지나서 네 공부가 더 이루어지면 이 어미가 몸을 팔아서
라도 새 옷을 해서 입혀 주마. 네 형이라는 사람이 너를 탐탁하게
생각하지도 않는데 괜히 가서 무슨 이야기를 하려고 그러느냐."

"어머니 말씀이 맞습니다."

선술은 입으로는 비록 이렇게 대답했지만 그래도 마음속으로
는 속상한 태가 역력했다.

'형제라면 남겨 주신 그 많은 재산을 공평하게 나눠 가져야 하
는 거 아닌가? 어머니가 데려온 의붓자식도 아닌데 어째서 내 형
은 나를 이렇게 깡그리 무시하는 거지? 아들한테 옷 한 벌 해 줄
돈도 없어서 어머니가 몸을 팔아서 해 주신다니 참 기가 막히는
군. 형이 사람 잡아먹는 호랑이도 아닌데 형을 왜 그렇게 무서워
하지?'

선술은 나름 생각이 있어 어머니 몰래 형을 찾아갔다.

"형님, 인사 올립니다."

예선계는 흠칫 놀라며 찾아온 이유를 물었다.

"저도 선비 집안의 자손인데 입성이 너무 남루하여 남들의 비
웃음을 살까 걱정입니다. 형님께서 비단이라도 한 필 주시면 그
것으로 옷을 해 입고 싶습니다."

"옷을 만들어 입고 싶으면 네 어미한테 부탁해야지."

"선친이 물려준 유산은 형님이 관리하시지 제 어머니가 관리하

시는 게 아니지 않습니까?"

예선계는 예선술이 유산이라는 말을 입에 올리자 얼굴을 붉으락푸르락하면서 물었다.

"그런 말은 어디서 배워 먹은 것이냐? 지금 네가 옷을 얻어 입으러 온 것이냐, 아니면 유산을 분배받으러 온 것이냐?"

"유산은 나중에 차차 따져 보기로 하고 오늘은 일단 새 옷을 입어 제 체면을 지키고자 합니다."

"근본도 없는 놈이 체면은 무슨 체면? 아버님이 물려준 유산이 아무리 많아도 그건 다 적장자인 내 소관이지 너 같은 서자가 신경 쓸 바가 아니다. 누가 어떻게 꼬드겨서 네가 나한테 와서 원망을 하는지 모르지만 괜히 내 성질 건들지 마라. 그러다 여기서 쫓겨난다."

"형님과 저는 같은 아버지에게서 태어났는데 어찌 저를 근본도 없는 놈이라 부르십니까? 아니, 형님 성질 건들면 어떻게 한다고요? 그럼 어머니와 저를 죽이고 유산을 다 독차지하기라도 하실 건가요?"

예선계가 버럭 화를 내며 욕을 하기 시작했다.

"이런 짐승만도 못한 놈, 지금 어디 와서 덤비는 거야?"

예선계는 예선술의 옷자락을 부여잡고 머리에 주먹질을 하기 시작했다. 연거푸 예닐곱 대를 쥐어박으니 선술의 머리가 부어올랐다. 예선술은 있는 힘을 다해 자기 옷을 부여잡은 예선계의 손을 뿌리치고 잽싸게 도망쳐 나왔다. 그런 다음 어머니에게 달려가 그간의 상황을 일일이 일러바쳤다. 어머니 매 씨는 혀를 차면서 말했다.

"내가 그렇게 타일렀건만 듣지 않고 가더니 맞아도 싸다!"

입으로는 이렇게 말했지만 매 씨는 얼른 자신의 저고리 소맷자락으로 퉁퉁 부은 아들의 머리를 문질러 주면서 저도 모르게 눈물을 흘렸다. 이를 잘 묘사한 시가 있다.

젊은 나이에 청상과부, 어린 아들 하나
거친 식사, 해진 옷, 아무런 능력도 없네.
가정에 우애가 없어
한 나무에서 자란 이파리라도
윤기 나는 길과 말라비틀어지는 길로 갈라서네.

매 씨는 아무래도 안 되겠다 싶어서 선계에게 하녀를 보내 어린 것이 철이 없어 형님에게 불손한 짓을 저질렀으니 부디 화를 삭이고 용서해주시라 청하였다. 선계는 그래도 화를 삭이지 못하고 다음 날 날이 밝는 대로 일가친척 몇 명을 부르고 아버님이 생전에 작성한 재산 목록을 준비한 다음 매 씨 모자를 불러 보여주며 말했다.

"집안의 여러 어른들이 계시니 제가 말씀 올리겠습니다. 제가 선술 모자를 보살피기 싫어서 내쫓겠다는 것이 아니라 선술이 어제 저를 찾아와 유산을 나눠 달라고 소란을 피우는 걸 보니 나중에 자라면 재산 문제로 말이 굉장히 많아질 것 같아 걱정입니다. 하여 선술 모자에게 따로 살림을 내 주려고 합니다. 동쪽 마을에 집 한 채를 마련하고 밭 58무를 딸려 주는 게 나을 것 같습니다. 이 역시 선친의 유언에 따른 것이지 절대 제 마음대로 하는 것이 아닙니다. 원컨대 여러 어른께서 증인이 되어 주십시오."

자리에 모인 집안어른들도 평소 선계의 마음 씀씀이가 모질다는 것을 잘 알았으나 돌아가신 어른의 유언장이 엄연히 있는 마당이니 그저 합당한 처사라고 일제히 대답해 주었다.

"이런저런 말 필요 없고 돌아가신 분의 유언장이 모든 걸 결정하는 거지. 어차피 유언대로 집행하는 건데 우리는 아무 할 말이 없네."

다만 선술 모자를 불쌍히 여기는 몇 명만이 이렇게 이야기하며 마음을 달래 주었다.

"사내자식은 부모 유산을 바라지 않고, 계집은 친정 도움을 바라지 않는다고 하지 않는가. 그래도 몸 누일 집이 있고, 씨 뿌릴 땅이 있으니 비빌 언덕 정도는 있는 셈이네. 나가서 열심히 일하고 자신의 처지를 한탄하지 말게나. 다 팔자소관 아닌가."

매 씨는 지금 후원에서 사는 것도 어차피 항구지책이 아니니 차라리 잘되었다 생각했다. 집안 어른들에게 감사의 말을 하고, 사당에 절한 다음 예선계 부부에게도 하직 인사를 했다. 매 씨는 아들 선술과 함께 쓰던 가재도구 몇 개와 시집올 때 가져온 상자 두 개를 챙겨 마차를 불러 싣고서 동쪽 마을로 이사했다.

도착해 보니 잡풀이 온 땅에 가득하고 지붕의 기와가 듬성듬성 이가 빠진 게 수년 동안 사람 손길이 전혀 닿지 않은 듯했다. 비까지 줄줄 새는 게 과연 사람이 살 수 있을지 의문스러웠다. 우선 급한 대로 방 한두 칸을 정리하고 침상을 들였다. 마름을 불러 물어보니 밭이라고 준 58무도 도저히 농사지을 엄두가 안 나는 가장 질 낮은 땅이었다. 그 땅은 풍년에도 다른 땅의 반 정도나 겨우 소출이 가능하고 흉년이 들면 뿌린 씨보다 수확이 덜 나는 땅이었다. 매 씨는 절로 한숨이 났다. 그러자 선술이 오히려 어머니를 위로했다.

"아버지께서 우리 형제를 이런 식으로 차별하지는 않으셨을 겁니다. 필시 무슨 이유가 있을 것입니다. 혹시 아버지께서 남겨 주신 글 같은 것이라도 있습니까? 옛말에 재산을 나누는 데는 남녀노소의 차별을 두지 않는다고 했는데 어머니께서 관가에 가서 하소연이라도 해 보세요. 이런 재산 분할이 맞는지 재판이라도 받아 보면 이렇게 억울하지는 않을 것 같습니다."

매 씨는 아들 선술이 이렇게 말을 꺼내자 십 년 동안 가슴에 묻어 두었던 이야기를 꺼냈다.

"얘야, 네 아버지가 유산을 분배하면서 작성한 재산 목록은 그분의 본래 뜻이 그대로 반영된 것이니 전혀 의심할 필요가 없다. 네 나이가 어려서 네 형의 질투와 모진 견제를 받을까 봐 일부러 재산을 전부 주어 네 형을 안심시킨 것이다. 아버지가 숨을 거두시던 날 나에게 초상화 한 폭을 전해 주면서 신신당부하기를 이 초상화에 깊은 뜻이 담겨 있으니 현명한 판관이 부임하거든 그분을 찾아가 해결해 달라고 하면 우리 두 모자에게 살길이 열릴 것이라 했다."

"그런 일이 있었으면서 왜 이제야 말씀하세요? 아버지의 초상화는 어디에 있나요? 어서 보여 주세요."

매 씨가 상자를 열고 보자기 하나를 꺼냈다. 보자기를 풀어 보니 기름 먹인 종이로 만든 봉투가 들어 있었다. 봉투를 열어 보니 너비 한 자, 길이 석 자 정도의 작은 두루마리가 나왔다. 그걸 꺼내어 의자 위에 걸어 놓고 모자가 함께 절을 올렸다. 매 씨가 초상화를 바라보며 이렇게 말했다.

"시골 마을로 이사 와서 향과 촛불도 없습니다. 저의 무례를 용서해 주십시오."

선술이 재배를 마치고 초상화를 자세히 살펴보니 아버지가 앉아 있는 모습을 그린 초상화라 백발에 검은 관을 쓴 모습이 생생해 보였다. 품에 어린아이를 안고서 손가락으로 땅 밑을 가리키고 있었다. 선술이 아무리 고민해 봐도 그 의미를 알 수 없었다. 하는 수 없이 초상화를 다시 말아서 보관했으나 도대체 무슨 의미일까 하는 의문이 사라지지 않았다.

며칠 후 선술은 앞마을에 사는 스승에게 보여 드리자 하는 생각으로 길을 나섰다가 우연히 관우 사당 앞을 지나게 되었다. 마을 사람들이 돼지와 양을 잡아서 제사를 지내고 있었는데 동네 노인장 하나도 죽장을 짚고서 구경하다가 사람들에게 물었다.

"그런데 무슨 일로 제사를 지내는 거요?" 사람들이 대답했다. "우리가 송사에서 억울한 일을 당했는데, 관청에서 이 사건을 시원하게 바로잡아 주셨어요. 전에 여기 와서 이 일이 제대로 해결되기를 빈 적이 있어 이제 감사의 마음으로 제사를 지내러 온 거지요."

"무슨 사건이었소? 그리고 어떻게 억울함을 풀어 주었단 말이오?"

무리 가운데 한 사람이 대답했다.

"우리 마을은 나라님의 명령대로 열 가족이 하나의 갑(甲)으로 묶여 있지요. 소인이 바로 갑의 우두머리로 이름은 성대(成大)라고 합니다. 우리 갑 중에 조재(趙裁)라는 자가 있었는데 바느질 솜씨가 정말 뛰어났다오. 늘 다른 사람 집에서 바느질을 해 주느라 며칠씩 집에 못 들어오는 때도 많았지요. 한데 어느 날 집을 나가서는 한 달이 되어도 집에 돌아오지 않는 거요. 그래 부인 유 씨(劉氏)가 안달이 나서 사방으로 찾아보았으나 전혀 흔적을 찾을 수가 없었다지요. 그렇게 또 며칠이 지나서 강에서 시신 하나가 떠올랐는데 시신의 머리가 다 으깨져 있었어요. 이장이 관가에 신고하고 관가에서 조사해 보니 그 시신의 주인공이 바로 조재였다오.

조재가 실종되기 하루 전 나하고 술을 같이 마셨소. 술을 마시다가 좀 말싸움을 했죠. 내가 화를 못 다스린 나머지 조재네 집에 가서 살림살이 몇 가지를 박살냈지요. 조재의 마누라 유 씨가 그 사실을 홀라당 전임 현령에게 고해바쳤고 전임 현령은 한쪽 말만 믿고 내가 조재를 죽였다고 의심했어요. 게다가 우리 갑 사람들도 나의 그런 죄를 신고하지 않았다는 죄를 같이 뒤집어썼지요. 저는 억울한 옥살이를 삼 년이나 했습니다.

다행히도 신임 현령은 비록 향과(鄕科) 출신이긴 해도 굉장히 똑똑하더란 말이죠. 저는 신임 현령이 지난 시절의 사건을 재심하는 때에 나의 억울함을 눈물로 호소했답니다. 신임 현령 역시 '술 마시고 난 다음 말다툼하는 것 정도는 그리 큰 문제가 아닌데 설마 그 일로 살인까지 저질렀을까'라고 생각하는 것 같았어요.

그분은 나의 재심 요청을 받아들여 증인들을 불러 다시 심문했지요. 신임 현령인 등대윤은 조재의 아내 유 씨를 보더니 아무 말도 하지 않고 한참 바라보다가 이렇게 질문했지요. '재혼은 했는가?', '혼자 먹고살 길이 막막하여 할 수 없이 재혼했습니다.', '누구와 재혼했는가?' '심팔한(沈八漢)하고 재혼했습니다. 전남편처럼 바느질쟁이입니다요.'

그 대답을 듣자마자 등대윤은 심팔한을 당장 잡아 오게 하더니 심문하기 시작했지요. '너는 저 여인과 언제 결혼했느냐?', '저 여인의 남편이 죽고 한 달여 지나서 했습니다.', '중매는 누가 섰느냐? 예물은 뭘 줬는고?', '조재가 살았을 때 소인한테 은자 일고여덟 냥을 빌린 적이 있었습니다. 소인이 조재가 죽었다는 소식을 듣고 그 집으로 달려가 갚아 달라고 했더니 부인인 유 씨는 갚을 도리가 없으니 차라리 자기가 소인에게 시집오는 걸로 빚을 갚겠다고 했지요. 그런 연유로 중매쟁이를 세울 필요가 없었던 겁니다.' '그래, 손재주로 먹고사는 네 신세에 은자를 일고여덟 냥이나 빌려줄 수 있었단 말이냐?', '한 번에 빌려준 게 아니라 조금씩 빌려주다 보니 그렇게 쌓인 것입니다요.'

등대윤은 지필묵을 가져오게 하더니 심팔한에게 그동안 조재에게 빌려준 날짜와 액수를 적어 보라 하더군요. 심팔한이 그동안 빌려준 내역을 적어 가는데 혹은 쌀로 혹은 은자로 총 열세 번에 걸쳐 빌려주었으며 총 일곱 냥 팔 전이 된다고 적었다지요.

등대윤은 심팔한이 날짜별로 숫자를 적은 것을 보고 나서는 버럭 호통을 쳤습니다. '네 이놈, 조재는 네가 때려죽였으면서 어째서 애꿎은 사람에게 누명을 씌웠느냐?' 등대윤은 아울러 심팔한의 곤장을 심히 치라 했지요. 심팔한은 여전히 생사람 잡는다는 듯한 표정으로 버티고 있었습니다. 그러자 등대윤이 이렇게 소리를 질렀습니다.

'내 입으로 사실을 이야기하면 네놈이 인정하겠느냐? 아니, 돈 빌려주고 이자 받아 먹는 돈놀이를 하면서 다른 사람한테는 한 번도 빌려주지 않고 모조리 조재 한 사람한테만 빌려주었더란 말이냐? 네놈이 평소에 조재 마누라하고 그렇고 그런 사이였고, 조재는 또 네 돈이 탐나서 너와 제 아내가 그렇고 그런 사이라는 걸 알면서도 일부러 눈감아 준 것 아니냐. 그러다가 너는 아예 조재 마누라와 드러내 놓고 살고 싶어 조재를 죽인 거고. 그런 다음 조재의 마누라를 시켜 고소장을 제출하여 성대한테 죄를 뒤집어씌운 것 아니냐? 지금 네놈이 조재한테 돈 빌려준 액수와 날짜를 적은 글씨체가 그 고소장의 글씨체와 완전히 일치하는데 조재를 죽인 살인범이 네가 아니면 누구란 말이냐?'

그런 다음 등대윤은 부인 유 씨의 손가락을 비트는 고문을 하라 명령하는 한편 어서 자백하라 다그쳤지요. 유 씨가 등대윤의 말을 들으니 구구절절 맞는 말이라. 마치 귀곡선사가 환생한 것 같은지라 정신이 다 나가 버렸습니다. 그리하여 더 이상 버티기를 포기하고 손가락 비틀기 고문을 시작하기도 전에 모두 자백했지요. 심팔한도 하는 수 없어 자백했고요.

처음에 심팔한이 유 씨와 사통할 때는 아무도 눈치채지 못했답니다. 그러나 만나는 횟수가 잦아지자 조재가 자연스레 눈치챘고 동네 사람들이 다 알게 되면 얼마나 창피한 일이냐 걱정되기 시작하여 이제 그만 관계를 정리하라고 다그쳤답니다. 그러자 심팔한이 유 씨에게 조재를 죽여 버리고 아예 부부가 되자고 했다는군요. 유 씨는 그러지 못하겠다고 했지만 조재가 남의 집에서 바느질 일을 해 주고 돌아오는 날 심팔한이 조재한테 주점에서 술 한잔 하자고 꼬드겨 술을 잔뜩 먹인 다음 강둑을 지날 때 조재를 밀어 넘어뜨렸지요. 그러고는 돌멩이로 조재의 머리를 내리쳐서 강물에 던져 버린 거죠. 일이 좀 잠잠해지자 유 씨를 자기 집으로 데리고 갔지요. 나중에 조재의 시체가 물에 떠오르자 심팔한은 제가 조재와 입씨름한 적이 있는 걸 알고는 유 씨를 꼬드겨 고소장을 제출하게 한 거죠.

유 씨는 재혼하고 나서야 심팔한이 자신의 전남편 조재를 살해한 것을 알게 되었지만 이미 부부가 되어 버린 상황이라 더 이상 문제 삼지 않았답니다. 나중에 신임 현령 등대윤이 부임하게 되자 저 부부의 죄가 백일하에 드러나고 저의 무죄가 밝혀져 저를 이렇게 석방해 주신 겁니다. 하여 일가친척과 이웃이 얼마씩 추렴하여 소인을 위해 이렇게 관제 사당에 제사를 지내게 된 겁니다. 노인장, 이처럼 억울한 일이 또 어디 있겠소."

그 노인장이 이렇게 대답했다.

"그렇게 현명한 목민관을 만나기가 쉽지 않은데, 이 고을 백성들은 참 행복하시겠소."

예선술은 이들의 대화를 듣고 가슴에 담아 두었다가 집에 돌아가 어머니에게 말씀드렸다.

"이렇게 훌륭한 목민관이 계시니 아버님의 초상화를 들고 찾아가 보세요. 지금이 아니면 언제 가시겠습니까."

모자는 마음을 굳힌 다음 등대윤이 사건을 접수받는 날을 알아보았다. 사건을 접수하는 날이 되자 매 씨는 새벽같이 일어나 초상화를 들고 열네 살 먹은 아들과 함께 현청으로 가서 접수했다. 등대윤이 살펴보니 고소장은 없고 초상화 한 축만 있는지라 매우 괴이하다 생각했다. 연고를 묻는 등대윤의 질문에 매 씨가 그동안의 사연과 예 태수가 죽기 직전에 했던 말을 상세하게 알렸다. 등대윤은 초상화를 집어 든 다음 안으로 들어가 자세히 살펴보겠다며 일단 물러가라 했다.

초상화 한 폭에 숨겨 있던 비밀이
천만금의 유산이 이제 드러나려나.
젊은 과부와 고아의 고통이
등대윤의 온 정성을 쏟게 만드는구나.

매 씨 모자는 등대윤의 말대로 집으로 돌아왔다. 등대윤은 그날의 사건 처리를 마치고 사저로 돌아와 너비 한 자, 길이 석 자 정도의 초상화를 펼쳐 보았다. 초상화의 주인공은 한 손으로는 어린아이를 안고 다른 한 손으로는 바닥을 가리키고 있었다.

'초상화 속의 이 아이는 틀림없이 예선술일 것이야. 이 손가락으로 바닥을 가리키고 있는 것은 이 일을 맡아 처리할 관리에게 지하에 있는 자신의 뜻을 굽어 살펴 달라는 의미인가? 하지만 예태수는 제 손으로 직접 유산 목록을 작성해 놓았으니 관리가 중간에 끼어들기가 쉽지 않을 텐데. 그럼에도 이런 초상화를 남겼다는 것은 뭔가 숨은 뜻이 있는 거야. 이 일을 제대로 처리하지 못하면 현명한 관리라는 나의 명성에도 흠이 갈 것인데 말이야.'

이렇게 저렇게 머리를 싸매고 며칠을 고민해 보아도 도저히 실마리를 잡을 수 없었다.

그러나 이 일이 해결될 기회가 우연히 찾아왔다. 하루는 등대윤이 점심을 먹고 나서 다시 그 초상화를 살펴보는데 하녀가 가져온 찻잔을 받다가 실수로 찻물을 초상화 위에 엎질렀다. 등대윤은 찻잔을 바로 내려놓고 계단 쪽으로 나가서 재빨리 초상화를 두 손으로 펼치고 햇볕에 말렸다. 그런데 글씨 자국이 초상화에 그림자처럼 비치는 것이었다. 등대윤이 이상하다 싶어 잘 만져 보니 실제로 글자를 적은 종이 한 장이 초상화 안쪽에 덧대어져 있었다. 그 종이 위에는 이렇게 적혀 있었다.

이 늙은이는 태수 벼슬살이도 했고, 나이도 팔순을 넘겼으니 이제 오늘 당장 죽는다 해도 여한이 없다. 그러나 나의 소실에게서 낳은 아들 선술이 이제 겨우 돌을 넘긴 어린 나이고, 큰아들 선계는 욕심이 많아 형제 사이에 우애가 없으니 나중에 선술이 선계에게 괴롭힘을 당할까 걱정이다. 하여 새로 단장한 집

두 채와 모든 전답을 선계에게 물려주는 바이다. 다만 왼편에
있는 작은 구옥 하나만 선술에게 물려주고자 한다. 이 구옥은
비록 작지만 왼쪽 벽에는 은 오천 냥을 다섯 단지에, 오른쪽 벽
에는 은 오천 냥과 금 천 냥을 여섯 단지에 묻어 놓았다. 이 금
과 은은 선계에게 물려준 가옥이나 전답을 합한 만큼 될 것이
다. 나중에 이 일을 주관하여 처리하여 주시는 현명한 목민관
에게 선술은 은 삼백 냥을 사례로 드리도록 하라.

여든한 살 노인, 예수겸(倪守謙)이 삼가 직접 작성함.

이 초상화는 예 태수가 여든한 살 되던 해에 선술의 돌잔치를
기념하여 그린 것이다. 제 아들 제대로 아는 건 아비밖에 없다는
옛말이 허튼소리는 아니었다.

한편 등대윤도 나름 머리를 굴릴 줄 아는 사람인데 그렇게 많
은 금은이 묻혀 있다는 사실을 알았으니 어찌 군침이 돌지 않겠
는가. 등대윤이 한참 미간을 찡그리며 생각에 잠기더니 나름 계
책을 하나 생각해 내고는 사람을 시켜 예선계에게 할 말이 있으
니 한번 보잔다고 말을 전하게 했다.

한편 예선계는 혼자서 아버지의 유산을 독차지하고는 기분이
너무 좋아 매일 집에서 웃음이 끊이지 않았다. 그런데 갑자기 현
청의 아전이 등대윤의 친필 메모를 보여 주면서 만나 보자고 한
다니 차마 무시하지 못하고 아전을 따라 현청에 들어갈 수밖에
없었다. 현청에 도착하니 아전이 이렇게 알렸다.

"예선계가 여기 도착했습니다."

등대윤이 예선계를 가까이 다가오게 한 다음 물었다.

"자네가 예 태수의 큰아들인가?"

"제가 바로 예 태수의 큰아들입니다."

"자네의 계모 매 씨가 고소장을 접수하여 말하기를 자네가 동생과 계모를 내쫓고 집과 유산을 독차지했다고 하던데 그게 사실인가?"

"제 이복동생 선술은 저의 보살핌 속에서 자랐으며 근일 들어 계모가 따로 살림을 나가겠다고 자원한 것이지 제가 그들을 쫓아낸 것은 절대 아닙니다. 유산 분배 역시 선친께서 생전에 직접 작성해 주신 친필 유언장대로 한 것이지 제 임의대로 한 것이 아닙니다."

"자네 부친께서 친필로 작성해 준 재산 목록은 어디 있는가?"

"집에 보관하고 있으니 가져와서 보여 드리겠습니다."

"매 씨의 고소장에 따르면 자네 집안의 유산이 일만 관에 달한다고 하던데 이게 어디 예삿일인가? 게다가 자네가 가져오겠다는 그 재산 목록이 또 친필인지 아닌지 어떻게 증명하겠는가? 그래도 사대부 집안의 자손임을 감안하여 자네를 곤란하게 만들진 않겠네. 내일 내가 매 씨 모자를 불러서 그들과 함께 자네 집으로 가서 아버님의 유산 문제를 한몫에 처리하고자 하네. 만약 유산 분배가 공평하지 않다면 공정하게 다시 논의할 것이야. 이건 사사로이 처리할 일이 아니지 않은가?"

등대윤은 다시 아전에게 예선계가 다른 곳으로 도망가지 못하도록 데리고 가고 그런 다음 바로 매 씨 집에 가서 두 모자를 잡아 와서 내일 심리하는 데 지장이 없게 하라고 명령했다. 그러나 아전은 예선계에게 뇌물을 받고는 알아서 집에 돌아가도록 해 주고 바로 매 씨와 선술을 찾아 동쪽 마을로 향해 갔다.

한편 예선계는 등대윤의 서슬이 퍼런 것을 보고는 은근히 걱정이 되었다. 유산 문제야 아버님의 친필 유언장에 따라서 나누었을 뿐이니 아무래도 친척들의 증언이 있다면 더욱 든든할 것 같았다. 그날 밤 바로 예선계는 친가, 외가, 처가의 어른들에게 은자를 보내 내일 아침에 자기 집에 좀 와 달라고 부탁하였다. 만약 등대윤이 선친의 친필 유언장대로 유산을 분배해 준 일을 문제 삼으면 자기에게 유리한 말을 해 달라고 부탁했다. 예선계의 친척들은 예선계에게서 은자를 받고는 냉소했다. 아버지가 돌아가신 후 선물이라곤 일절 한 적이 없으며 명절 때도 술 한잔 대접한 적 없다가 이렇게 갑자기 은자를 보내는 것이 '평소 절에는 가지도 않다가 급하니까 부처님 바짓가랑이 잡고 늘어지는' 격이라 생각한 것이다. 그래도 갑자기 굴러들어온 은자이니 맛있는 것이나 사 먹어야겠다고 생각하는 눈치였다. 내일 유산 송사 건이야 되어 가는 상황을 살펴보고 그때 알아서 처신하면 될 것 같았다. 당시 사람이 읊은 시를 보자.

계모라 무시하고 함부로 말하지 마소.
명색이 형인데 너무도 각박했구나.
오늘에서야 은자를 풀어 일가친척을 매수하려는가
지난번 동생이 새 옷 원할 때 그 말을 들어주었어야 했던 것을.

한편 매 씨는 아전이 자기들 모자를 데리러 왔다는 소리를 듣고서 등대윤이 자신의 건을 심리하기로 했음을 알아차렸다. 다음 날 날이 밝자마자 두 모자는 먼저 현청으로 달려가 등대윤을 만났다. 등대윤이 말했다.

　"자네 모자의 사정을 봐서 가급적이면 자네들 편에서 일을 처리해 주고 싶네만 선계 역시 부친의 유언장대로 집행했다고 하니 이를 어쩐다?"

　"유산 분할을 언급한 유언장이 있는 것은 틀림없는 사실이나 어린 아들을 보호하고자 어쩔 수 없이 그런 식으로 작성한 사정이 있습니다. 나리께서도 유언장의 내용을 보면 그것이 한쪽으로 과하게 치우쳐 있음을 바로 아실 수 있을 것입니다."

　"아무리 청렴하고 현명한 관리라도 집안 문제에 관여하긴 어렵네. 나는 그저 자네 모자가 평생 먹고살 걱정이나 더는 정도로 노력해 볼 뿐이니 너무 기대하지는 말게."

　"그저 굶어 죽지 않을 정도면 됐지 뭘 더 바라겠습니까. 저희는 선계처럼 부자가 되기를 바라지도 않습니다."

　등대윤은 매 씨 모자에게 먼저 선계의 집으로 가 있으라고 명했다. 선계는 진즉에 묘당을 청소하고 호랑이 가죽 팔걸이의자를 하나 갖다 놓고는 향을 피웠다. 아울러 친척들에게 일찍 나와서 등대윤이 오는 걸 맞아 달라고 부탁해 놓았다. 매 씨 모자가 선계 집에 와 보니 온 친척들이 모두 당도해 있는지라 이들에게 일일이 절하고 더불어 잘 부탁드린다고 말했다. 선계는 매 씨와 선술이 하는 짓을 보고서 속으로 화가 치밀어 올랐지만 전혀 티를 내지 않았다. 매 씨든 선계든 각각 등대윤을 만나면 무슨 말을 어떻게 해야 할지 고민하고 있었다.

잠시 후 멀리서 고함 소리와 함께 등대윤이 나타났다. 선계는 의관을 정제하고 등대윤 맞을 준비를 했고 친척 중에서 나이도 좀 있고 물정을 아는 자들도 준비를 했다. 어리고 나서기 싫어하는 자들은 대문 가림 벽 뒤에 서서 일이 되어 가는 모양을 지켜볼 심산이었다.

아전들이 두 줄로 먼저 앞서고 그 뒤에 파란색 비단 우산 아래 재주와 지모가 넘쳐 보이는 등대윤이 따라왔다. 예선계 집 앞에 도착하여 아전이 무릎을 꿇고 고함을 쳤다. 매 씨와 선계, 선술 모두 일제히 무릎을 꿇고 인사를 올렸다. 아전이 큰 소리로 말했다.

"모두 일어나라."

가마꾼이 가림막이 둘러쳐진 가마를 세웠다. 등대윤이 천천히 가마에서 내린 다음 선계의 집에 들어서기 전에 하늘을 바라보며 연신 읍을 하며 중얼거렸다. 마치 주인에게 뭔가 고하는 하인처럼 보여 바라보는 사람들이 의아하게 생각했다. 등대윤은 당에 들어가면서도 계속 누군가를 모시듯이 읍을 하면서 갔고 입으로는 날씨와 안부를 여쭙는 말을 이어 갔다. 등대윤은 남쪽을 향해 놓인 호랑이 가죽 팔걸이의자를 보고서, 마치 누군가 앉아 있기라도 한 것처럼 읍을 했다. 그런 다음 몸을 돌려 북쪽을 향해 의자 하나를 갖다 놓고서 허공을 향해 무슨 말인가를 하며 한참을 사양하더니 그제야 북쪽을 향해 놓아 둔 의자 위에 앉았다.

마치 귀신이나 조상신이라도 만나는 듯한 등대윤을 보고 사람들은 감히 나서지도 못하고 양쪽으로 서서 그저 바라만 보았다.

등대윤은 의자에 앉은 다음 다시 한번 읍을 하고 입을 열었다.

"미망인께서 유산 상속 건을 소인에게 심리해 달라고 요청했습니다. 이 일을 어떻게 처리하면 좋겠습니까?"

등대윤은 말을 마치고 귀를 기울여 뭔가 열심히 듣는 자세를 취했다. 그러다 고개를 저으며 말했다.

"큰아드님이 워낙 완고해서요."

다시 또 한참을 듣더니 말을 이었다.

"둘째 아드님은 어떻게 살라고 할까요?"

한참을 듣더니 또 말을 했다.

"오른쪽에 있는 집에 가 보면 뭔가 해결책이 있을까요?"

"그럼 말씀대로 하겠습니다."

한참을 또 듣더니 다시 말을 이었다.

"아, 그것도 마저 둘째 아들에게 주라는 말씀이네요. 잘 알아들었습니다."

등대윤이 다시 입을 열어 말했다.

"저는 그런 보답을 바라고 일하는 것이 아닙니다."

한참을 손사래를 치더니 말했다.

"그렇게 간곡하게 말씀하시니 소인이 감히 거절할 수가 없습니다. 제가 받고 둘째 아드님에게 영수증을 전달하겠습니다."

등대윤이 일어나 읍을 하더니 말했다.

"저는 이제 물러가겠습니다."

사람들은 등대윤이 하는 모양을 멍하니 바라보고만 있었다.

등대윤이 일어나서 좌우를 살피더니 물었다.

"예 태수께서는 어디로 가셨느냐?"

아전이 대답했다.

"저희는 예 태수를 뵙지 못했습니다."

등대윤이 이렇게 말했다.

"이런 괴이한 일이 다 있나!"

등대윤이 예선계를 불러 말했다.

"방금 자네의 부친을 만났다네. 자네 부친께서 대문 밖까지 나와 나를 맞아 주시고 함께 말씀을 나누셨으니 자네도 다 들었을 것이야."

"저희는 듣지 못했습니다."

"큰 키에 갸름한 얼굴, 턱이 길고, 눈이 가늘고, 눈썹이 길고, 귀가 크며, 은빛으로 찰랑찰랑 빛나는 세 갈래 수염, 백발에 검정 관, 검정 신발, 홍색 도포에 황금색 허리띠, 이게 다 생전의 예 태수 모습 아닌가?"

이야기를 듣던 사람들은 모두 깜짝 놀라 등에 식은땀이 다 날 지경이었다. 사람들이 모두 꿇어앉아 말했다.

"맞습니다. 생전의 모습과 영락없습니다."

등대윤이 말했다.

"대체 어디로 그렇게 빨리 사라지신 것일까. 예 태수께서 말씀하시기를 여기에는 큰 집이 두 채가 있고, 동쪽에 구옥이 하나 또 있다고 하시던데, 맞느냐?"

선계는 감히 다른 소리를 못하고 있는 그대로 대답하는 수밖에 없었다.

"그렇습니다."

"그럼 그 구옥에 한번 가 보세. 내가 할 말이 있네."

사람들은 등대윤이 생전의 예 태수 모습을 한 치의 오차도 없이 정확하게 그려 내는 것을 듣고는 등대윤이 방금 전 한참 동안이나 혼잣말을 하는 듯이 한 것은 정말로 예 태수를 만난 것이라고 믿게 되었다. 사람들이 놀라서 서로를 쳐다보며 수군댔다. 그러나 등대윤이 예 태수의 초상화를 이미 보고서 한 말이라는 것을 그들이 어찌 알겠는가. 이 시 한 수로 이를 증명해 보일거나.

성현이란 본디 믿고 따라야 할 대상
귀신이란 감히 함부로 접촉하지 말아야 할 대상.
하나 등대윤이 귀신을 만난 척하지 않았더라면
불효자가 등대윤의 말을 듣기나 했으랴.

예선계가 길을 인도하고 뭇사람들은 등대윤의 뒤를 따라 동편 구옥에 도착했다. 이 구옥은 예 태수가 과거에 급제하기 전에 지내던 곳이었는데 새집을 지어 옮기고 나서는 쌀이나 보리 같은 걸 넣어 두는 창고로 썼고, 그것들을 관리하는 하인이 방 한 칸을 쓰고 있었다. 등대윤은 성큼성큼 들어가 그 구옥을 한번 둘러보더니 구옥의 대청 한가운데에서 예선계를 바라보고 말했다.

"자네 부친의 신령이 나에게 나타나 집안일을 소상하게 이야기해 주시면서 이 구옥은 둘째 아들에게 주려고 하신다고 했는데

滕大尹鬼斷家私

자네 뜻은 어떠한가?"

예선계가 머리를 조아리고 대답했다.

"나리께서 결정하시는 대로 따르겠습니다."

등대윤은 예 태수가 생전에 작성했다는 재산 목록을 가져오라고 하여 자세히 살펴보았다.

"실로 엄청난 재산이로군!"

그런 다음 뒷면의 유산 상속 내역을 읽어 보더니 가가대소하며 말했다.

"이렇게 자세히 재산 목록을 적어 놓으시고도 방금 전 내 앞에서는 그렇게 자네 흉을 보다니. 혹시 자네 부친은 이랬다저랬다하는 분이셨나?"

등대윤이 예선계를 불렀다.

"기왕에 자네 부친께서 재산 목록을 자세하게 정리하여 두셨으니 그 내역에서 밝히고 있는 모든 재산을 자네가 가질 것이며 선술은 이의를 제기하지 말라."

매 씨가 속으로 너무도 억울해하며 앞으로 나가 뭔가를 부탁하려는 찰나 등대윤이 다시 입을 열어 말하기 시작했다.

"이 구옥은 선술에게 줄 것이며, 이 구옥에 있는 모든 물건 역시 선술의 것이 될 것이니 선계는 이의를 제기하지 말라."

선계는 속으로 생각했다.

'저 낡은 집 안에 있으면 뭐가 있겠어. 다 깨진 살림 몇 개겠지. 게다가 쌀과 보리는 한 달 전에 칠팔 할은 이미 팔아 버려서 남은 것도 별로 없고, 나한테 손해 볼 일은 없겠군.'

생각을 정리한 선계가 대답했다.

"나리의 판결이 지당하십니다!"

등대윤이 말을 시작했다.

"선계, 선술 너희 두 사람이 모두 동의한 것이니 다시는 후회하거나 번복하지 말라. 여기에 모인 많은 일가친척이 증인이 될 것이다. 좀 전에 예 태수께서 나에게 이렇게 당부하셨다. '이 구옥의 왼쪽 벽 밑에 은 오천 냥을 다섯 단지에 담아 두었으니 그것을 둘째 아들에게 전해 주시오.'"

선계는 그럴 리가 없다는 생각에 이렇게 말했다.

"만약 그러하다면 설사 그것이 금 일만 냥이라고 해도 동생의 것이니 소인은 이의를 제기하지 않겠습니다."

"그래, 자네가 이의를 제기해도 내가 받아 주지 않을 걸세."

등대윤이 수하의 아전들에게 삽과 괭이를 찾아오라 하니 매씨 모자가 그들을 안내하여 동네의 건장한 사람을 데리고 와서 동쪽 담 밑 기초를 들어내고 팠다. 과연 다섯 개의 커다란 단지가 나왔고, 단지들을 꺼내 보니 그 안에서 은이 번쩍번쩍 빛나고 있었다. 단지 하나의 은을 모두 꺼내어 저울에 달아 보니 육십이근 반이라 천 냥이 너끈했다. 바라보는 사람마다 놀라지 않는 이가 없었다. 선계는 이제 자기 아버지가 등대윤에게 나타나 이곳에 은을 묻어 두었다고 알려 주었다는 말을 믿기 시작했다. 그렇지 않고서야 집안사람들도 모르는 것을 등대윤이 어찌 알 수 있겠나 싶었던 것이다. 등대윤은 다섯 단지의 은을 자기 앞에 늘어놓고서 매 씨에게 말했다.

"오른쪽 벽에도 다섯 단지가 묻혀 있고 그 안에 또 은이 총 오천 냥 들어 있다. 그리고 한 단지가 더 있는데 그 안에는 금이 들어 있다. 방금 전 예 태수가 이 오른쪽 벽에 묻혀 있는 금 한 단지를 나에게 감사의 뜻으로 주시겠다고 하여 사양했으나 하도 거듭거듭 말씀하시니 내가 사양만 할 수 없었다."

매 씨가 머리를 조아리며 말했다.

"왼쪽 벽에 묻혀 있는 은자 오천 냥만 해도 저희에게는 꿈만 같습니다. 오른쪽 벽에 더 묻혀 있는 것까지는 바라지도 않습니다. 어찌 감히 나리의 명을 거스르겠습니까?"

"예 태수께서 나에게 일러 주지 않았더라면 내가 어찌 그걸 알았겠느냐? 예 태수의 말이 하나도 틀린 게 없구나."

다시 사람들을 시켜 오른쪽 벽 밑을 파 보게 하니 과연 여섯 개의 큰 단지가 나왔다. 다섯 단지에는 은이 들어 있고, 나머지 한 단지에는 금이 들어 있었다. 선계는 누렇고 하얗게 빛나는 금과 은을 보자니 눈에 불이 튀어서 저걸 한 주먹이라도 가져오지 못하는 게 너무도 한스러웠다. 다만 이미 내뱉은 말 때문에 꾹 눌러 참고 있을 뿐이었다. 등대윤은 서류를 작성하여 선술에게 주었다. 그 서류에는 이 구옥을 관리하던 하인 일가족 역시 매 씨와 선술에게 준다는 내용이 적혀 있었다. 두 모자는 너무도 감격하여 머리를 조아리며 등대윤에게 감사했다. 선계는 속이 부글부글 끓었지만 머리를 조아려 등대윤에게 절하지 않을 수 없었다. 그러고는 억지로 입을 열어 등대윤에게 말했다.

"나리의 현명하신 판결에 정말 감사드립니다."

등대윤은 판결문을 넣은 봉투에 금 단지 안에 있던 금을 모두 담은 다음 그걸 가마에 싣고 현청으로 돌아갈 준비를 했다. 지켜보던 사람들은 모두 예 태수가 등대윤에게 사례로 그걸 주려고 했다고 믿었다. 또 설혹 예 태수가 그렇게 미리 주려고 하지 않았더라도 등대윤이 수고한 대가로 그 정도는 가져갈 만하다 생각했으므로 아무도 이의를 제기하지 않았다.

이것이야말로 도요새와 조개가 다투다가 어부만 좋은 일 시키는 격이라. 만약에 예선계가 우애가 깊고 형제간에 화목해서 유산을 공평하게 나누려고 했더라면 이 황금 천 냥도 형제가 사이좋게 나눠 가질 수 있었을 텐데, 어쩌다 보니 이렇게 등대윤 좋은 일만 시키게 된 것이다. 결국 다른 사람 손에 황금을 쥐여 주고 저는 속만 끓이고 불효자라는 불명예를 떠안았으니 이런저런 수를 내어 남을 괴롭히려다가 결국 자기만 당하고 만 꼴이다.

쓸데없는 이야기는 여기서 접고 매 씨와 선술 모자는 다음 날바로 등대윤을 찾아가 감사 인사를 했다. 등대윤은 예 태수의 초상화에서 예 태수가 친필로 써서 붙여 놓았던 종이를 떼어 내고서 다시 표구를 하여 매 씨에게 주었다. 매 씨 모자는 초상화를 돌려받고 다시 보고서야 예 태수의 손가락이 바닥에 묻어 놓은 금과 은을 가리키고 있다는 걸 깨달았다. 아무튼 매 씨와 선술 모자는 열 단지의 은으로 전답을 사서 마침내 거부가 되었다.

후에 선술은 장가를 가서 세 아들을 두었는데 모두 공부를 잘해서 근동에서 이름을 날렸다. 예씨 문중 가운데는 선술네만 번성했다. 선계네 두 아들은 모두 허랑방탕하여 가업이 갈수록 쪼그라들더니 선계가 죽은 다음에는 살던 집마저 삼촌에게 팔아넘겨 삼촌이 관리하게 되었다. 예 태수의 유산을 둘러싸고 벌어진 사건의 전모를 아는 사람들은 이게 다 업보라고 입을 모았다. 시 한 수가 이를 노래하고 있다.

> 하늘의 도리에 어찌 사사로움이 있으랴.
> 가소롭다. 선계여. 그대 너무 욕심 많도다.
> 적장자로서 계모에게 함부로 대하더니
> 죽은 아버지에게 외려 당했구나.
> 초상화 속에 또 다른 유언을 감추어 놓음은 어린 아들 때문이나
> 벽 밑에 감추어 둔 금은 결국 재판 맡은 관리 몫이 되었네.
> 공정하게 유산을 나누면 좀 좋았을까
> 다툼도 구설도 생겨나지 않았을 것을.

趙伯昇茶肆遇仁宗

조백승이 찻집에서
인종을 만나다

옛사람들은 재주가 있어도 배경이 든든하지 않아 출세하지 못한 사람들을 몹시 안타까워했나 보다. 평민 복장으로 민심을 살피던 황제가 한 가난한 선비 집에 들렀다. 황제는 선비가 "꾀꼬리와 따오기가 솔개한테 누가 더 노래를 잘하는지 심사해 달라고 부탁했다가 따오기에게 개구리를 받아먹은 솔개가 따오기의 손을 들어 주었다는데, 아무것도 바칠 게 없는 나는 어찌 과거를 치를꼬."라며 한탄하는 소리를 듣고는 은근슬쩍 시험 문제를 알려 주었다는 이야기가 있다. 반대로 미행 중이던 황제가 가난한 선비를 만나 과거 시험 문제를 넌지시 알려 주었으나 학식이 모자라 알아듣지 못하자 버럭 화를 내며 돈이나 몇 푼 던져 주고 떠났다는 이야기도 있다.

이 작품의 주인공 조백승은 집안이 가난한 것도 아니고 학식이 모자란 것도 아니다. 다만 잘난 체하길 좋아해서 황제 앞에서도 자기는 답안지를 잘못 쓴 게 아니라고 우기다가 결국 과거에 낙방한 인물이다. 그 덕에 일이 년 모진 고생하다가 우연히 황제를 다시 만나게 되니 그 일이 년은 어쩌면 인격을 도야하고 겸손을 배우는 수련의 기간이었을 것이다. 하늘이 그를 아껴 그런 기회를 준 것이리라.

잘난 척하는 것은 성격이나, 미행하던 황제가 술집에서 실수로 떨어뜨린 부채가 조백승의 품으로 떨어진 것은 우연 치고는 심한 우연이다. 그러나 풍몽룡은 그 우연마저도 실력을 쌓고 포기하지 않아 하늘이 내려 준 복이라고 주장한다. 풍몽룡은 선한 의도가 선한 결과를 맺는 것이야말로 하늘이 정한 이치라고 늘 주장해 왔으니 작품을 통해 이를 보여 주고 싶었을 것이다.

세 치 혀가 바로 나라를 안정시키는 검이라.

오언시가 바로 하늘로 올라가는 사다리라.

청운의 뜻을 품고 길을 나선 이들은

과장에 이름을 날리지 않으면 돌아오지 않으리라 맹세하네.

이야기 한번 해 볼거나. 위대한 송나라 인종(1023~1063) 황제 치세에 조욱(趙旭)이라는 수재가 살았으니 자는 백승이요, 사천 성도 출신이다. 어려서부터 문장을 배우고 시, 서, 예, 악을 한번 보고 나면 바로 줄줄 지을 줄 알았으니 진실로 학문이 깊고 넓은 수재였다. 그는 동경(東京, 지금의 개봉(開封))에서 과거 시험이 열린다는 소식을 듣고 어서 가서 응시하고 싶은 마음에 안채에 있는 부모님께 달려가 알렸다. 그의 아버지는 조윤(趙倫)이며, 자는 문보(文寶)이고, 어머니는 유 씨(劉氏)였다. 부모 모두 대대로 시와 예를 공부한 집안 태생이라 아들이 과거를 치르러 간다 하니 두

말 않고 승낙했다. 조욱이 출발 날짜를 정하고 짐을 챙기니 아버지 조윤이 시를 한 수 지어 아들에게 주었다.

시, 서, 예, 악에 더욱 눈길을 줄 것이니
독한 술 마시면서 괜시리 위장이나 상하게 하지 말지라.
내년 3월 복사꽃이 파도처럼 사방을 덮을 때
비단 도포 입고서 고향으로 돌아오거라.

"그래 내 아들아, 장원급제의 명예를 얻어서 남아의 뜻을 펼치거라."

어머니 유 씨 역시 아들에게 이렇게 당부했다. 조욱은 부모님께 하직 인사를 올리고 검과 비파 그리고 책 상자를 하인에게 지우고는 동경을 향해 출발했다. 친구들이 남문 밖까지 배웅을 나왔다. 조욱이 「강신자(江神子)」라는 사(詞) 한 수를 읊조렸다.

깃발 내걸린 저 주점, 누군가 「위성곡(渭城曲)」[28]을 부르는구나!
그대 떠나보내고 그리운 마음 눈물 되어 옷깃 적시네.
들녘 나루터엔 배 한 척 덩그러니
임 떠나보내는 자마다 꺾어 대니 버들가지 성할 날 없네.

---

28 당나라 시인 왕유(王維, 701~761)가 친구를 떠나보내며 지은 시의 제목으로, 이별을 그리는 대표작이다. "위성의 아침 비 먼지 적시고, 객사는 푸른 버들빛 더욱 새로워라. 그대 술 한 잔 더 드시게나, 서쪽으로 양관을 나서면 친구도 없으리니." 위성은 서쪽 지방을 향하는 길목. 아마도 왕유가 예까지 와서 서쪽으로 먼 길 떠나는 친구를 떠나보내며 지었을 것이다.

저 산 너머 천만리 먼 곳으로 떠나는 내 님아

그대 멀어져 가는데 안개만 모락모락.

연꽃은 가을 이슬 맞아 세수하고

바람 처량한데, 새벽이슬.

푸른 가을 강물 위에 걸린 저 무지개다리엔 이별의 정한이 더욱

아리다.

내 옷깃에 묻어 있는 일천 방울의 눈물 자국.

그 눈물 마를 날 언제일런가.

　조욱은 사를 읊조리고 나더니 친구들과 작별을 하고 길을 재
촉했다. 도중에 배가 고프면 먹고 목이 마르면 마시고 밤이면 숙
소를 찾아 잠을 자고 아침이면 길을 떠났다. 이렇게 서둘러 동경
에 도착했다. 조욱은 성안으로 들어가 경치를 구경했다. 역시 동
경 성안의 건물들은 화려하기 그지없었고, 사람들도 모두 세련되
고 화려했다. 그야말로 천하의 인물들이 모여 자웅을 겨루는 곳
다웠다. 조욱은 장원방(壯元坊)이라는 곳에서 여관을 찾아 숙소
를 정하고 과거 날짜를 기다렸다. 드디어 과거 날이 되자 시험장
에 들어가 시험을 치렀다. 세 차례의 문장을 모두 지어 제출하고
숙소로 돌아와 쉬면서 조욱은 싱글벙글 방이 붙기만을 기다렸다.
　"내가 낙방할 리 없지!"
　다음 날 아침을 먹고 나서 숙소 맞은편에 있는 찻집에 가서 손
님들과 어울려 차를 한 잔 하다가 찻집 탁자 위에 사람들이 시를
써 놓은 것을 보고는 자신도 사 한 수를 썼다.

구름으로 올라가는 사다리를 밟고

신선 세상의 계수나무를 잡는다.

내 이름은 과거 합격자 명단에 들었구나.

마부는 앞에서 장원급제자 납시었다고 소리 지르고

황금 장식한 안장과 옥대 두른 급제자들이 열을 지었네.

급제자 잔치를 마치고 술에 취해 거리를 유람하니

이때가 바로 사내대장부로서 뜻을 드러내는 때.

편지를 써서 어서 저 봉황대에 사는 여인에게 보내라

멋진 남편감이 예 있다고.

쓰기를 다 마치고 조욱은 자신감에 취해 기뻐했다. 그리고 저녁이 되자 숙소로 돌아와 쉬었다.

한편 인종 황제는 아침 일찍 대전에 납시었다. 고시관들도 답안지 채점을 마치고 입조했다. 인종 황제가 물었다.

"경들이 세 명의 장원 후보를 선정하여 짐에게 추천하는 게 관례인데, 이번에는 누구누구를 추천했소?"

고시관들이 세 후보의 답안지를 인종 황제에게 바쳤다. 인종 황제가 첫 번째 답안지를 살피더니 살며시 미소를 지으면서 고시관들에게 물었다.

"이 답안지 참 잘 썼구먼. 근데 오자가 하나 있어."

고시관들은 바닥에 엎드린 채로 말씀을 올렸다.

"폐하, 어느 글자를 잘못 썼습니까?"

인종 황제는 여전히 미소를 머금은 채로 말했다.

"바로 '유(唯)' 자야. 이 글자는 입구(口) 방에 써야 하는데 사사사(厶) 방에 썼구려."

고시관들은 인종 황제에게 재배를 한 다음 머리를 조아리고 말했다.

"이 글자는 어떤 방으로 써도 통용되는 줄 압니다."

인종이 다시 고시관들에게 물었다.

"그 사람 이름은 뭔가, 어디 출신이지?"

답안지를 썼던 봉투를 살펴보니 바로 사천 성도 사람으로 이름은 조욱이며, 지금은 장원방에 있는 여관에 묵고 있었다. 인종 황제는 사람을 파견하여 조욱을 불러오게 했다.

조욱은 여관에 있다가 황제의 부르심을 받고서 조금도 지체하지 않고 바로 입궐했다. 그런 다음 남색 도포와 나무 홀을 빌려 들고 황제 앞에 다가가 머리를 조아렸다.

"그대는 어디 사람인가?"

"소인은 사천 성도 사람으로 어려서부터 글을 익히다 이번에 과거를 치르러 와서 이렇게 폐하를 뵙는 영광을 얻었습니다."

"그래, 그대가 지은 문장의 제목은 무엇인가, 문장의 길이는 얼마나 되지? 글자 수는 또 얼마나 되고?"

조욱이 다시 머리를 조아리며 일일이 대답하는데 그가 제출한 답안지와 한 치의 오차도 없었다. 인종 황제는 조욱의 대답이 물 흐르듯 유려한 것을 보고 속으로 흐뭇해하면서 다만 한 글자를 잘못 썼다며 아쉬움을 표했다.

"그대가 제출한 답안지를 보니 한 글자를 틀리게 썼구나."

조욱은 당황하여 몸을 더욱 조아리고서 여쭈었다.

"소인이 어느 글자를 잘못 썼는지요?"

"바로 '유(唯)' 자야, 이 글자는 입구(口) 방에 써야 하는데 사사 사(厶) 방에 썼어."

조욱은 고개를 숙인 채 다시 이렇게 말했다.

"이 글자들은 서로 통용해서 쓰는 줄로 알고 있습니다."

인종 황제는 내심 불쾌하게 여기며 바로 문방사보를 찾아 여덟 글자를 써서 조욱에게 건넸다.

"어디 한번 천천히 살펴보게나. 그렇다면 단단(單單), 거길(去吉), 오의(吳矣), 여태(呂台)가 서로 통용되는 글자란 말인가? 그렇게 되는지 그대의 견해를 한번 듣겠다."

조욱이 황제가 써 준 글자들을 한참이나 바라보았지만 대꾸할 말이 없었다. 황제가 조욱에게 이렇게 일렀다.

"그대는 물러가서 공부를 더 하라."

조욱은 얼굴을 붉히고 황제 앞에서 물러났다.

숙소로 돌아온 조욱은 가슴에 납덩이를 올려놓은 듯 답답했 다. 친구들이 몰려나와 한마디씩 했다.

"넌 앞길이 쫙 풀릴 거야."

친구들의 이런 말을 들은 조욱은 마침내 자신이 겪은 일을 이 야기했다. 친구들이 대경실색했다. 조욱은 숙소 맞은편의 찻집에 가서 차를 마시면서 스스로 답답한 마음을 위로했다. 그러다 며 칠 전 자신이 이 찻집의 벽에 써 놓은 사 한 수를 발견하고는 자 기도 모르게 한숨을 쉬었다. 다시 문방사보를 부탁하여 사 한 수를 지었다.

날개 막 돋아나려 하고
공명을 거의 이루었으니
사내대장부로서 이름을 드러낼 만하지 않은가.
모란이 꽃피는 봄
장원급제 축하연은 다른 사람 차지.
'유(唯)' 자 하나 잘못 써서
내 공명은 땅에 떨어져 버렸으니
하늘이 이렇게 내 평생의 뜻을 꺾으실 것인가.
그래, 돌아가자.
고개 돌려 고향 쪽 바라보니
산 넘고 물 건너
삼천 리.

과거 합격자 명단이 발표되는 날, 다른 사람 편에 좀 봐 달라 했다. 역시 조욱이라는 이름 두 글자는 명단에 없었다. 서러움에 눈물이 절로 흘러내렸다. 조욱은 고향으로 돌아가기 민망하여 그냥 동경에 남기로 마음먹었다. 삼 년 후에 다시 과거를 치러 이런 실수를 하지 말자는 생각뿐이었다. 숙소에서도 답답한 마음을 달랠 길이 없어 벽에다 4언 4구 시를 적었다.

송옥(宋玉)[29]은 슬픔에 겨웠고

강엄(江淹)[30]은 한이 맺혔고

한유(韓愈)[31]는 멀리 쫓겨났고

소진(蘇秦)[32]은 곤궁하기 짝이 없었지.

　그래도 마음이 답답하기에 사를 한 수 더 지었는데, 바로 '시냇
가에서 비단 빨래를 한다'라는 뜻의 「완계사(浣溪紗)」였다.

가을바람 소슬하니 낙엽은 우수수

귀뚜라미 귀뚤귀뚤 우는 밤

해 질 녘 사람 그림자가 평교에 어른어른.

국화 만발하여 가을이런가

서리 몇 번 지나면 쓸쓸한 겨울 오리니

오늘 밤에도 아침처럼 비바람 불리라.

---

29 기원전 298~기원전 222. 전국 시대 말기 초나라의 궁정 시인. 『구변(九辨)』, 『풍부
(風賦)』 등을 지었다고 한다. 애잔하고 자기 연민에 찬 작품을 지은 것으로 유명
하며, 굴원(屈原)의 제자라는 설도 있다.

30 444~505. 남조 시대의 문인. 열세 살 때 부친을 여의고 고생하며 자랐다. 말년에
관운이 트여 문장 재주로 출세한 대표적 인물이다. 원망과 이별을 읊은 『한부(恨
賦)』, 『별부(別賦)』가 대표작이다.

31 768~824. 당나라의 문학가이자 사상가. 당송 팔대가 가운데서도 손꼽히는 대문
호다. 당 헌종을 비판하다 오지로 귀양을 떠났다.

32 ?~기원전 317. 전국 시대의 정치가. 소싯적 공명을 이루지 못해 주위 사람들에게
괄시를 받았다. 특히 각국의 왕에게 자기 뜻을 펴려고 주유하다가 아무런 성과
를 거두지 못하고 귀향했을 때 친척들이 대놓고 무시한 이야기가 유명하다.

고향엔 돌아가고 싶지만 공명을 이루지 못해. 잠 못 들고 일어
나 앉아 '나지막이 겹친 산봉우리'라는 의미의 「소중산(小重山)」이
라는 사를 지었다.

> 차가운 등불 아래 잠 못 이루고 일어나 앉으니
> 가슴은 천 갈래 만 갈래.
> 이러지도 저러지도 못하는구나.
> 가을비 내릴 제 연꽃 옆을 날아가는 원앙
> 서로 헤어져 날아감이 애달파
> 바람 부는 석양에 피눈물을 뚝뚝.
> 저기 저 날아가는 기러기 편에
> 내 소식 전해 주고 싶다마는
> 고향 길은 너무 멀구나.
> 내 마음 추슬러 다음 해를 기약해야겠지만
> 슬픔만은 견디기 어려워
> 내 눈물이 파란 융단을 다 물들이네.

가을이 깊어지도록 그저 동경에서 시간을 보내고 있으니 노복
은 기다리다 지쳐 말없이 먼저 돌아가 버렸다. 여비까지 다 떨어
지자 조욱은 매일 거리에 나가 사람들에게 돈을 받고 글을 써 주
는 걸로 입에 풀칠을 했다. 몸에 걸친 옷은 다 해지고 황초(黃草)
로 만든 홑적삼이 바람에 펄럭이니 마음이 더욱 서러워져 사를
한 수 지었다. 바로 '자고새 나는 하늘'이라는 뜻의 「자고천(鷓鴣

天)」이었다.

    황초 옷은 추위에는 너무 약하다던데
    그나마 다 해지고 낡아서 회색으로 변해 버렸네.
    하도 오래 입어서 어깨랑 소매가 누더기가 되었으니
    아침저녁으로 불어오는 가을바람을 어이 막으리.
    그래도 이 눈물 젖은 옷으로라도 내 몸을 가려야 할 텐데
    다만 밖에서 아는 사람 만날까 걱정이네.
    이웃집 아주머니 내 옷을 보고 묻네.
    "그 옷 나에게 주시지 않으려오, 신발 밑창으로 쓰게."

    조욱이 찻집에 앉아 있자니 마침 가을비가 내렸다. 찻집 점원이 다가와 이렇게 권유했다.

    "선비님, 요즘 형편이 말이 아닌데 찻집이나 술집에 찾아가서 피리를 불어 주고 돈을 벌면 어떠세요. 그렇게 해서 돈이 생기면 그래도 며칠 버틸 수 있지 않겠어요?"

    조욱이 그 말을 듣고서 자신의 답답한 마음을 시로 적었다.

    객사에 묶인 이 몸 행색은 초췌하고
    들판에서 채소 주워 거친 국 끓여 먹네.
    촌놈이 국 맛은 볼 줄 모르고
    그저 피리 불 줄 아느냐 묻기만 하네.

세월은 쏜살같이 흘러 어느새 일 년이 지났다. 하루는 황제가 궁중에서 밤 3~4시경 꿈을 꾸었는데, 황금 갑옷을 입은 귀신이 사륜마차에 붉은 해 아홉 개를 싣고 궁정 앞마당으로 달려왔다. 황제가 깜짝 놀라 일어나 보니 한바탕 꿈이었다. 다음 날 아침 조회 시간에 문무백관들이 모두 알현하고 인사를 했다. 황제가 사천대(司天臺)의 묘 태감(苗太監)에게 물었다.

"과인이 어젯밤에 황금 갑옷을 입은 귀신이 사륜마차에 붉은 해 아홉 개를 싣고 궁정 앞마당으로 달려오는 꿈을 꾸었소. 이게 길몽이요, 흉몽이요?"

묘 태감이 대답했다.

"아홉 개의 해라는 것은 바로 구일(九日)이니 욱(旭)이란 글자가 됩니다. 그게 사람인지 아니면 지명인지는 잘 모르겠습니다."

"만약에 사람 이름이라면 과인이 이자를 꼭 만나고 싶은데 어찌하면 만나 볼 수 있을지 점을 한번 쳐 보시오."

예전에 묘 태감이 기이한 도사를 만나서 제갈량이 전수했다고 하는 손가락 점을 배운 적이 있는데 이 점은 빠르고도 정확했다. 묘 태감이 바로 그 자리에서 점을 쳐 본 다음 황제에게 고했다.

"폐하께서 그자를 만나 보고 싶으시다면 오늘밤에 날이 없습니다. 소신과 함께 백의 선비 분장으로 갈아입고 시장으로 사행하시면 바로 그자를 만나 보실 수 있을 것입니다."

인종 황제가 이 말을 듣고 나서 어의를 벗고 옥대를 푼 다음 묘 태감과 함께 백의 선비의 복장으로 갈아입고는 궁궐 문을 나서 골목골목을 누비며 걸었다. 얼마나 걸었을까, 멋들어진 술집 하나가 눈에 들어왔다. 알고 보니 근동에서 제법 이름이 알려진 술집이었다. 「자고천(鷓鴣天)」으로 그 모습을 그려 볼거나.

동경의 술집들은 하늘을 찌를 듯이 솟아 있어
용을 찌고 봉황을 삶아 내는지 음식 맛은 천하일품.
말에서 내려 냄새만 맡아도 취해 버리고
술 한 잔에 만금도 아깝지 않다네.
귀한 손님, 높으신 분들 모두 모시고
술집 무대에선 관현악 반주에 맞춘 노랫소리 들려오네.
식탁엔 온갖 산해진미
사방 난간은 화려하게 장식한 조각들.

인종 황제와 묘 태감은 술집으로 들어가 술을 청하고 마주 앉았다. 시절은 바야흐로 한여름, 사방은 찌는 듯이 더웠다. 인종 황제가 옥으로 된 손잡이가 달린 하얀색 반달 모양 부채를 잡고 몸소 부채질을 하면서 길거리를 바라보고 있었다. 그러다가 부채 손잡이를 쥔 손이 기둥에 부딪히는 바람에 부채를 놓치고 말았다. 급히 아래로 내려가 부채를 찾아보았으나 찾을 수가 없었다. 인종 황제가 묘 태감에게 점을 쳐 보라 하니 묘 태감이 바로 점을 치고는 이렇게 말했다.

"그 부채는 오늘 중으로 다시 찾으실 것입니다."

두 사람은 술을 다 마시고 나서 술값을 치르고 거리로 나왔다.

인종 황제와 묘 태감이 장원방에 이르렀다. 거기서 찻집 하나를 발견하고 황제가 말했다.

"여기서 차나 한잔 하고 가지."

두 사람은 찻집 안으로 들어가 자리를 잡고 앉았다. 고개를 돌리니 벽에 사 두 수가 적혀 있는데 내용도 멋들어지고 글씨도 명필이었다. 맨 마지막엔 "금리[33] 수재조욱작(錦里秀才趙旭作)"이라고 적혀 있었다. 황제가 깜짝 놀라며 말했다.

"혹시 그자가 아닐까?"

묘 태감은 즉시 찻집 점원을 불러 물었다.

"이 벽에 적힌 사는 누가 지은 것이오?"

점원이 대답했다.

"나리, 저 사를 지은 사람은 과거에서 실패하고 고향에 돌아가기 부끄러워 여기에서 그냥 소일하고 있는 수재입니다."

묘 태감이 다시 물었다.

"그 사람 고향이 어디요? 지금은 어디 있소?"

점원이 대답했다.

"사천 성도 출신으로 장원방의 객점에서 묵고 있습니다. 사람들한테 글을 주고 돈을 받아 입에 풀칠하면서 다음 번 과거를 기다리고 있다고 합니다."

인종 황제는 전에 일이 생각나 묘 태감에게 이렇게 살짝 말해 주었다.

"그자는 원래 지난번 과거 시험에서 장원급제 후보였네. 답도

---

33 조욱의 고향인 사천성 성도의 번화가 이름으로, 여기서는 성도를 가리키는 말로 사용되었다. 성도 출신 과거 준비생 조욱이 이 사를 지었다는 의미이다.

정말 잘 썼고. 그런데 한 글자를 틀리게 썼길래 지적했더니 실수를 인정하지 않고 변명하기에 쫓아냈는데 이렇게까지 고생하고 있을 줄이야."

황제가 찻집 점원을 불러 말했다.

"그 선비 좀 불러오게나. 내가 글을 좀 받고 돈을 내려고 하네. 데려오면 심부름 값은 두둑히 주지."

점원이 냉큼 나가서 이리저리 찾아보았으나 아무리 찾아도 보이지 않았다. 점원이 혼잣말하며 한탄했다.

"정말 어지간히 복도 없군. 오늘따라 도대체 어딜 간 거야?"

점원이 황제와 묘태감에게 말했다.

"나리들, 그분의 행방이 묘연하네요."

황제가 점원에게 말했다.

"우린 좀 더 앉아 있을 테니 차나 더 가져오게."

황제는 차를 마시다가 점원을 다시 불러 조욱을 다시 한번 찾아보라고 시켰다. 점원이 숙소까지 가서 이곳저곳을 다 뒤져 봐도 보이지 않았다.

"정말 운도 없는 사람이군. 오늘 저 두 사람을 만나면 글값이라도 두둑이 받을 텐데 참 복도 없지!"

점원이 돌아와 다시 이렇게 말했다.

"아무리 찾아도 없습니다."

황제와 묘 태감이 찻값을 치르고 막 찻집에서 나가려고 하는데 점원이 어딘가를 가리키면서 소리쳤다.

"어, 저기 조 수재가 오네요."

趙伯昇·茶肆遇仁宗

묘 태감이 급히 물었다.

"어디?"

"저기 길에서 꾀죄죄한 옷을 입고 걸어오는 사람이 바로 조 수재입니다요."

묘 태감이 점원에게 조욱을 바로 데려오라 일렀다. 점원이 길로 나가서 조욱에게 소리쳤다.

"찻집 안에서 나리 두 분이 조 수재님을 찾고 계세요. 저한테 두 번이나 조 수재님을 찾아오라고 했는데 그때마다 안 계시더라고요."

조욱은 점원을 따라서 황급히 찻집 안으로 들어왔다. 조욱은 인종 황제와 묘 태감에게 인사를 올리고 묘 태감 옆에 자리를 잡고 앉았다.

"저 벽에 있는 사 두 수는 수재께서 지은 것이오?"

"재주 없는 주제에 그저 입에서 나오는 대로 몇 자 적었을 뿐입니다. 작품이라고 하기엔 부끄럽습니다."

황제가 물었다.

"그대는 성도 사람이라고 들었는데, 무슨 이유로 여기에 눌러 계시오?"

"과거 시험에서 낙방하고 차마 고향에 돌아갈 염치가 없어 이러고 있습니다."

이야기를 나누는 도중에 조욱이 소맷자락에서 뭔가를 만지작거렸다. 묘 태감이 물었다.

"그대의 소맷자락 안에는 뭐가 들어 있소?"

조욱이 대답하지 않고 대신 소맷자락 안에서 물건을 꺼내는데 바로 옥으로 된 손잡이가 달린 하얀색 반달 모양 부채였다. 조욱이 그 부채를 두 손으로 공손하게 묘 태감에게 바쳤다. 부채를 받고 보니 시가 한 수 적혀 있었다.

무성하게 뻗은 가지 푸르름이 넘치는데
곤고한 용은 아직 때를 만나지 못하고 땅속에 몸을 숨기고 있구나.
언젠가 바람과 구름이 서로 만나는 날
하늘을 떠받치는 백옥 기둥이 되리라.

묘 태감이 물었다.
"이 부채는 어디서 났소?"
"제가 번루(樊樓) 아래쪽을 지나가는데 누군가 이 부채를 떨어뜨렸고 신기하게도 제 해진 옷 틈 사이로 들어와 끼었습니다. 마침 왕 승상 댁에 소나무를 읊는 시를 지어 주러 가는 길이어서 그 시를 짓고 나서 부채에다 이 시를 짓게 된 것입니다."
묘 태감이 말했다.
"그 부채는 술 마시다가 아래로 떨어뜨린 것인데, 수재께서 가지시죠."
"제 것도 아닌데 당연히 주인에게 돌려드려야지요."
인종 황제가 크게 기뻐하며 물었다.
"지난번 과거 시험에서는 어쩌다 낙방하셨소?"

"소인이 제출한 답안지는 세 차례의 채점과 검토 과정을 무사히 통과했으나 황제 폐하께서 직접 살펴보시고는 제가 한 글자를 잘못 쓴 것을 발견하셨지요. 바로 그 이유로 낙방하게 된 것입니다."

"그 일은 황제 폐하께서 조금 잘못하신 것 같소이다. 뭘 잘 모르고 그러신 것 아니오?"

"아닙니다. 황제 폐하께서는 분명하고 명확하십니다. 폐하의 지적이 맞았습니다."

"어떤 글자를 틀리게 쓴 것이오?"

"바로 '유(唯)' 자입니다. 저는 그 글자를 사사 사(厶) 방에 썼는데, 현명하신 황제 폐하께서 그 글자는 입구(口) 방에 써야 한다고 바로잡아 주셨습니다. 그런데 제가 폐하의 안전에서 다 통용해서 쓸 수 있다고 했고, 폐하께서 또 단단(単單), 거길(去吉), 오의(旲矣), 여태(呂台) 여덟 글자를 적어 보여 주시면서 이 각 글자들이 서로 통용되는 글자인지 묻고 설명해 보라 하셨습니다. 저는 아무런 대답도 할 수 없었고 그런 이유로 과거에서 낙방하여 이렇게 떠돌이 생활을 하고 있습니다. 다 제가 공부를 철저하게 하지 못한 탓입니다. 모든 잘못은 저에게 있지 황제 폐하께는 전혀 잘못이 없습니다."

"그대가 금리 출신이라는데 그러면 바로 성도 아니오. 왕 제치(王制置)를 아시오?"

"저야 그분을 알지만, 그분은 아마 저를 모를 것 같습니다."

"그가 내 외조카요. 내가 추천 서신을 쓰고 사람을 하나 붙여서 그대를 데리고 가게 할 테니 그 왕 제치에게 기대어 관직을 시작하면 어떻겠소?"

조욱이 바닥에 엎드려 절하며 대답했다.

"두 분께서 저를 추천해 주신다면 그 은혜가 백골난망이겠습니다."

묘 태감이 말했다.

"수재 양반, 그래 오늘 이렇게 인연이 되어 크게 추천을 받았으니 이걸 시로 지어 감사의 뜻을 표시하면 어떻겠소?"

조욱은 바로 그러마 대답하고 시를 지었다.

옥이 돌덩어리에 묻혀 있고
황금이 진흙 더미에 묻혀 있네.
이제야 귀하신 분이 손잡아 이끌어 주시니
사다리를 밟고 하늘에 오르는 듯하구나.

인종 황제가 그 시를 보더니 매우 흡족해하며 말했다.

"이 시를 보니 내가 그대를 추천할 수 있다는 걸 아직 안 믿으시는 모양이구려. 내가 답례로 시 한 수를 지으리다."

한 글자를 잘못 써서 낙방하고
동경에서 이리저리 떠돌며 좋은 인연 맺지 못했네.
그대에게 서축으로 추천하는 서신을 주노니
궁궐에서 일하는 것보다 훨씬 나으리라.

조욱은 황제가 써 준 시를 보고 감격해 마지않았다. 그때 옆에서 묘 태감이 말했다.

"수재 양반, 어르신께서 그대에게 이렇게 시를 써 주셨으니 나도 어찌 가만있을 수 있겠소?"

조욱이 황제를 알현함은 하늘이 주신 계시와 맞아떨어지니
본디 그대는 장원급제할 운명.
이제 그대를 왕 제치에게 천거하노니
그대 가문에 광휘가 넘칠지라.

묘 태감이 조욱에게 일렀다.

"그대는 숙소에 돌아가 계시게. 내일 아침에 내가 어르신께 말씀드려 길을 떠날 수 있도록 추천서와 여비를 보내겠네."

"어르신 댁이 어디신지요? 제가 찾아뵙고 받는 게 좋을 것 같습니다."

"어르신 댁은 여기서 보통 먼 게 아니니 괜히 힘들게 찾아올 필요는 없네."

조욱은 찻집에서 감사의 인사를 한 번 올렸다. 세 사람은 같이 찻집에서 나와 헤어졌다. 다음 날 조욱은 새벽같이 일어나 기다렸다. 과연 어제 만났던 그 수염이 없던 백의 서생이 아전 하나에게 옷상자와 다른 보따리를 들려 나타났다. 그러나 어젯밤의 어르신은 보이지 않았다. 조욱은 숙소 밖으로 뛰어나가 백의 서생에게 인사를 올리고 맞이했다.

"어젯밤 어르신께서 이 아전을 붙여 주어 그대와 함께 길을 떠나도록 배려하셨네. 아울러 추천장과 쉰 냥에 해당하는 백은 덩어리를 성도까지 가는 노자로 쓰라고 주셨다네. 백은과 추천장은 이 아전에게 있네. 먼 길 조심해서 가시게나."

조욱이 재삼 감사의 말씀을 올리고 이렇게 물었다.

"나리의 성함은 어떻게 되시는지요?"

"나는 성이 조(趙)이고, 이름은 수(秀)요. 어르신 문하의 가신 노릇을 하고 있네. 그대가 왕 제치를 만나면 궁금증이 다 풀릴 것이야."

"제가 이번에 성도로 가면 바라던 바가 이루어질 것입니다. 저에게 베풀어 주신 은혜는 죽어서도 잊지 않겠습니다."

조욱은 흰 종이 위에 시 한 수를 적어 작별의 정을 읊었다.

지난해 과거 시험 합격자 명단에 이름을 못 올렸지.
이번엔 고시관들이 고개를 끄떡일 거라.
승상댁에 찾아가 부탁하고픈 맘 굴뚝같았더니
뜻하지 않게 술집 아래에서 부채를 얻었네.
술집 이층에서 부채가 내 옷 해진 틈 사이로 파고들어
즉석에서 시를 지어 어르신께 바쳤네.
고마울사, 어르신의 추천장
성도의 왕 제치에게 내 몸 의탁하려네.

묘 태감은 시를 적은 종이를 받아 들고 인사를 건넨 뒤 떠났다. 조욱은 백은 덩어리를 쪼개어 숙소의 숙박비를 치르고 옷도 장만하고 짐도 꾸린 다음 사흘 후에 출발했다.

길을 가면서 배고프면 밥을 먹고 목마르면 물을 마시고 밤이 되면 잠을 자고 날이 밝으면 길을 떠나고 다른 일을 일절 하지 않는 강행군으로 며칠 지나지 않아 성도에서 백여 리 떨어진 곳까지 이르렀다. 그런데 신임 제치가 온다고 환영 나왔다는 사람들이 떠드는 소리가 사방에서 들려왔다. 조욱은 이 소리를 듣고 맥이 탁 풀렸다.

"내가 왕 제치를 찾아왔더니 다른 곳으로 가 버리다니, 나의 팔자는 어찌 이리도 기구한가! 아, 어쩌면 좋단 말인가!"

조욱은 답답한 마음에 시를 한 수 지었다.

추천서 한 장 달랑 들고 성도까지 달려왔네
의지할 사람 찾아 천 리를 달려왔건만 그 사람 보이지 않고.
어르신이 끌어 주신 일 이렇게 허사로고
고향이 가까워진다는 게 외려 근심 덩어리.

길을 같이 따라오던 아전이 조욱을 달랬다.

"너무 걱정하지 마십시오. 일단 성도에 도착해서 상황을 알아보시지요."

조욱은 계속 길을 갔다. 하지만 걸음 한 발짝에 한숨이 한 번이었다. 이십오 리를 더 가니 성도에 도착하게 되었다. 신임 관리를 맞느라 정자에 모인 사람들이 시끌벅적하더니 일제히 소리를 질렸다.

"신임 제치를 모시려고 사흘씩이나 나와서 기다리고 있는데 아직 그림자도 볼 수 없다니!"

아전이 조욱에게 말했다.

"나리, 우리도 한번 저 신임 관리를 맞이하는 정자에 올라가 봅시다."

"아냐, 함부로 행동하고 싶진 않네. 여기서 더 실수하면 나는 기댈 언덕도 없는 형편이야."

아전은 조욱의 말을 기다리지도 않고 옷상자와 보따리를 든 채로 정자에 올라가 편하게 앉아 버렸다. 그러더니 이렇게 소리를 질렀다.

"뭣들 하는 게냐? 어서 가서 신임 제치 어르신을 맞이하지 않고 여기서 뭘 꾸물대는 거냐?"

여러 사람들이 대경실색하며 물었다.

"신임 제치가 어디 있단 말이오?"

아전이 보따리를 열어 문서를 꺼내 들고 외쳤다.

"저 선비님이 바로 신임 제치시다."

조욱도 깜짝 놀랐다. 아전은 옷 상자를 열어 자색 도포, 금색 허리띠, 상아 홀, 검정 신발을 꺼냈다. 그런 다음 흰 천으로 만든 모자를 쓰고 황제의 임명장을 낭독했다. 조욱은 성은에 감격하고 머리를 조아리며 성도 54주를 통할하는 도제치직을 받았다. 마중 나온 관리들이 이 광경을 보고 예를 갖추어 인사를 올렸다. 조욱은 사람들에게 조용한 사원 하나를 찾아 달라고 부탁했다.

그곳에서 정식 업무를 시작하기 전까지 휴식도 하고 일을 시작할 준비도 할 요량이었다. 스스로 지난날을 생각해 보았다.

"장원급제를 눈앞에 두고 글자 하나 때문에 탈락했으나 내가 공명을 이룰 팔자라서 찻집에서 어르신을 만났구나. 누가 알았으리. 그 어르신이 바로 인종 황제일 줄이야!"

꽃 보려고 씨 뿌렸더니 꽃이 피지 않더군
생각 없이 버드나무 심었더니 버드나무 그늘이 무성하더군.

조욱이 아전에게 물었다.

"우리가 출발할 때 배웅해 주셨던 그분은 누구시오?"

"그분은 바로 사천대의 묘 태감 어른이십니다. 바로 그분께서 저를 보내어 제치 나리를 모시게 하셨습니다."

"허허, 내가 눈이 있어도 그렇게 대단하신 분을 못 알아 뵈었구나."

날짜를 잡아 취임식을 하니 날랜 말에 화려한 안장을 얹어 타고서 세 겹 양산을 받쳐 들고 앞에는 선발대가 줄을 지어 서서 나가고 뒤에는 관리들이 따르니 그 기세가 대단했다. 취임식이 끝나고 집으로 달려가 부모를 만났다. 조욱의 부모는 놀라며 기뻐하고 온 가족이 환영했다. 조욱이 타고 온 말 울음소리가 하늘을 뒤덮었다. 조욱이 말에서 내려 자색 도포, 황금색 허리띠, 상아홀, 검은 신발을 차려입고 당에 올라 부모에게 인사를 올렸다. 조욱의 부모가 놀라며 물었다.

"네가 과거에서 낙방하고 동경에서 떠돌아다닌다는 소문이 자자하던데 이게 무슨 일이냐? 어떻게 이런 관직에 오를 수 있었단 말이냐?"

조욱은 지금까지의 이야기를 세세하게 말씀드렸다. 조욱의 부모는 그제야 아들의 손을 잡고 축하하며 해처럼 달처럼 밝고 큰 황제의 은혜에 다 함께 감사드렸다. 조욱이 시를 한 수 지었다.

온 마음 다해 공명을 이루려 했더니
한 글자 잘못 써서 이루지 못하고 고향 갈 길 멀어졌지.
우문[34]에 풍랑이 거칠다손
한 조각 뇌성에 잠잠해지더라.

조욱의 부모는 기쁨을 가눌 수 없었다. 온 가족이 함께 기뻐했다. 친구들이 찾아와 축하해 주고 함께 잔치를 열었다. 조욱은 예전에 동경에서 자신을 버리고 도망간 노복도 서운타 하지 않고 다시 거둬들였다. 황제의 은덕을 생각하며 표를 써서 올렸다. 성도에서 관직 생활을 시작하면서는 군과 민을 모두 잘 품어 주었다. 부모도 관사로 모셔 왔다. 한마디로 "자식 하나가 황제의 은혜를 입으니 온 가족이 그 복록을 누리"는 격이었다.

---

34 황하 상류의 강어귀. 잉어가 봄에 구름과 비를 따라 거꾸로 거슬러 올라 이곳을 뛰어넘어 용이 된다는 전설이 있다. 조백승이 황제를 만나 벼슬자리에 오르는 것을 비유한다.

사마상여(司馬相如)[35]는 임지로 가는 길에 촉에 들르고
소진은 황금을 안고 낙양[36]에 들렀다지.
금의환향하여 자랑한다는 건 알았지만
찻집에서 황제를 만났다는 말은 들어 본 적 없다네.

---

35 기원전 179?~기원전 117? 한 문제에 의해 서남 지방의 지방 책임자로 임명되어
임지로 가던 도중 자신의 고향인 촉(蜀)에 들러 곤궁했던 시절 자신을 괄시했던
지방 관리와 장인에게 위세를 떨었다고 한다.

36 소진의 고향이다. 소진이 금의환향하자 그가 출세하기 전에 그렇게 무시하던 일
가친지들이 감히 눈도 마주치지 못하고 떨었다는 이야기가 있다.

衆名姬春風吊柳七

봄바람 불 제
이름난 기생들이
유칠을 애도하다

이 작품보다 백 년쯤 전에 세상에 나온 『청평산당화본(淸平山堂話本)』에 「유기경이 완강루에서 시 짓고 술 마시던 이야기〔柳耆卿詩酒翫江樓記〕」가 실려 있었다. 이야기 전개는 대동소이하나 『청평산당화본』의 이야기에 실려 전하는 유기경, 즉 유영은 뱃사공을 시켜 가기 주월선을 범하게 한 뒤 자신의 말을 듣게 만들려고 했다.

풍몽룡은 이 대목을 바꾸어 유영에게 고결한 품성을 부여한다. 유 선달이라는 부자가 주월선과 그녀의 애인 사이를 떼어 놓기 위해 뱃사공을 부려 그녀를 범하고 기롱했으나 유영은 그렇게 당한 주월선을 도와주고 품어 준 인물이다. 뿐만 아니라 현금 팔만을 몸값으로 치르고 기적에서 빼 주기까지 한다. 유영과 사옥영(謝玉英)의 사랑 이야기, 자존심을 지키기 위해 기꺼이 파면을 감수한 유영, 궁핍한 죽음과 기녀들이 주선해 준 장례식 대목이 풍몽룡에 의해 추가된다. 풍몽룡은 이렇게 도덕적으로 완결한 유영의 이미지를 만들어 냈다.

문학적 재능이 뛰어나고 남에게 고개 숙이기 싫어하여 끝까지 자존심을 지키고 죽어 간 유영은 이런 면에서 보면 저자 풍몽룡의 자화상일지도 모른다. 이렇게 자신을 투사한 유영을 난봉꾼이나 남을 시켜 여자를 겁간하게 하는 자로 만들기는 어려웠을 것이다. 욕망 때문에 눈이 머는 게 인간이 아니던가. 『청평산당화본』에 나오는 유영이 더욱 인간적일 수도 있겠다. 그래서 차마 인정하기 어려운 것이다.

북궐에 시 바치지 아니하려네

남산 내 초가집으로 돌아가야지.

재주 없어 현명한 임금께 버림받고

병들어 친구들에게 버림받았구나.

나이 들어 머리는 하얘지는데

봄바람은 다시 불어 설날이 다가오누나.

끝없는 수심에 잠들지 못하는데

달빛은 소나무 사이로 내려와 내 방 창문을 외로이 비추네.

이 시는 당나라 맹호연(孟浩然, 689~740)의 시다. 그는 양양(襄陽)에서 제일가는 시인으로 동경³⁷에서 머물 때 재상 장열(張說)

---

37 당나라 때 동경은 지금의 하남성 낙양을 이른다. 송나라 때는 수도 개방을 변량(汴梁), 변경(汴京), 동경(東京)이라고 불렀다. 아마도 맹호연 관련 일화는 당나라의 수도 장안에서 생겨나지 않았을까.

이 그의 재주를 너무도 아꼈다. 하루는 장열이 중서성에서 당직을 서면서 황제의 명에 따라 시를 짓는데 아무리 애를 써도 시구가 떠오르지 않았다. 장열은 아래 관리를 시켜 몰래 맹호연을 데려오게 한 다음 그와 시구를 상의했다. 한창 맹호연과 차를 나눠 마시며 시구에 대해 토론을 하는 순간에 현종이 납시었다. 맹호연은 어디 숨을 데가 없어 할 수 없이 침상 뒤쪽으로 가서 엎드렸다. 현종은 그런 모습을 이미 보았기에 장열에게 이렇게 물었다.

"방금 짐을 피해 숨은 자가 누구인가?"

장열이 대답했다.

"양양 출신 시인 맹호연입니다. 소신의 친구인데 우연히 이곳에 들렀다가 관직이 없는 처지라 감히 폐하를 알현하지 못했습니다."

"짐도 그 시인의 명성은 익히 들어 알고 있다. 어디 얼굴이나 한번 보자"

이 말을 들은 맹호연이 침상 뒤에서 일어나 현종 앞에 부복했다.

"죽을죄를 지었습니다."

"그대가 시를 잘 짓는다고 소문이 자자하던데 여기서 회심의 시 한 수를 지어 짐에게 들려주게나."

이에 맹호연이 바로 위에 있는 "북궐에 시 바치지 아니하려네."로 시작되는 시를 지어 바쳤다. 이 시를 들은 현종은 이렇게 말했다.

"그대는 재주 없는 사람이 아니네. 더욱이 짐은 현명한 임금도 결코 아닐세. 그대가 나를 찾아오지 않은 것일 뿐, 어찌 내가 그대를 버렸겠는가."

말을 마치고 현종은 바로 안색이 굳어져서는 자리를 털고 일어나 가 버렸다. 다음 날 장열이 입조하여 현종을 뵙고 사죄한 뒤 맹호연의 재주를 봐서 관직을 내려 주십사 간청했다. 현종이 말했다.

"맹호연이 지은 시 가운데에는 '별빛 흘러 은하수 더욱 빛나고, 성긴 비 내려 오동잎 또로록또로록'처럼 맑고 산뜻한 구절도 있고, '안개 피어올라 운몽의 연못을 두루 적시고, 파도가 뛰어올라 악양루를 삼키네'와 같은 웅장한 구절도 있으련만 어제 짐에게 지어 바친 시는 깡말라 비틀어지고 도무지 맛이 없는 데다 원망만 한가득이니 세상에 나가 뭔가 큰일을 할 재목이 못 된다. 맹호연이 지은 시에서 바라던 것처럼 남산으로 돌아가게 해 주게."

이런 일이 있어서인지 맹호연은 평생 관직을 얻지 못했고, 지금까지 맹 산인(孟山人)으로 불린다. 후대 사람이 시를 지어 이를 한탄했다.

> 시를 새로 지어 현종께 바치고서
> 부귀영화 누리려던 꿈은 사라져 버렸구나.
> 그대가 재주 없는 것도, 황제가 내친 것도 아니라네
> 부귀영화는 팔자소관일 뿐.

말 한마디 잘해서 재상 자리 꿰찬 사람도 있고, 부 한 수를 잘

지어 황제의 총애를 받은 사람도 있다. 한데 맹호연은 여덟 구의 시를 잘못 지어 황제의 은총을 걷어차 버렸으니 그게 바로 운명이 아니고 무엇이겠는가. 내가 지금 이야기하고자 하는 사람도 사 한 수 때문에 공명을 놓치고 시름과 좌절 속에서 생활하다가 마침내 풍류계의 주인공이 되었다. 그가 누구인가 하면 송나라 신종(神宗) 황제 때 사람으로 성은 유(柳)이고, 이름은 영(永)이며 자는 기경(耆卿)[38]이다. 건녕부(建寧府) 숭안현(崇安縣) 출신이나 벼슬살이하는 부친을 따라 동경에 오게 되었다. 형제 중 순서가 일곱 번째라 사람들은 그를 유 씨네 일곱째 도령이라 부르곤 했다. 나이는 스물다섯, 인물도 훤칠하고 멋진 데다 재주가 빼어나 비파, 바둑, 서예, 그림 등에 통달했고 시와 산문을 짓는 재주 역시 천재적이었다.

그러나 뭐니 뭐니 해도 유영이 잘하는 것은 바로 사 곡조에 글자를 채워 넣는 솜씨라 할 것이다. 그럼 도대체 사라는 것이 무엇인가. 이백의 '진나라 아가씨를 그리며'라는 뜻의 「억진아(憶秦娥)」, '보살 같은 이국적 미모의 아가씨'라는 뜻의 「보살만(菩薩蠻)」이라든가 왕유의 '파란 도포'라는 뜻의 「울륜포(鬱輪袍)」 같은

---

38 987~1053. 북송 시대를 대표하는 사(詞) 작가이다. '사'라는 장르는 당말 북송에 이르는 시기에 만들어진 새로운 운문 형식이다. 당시(唐詩)가 정해진 글자 수를 준수하고 낭송을 강조했다면, 사는 비교적 글자 수가 자유롭고 노래 곡조에 붙여 가사로 불리는 운문이었다. 유영의 시는 당시 노래를 유통시키던 큰 시장인 기방에서 유행하기 시작했고, 그 유행이 동네 우물가, 시장 그리고 여염집과 궁중까지 파고들었다. 유영은 주로 사랑, 이별, 고독을 읊었으며, 특히 노래 가사로서 사의 성격을 잘 활용하여 1절에 이어 2절을 연결시키는 재주가 뛰어났다.

게 모두 사의 이름이다. 사는 또 '시 남지기(詩餘)'라고도 했는데 당나라 때 기생들이 사를 노래로 많이 불렀다.

송나라 때는 대성부(大晟府)의 악관들이 널리 사의 곡조를 모아서 거기에 가사를 붙여 황제께 바치곤 했다. 그리하여 사는 성조가 잘 맞아떨어져야 하고, 12음계가 조화를 이루어야 한다. 어떤 성조에는 어떤 음계가 와야 하고 어떤 구절이 길면 어떤 구절은 짧아야 하니 평상거입 4개 성조에는 각각 정해진 격식이 있었다. 사를 짓는 자는 이 격식에 맞춰 글자 하나하나를 선택하여 짓는 것이니 특히나 글자의 발음과 박자와 음정이 조화를 잘 이루는 것이 관건이라 함부로 지을 수 없었다. 사 짓는 것을 일러 사 곡조에 글자를 채워 넣는 것이라 한 것은 바로 이런 이유 때문이다.

유영은 사 곡조에 글자를 채워 넣는 솜씨가 일품이었다. 특히 음률에 정통하여 대성부에 가사만 있고 음률이 남아 있지 않은 곡에 음률을 만들어 준 게 200여 작품이라고 한다. 유영은 이러한 자신의 재주를 자랑스러워했고 자신에게 필적할 사람도 없다 여겨 벼슬아치들과는 상종하지 않았으며 서로 글을 주고받는 상대도 두지 않았다. 그저 하루 종일 화류계나 순회했으니 동경의 이름난 기생들은 하나같이 유영을 존경하여 그를 만나는 걸 큰 영광으로 여길 정도였다. 유영을 모르는 기생은 기생도 아니라고 놀려 대며 모임에 끼워 주려 하지 않았다. 하여 당시 화류계에는 다음과 같은 노래가 널리 퍼져 있었다.

유영 오라버니 없으면 비단옷은 입어서 무엇 하나.

유영 오라버니 없으면 황제가 불러도 소용없네.

유영 오라버니 없으면 천만금이 있어도 소용없네.

유영 오라버니 없으면 신선을 만난들 무슨 재미.

비단 옷 입지 않으려네. 그저 유영 오라버니랑 함께하려네.

나라님이 부르는 것 원치 않네. 유영 오라버니가 불러 주셨으면.

천만금 다 소용없네. 유영 오라버니 마음에 들고만 싶네.

신선을 만나고 싶지 않네. 유영 오라버니 얼굴 보기만을 원하네.

하여, 유영은 아침이나 저녁이나 이 술집에서 저 술집으로 이 기생집에서 저 기생집으로 다녔다. 유영은 그 가운데에서도 특히 세 명의 기생과 잘 어울렸으니 바로 진사사(陳師師), 조향향(趙香香), 서동동(徐冬冬)이었다. 이 세 명의 행수 기생은 직접 돈을 내어 유영의 뒤를 봐주고 있었다. 그 상황이 어떠한지는 「서강월」이라는 사로 설명하자.

장난 잘 치고 제일 귀여운 사사

속정 많은 향향

나하고 정말로 죽이 잘 맞는 동동

나는 이 셋하고만 어울린다네.

'관(管)' 자의 아랫부분하고는 인연이 없으니,[39]

---

39 '관(管)' 자의 윗부분은 대죽머리 부수이고, 아랫부분만 떼어 내면 관리를 나타내는 '官'자다. 유영은 자신을 관리하고는 인연이 없는 사람이라 자칭하고 피리나 연

'폐(閉)' 자에 점 하나를 더하면 어떨까.[40]

'호(好)' 자는 잠시 그만 쓰게 하시라.

'간(姦)' 자의 한가운데에다 '아(我)' 자를 박아 넣으리라.[41]

유영의 글재주는 이미 조정의 선비들을 압도하고도 남았다. 조정의 선비들도 비록 유영이 자기 재주를 믿고 방약무인하다는 말을 익히 들었으면서도 함부로 대하지 못했다. 때는 바야흐로 태평성대, 재주 있는 선비는 모두 관직에 등용되었다. 임용을 맡고 있는 관리가 유영의 재주를 추천하니 조정에서 또 다른 자가 유영을 거듭 절강성의 여항(餘杭) 현령으로 추천했다. 현령이라고 하는 관직이 유영 자신의 양에 찰 리는 없었으나 그래도 관직을 시작하는 첫 단계이니 그냥저냥 받아들이려 했다. 그렇다고 쳐도 세 기생들과 헤어져야 하는 것이 마음에 걸렸다. 늦봄, 임지로 떠나기 전에 「서강월」을 지어 이별의 정을 읊었다.

봉황새 수놓은 휘장은 높이 걷어 올리고

주하며 유유자적하겠다는 뜻을 내비친다.

40 '폐(閉)' 자는 '닫는다'는 의미이고, 일반적으로 부정적 혹은 소극적 이미지가 있다. 유영은 이를 뒤집어 여유 넘치고 한가롭게 살리라는 뜻을 내비친다. 관리가 되지 못하고 기생들과 어울리는 자신의 삶이 답답하고 부정적인 것이 아니라 얼마나 재미있고 여유 넘치는지를 역설적으로 보여 주고 싶었던 듯하다.

41 세 명의 여인과 어울리는 한 명의 남성을 나타내는 새로운 글자를 만들어 낸 것이다. 앞의 '폐(閉)' 자의 경우와 마찬가지로 '간(姦)' 자는 '간음'과 같은 부정적 의미를 담고 있다. 유영은 이 글자를 뒤집어 세 여인과 우정을 나누는 자신의 처지를 당당하게 드러내고 싶어 한다.

짐승을 새겨 놓은 빨간색 문은 열렸다 닫혔다.
하늘 높이 솟아오른 붉은 해가 꽃을 밝게 비추건만
봄날 늦잠에 취하여 일어날 줄 모르는구나.
달콤한 꿈은 버들 솜을 따라 날아가 버리고
내 시름이 저 포도주 빛깔보다 더 붉구나.
아침저녁 운우지정 나눠 보지도 못했는데
호시절이 이렇게 가 버리는구나.

세 행수 기생은 유영이 절강성의 임지로 떠난다는 소식을 듣고
이별 잔치를 열었다. 여러 기생들이 구름처럼 모여들었다. 유영이
'꿈결과 같네'라는 뜻의 「여몽령(如夢令)」 곡조를 읊었다.

성 밖 들녘엔 녹음이 천 리
나를 배웅하는 여인네들의 붉은 치마가 열 줄로 늘어섰네.
이별을 아쉬워하는 말은 끊임없이 이어지는데
마부는 출발을 재촉하는구나.
남몰래 눈물, 남몰래 눈물.
내 몸을 둘로 나눠 하나는 그대들과 영원히 함께할 수만 있다면!

유영은 기생들과 작별을 하고서 비파, 검, 책 상자를 챙긴 다음
세상을 떠도는 학생 차림으로 길을 떠났다. 이런저런 구경을 하
면서 강주(江州)에 이르렀다. 유영이 이곳의 명기를 물색하니 사
람들이 사옥영(謝玉英)을 추천했다.

"여기 기생으로는 사옥영이 제일이지요. 재색을 겸비했습니다."

유영은 사옥영의 주소를 묻고서 바로 찾아갔다. 사옥영은 유영을 맞더니 그의 인물 됨이 점잖음을 보고서 내실로 모셨다. 유영이 내실을 살펴보니 실내 장식이며 가재도구가 정갈하기 그지없었다.

　밝은 빛 들어오는 창문, 정갈한 탁자.
　대나무 걸상 옆엔 찻물 데우는 항아리 하나.
　침대 위엔 이름난 비파 하나
　벽에는 고풍스러운 그림 한 장.
　언제나 풍겨 나는 향내,
　향로에선 늘 침향목이 타는구나.
　맑은 바람이 사람 얼굴로 달려들고
　자주 물갈이해 준 화병.
　편안한 마음으로 읽어 보았을 만 권의 책
　바둑 한 판 두면서 서로 즐거움을 나누었을 법도 하다.

유영이 탁자를 보니 '유영의 새로운 사 모음집'이라는 뜻의 『유영신사(柳永新詞)』가 놓여 있었다. 펼쳐 보니 자신이 지은 새로운 노래들이 아주 작은 글씨로 세밀하고 정성스럽게 적혀 있었다.

"어떻게 이런 책을 다?"

"동경의 이름난 문사 유영의 새 작품들을 모은 거예요. 소녀가 평소에 유영의 작품을 좋아했던지라 매번 다른 사람이 부르는 걸 들을 때마다 직접 적어 두었더니 이렇게 책 한 권 분량이 되었네요."

"세상엔 사를 짓는 사람들이 많고 많은데 어째서 유독 유영의 작품들만 좋아한단 말이냐?"

"유영은 사람의 마음이나 세상의 경치를 있는 그대로 잘 그려 내지요. 예를 들어 '가을 생각'이라는 의미인 「추사(秋思)」의 마지막 '슬픔에 겨워 바라보노라, 기러기 울음소리 끊기고, 서산에 해가 다 넘어갈 때까지 그렇게 우두커니 서 있노라.' 같은 구절이라든지, '가을 이별'이라는 의미인 「추별(秋別)」의 '이 밤 어디서 술이 깨려나? 새벽바람에 조각달 비치는 버드나무 강 언덕에서' 같은 구절은 다른 사람들이 감히 흉내도 낼 수 없지요. 소녀는 매번 유영의 작품을 읽을 때마다 그 맛에 빠져서 책을 덮을 줄을 몰랐습니다. 기회만 된다면 그분을 만나고 싶은 마음이 굴뚝같네요."

"그래, 유영을 한번 만나 보고 싶단 말이지? 하하, 내가 바로 유영일세."

사옥영은 대경실색하며 대체 어찌된 일인지 물었다. 유영이 여항에 부임하게 된 내력을 이야기해 주었다. 이 말을 들은 사옥영은 엎드려 절하고 말했다.

"소녀가 아둔하여 눈앞에 태산을 두고도 알아보질 못했습니다. 너무도 큰 실례를 범했습니다."

사옥영은 술자리를 마련해 유영을 대접하며 하룻밤 머물다 가기를 권했다.

유영은 사옥영의 정성에 감동하여 그 자리에 주저앉았다. 그렇게 시간이 흘러 네댓새, 이러다간 임기가 시작되기 전에 도착하지 못할 것 같았다. 이제 다시 길을 떠나야 할 시간이었다. 사옥영은 너무도 섭섭해하며 자기도 유영과 함께 임지에 가서 빗자루 들고 청소라도 하겠다고 맹세했다.

"임지에는 불편한 일이 한두 가지가 아닐 것이야. 정히 그러하다면 내가 임기를 마치고 돌아가는 길에 다시 들를 테니 그때 같이 동경으로 가도록 하세."

"나리께서 소녀를 버리지 않으시니 소녀 역시 오늘부터 기방 문을 걸어 잠가 다시는 손님을 들이지 않고 나리 오시기만을 기다리겠습니다. 저를 잊어버리셔서 백발이 될 때까지 기다리다 나리를 원망하는 일이 생기지 않게 하십시오."

유영이 종이를 펼쳐 사 한 수를 적으니 바로 '선녀가 옥패를 흔드네'라는 뜻의 「옥녀요선패(玉女搖仙佩)」였다.

> 벽옥처럼 아름다운 선녀여
> 우연히 이곳에 오셨다가,
> 신선 궁전으로 돌아가지를 않으신 건가.
> 아무렇게나 머리 빗질하고 화장한 듯하고
> 아무렇게나 말을 건네는 듯하여도
> 그 아름다움을 어이 감추랴.
> 그 아름다움을 꽃에다 비기어 볼거나.
> 아서라, 너무도 흔해 빠진 비유 아니더냐.
> 자세히 바라보고 헤아려 보니

이 세상 기화요초를 다 갖다 비기어도,

밝게 빛나는 붉은색 앞에 창백한 흰색에 불과하리라.

이처럼 아름답고 다정다감하니

수많은 남정네들의 가슴을 녹였을 것이라.

그녀를 닮은 아름다운 거처에

맑은 바람 불어오고 달빛 비추니,

내 어찌 이런 곳에서 시간 보내기를 주저하랴.

자고이래로

재자와 가인이 함께하기 어렵다고 하지 않더냐.

내 품에 안겨 오는 그녀

내 재주 많음을 알아주는 그녀.

그녀의 난초처럼 청초하고 아름다운 마음씨에 반하여

베갯머리에서 나는 속마음을 고백하네.

맹세하노니

나는 한평생 그대 눈에 눈물 고이지 않게 하리라.

유영은 사를 다 짓고 나서 사옥영과 작별을 하고 다시 길에 올랐다. 며칠 지나지 않아 고소(姑蘇) 지방에 이르렀다. 산자수명한 이곳에 이르렀으니 길가 주막에서 어찌 술잔을 기울이지 않을 수 있겠는가. 홀연히 북소리가 울려 창밖을 내다보니 아이들이 작은 배를 저으며 장난도 치고 연꽃도 따고 있었다. 그 아이들이 부르는 노래를 들어 보자.

연꽃 따는 아가씨들 미모를 다투네

빨간 연꽃과 하얀 연꽃도 서로 다투는 것 같네.

빨간 연꽃은 색깔이 좋다 자랑하고

하얀 연꽃은 향기가 좋다 자랑하네.

색깔도 좋다, 향기도 좋아

모두들 앞다퉈 색깔 좋고 향기로운 꽃을 따려 드네.

빨간 연꽃 참으로 비싸기도 하지

하얀 연꽃도 그에 뒤지지 않는다네.

아이쿠, 흥정이 잘 안 되었나요?

나중에 우리 따로 한번 만날까요?

연 이파리에 가려 아무도 보지 못하는 사이

연뿌리 털이 부얼부얼 자라고 있네.

유영은 그 노래를 듣고 나더니 붓을 꺼내어 오나라 민가풍으로 한 수를 지어서 벽에다 적었다.

십 리에 피어난 연꽃

열에 아홉은 빨간 연꽃

그 가운데 솜털 같은 하얀 연꽃 한 송이.

연뿌리로는 하얀 연꽃이 제일이고

연밥으로야 빨간 연꽃이 제일이지.

연밥을 맺으리. 연밥을 맺으리.

영롱하기도 하구나, 연밥이여.

구슬처럼 맑고 깔끔한 알맹이가

겹겹이 껍질에 둘러싸여 있네.

누군가 맛보려고 베어 물더니

순간 움찔, 말을 못 하네.

그저 단맛만을 기대했던 탓일까.

그대는 쓰린 내 맘을 모르리.

꽃 피우고 열매 맺고 나니 모든 게 끝이로구나.

유영이 지은 이 노래는 지금까지도 사람들의 입에서 입으로 전해져 불리고 있다고 한다.

한편 유영은 고소 지방을 지나 여항현에 부임했다. 청렴하고 정직하게 정사를 펼치니 백성들끼리 다투는 일도 절로 줄어들었다. 유영은 공무를 수행하고 남는 시간에 대척(大滌), 천주(天柱), 유권(由拳) 같은 산에 올라 유람도 하고 시를 지으며 술잔을 기울이기도 했다. 여항현에는 관기가 몇 있어 순번을 정해 일을 했으나 송사에 휘말린 관기가 있으면 일을 하지 못하게 했다. 관기 가운데 주월선(周月仙)이라는 자가 있었으니 용모가 빼어나고 글솜씨 역시 출중했다. 하루는 여항현의 아문에서 술자리를 열고 노래를 청해 듣는 시간이 있었는데 이 자리에 참여한 주월선이 침울한 기색이 역력했다. 유영이 연고를 물었으나 주월선은 묵묵부답이다가 갑자기 눈물을 줄줄 흘렸다. 유영이 다시 물으니 그제야 사연을 이야기했다.

본디 주월선은 그 동네의 황수재라는 사람과 깊이 사랑하는

사이였다. 그에게 시집가고 싶었으나 너무 가난하여 혼례를 올릴
형편이 못 되니 절개를 지키기 위해 더 이상 손님을 받지 않았다.
친어머니이자 기생 어미가 달래도 보고 윽박질러 보기도 했으나
주월선은 꿈쩍도 하지 않았다. 그러자 자식 이기는 부모 없다고
기생 어미도 어쩌지 못했다. 황수재가 공부하는 학관이 주월선
이 사는 곳과 강 하나를 사이에 두고 있는지라 주월선은 매일 밤
배를 타고 건너가 황수재와 함께 지내다가 날이 밝으면 돌아오곤
했다. 같은 현에 사는 유 선달이라는 자가 주월선의 미모를 탐내
어 한번 만나자고 졸라 댔지만 주월선은 결코 만나 주지 않고 이
렇게 네 구절의 시를 지어 보냈다.

　　노류장화가 되진 않으려네.
　　깊은 계곡에 핀 난초가 되려 하네.
　　함부로 나대는 벌이여
　　나를 들꽃으로 대하지는 마시라.

　유 선달은 계략을 꾸몄다. 뱃사공에게 부탁하여 월선이 배를 타
고 황수재의 학관으로 갈 때 아무도 없는 곳으로 데려가 그녀를
범하고 그 증거를 가져오면 후사하겠노라고 제안했다. 뱃사공은
돈에 눈이 멀어 주월선이 배에 타자 먼 곳으로 배를 저어 갔다. 주
월선이 보니 황수재의 학관에 가는 길이 아닌지라 어서 배를 세
우라 소리를 질렀으나 뱃사공이 어디 주월선의 말을 들을 것인가.
갈대가 무성하게 우거진 으슥한 곳에다 배를 대더니 선창 안으로

주월선을 끌고 들어가 주월선을 껴안고 억지로 범하려 했다. 주월
선이 보니 도저히 방법이 없는지라 그냥 당하고 말았다. 뱃사공에
게 몸을 더럽힌 주월선은 슬픔에 겨워 시를 한 수 지었다.

한없이 서러운 기녀 신세
억울한 일을 당하고도 말하지 못하는구나.
부끄러움을 안고 달빛 비치는 나루터로 다시 와
시름에 겨운 채 배에 올라라.

이날 밤 주월선은 그래도 황수재의 학관을 찾아갔으나 황수재
에게 자신이 당한 일을 한마디도 하지 못하고 날이 밝자 바로 집
으로 돌아왔다. 뱃사공은 주월선이 읊은 5언 4구의 시를 적어 유
선달에게 전달했다. 유 선달은 뱃사공에게 은 덩이를 대가로 주
었다. 뱃사공이 가고 나자 유 선달은 사람을 시켜 주월선을 불러
와 집에서 술시중을 들게 했다. 유 선달이 몇 차례 주월선을 희롱
했으나 주월선은 여전히 차갑게 거절했다. 이때 유 선달이 부채를
꺼내는데 그 부채에 5언 4구의 시가 적혀 있었다. 유 선달은 주월
선에게 읽어 보라 했다. 주월선은 대경실색했다. 이 시는 바로 뱃
사공에게 읊어 준 시가 아닌가. 주월선이 놀라 입을 다물지 못하
자 유 선달이 말했다.
"여기는 원앙금침이 있는 곳이니 야밤의 갈대숲보다 훨씬 낫지
않겠느냐. 너무 그렇게 거절하지만 마라."
주월선은 부끄러워 얼굴을 들 수가 없었다. 주월선은 유 선달

이 하자는 대로 따르지 않을 도리가 없었다. 그 후로 유 선달은 낮이나 밤이나 주월선의 집에 붙어서 주월선이 황수재와 만날 틈을 주지 않았다.

자고로 "기생 아가씨는 인물을 밝히고, 기생 어미는 재물을 밝힌다."고 했으니 황수재가 비록 인물이 좀 잘났다고는 하나 어찌 유 선달이 재물 많은 것만 하겠는가. 하지만 유 선달이 비록 돈으로 기생 어미의 마음을 살 수는 있었을지라도 주월선의 마음은 사지 못했는지 주월선은 앉으나 서나 오직 황수재만 생각하였다. 주월선이 그러다가 이렇게 현령에게서 거듭 질문을 받자 어쩔 수 없이 전후 사정을 말할 수밖에 없었다. 유영은 화류계 바닥에서 놀아 본 경험이 있는지라 주월선의 말을 듣고 나니 저도 모르게 연민의 정을 느꼈다. 그리하여 그날로 바로 기생 어미를 불러서 현금 팔만을 몸값으로 치르고 주월선을 기적에서 빼내었다. 한편 황수재를 불러 주월선을 직접 데리고 가서 부부의 연을 맺게 했다. 황수재와 주월선은 거듭거듭 감사의 인사를 올렸다.

    역시 풍류를 아는 사람이 풍류를 아는 사람을 챙기고
    다정한 사람이 다정한 사람을 만나는구나.

여항현에서의 임기 삼 년이 지났다. 동경으로 돌아갈 준비를 하면서 유영은 지난번에 임지로 오면서 사옥영과 했던 약속을 떠올리고 돌아가는 길에 강주(江州)에 들르기로 마음먹었다.

한편 사옥영은 유영과 이별을 하고 나서 정말 문을 걸어 잠그고 손님을 받지 않았다. 그러나 일 년이 지나도록 유영에게서 아무 소식을 받지 못하자 밀려오는 외로움과 서러움을 주체하기 힘들었다. 게다가 다달이 들어가는 생활비를 따로 염출할 방법도 없으니 자기를 보러 찾아오는 남정네들의 손길을 마냥 거절할 수도 없는 노릇이었다. 유영과 맺은 사나흘 부부의 인연만 믿고 버티기도 힘든데 주변에 하릴없이 꼬드기는 사람들도 생겨나니 결국 바람 부는 방향대로 배를 몰아간다고 사옥영은 예전에 하던 대로 손님을 받기 시작했다.

신안(新安)의 대상인 손 선달은 사옥영과 일 년 정도를 같이 지내면서 천금이 넘는 돈을 썼다. 유영이 사옥영의 집을 방문했을 때는 마침 손 선달이 사옥영을 데리고 호수로 뱃놀이를 나간 뒤였다. 사옥영이 약속을 저버린 것을 알고 유영은 언짢은 마음에 꽃종이 한 폭을 꺼내어 '오동나무를 두드리며'라는 뜻의 「격오동(擊梧桐)」이란 가락에 붙여 사를 한 수 지었다.

> 오목하니 들어간 멋들어진 보조개
> 귀엽고도 아름다운 자태,
> 우아한 용모와 분위기는 하늘이 낸 것인가.
> 그대를 만난 후로 그대만 보면 내 마음 설레었더니
> 마침내 그대의 아리따운 마음을 내 얻었구려.
> 만남에 이어지는 이별, 우리는 다시 만날 날을 약속했고
> 그 약속을 평생 저버리지 않기로 맹세했지.
> 하지만 사람 마음이야 하루에도 몇 번씩 변하는 것

내 마음에 걱정 근심 없었다면 그건 거짓말.

이제 다시 그녀를 찾아오니

그녀의 방에 그녀는 없고,

그녀가 재잘대던 말들만 덩그러니 남아 있네.

다른 사람의 감언이설에 넘어가

나와 주고받았던 말들을 가볍게 잊었구나.

다재다능하고 사부(辭賦)의 명수였던 난대의 송옥을 만난다면

저 떠도는 구름 아침저녁마다 어디로 가는지 물어보리라.

작품의 말미에 유영은 "동경의 유영이 사옥영을 만나러 왔다가 못 만나고 장난삼아 읊음"이라고 적었다. 유영은 다 적고 나서 소리 내어 한번 읽어 본 뒤 작품을 적은 종이를 벽에 붙여 놓고는 소매를 훌훌 털고 일어나 나왔다. 동경에 돌아와서는 여러 사람들의 추천 덕분에 둔전원외랑(屯田員外郎)이라는 관직을 하사받게 되었다. 동경 기생들과의 왕래도 다시 시작했다. 유영은 자신의 봉급, 시나 사를 지어 주고 사례로 받은 것들을 모두 기생들에게 쏟아부었다.

하루는 유영이 서동동네 집 적취루(積翠樓)에서 노닐고 있는데 재상 여이간(呂夷簡)의 심부름꾼이 서동동의 집을 찾아와 말을 전했다.

"재상 나리의 환갑잔치를 맞아 집안의 기녀들이 부를 새 노래가 마땅치 않아 특별히 한 곡조 만들어 주시기를 청합니다. 다행히 유 원외님께 한 곡조 받아서 연습할 수 있다면 더없는 영광이

겠습니다. 촉에서 나는 비단 두 필과 오 지방에서 나는 비단 네 필을 사례로 가져왔으니 작품을 써 주시는 대가로 아시고 받아 주시면 고맙겠습니다."

유영은 그러마고 머리를 끄덕이고는 심부름꾼에게는 잠시 목이나 축이며 기다리라 했다. 서동동에게 상등품의 종이를 찾으니 서동동이 상자 안에서 연꽃 그림이 그려진 종이 두 폭을 꺼내어 책상 위에 올려놓았다. 유영은 먹을 갈아 붓에다 먹물을 듬뿍 묻혀서는 초를 잡지도 않고 일필휘지하여 '만수무강하시라'는 의미의 「천추세(千秋歲)」라는 곡조에 가사를 붙였다.

> 조정의 정치가 평안하고
> 그 가운데서도 재상의 위치가 더욱 빛나네.
> 전쟁은 사라지고
> 사악한 세력은 소탕되었구나.
> 조정에서는 경험 많고 능력 많은 기둥이시며
> 잔치 자리에서는 영웅의 의표가 넘치도다.
> 만복이 넘치사 끝이 없으시며
> 산이 무너지고 강물이 말라도 그분은 영원하시리.
> 위수에서 낚시질하다가
> 마침내 꿈에 곰이 날아가는 징조대로 만남을 이룬
> 여망(呂望)과도 같은 성씨인 여(呂) 재상,
> 나이는 여망보다 훨씬 젊구나.
> 검정 갓 아래 살짝 드러나는 귀밑머리 아직 세지 않았으니

웃으면서 술잔을 들이켜도다.

사람들이 부러워하는 것도 무리는 아니지,

영원토록 높은 관직에서 소임을 다하고 있으니.

종이에 가사를 다 적었음에도 넘치는 흥을 주체할 수가 없었던 유영은 마침 종이도 한 장 남아 있는지라 남은 종이에 「서강월」을 한 수 더 지었다.

배 속에 글재주를 품고 태어나

붓끝에선 장강처럼 글이 좔좔.

글자 하나가 비단 한 필보다 더 중하나

내 어찌 사람들과 글값을 다투리오.

내가 다른 사람들에게 부귀를 바랄 게 아니라

다른 사람들이 나에게 글을 바랄 것이라.

풍류를 아는 선비로 사 짓는 명수가 되었으니

아, 아, 무관의 재상이로다.

유영이 작품을 다 써서 탁자 위에 올려놓으니 기녀 진사사의 집에서 사람이 찾아와 모시러 왔노라 알렸다.

"저희 집에 새 아가씨가 왔는데 자신의 이름은 밝히지도 않고 그저 자기가 나리를 너무 연모하여 불원천리하고 찾아왔다고만 하고 있습니다. 지금 나리를 애타게 기다리고 있으니 한번 왕림하시기를 바랍니다."

유영은 사를 적은 종이를 봉투에 잘 넣어 여 재상집 심부름꾼
에게 건네준 다음 몸을 일으켜 진사사 집에서 보내온 사람을 따
라 나섰다. 진사사 집에 도착하여 새 아가씨를 본 유영은 놀라
자빠질 뻔했다. 그 아가씨가 누구이던가.

　　마음먹고 찾아갔을 땐 만나지 못했더니
　　때가 되니 저 알아서 찾아오는구나.

　새 아가씨는 바로 강주의 사옥영이었다. 그녀는 손 선달과 호
수로 뱃놀이를 갔다가 돌아와 벽에 붙어 있는 「격오동」을 발견하
고서 두세 번 소리 내어 읊어 보았다. 생각해 보니 유영은 정말
다정다감하고 약속을 잊지 않는 사람이 아닌가. 약속을 끝까지
지키지 못한 자신이 부끄러웠다. 사옥영은 손 선달에게 거짓말로
둘러대고 배를 한 척 빌려 살림을 얼추 챙겨서는 동경으로 달음
박질해 와 유영을 찾은 것이다. 사옥영은 유영이 진사사의 집에
자주 드나든다는 것을 알고서 당장 진사사의 집으로 달려가 유
영을 만나게 해 달라고 졸랐다.
　이런 사정을 알게 된 유영은 마치 시든 꽃이 다시 핀 것을 본
듯, 이지러진 달이 다시 둥그러진 것을 본 듯 더없이 기뻐했다. 진
사사도 사옥영에게 사연을 묻더니 자기 집에서 같이 살자고 권
유했다. 사옥영은 서로 불편할까 싶어 머뭇거리다가 진사사 집의
동편 한 채를 따로 얻어 살기로 했다. 사옥영은 동경으로 유영을
찾아온 다음부터 손님도 받지 않고 오로지 유영하고만 시간을

보냈으니 부부나 진배없었다. 유영이 다른 기생집을 찾아가도 막지 않아 사옥영에게는 현숙하다는 칭찬이 따라다녔다.

한편 이야기는 여기서 두 갈래로 나뉜다. 유영은 마음이 바빠 서두르는 바람에 자기가 지은 송축 사를 심부름꾼에 건네주면서 아뿔싸, 자작 사까지 모두 봉투에 넣고 말았다. 여 재상은 봉투를 뜯어서는 먼저 「천추세(千秋歲)」를 읽어 보고 매우 좋아했다. 그러고 나서 「서강월」이 또 눈에 들어오기에 자연스럽게 읽어 보게 되었다. 그러다가 "글자 하나가 비단 한 필보다 더 중하나 내 어찌 사람들과 글값을 다투리오."라는 구절을 읽고는 '예전에 배 진공(裴晉公)이 복광사(福光寺)를 짓고서 황보식(皇甫湜)에게 글을 써 달라고 부탁하자 황보식은 한 글자에 비단 세 필을 요구했다고 하던데 이자는 지금 사례가 적다고 하는 것인가?'라며 비웃었다. 그런 다음 다시 "내가 다른 사람들에게 부귀를 바랄 게 아니라, 다른 사람들이 나에게 글을 바랄 것이라."라는 구절을 읽고는 대로하여 말했다.

"이자가 감히 이렇게 건방을 떨다니, 내가 제 놈한테 부탁할 게 뭐 있다고."

이 일로 여 재상은 유영을 마음속으로 거누게 되었다.

유영은 소탈한 사람이라 여 재상에게 사를 써서 보내 준 일은 이미 가슴에 담아 두지 않고 아무 일도 없었던 것처럼 편하게 지냈다. 며칠이 지나고 마침 한림원에 결원이 생기자 이부에서 유영을 추천했다. 인종 황제는 유영이 궁중 아악을 정리하고 확정하는 데 공을 세워 그의 재주를 높이 사고 있던 터라 여 재상에게 이렇게 물었다.

"짐이 유영을 한림원에 등용하고자 하는데 그대는 이자를 아시오?"

여 재상이 답했다.

"그자는 글재주는 빼어나나 제 재주를 믿고 오만하여 관직과 그에 따른 명예 같은 것은 안중에도 두지 않습니다. 둔전원외(屯田員外)를 맡고 있으면서도 낮이나 밤이나 기생집에 출입하는 등 관리로서의 규율과 명예를 더럽혔습니다. 그런 자를 중히 쓰셨다가 다른 관리들이 그를 본받아 행실을 그르칠까 염려됩니다."

그런 다음 유영이 지었던 「서강월」을 인종 황제 앞에서 직접 읊조렸다. 인종 황제는 말없이 고개를 끄덕였다. 간관(諫官)들도 여 재상이 유영을 미워하고 마음속으로 겨누고 있음을 알고는 여 재상에게 잘 보이려는 마음에 유영을 지금의 직책에서 바로 물러나게 해야 한다는 상소를 거듭 지어 올렸다. 인종 황제는 이 건에 이렇게 네 구절을 적어 비준했다.

유영은 부귀를 추구하지 아니하니
누가 부귀를 그에게 갖다 줄 수 있으리.
무관의 재상이 되어
화류계를 누비며 마음껏 사를 짓게 두어라.

유영은 현직을 파직당하고는 가가대소했다.

"지금 관직 생활하는 놈들은 전부가 무식쟁이들이라 내가 두

각을 나타내는 것을 어찌 가만히 두고 보려 하겠는가.”

이로 말미암아 유영은 자신의 이름을 유삼변(柳三變, 세 번 변신한 유영)이라 바꾸었다. 사람들이 왜 그렇게 개명했는지 의아해하니 유영이 직접 설명해 주었다.

“내가 어려서부터 책을 읽어 모르는 게 하나도 없을 정도가 되었을 때 과장에 나가 이름을 날리고자 했으나 몇 번이나 낙방하여 불만을 품게 되고 실의에 빠졌네. 그러다 결국 변신하여 사를 짓는 작가가 되었지. 이제 문장으로 이름을 날리고 그 이름이 후세에 전해질 수 있다면 족하다고 생각했어. 그런데 예상치도 않게 추천을 받아 관을 쓰고 관대를 매고 관리가 되었네. 관리가 되기는 했으나 미관말직만을 전전하는 게 영 할 짓이 못 된다고 생각하고 있었는데 파직을 당하게 되었으니 이제 내 마음대로 자유롭게 세상을 노닐 수 있게 되었어. 이제 정말 신선이 된 것이라네.”

유영은 파직을 당한 후로 더욱 자유롭고 편안하게 노닐고 기생집을 제 집처럼 드나들었다. 아울러 홀 하나에다 “황제의 명을 받들어 사를 짓는 세 번 변신한 유영”이라고 새기고 들고 다녔다. 기생집을 찾아가고 싶으면 먼저 그 홀을 기생집에 보내어 통지하곤 했다. 그러면 그 기생집에서는 술과 안주 그리고 잠자리를 마련해 놓고 기다리곤 했다. 다음 기생집에 갈 때도 똑같이 했다. 매번 사를 짓고 나면 낙관을 찍고 이름을 쓰는 자리에 더불어 “황제의 명을 받들어 사를 짓도다”라고 적었다. 이걸 보고 웃지 않는 사람이 없었다.

이렇게 몇 년이 지난 어느 날 유영이 조향향의 집에서 깜빡 낮

잠에 빠져들었는데 꿈에 노란 옷을 입은 관리 하나가 하늘에서 내려와 이렇게 말하는 것이었다.

"옥황상제께서 예상우의곡(霓裳羽衣曲)이 너무 오래되었으니 새롭게 편곡했으면 하신다오. 그대의 글솜씨가 특별히 필요하니 어서 나와 같이 갑시다."

유영은 잠에서 깨어 향기를 담은 목욕물을 준비하라 한 다음 목욕을 정갈하게 하고 조향향에게 말했다.

"옥황상제께서 나를 부르시니 내가 바로 가야 할 것 같네. 각 기생집의 자매들에게 소식을 전해 주게나. 이제 더 이상 서로 만날 수 없게 되었노라고."

말을 마치고 조용히 앉아 눈을 감았다. 조향향이 살펴보니 유영이 이미 숨을 거둔 후였다. 황급히 사옥영에게 알리니 사옥영이 한달음에 달려오는데 걸음 하나에 울음 하나, 걸음 하나에 통곡 하나였다. 진사사, 서동동 두 행수 역시 한달음에 찾아왔다. 유영 생전에 왕래가 있던 기생들 역시 소식을 듣고 조향향의 집으로 찾아들었다. 유영은 두 차례 관직을 지냈으나 모아 놓은 재산은 한 푼도 없었다. 사옥영이 유영의 마지막까지 그 곁에 있었으나 유영에게 생활비를 한 푼도 받지 않고 자신이 예전에 모은 돈으로 일용을 충당했을 정도였다.

이제 장례를 치르고자 하니 사옥영이 유영의 미망인 역할을 하고 행수 기생 몇몇은 일가친척 역할을 하기로 했다. 진사사가 주동이 되어 여러 기생에게서 경비를 추렴하여 수의와 관을 장만하고 염을 했다. 사옥영이 상주 상복을 입고 나머지 세 행수 기생 역시 상복을 차려입고 치상을 했다. 아울러 악유원(樂遊原)의 작은 땅을 사서 봉분을 만들 준비를 한 다음, 날을 잡아 안장하기로 하고 작은 비석을 세웠다. 묘비명은 평소 유영이 가지고 다니던 홀에 새겨진 글귀에다 두 글자만 덧붙였다. "황제의 명을 받들어 사를 짓는 세 번 변신한 유영의 묘." 상여가 나가는 날, 유영과 알고 지내던 관리들도 몇 명 찾아왔다. 동경의 모든 기생들이 하나도 빠짐없이 유영의 마지막 가는 길을 찾았으니 마치 흰 배꽃이 땅을 뒤덮은 듯했고 그들이 곡하는 소리에 땅이 진동하는 듯했다. 유영의 안장식에 찾아온 관리들은 스스로 창피함을 느껴 얼굴을 가리고 물러갔다.

유영의 장례식을 마치고 두 달이 채 못 되어 사옥영은 슬픔을 이기지 못하고 병을 얻어 세상을 떠났고 유영의 묘 옆에 나란히 묻혔다. 사옥영과 같은 지조와 정절이야말로 화류계에서 찾기 힘든 것이었다. 장례를 치르고 난 다음, 매번 청명절경에 봄바람이 살랑 불어오면 여러 기생들은 마치 약속이나 한 듯이 제수를 챙겨 유영의 묘에 모여 지전을 태우고 성묘를 했으니 이를 '유영 묘 성묘하기' 혹은 '풍류 재자 묘 성묘하기'라 불렀다. '유영 묘 성묘하기'나 '풍류' 재자 묘 성묘하기'를 하지 않는 기생은 감히 악유원으로 답청 놀이를 하러 오지 못했다. 나중에 시간이 지나 이게 하나의 풍습이 되었다가 고종 때 서울을 남쪽으로 옮긴 다음에야 사라지게 되었다. 후세 사람들은 유영의 묘를 이렇게 노래했다.

악유원에 기생들이 구름처럼 모여들었구나

모두 풍류 재자 유영의 무덤에 찾아온 것.

가소롭다, 저 벼슬아치들

재주 있는 자를 아끼고 사랑함이 치마 입은 기생들만 못하구나.

張道陵七試趙昇

장도릉이 조승을
일곱 번 시험하다

대가가 없으면 움직이지 않는 것이 인간인가? 바라는 대가가 큰가, 작은가, 현세의 대가인가, 영원을 향한 대가인가가 다를 뿐. 영원을 믿지 않는 사람들에게는 영원을 향한 대가를 바랄 이유가 없을 것이다.

이 작품은 '신선들의 전기'라는 의미의 『신선전(神仙傳)』이나 '역대 신선들의 역사'라는 뜻의 『역대선사(歷代仙史)』에 이미 이야기의 원형이 전한다. 다만 풍몽룡은 장도릉이 신선이 되었다는 이야기 자체보다는 그의 제자 조승이 스승을 제대로 모시고, 스승을 믿고, 도덕에 기초하여 인간을 사랑하고, 인격적으로 완성되어 있었기에 그 대가로 스승의 시험을 통과하여 득선할 수 있었음을 설파하는 데 주력한다. 복식 호흡법이나 단약 제조법 같은 것은 알지도 못하고 관심도 없었다.

영혼이 깃드는 집으로서 육신을 잃지 않으면서 마침내 깨달음을 얻는 순간 영육이 합일하여 영원의 존재로 화하는 것이 과연 가능한 일일까? 유한한 인간이 무한의 존재로 변화하기를 꿈꾸면서 그것을 의심하지 않고 실천하는 것이 진정 가능할까?

도덕은 이승의 윤리이고 신선은 이승을 떠난 경지이다. 이승에서 어찌 이승을 떠난 경지를 말할 수 있겠는가. 이승에서 이승을 떠난 것을 이야기하는 방법은 두 가지다. 하나는 이승을 떠난 곳 역시 이승과 똑같은 인과율이 적용된다고 전제하는 것이고, 다른 하나는 SF를 쓰는 것이다. 풍몽룡은 전자를 택했다. 풍몽룡이 생각하는 신선은 도덕적 대가를 받은 사람이다. 그러므로 신선이 아니라 사람이다. 이 작품의 또 다른 주인공인 조승 역시 도덕적 수양을 이룬 사람일 뿐이다.

구름을 타고 하늘로 올라갔다고들 하지

그러나 그들이 다시 땅으로 내려왔다는 말은 듣지 못했구나.

언젠가 하늘에 구멍이라도 뚫리면

하늘로 올라간 그네들 떨어지는 소리라도 들리려나.

네 구절로 이루어진 이 시는 명나라 당인(唐寅, 1470~1524)이 지었다. 신선술을 비웃고 있는 이 작품의 내용을 너무 심각하게 받아들일 필요까지는 없겠다. 세상이 열린 이래로 세 종류의 종교가 존재해 왔으니, 태상 노군(太上老君)이 창건한 도교, 석가모니가 창건한 불교, 공자가 창건한 유교가 바로 그것이다. 유교에서는 성현이 나고, 불교에서는 보살이 나고, 도교에서는 신선이 난다. 유교는 평상심을 강조하고, 불교는 청정과 고액을 강조하는데, 도교는 장생불사와 무궁한 변화를 흉내 내고 추구하여 이 세 종교 가운데 세속을 초탈한 특징이 가장 강하다.

내가 오늘 풀어내고자 하는 건 바로 '장도릉이 조승을 일곱 번 시험하는' 이야기이다. 장도릉(張道陵, 34~156)으로 말할 것 같으면 용호산(龍虎山) 도교 본사의 주지인 정일천사(正一天師)이자 제1대 시조이며, 조승은 바로 그의 제자다. 우선 시 한 수를 들어 증거로 삼아 볼거나.

거친 돌멩이를 까야 옥이 드러나고
진흙을 거르고 걸러야 황금이 보이니.
속인들에게 신선의 기운이 적은 게 아니라
신선과 속인들의 마음이 다를 뿐.

한편 장 천사는 휘호가 도릉(道陵), 자는 보한(輔漢)으로 패국(沛國) 사람이며 장량(張良)의 팔 대손이다. 한 광무제 건무(建武) 10년(기원후 34)에 태어났다. 그의 어머니가 태몽을 꾸었는데, 북두칠성의 일곱째 별이 하늘에서 떨어져 사람으로 변했다고 한다. 키가 한 길 정도, 손에는 선약 한 알을 쥐고 있었다. 크기는 계란하나 정도였으며 향내가 사람의 코를 찔렀다. 꿈에서 어머니가 그 선약을 삼키고 일어나 보니 배 속 가득히 열기가 느껴지고 특이한 향내가 방 안에 가득하여 한 달여가 지나도록 흩어지지 않았다. 이렇게 임신을 하여 열 달이 찼을 무렵, 집 안이 홀연 대낮처럼 빛이 환하던 어느 밤, 장도릉을 낳았다.

장도릉은 일곱 살 나던 때 『도덕경』을 읽고 풀이할 줄 알았고, 하도(河圖)의 참위서를 읽고서 깨치지 못하는 바가 없었다. 열다섯 살이 되어서는 오경에 두루 통달했다. 키가 구 척 이 촌, 짙은 눈썹에 넓은 이마, 빨간 정수리에 녹색 눈동자, 높은 콧대에 네모 난 턱뼈, 콧대가 미간을 지나 정수리까지 솟아 있었고, 서 있으면 손이 무릎 아래까지 내려와 마치 용이 쪼그리고 앉은 듯하고 호랑이가 걸음을 옮기는 듯하여 그를 바라본 사람들은 한결같이 두려움에 떨었다. 장도릉은 현명하고 품행이 방정한 사람들을 뽑는 현량방정과(賢良方正科)에 추천되어 태학에 입학했다. 어느 날 장도릉이 한숨을 내쉬며 이렇게 말했다.

"시간이 번개처럼 빠르게 지나가니 백 년도 한순간이로구나. 아무리 높은 벼슬살이를 한다 한들 생명을 연장하는 데 무슨 소용이 있을까."

장도릉은 마침내 연단에 힘써 장생불사의 방법을 알아내고자 노력했다. 당시 태학에서 같이 공부하던 이들 가운데 왕장(王長)이라는 자가 있었다. 왕장은 장도릉의 말을 듣고서 그를 스승으로 모시고 함께 명산대천을 찾아다니며 도를 구하고자 했다.

이들이 예장군(豫章郡)에 도착했을 때 수놓은 옷을 입은 동자 하나를 우연히 만났다.

"날은 저물고 갈 길은 멀어 보이는데 두 분께서는 어디로 가시우?"

장도릉은 깜짝 놀랐다. 그자가 보통 사람이 아님을 바로 알아보고서는 도를 찾아 떠돌아다니고 있음을 알렸다. 동자가 다시 말했다.

"세상 사람들이 도를 논함이 마치 뜬구름 잡는 것 같습니다.

반드시 황제의 구정 단법을 얻어 연마해야만 하늘에 오를 수가 있습니다."

이 말을 듣고 장도릉과 왕장은 그 동자에게 가르침을 청했다. 그 동자는 입으로 두 마디를 읊어 주었다.

왼쪽에 용, 오른쪽에 호랑이
그 가운데 천부의 장소가 있나니.

그러고는 홀연히 사라졌다. 장도릉은 그 두 마디를 머릿속에 새겨 두었지만 그 말의 의미는 도무지 알 수 없었다.

어느 날 용호산에 도착했는데 자신도 모르게 심장이 뛰었다. 장도릉이 왕장에게 말했다.

"여기가 바로 왼쪽에 용, 오른쪽에 호랑이 아닐까? 그리고 '천부(天府)'에서 '부'라는 글자는 '숨긴다'는 뜻이니 혹시 이곳에 비밀의 책이 숨겨져 있지 않을까?"

두 사람은 산꼭대기까지 올라갔다. 석굴이 하나 있었는데 이름이 '벽로동(壁魯洞)'이었다. 동굴 안은 빛이 비추는 곳도 있고 비추지 않는 곳도 있었으며 꼬불꼬불한 것이 아주 기이했다. 동굴 안 막다른 곳까지 가 보니 자연 그대로 만들어진 석문이 두 개 있었다. 장도릉은 이곳이 분명 신선이 숨어 있는 곳이리라 짐작하고는 왕장과 함께 석문 밖에서 한참을 앉아 있었다. 그러자 갑자기 석문이 열렸다. 그 안에는 돌 탁자와 돌 걸상이 갖추어져 있었다. 돌 탁자 위에는 아무것도 없이 책이 한 권 덩그러니 놓여 있었다.

책을 집어 들어 보니 『황제구정태청단경(黃帝九鼎太淸丹經)』이라는 제목이 붙어 있었다. 장도릉은 이마에 손을 짚고서 자기도 모르게 신음 소리를 냈다. 스승 장도릉과 제자 왕장은 뛸 듯이 기뻐했다.

그들은 그 책을 밤낮으로 읽으며 그 안에 쓰여 있는 수련법을 하나씩 익혀 나갔다. 그러나 약초나 다른 재료를 화로에 녹여 연단하려면 비용이 너무 많이 들어 어찌할 도리가 없었다. 장도릉은 예전에 부적을 써서 사람의 아픈 곳을 치료해 주는 법을 배운 적이 있는지라 부적을 써 주고 비용이라도 충당하자는 심산으로 왕장과 함께 사람들이 순박하다는 촉 지방의 학명산(鶴鳴山)으로 찾아가 초막을 짓고 도사(眞人)라 자칭했다. 장도릉은 부적을 푼 물로 병자를 치료했다. 그 효험이 널리 소문나자 사람들이 구름처럼 밀려들었다. 그들은 장도릉 문하의 제자가 되어 부적을 푼 물을 사용하는 방법을 배우고자 했다.

장도릉은 자신을 따르는 무리가 늘어나자 나름의 규칙을 세웠다. 거처 출입문 앞에 물웅덩이를 파 놓고 질병을 앓고 있는 자들에게 너나없이 태어나서부터 지금까지 저지른 모든 잘못을 낱낱이 적어 고하게 했다. 그러면 장도릉이 참회문을 적어 그 물웅덩이에 던진 다음 천지신명에게 다시는 그런 잘못을 하지 않겠으며 만약 그런 일을 다시 범하면 그 자리에서 죽어도 좋다는 맹세를 하게 했다. 맹세를 마친 자들만이 성수를 마실 수 있었다. 병이 나으면 쌀 닷 말을 사례로 바치게 했다.

제자들은 무리를 나눠 장도릉에게 배운 법술을 펼치고 다니면서 얻은 쌀과 비단의 품목을 일일이 적어 천지신명에게 고하고 한 톨, 한 조각도 사사로이 쓰지 않았다. 백성들은 병이 나면 천지신명이 자신들을 꾸짖는 것이라 여겨 스스로 달려와 잘못을 빌었다. 병이 나으면 지난 과오를 부끄러워하며 행실을 바로잡아 다시는 그런 잘못을 범하려 하지 않았다.

이렇게 몇 년이 지나자 많은 돈이 모였다. 장도릉은 왕장과 함께 밀실로 들어가 단약을 제련하기 시작했다. 삼 년이 지나 단약이 완성되어 그 단약을 복용했다. 장도릉은 당시 예순이 넘은 나이였으나 단약을 복용하니 얼굴이 젊은 사람처럼 변하여 마치 삼십 대처럼 보였다. 이로 말미암아 분신술에 유체 이탈까지 능하게 되어 작은 배를 타고 동서 계곡을 넘나들면서도 초막에는 경을 읽는 장도릉이 그대로 남아 있었다. 사람들이 찾아오면 더불어 술 한잔 하는 장도릉, 더불어 바둑을 두는 장도릉이 각각 있어 누가 진짜 장도릉인지 분간할 수 없었다. 사람들은 이게 바로 신선술을 터득한 장도릉의 묘법이라고 생각했다.

어느 날 한 도사가 와서 말을 전했다. 서성(西城)의 백호 신(白虎神)이 사람 피를 마시기 좋아하여 매년 동네 사람들이 사람을 죽여 제사를 지낸다는 것이다. 장도릉은 그 말을 듣고 차마 가만 있을 수가 없어 제사를 지낼 무렵에 직접 그 마을에 가 보았다. 마을 사람들이 한 사람을 밧줄에 꽁꽁 묶어 사당으로 끌고 오고 있었다. 악대가 앞에서 연주하며 그들을 사당으로 인도했다. 장도릉이 사연을 물어보니 전에 도사가 찾아와서 전한 말과 한 치의 오차도 없었다.

만약 제사를 한 번이라도 거르면 바람과 비가 거세게 몰아쳐 온갖 농작물과 가축들을 진멸시켜 버리니 그게 너무도 두려운지라, 해마다 돈을 모아 사람을 사서 옷을 벗기고 몸을 꽁꽁 묶어 사당으로 데려간다고 했다. 그러면 밤 깊은 시각, 백호 신이 그 사람의 피를 빨아먹는다고 했다. 이 풍습은 관가에서도 어찌하지 못했다. 장도릉이 마을 사람들에게 제안했다.

"저 사람을 풀어 주고 내가 저 사람 대신 묶여 사당으로 들어가면 어떻겠소?"

"저자는 집안이 가난하고 의지가지없어 제사의 희생이 되기를 자청했습니다. 하여 오만 금을 이미 선불로 받아 아버지 장사도 지내고 누이도 시집보냈으니 오늘 사당으로 들어가 죽음을 맞이하는 것도 어쩌면 당연하다 할 것입니다. 그대는 어이하여 저자를 대신하여 스스로 죽을 길로 들어가겠다 하는 것이오?"

"나는 사람 피를 마시기 좋아하는 신령이 있다는 말을 들어본 적이 없소이다. 하여 정말 그런 일이 있는지 두 눈으로 확인하고 싶은 것이오. 그러다 내가 죽는 길로 빠져든다 해도 누구를 원망하겠소이까?"

"사람 제사 지내는 것을 믿든 안 믿든 그건 우리가 상관할 바 아니고 여하튼 누구든 한 명을 희생으로 바치면 그뿐이 아니겠어?"

마을 사람들은 장도릉의 말대로 하기로 하고 밧줄에 묶인 사람을 풀어 주었다. 죽을 길에서 풀려난 그 사람은 장도릉에게 연신 감사 인사를 하고는 떠났다. 마을 사람들이 장도릉에게 다가

와 그 사람 대신 묶으려 했다. 장도릉이 말했다.

"나야 기꺼이 죽을 준비가 되어 있는 사람이니 어찌 도망갈 염려가 있겠소이까. 묶지 말고 이대로 두시오."

사람들이 그 말을 듣고 장도릉을 묶지 않았다. 장도릉이 사당 안으로 들어가 보니 사당 안은 향을 사른 연기가 사방으로 감아 돌고 촛불이 은은하게 타면서 흙으로 빚은 신상이 위엄을 뽐내고 있었다. 탁자에는 제수품들이 진설되어 있었다. 사람들이 머리를 조아리고 제문을 읽고 나서 장도릉을 내실로 밀어 넣고 밖에서 잠가 버렸다. 장도릉은 눈을 감고 정좌하여 기다렸다.

밤이 깊어 가는데 홀연히 일진광풍이 몰아치더니 백호 신이 찾아들었다. 백호 신은 장도릉을 보더니 낚아채려고 했다. 이때 장도릉의 입, 귀, 눈, 코에서 붉은빛이 쏟아져 나와 백호 신을 휘감았다. 이는 사실 단약의 효능이었다. 백호 신은 깜짝 놀라 황망히 물었다.

"너는 도대체 누구냐?"

"나는 천제의 명을 받고 사해 오악의 여러 신을 관할하는 자다. 나는 분신술을 써서 여기 왔다. 너는 도대체 어떤 종자이기에 이렇게 살아 있는 생명체를 괴롭히느냐? 죄가 중하니 하늘의 벌을 면하기 어렵겠구나."

백호 신이 뭐라 항변하려 했으나 전후좌우 사방에 온통 장도릉이 가득하여 붉은빛이 쏟아져 나오니 눈도 뜨지 못하고 애걸복걸하기 시작했다. 알고 보니 백호 신은 바로 쇠의 신이었다. 옛날 황제가 힘센 장정들을 시켜 서촉으로 가는 길을 열고자 촉산을 굴착하자 그때 쇠 기운이 퍼져 나오고 그것이 흘러넘쳐 백호로 변한 것이었다. 백호가 나타날 때마다 재앙이 일어나고 사방이 초토화되니 그곳 사람들이 사당을 세우고 제사를 지내며 안녕을 빈 다음에야 겨우 평안해지기 시작했다. 장도릉은 쇠 단약을 제련하여 불기운을 만들어 냈으니 쇠는 불을 제일 싫어하기 때문에 불로 쇠를 제압하는 것이었다. 그 자리에서 장도릉은 백호 신에게 이제 더 이상 재해를 일으키지도 말 것이며 백성들을 괴롭히지도 말라고 훈계했다. 백호 신은 훈계를 받고 떠나갔다.

다음 날 새벽같이 마을 사람들이 사당에 달려와 장도릉을 살피니 그저 단정히 앉아 있을 뿐 아무 상처도 없었다. 사람들이 너무 놀라 그 연유를 물으니 장도릉이 어젯밤에 겪은 일을 이야기해 주었다. 그럼 다음 이제 백호 신이 함부로 백성들을 괴롭히는 짓을 하지 않을 것이라고 말해 주었다. 마을 사람들이 도대체 뉘신지 묻자 장도릉이 이렇게 대답했다.

"나는 학명산에 기거하는 장도릉이외다."

장도릉은 말을 마치고 바람처럼 사라져 버렸다. 마을 사람들은 백호 사당 앞에 세 칸짜리 사당을 별도로 짓고 장도릉의 상을 세워 모셨다. 이로써 사람을 희생으로 바치는 제사를 그만두게 되었다. 이를 증거하는 시가 한 수 있다.

공을 쌓고 수련하여 신선이 되었도다.
어찌 그저 단약 한 움큼 먹는 것으로 신선이 되었을까?
백호 신이 사람 제물 먹는 것을 더는 못하게 막아내니

사람을 살리는 덕행이 길이길이 이어지누나.

당시 광한(廣漢) 청석산(靑石山)에 큰 뱀이 하나 살고 있어 그
피해가 막심했다. 그 뱀이 맹독을 뿜어내면 지나던 사람들이 독
에 중독되어 죽어 나가곤 했다. 장도릉이 가서 뱀을 제거하자 사
람들이 마음 놓고 그 산을 다닐 수 있었다. 순제(順帝) 한안(漢安)
원년(기원후 142) 정월 대보름 밤 장도릉은 학명산 초막에서 혼자
앉아 은은히 들려오는 하늘의 소리에 귀를 기울였다. 동쪽에서부
터 마차에 달린 방울 소리 같은 것이 들려왔다.

장도릉이 마당으로 나가 바라보니 동쪽 하늘에 붉은색 구름
이 보이고 그 구름 속에 흰 마차 한 대가 천천히 내려오고 있었
다. 마차 안에는 신인이 하나 앉아 있었는데 얼굴은 얼음과도 같
고 옥과도 같으며 신령한 빛이 풍겨 감히 똑바로 바라볼 수가 없
었다. 수레 앞에 다른 한 사람이 서 있었다. 그자는 바로 전에 예
장군에서 우연히 만난 적 있는, 수놓은 옷을 입은 동자였다.

동자가 장도릉에게 말했다.

"놀라지 마시오. 이분이 바로 태상 노군이시오."

장도릉이 황망히 인사를 올렸다. 태상 노군이 말했다.

"요즘 촉 지방의 요귀들이 백성들을 괴롭혀 골칫거리였는데 그
대가 그 문제를 해결하여 백성들에게 숨통을 틔워 주었으니 그
공이 크고 또 크다. 하여 그대의 이름을 신선들의 거처인 단대(丹
臺)에 새기고자 한다."

말을 마친 다음 태상 노군은 장도릉에게 '바르고 순전한 교단

최고 존엄자의 비결'이라는 뜻의 『정일맹위비록(正一盟威秘錄)』과 만물의 시원인 세 순수한 존재 삼청(三淸)에 관한 경전 930권, 부적과 단약을 제조하는 비법 72권, 암수 검 각각 하나 그리고 최고 수호자 직함의 '도공(都功)' 도장 하나를 하사했다. 그러면서 이렇게 당부했다.

"그대와 약속하노니 천 일 후에 선경(仙境)에서 만날 것이라."

장도릉은 머리를 조아리고 태상 노군이 하사하는 것들을 받았다. 태상 노군은 구름을 타고 떠났다.

장도릉은 그날 이후로 태상 노군이 하사한 경문을 연구하고 또 연구하면서 거기에서 제시한 방법을 따라 수련했다. 이때 익주에 귀신 우두머리 여덟이 있어 수억 수만의 귀신들을 거느리고 인간 세상을 휘젓고 다니면서 사람들을 함부로 죽인다는 소문이 돌았다. 장도릉은 태상 노군의 명령을 받들어 『맹위비록』을 차고서 청성산(靑城山) 높은 곳에 가서 유리로 된 보좌를 설치했다. 왼쪽에는 대도원시천존과 함께하고 오른쪽에는 36부 진경(眞經)을 놓고서 열 개의 신령한 깃발을 세우고 그 주위에는 법문을 설법하는 자리를 설치한 다음, 종을 울리고 경쇠를 치며 용과 호랑이로 이루어진 신령한 병사들을 풀어 귀신 병사들을 붙잡게 했다.

귀신 우두머리들이 귀신 병사들을 거느리고 칼과 돌화살을 들고서 장도릉을 해치려 달려들었다. 장도릉이 왼손 손가락 하나를 곧게 펴자 손가락이 한 떨기 연꽃으로 변하여 칼과 돌화살을 모조리 막아 냈다. 귀신들은 천여 개의 횃불을 들고서 모든 걸 태우려 했다. 이때 장도릉이 소맷부리를 한번 펼쳐 드니 그 불길이 외려 귀신들에게 돌아가서 귀신들이 불길에 휩싸였다. 귀신들이 장도릉을 바라보며 소리쳤다.

"스승님은 학명산에 계신데, 어찌하여 이곳에 와서 우리를 괴롭히십니까?"

"네놈들이 중생을 함부로 해쳐 그 죄가 온 하늘을 덮었다. 나는 태상 노군의 명령을 받들어 너희를 벌주러 왔다. 네놈들이 죄를 깨닫고 어서 서쪽 황무지로 멀리 떠나 더 이상 인간 세상을 괴롭히지 않는다면 나도 더 이상 벌하지 않겠다. 그러나 만약 지난 죄를 뉘우치지 않고 악행을 계속하면 한 놈도 남기지 않고 모두 멸할 것이다."

귀신 우두머리들은 장도릉의 말을 듣지 않았다. 다음 날 다시 여섯 마왕을 모으고 귀신 병사 백만을 거느리고선 진을 치고 장도릉을 공격하려 했다. 장도릉이 그들을 마음속으로부터 복속시키고자 타일렀다.

"좋다! 어서 너희들의 모든 힘을 보여라. 우리 서로 힘을 보여 승부를 겨루자."

여섯 마왕 역시 그러겠다고 대답했다. 장도릉은 왕장에게 땔감을 쌓아 놓고서 불을 지피게 했다. 불길이 점차 거세게 타오를 즈음 장도릉이 그 불길 속으로 몸을 던졌다. 잠시 후 불속에서 한 떨기 파란 연꽃이 장도릉의 두 발을 밀며 올라왔다. 여섯 마왕이 비웃으며 말했다.

"그게 뭐 대단하다고!"

그들도 불길을 응시하며 몸을 던질 기세였다. 두 마왕이 먼저 불길로 들어갔으나 수염과 눈썹이 모두 타고 몸에 고통을 느끼며 화급하게 돌아왔다. 나머지 네 마왕은 그 꼴을 보고 감히 어쩌지 못했다. 장도릉이 다시 물에 뛰어들었다가 황룡을 타고 나왔다. 옷에 물이 한 방울도 묻지 않았다. 여섯 마왕이 웃으면서 말했다.

"그래, 불이야 그렇다 치고 그깟 물속에 들어가는 게 뭐 대단한 일이냐!"

풍덩 소리를 내며 여섯 마왕도 물속으로 뛰어들었다. 그들은 물속에서 허우적거리다 황망히 기어 나왔다. 물을 너무 먹어 배가 올챙이처럼 뽈록 튀어나올 지경이었다. 장도릉이 또 제 몸을 돌멩이를 향해 던지니 돌이 사방으로 갈라지고 장도릉은 그 갈라진 돌 틈 사이에서 빠져나왔다. 여섯 마왕이 비웃으면서 말했다.

"우리 힘이면 산이라도 뚫을 텐데 그깟 돌멩이쯤이야."

여섯 마왕은 돌멩이를 향해 자기 몸을 던졌다. 그러나 돌멩이는 꿈쩍도 하지 않고 여섯 마왕만 곧 죽을 듯 괴로운 소리를 질러 댔다.

귀신 우두머리들이 버럭 화를 내며 눈초리가 치켜 올라간 호랑이 여덟 마리로 변신하더니 이빨과 발톱을 휘두르며 장도릉을 잡으러 달려들었다. 장도릉이 순식간에 사자로 변신하여 그들을 쫓았다. 여덟 귀신 우두머리는 다시 여덟 마리 용으로 변신하여 사자를 잡으려 했다. 장도릉이 다시 황금 날개가 달린 큰 붕새로 변신하여 부리로 용의 눈을 쪼려 했다. 여덟 귀신 우두머리들은 다시 오색구름과 안개로 변신하여 하늘과 땅을 어둡게 가렸다. 장도릉은 붉은 해로 변신하여 하늘 높은 곳까지 날아올라 사방으로 밝은 빛을 비추니 오색구름과 안개가 자취를 감추고 말았다.

귀신 우두머리들의 술수는 이미 바닥이 드러났다. 장도릉은 조각돌을 집어 들더니 공중을 향해 집어던졌다. 조각돌이 거대한 돌덩이로 변했는데 마치 작은 산과도 같았다. 가늘고 가는 줄에 붙들린 그 거대한 돌덩이는 바로 귀신 병사들의 진영 위를 덮고 있었다. 돌덩이 위에는 쥐 두 마리가 줄을 갉아먹고 있어 미구에 돌덩이가 귀신 병사들의 머리 위로 떨어질 기세였다. 귀신 우두머리와 마왕들이 높은 곳에서 이 상황을 보니 저 돌덩이가 그대로 떨어진다면 귀신 병사들의 씨가 마를 지경이라 이구동성으로 장도릉에게 용서를 빌었다. 말씀하신 대로 서방의 사라국(娑羅國)으로 갈 것이며 결코 중원을 침범하지 않으리라 맹세했다. 장도릉은 여섯 마왕에게는 북방 지옥으로 다시 돌아가고 귀신 우두머리들에게는 서방으로 돌아가라고 명령했다.

이때 여섯 마왕이 돌덩이에서 잠시 몸을 빼어 귀신 우두머리들과 한패를 이루더니 길을 떠나지 않고 주저했다. 장도릉은 저 무리들이 순순히 말을 듣지 않을 것이라는 생각에 입으로 주문을 한번 외우더니 단숨에 하늘로 날아올랐다. 바람 신은 바람을 몰아 오고, 비의 신은 비를 내리고, 우레 신은 우레를 치고, 벼락 신은 벼락을 치며 하늘의 모든 신령한 장수들이 무기를 들고 일시에 적병을 시살하려 달려와 귀신 병사들을 깡그리 진멸했다. 장도릉은 신통력을 멈추고 왕장을 바라보며 탄식했다.

"촉 사람들이 이제야 평안을 누리게 되었구나."

「서강월」이 이 상황을 잘 증명하고 있다.

귀신 우두머리는 부질없이 제 재주 자랑하고
마왕은 헛되이 영웅호걸이라 허세를 떠는구나.
그러나 누가 알리요? 위대한 도사에겐 신통력이 깃들어 있으며
정신을 모아 천지 만물 사이를 움직일 수 있음을!
차가운 물도 뜨거운 불도 그를 어찌할 수 없고
바위 위로 몸을 날리는 것이 그냥 공중에서 사뿐히 내려앉는
듯하구나.
한바탕 바람과 비로 요괴들을 모두 무찌르니
신선의 오묘한 쓰임을 이제야 알아보려나.

어느 날 장도릉이 왕장에게 이렇게 말했다.

"내가 선계로 들어갈 날이 얼마 남지 않았다. 벽로동은 내가 득도한 곳이니 그 근본이 되는 장소를 잊어서는 안 될 것이다."

그러고는 예장으로 다시 돌아가 용호산에 초막을 짓고 왕장과 함께 불로 금을 제련하여 단약 만드는 방법을 수련했다.

하루는 마차 방울 소리와도 같은 하늘의 음악 소리가 들려왔다. 전에 학명산에서 들었던 소리와 똑같았다. 장도릉은 곧바로 옷매무새를 가다듬고 계단 앞에 머리를 조아렸다. 천 대의 수레, 만 필의 말이 태상 노군을 호위하며 구름 주위를 날고 있었다. 장도릉이 거듭 절하니 태상 노군이 사자에게 명하여 다음과 같이 전하게 했다.

"그대의 공적과 업적은 선계에 오르고도 남을 만하다. 내가 예전에 그대를 촉 지방에 들여보낸 이유는 인간계와 귀신계를 명확

히 구분하고 청정의 도리를 널리 펴라는 뜻이었다. 그러나 그대
는 귀신을 너무 많이 죽였다. 게다가 멋대로 바람과 비를 일으키
고 신장들을 부려 음의 기운이 대낮에도 가득 넘치게 하고 살기
가 온 하늘을 덮게 했으니 생명을 살리는 큰 도리와는 거리가 멀
구나. 상제께서 그대의 과오를 꾸짖고자 하시므로 내가 오늘 그
대 곁에 가까이 다가갈 수가 없노라. 그대는 이제 그만 물러나서
행동을 삼가고 도를 닦으라. 아울러 그대와 함께 선계에 오를 자
가 그대 말고도 둘이 더 있으니 이를 명심하라. 그때가 되면 내가
그대를 지극히 순수한 곳인 상청(上淸)의 팔경궁(八景宮)에서 기
다리겠다.”

　말을 마친 태상 노군이 마차를 타고 천 대의 수레와 만 필의
말의 호위를 받으며 다시 돌아갔다. 장도릉은 지난 과오를 참회
하며 수행에 정진하기 위해 왕장과 함께 학명산으로 돌아갔다.

　장도릉의 제자들은 스승의 법력이 그렇게 광대무변한데 오로
지 왕장에게만 비전을 전수해 주려고 하는 걸 보고 왕장만 편애
하고 비전을 꼭꼭 감추려 한다고 의심했다. 장도릉이 이들에게
이렇게 말했다.

　“너희는 아직 속세의 기운이 빠지지 아니했으니 어찌 이 세상
을 버리고 훨훨 떠나갈 수 있겠느냐. 내가 너희에게 전수하는 방
중술을 따라 하거나 약초를 복용하고서 수명이나 연장할 수 있
을 따름이라. 내년 정월 초이레 오전 11시부터 오후 1시 사이에
한 사람이 동쪽에서 올 것이다. 얼굴은 각지고 키는 작으며 담비
가죽옷에 비단 저고리를 입고 있을 것이다. 그자는 바로 진정한

도인으로 왕장 못지않을 것이다."

제자들은 장도릉의 말을 듣고 반신반의했다.

다음 해 정월 초이레 정오, 장도릉이 왕장에게 이렇게 일렀다.

"그대의 사제(師弟)가 올 것이니 이리이리 하라."

왕장이 장도릉의 분부를 받들고 산문을 걸어 나서서 동쪽을 바라보니 과연 한 사람이 다가오고 있었다. 행색이 전에 장도릉이 미리 말한 그대로라 제자들이 기이하게 여겼다. 왕장이 제자들에게 이렇게 말했다.

"스승께서 그자에게 비전을 전수하려 하시니 산문에 도착하더라도 절대 안으로 들여보내지 말고 욕하고 꾸짖도록 하라. 그러면 그자도 못 견디고 돌아갈 것이다."

제자들은 서로 바라보면서 참으로 좋은 방법이라고 생각했다. 그 사람이 산문에 도착했다. 성은 조씨(趙氏)요, 이름은 승(昇)이었는데 오군(吳郡) 출신으로 장도릉의 고매한 술법을 숭앙하여 특별히 뵙고 싶어 왔다고 했다. 제자들이 대꾸했다.

"우리 스승님이 지금 출타 중이니 그대를 여기에 들어오라 할 수 없다."

조승이 두 손을 모아 읍하며 서 있는 걸 보고서도 제자들은 그냥 뒤돌아 가 버렸다. 밤이 되자 제자들은 문을 닫아걸어 버리고 조승을 들여보내지 않았다. 조승은 산문 밖에서 하룻밤을 지새웠다.

다음 날 제자들이 산문을 열고 보니 조승이 아직도 산문 밖에서 읍을 하면서 스승과 사형들 뵙기를 청하고 있었다.

"스승님은 너무 속 좁고 이기적인 양반이라 우리가 수십 년을 모셨지만 비법 하나 전수해 주지 않으셨소. 그대가 스승님을 만나도 얻을 게 없을 거요."

"뭘 전수해 주시고 말고는 스승님한테 달린 거지요. 아무튼 저는 먼 길을 달려왔으니 그저 얼굴 한 번만 뵈면 여한이 없겠습니다."

"스승님을 뵙고자 하는 그대 마음은 잘 알겠으나, 지금은 진짜 출타 중이시오. 언제 돌아오실지도 모르니 바보같이 무작정 기다리지 마시오."

"저는 스승님을 뵙고자 하는 충심으로 달려왔소이다. 스승님이 열흘 후에 돌아오시면 열흘을 기다릴 것이고, 백 일 후에 돌아오시면 백 일을 기다릴 것입니다."

제자들은 조승이 며칠씩 계속 기다리는 것을 보고서 외려 그를 더 미워했다. 조승에게 야멸치게 말을 쏘아붙이고 마치 거지 대하듯 했으며 험한 말로 모욕을 주었다. 하지만 조승은 전혀 신경 쓰지 않고 오히려 더 평안한 표정을 지었다. 날마다 오전에 마을에 내려가 한 끼 식사를 사 먹고는 다시 돌아와 스승이 돌아오기만을 기다렸다. 제자들이 받아들여 주지 않으니 밤이 되면 산문 밖 계단에서 노숙했다. 이러기를 마흔 날, 제자들은 이렇게 수군거렸다.

"아예 쫓아내지는 못했지만 그래도 저자가 와 있다는 걸 스승님께 모르게 했으니 그나마 다행이군."

이때 장도릉이 법당에서 종을 쳐서 제자들을 불러 모았다.

"조승이 사십여 일 동안 수모를 견뎌 냈으니 이제 됐다. 오늘 그를 한번 불러 보자."

제자들은 깜짝 놀랐다. 스승이 앞일을 꿰뚫어 보는 능력이 있음을 다시 확인하게 된 것이다. 왕장은 장도릉의 명을 받들어 조승을 불러들였다. 조승은 장도릉을 알현하더니 두 줄기 눈물을 흘리며 머리를 조아리고서 제자로 받아 달라고 간청했다. 장도릉은 조승이 진심으로 자신의 제자가 되고 싶어 한다는 것을 이미 알았으나 그래도 더 시험하여 보기로 했다.

며칠 후 장도릉은 조승에게 들판에 나가 기장 이삭을 살펴보게 했다. 조승은 명령을 받들어 들판에 나갔다. 들판에는 작은 초가집 한 칸뿐, 사방에 의지할 곳이 아무것도 없었다. 들짐승이 쉼 없이 오갔지만 조승은 아침저녁 가리지 않고 짐승을 쫓으며 조금도 게으름을 피우지 않았다. 그러다 달빛이 대낮처럼 밝은 어느 밤, 조승이 초가집에 혼자 앉아 있는데 한 여인이 나타났으니 세상에서 둘째가라면 서러울 미모의 소유자였다. 그 여인이 초가집 안으로 들어와 고개를 숙이고 공손하게 절한 다음 이렇게 말했다.

"저는 서쪽 마을에 사는 농부의 여식으로 달구경을 나왔다가 잠시 소피를 보는 사이에 일행을 놓치고 말았습니다. 아무리 해도 일행을 찾을 수가 없어, 헤매고 헤매다가 여기까지 이르게 되었습니다. 걷다 보니 두 발이 퉁퉁 부어 이제 한 걸음도 떼기 어려우니 선비께서 저를 불쌍히 여기셔서 하룻밤만 재워 주시면 그 은혜 잊지 않겠습니다."

조승이 말릴 틈도 없이 그 처자는 조승의 방 안에 들어와 자리에 누워 버렸다. 그러면서 연신 콧소리를 섞어 발이 아파 죽겠다는 소리만 쏟아 냈다. 조승은 정말 아파서 그런가 하여 하룻밤 재워 주기로 했다. 자신은 풀 더미를 펴서 대충 잠자리를 만들고 옷을 입은 채로 잠을 청했다.

다음 날에도 처자는 다리가 아프다는 핑계로 길 떠날 생각을 하지 않았다. 거기다 한술 더 떠서 갖은 아양을 떨면서 밥을 달라 물을 달라 하니 조승은 어쩔 수 없이 그 처자를 돌보게 되었다. 그 처자는 야한 농담을 던져 가며 조승을 꾀었다. 밤이 되면 옷을 훨훨 벗어 던지고 잠자리에 들면서 이불을 덮어 달라 옷을 입혀 달라 했으나 조승은 돌부처 같은 마음으로 미동도 하지 않았다. 그녀가 있는 방 안에는 들어가지도 않고 밖에서 이슬을 맞으며 잠을 청했다. 나흘째 되는 날 그녀는 홀연히 사라지고 보이지 않았다. 다만 벽에 이런 시가 적혀 있는 것이었다.

예쁜 여자 좋아하지 않는 남자 어디 있으랴만
그대의 마음은 쇳덩어리와도 같고 돌덩어리와도 같구나.
젊어서 즐길 줄 모르니
좋은 시절 그냥 이렇게 흘려보내려나?

시구를 적은 글자체는 아주 간드러졌고 벽에는 아직 먹물도 마르지 않은 채였다. 조승은 이 시를 읽고 소리 내어 웃었다.

"젊어서 한때 즐긴다고? 허허, 그게 얼마나 갈까?"

조승은 신발을 벗어 들더니 바닥으로 글자를 빡빡 문질러 지워 버렸다.

떨어진 저 꽃은 물결 따라 흘러가고 싶은 마음 있으나
물결은 떨어진 저 꽃 띄우며 흘러가고 싶은 마음 없구나.

세월은 흘러, 봄이 가고 가을이 왔다. 조승은 장도릉의 명을 받들어 도끼를 메고 산에 나무를 하러 갔는데 한 그루 노송이 있어 도끼로 힘껏 내려쳤다. 뿌지직 소리를 내며 노송의 뿌리가 들렸다. 조승이 뿌리를 들춰 보니 그 아래에 누르스름하게 빛나는 황금이 한 항아리 있었다. 이때 하늘에서 소리가 들려왔다.

"하늘이 조승에게 내리는 선물이다."

조승은 혼자서 생각했다.

"나는 이미 세속을 떠난 사람인데 이깟 황금을 어디에 쓴단 말인가. 더구나 내가 공을 세운 일도 없는데 뜬금없이 이 황금을 어이 받겠는가."

이에 조승은 그 황금 항아리를 흙 속에 다시 파묻어 버렸다. 조승이 나무를 다 하고 일어나려니 갑자기 피로가 몰려와 바위에 기대어 앉아 휴식을 취했다. 이때 일진광풍이 불더니 산골짜기에서 누런 반점이 있는 호랑이 세 마리가 조승에게 달려들었다. 조승은 앉은 채로 미동도 하지 않았다. 호랑이 세 마리가 달려들어 조승의 옷을 물어뜯었다. 조승은 조금도 두려워하지 않고 호랑이들에게 이렇게 말했다.

장도릉이 조승을 일곱 번 시험하다

"내 평생 양심에 꺼리는 일은 한 적이 없으며 이제 도를 찾아 속세를 버리고 먼 길을 달려 고매한 스승께 불로장생술을 배우고자 한다. 내가 전생에 너희에게 죄를 지은 바 있거든 이생에서 내 몸을 너희의 밥으로 바칠 것이요, 만약 그렇지 않다면 어서 물러가라. 나를 괴롭힐 일이 없느니라."

호랑이들이 조승의 말을 듣고서 귀를 척 내리고 고개를 숙이고는 물러갔다.

"허허, 산신령이 나를 시험하려고 호랑이를 보냈구나. 죽고 사는 것은 운명에 달렸으니 내가 무엇을 두려워하리."

조승은 그날로 땔감을 메고서 돌아왔다. 금 항아리를 발견한 일이나 호랑이를 만난 일은 아무한테도 입도 뻥긋하지 않았다.

어느 날 하루는 장도릉이 조승에게 시장에 가서 비단 열 필을 사 오라 했다. 조승이 비단값을 치르고 비단을 사서 돌아오는데 등 뒤에서 이런 소리가 들렸다.

"비단 도둑놈아, 게 섰거라."

조승이 고개를 돌려 바라보니 바로 조승에게 비단을 판 비단 장수였다. 비단 장수는 쏜살같이 달려와 조승을 붙잡아 세웠다.

"값을 다 치르지도 않고 비단을 그냥 들고 가다니. 그 비단 어서 내놔라. 만약 내놓지 않으면 죽을 줄 알아라."

"이 비단은 스승님께서 쓰실 건데 이걸 돌려주면 돌아가서 스승님께 뭐라고 말씀드리지?"

조승은 포목점 주인에게 자기의 담비 가죽옷을 벗어 주면서 비단값으로 가져가라 했다. 포목점 주인은 그것으로는 모자란다며 떼를 쓰다가 조승이 담비 가죽옷 안에 입고 있던 비단 저고리마저 벗어 주니 그제야 돌아갔다. 조승이 장도릉에게 비단을 갖다 주니 장도릉이 비단을 받아 들면서 조승에게 물었다.

"아니, 네가 입고 있던 옷은 다 어디 갔느냐?"

"갑자기 열병이 나서 그냥 벗어 버렸습니다."

장도릉은 감탄하면서 중얼거렸다.

"그래, 제 재물을 아까워하지도 않고 남의 허물을 탓하지도 않으니 정말 된 놈이군!"

장도릉이 조승에게 면 도포 한 벌을 주니 조승은 기쁘게 받아 입었다.

어느 날 조승이 사형들과 함께 들판에서 곡식을 거두고 있었다. 이때 길가에서 한 사람이 구걸을 하고 있었다. 행색이 남루하고 옷은 다 해지고 얼굴은 꼬질꼬질하고 몸에는 부스러기와 고름이 흘러 고약한 냄새가 나고 두 다리는 다 문드러져서 걸을 수가 없는 형편이었다. 다른 제자들은 코를 감싸 쥐면서 저리 가라며 걸인을 쫓았다. 그러나 조승은 불쌍한 생각에 그 사람을 부축하여 초가집 안으로 데리고 들어가 어디가 아픈지 물어보고 자기 밥을 덜어 주고 먹게 했다. 그런 다음 물을 끓여 그 걸인을 씻겨 주었다. 걸인이 춥다며 옷을 달라 하니 조승이 자기가 입고 있는 옷을 벗어 주었다. 걸인을 상대해 줄 사람이 아무도 없으니 자기가 그 곁에 있어 주기까지 했다. 한밤중에 소변이 마렵다고 하면 조승은 그 소리를 듣고 바로 일어나 그를 데리고 화장실을 다녀와 주었다. 낮에는 자신이 배고픈 것을 상관하지 않고 밥을 덜어 걸인에게 먹였으며 밤에도 온 정성을 다해 보살폈다. 이러기를 열흘이나 되었으나 조승은 결코 귀찮아하지 않았다. 부스러기와 고름병이 점점 낫는 것 같더니 그 걸인은 온다 간다 말도 없이 사라져 버렸다. 조승은 결코 서운하게 여기지 않았다. 후대 사람이 시를 지어 이를 노래했다.

> 고난을 당한 사람을 만나면 기꺼이 돕노라
> 보답을 바라는 것은 소인배나 하는 짓이지.
> 기꺼이 도우면서도 보답을 바라지 않으니
> 천지에 선한 기운을 가득 펴는 것이라.

때는 마침 초여름, 장도릉이 제자들을 불러 모으더니 천주봉(天柱峯) 꼭대기에 함께 올랐다. 천주봉은 학명산 왼쪽에 위치하고 있으며 삼면이 깎아지른 절벽으로 마치 성곽 같은 모습을 하고 있었다. 장도릉은 제자들에게 천주봉 꼭대기에서 아래를 내려다보게 했다. 깎아지른 듯한 절벽에 한 그루 복숭아나무가 자라고 있었으니 마치 사람 몸뚱이에서 팔이 툭 삐져나온 것처럼 보였다. 복숭아나무 아래로는 끝 모를 심연이 펼쳐져 있었고 나무에는 불그스레한 복숭아가 탐스럽게 달려 있었다. 장도릉이 제자들에게 말했다.

"저 복숭아를 따 오는 자에게 내가 비법을 전수하겠다."

그 자리에는 왕장과 조승 말고도 모두 234명의 제자가 있었다. 제자들은 벌벌 떨며 감히 아래로 내려갈 엄두조차 내지 못했다.

모두 주춤거리다가 결국 황망히 뒤로 물러나며 떨어질까 두렵다고 수군거렸다. 이때 감연히 앞으로 나서는 자가 하나 있었으니 바로 조승이었다. 조승은 사형들을 바라보면서 이렇게 말했다.

"스승님께서 복숭아를 따 오라 하심은 다 할 만해서 하신 말씀일 것이다. 게다가 스승님이 여기 나와 계시니 천우신조가 있을 것이라. 나를 저 심연에 빠지게 놔두지는 않을 것이다."

조승은 복숭아나무를 한참 바라보며 거리를 재더니 망설임 없이 아래로 몸을 던졌다. 어찌 이런 일이 있을 수 있단 말인가. 조승의 몸이 좌우로 흔들리지도 않고 높지도 낮지도 않게 복숭아나무에 척 걸터앉혀졌다. 조승이 복숭아를 따고 나서 다시 위를 올려다보니 두세 장의 깎아지른 듯한 절벽에 붙잡고 올라갈 것이라곤 하나도 보이지 않았다. 하여 위를 향해 복숭아를 던졌더니 장도릉이 복숭아를 일일이 손으로 받았다. 아래에서 따서 던지고 위에서 받기를 거듭했다. 이렇게 하여 복숭아를 모두 땄다. 장도릉은 복숭아 하나를 직접 먹고, 왕장에게 하나 주고, 하나는 조승을 위해 남겨 두었다. 그리고 남은 복숭아가 꼭 맞게 234개라 제자들에게 하나씩 나눠 주었다.

장도릉이 제자들을 보며 이렇게 물었다.

"저 조승을 끌어 올릴 자가 누구냐?"

제자들이 이번에도 서로 얼굴만 바라보며 아무도 선뜻 나서지 못했다. 장도릉은 바위 위에 서서 팔을 아래로 쭉 뻗었다. 장도릉의 팔이 이삼 장이나 늘어나더니 조승의 팔에 닿았다. 장도릉은 조승을 끌어 올렸다. 제자들 가운데 놀라지 않는 자가 없었다. 장도릉은 남겨 놓은 복숭아 하나를 조승에게 주고는 웃으면서 말했다.

"조승은 마음이 곧아서 복숭아나무에 몸을 던져도 떨어지지 않았구나. 이제 나도 내 몸을 저 복숭아나무에 던지고자 한다. 내 마음이 곧다면 틀림없이 복숭아를 딸 수 있을 것이다."

제자들이 적극 만류했다.

"스승님께서 아무리 도력이 세다고 하더라도 어쩌자고 저 깊은 낭떠러지 아래로 몸을 던지는 시험을 하고자 하십니까. 방금 전에 조승은 그나마 스승님께서 끌어 올려 주셔서 올라올 수 있었지만 스승님께서 내려가면 누가 스승님을 끌어 올릴 수 있겠습니까? 절대 안 됩니다."

몇몇 제자들이 장도릉의 옷자락을 부여잡고 말렸다. 왕장과 조승은 말없이 서 있을 뿐이었다. 장도릉은 제자들의 말을 듣지 않고 낭떠러지 아래 허공으로 몸을 던졌다. 제자들이 황급히 아래를 내려다보았으나 아무리 보아도 종적을 찾을 수가 없었다. 아래를 내려가 보고 싶어도 길이 보이지 않았다. 장도릉이 저 아래로 떨어져 죽었는지 살았는지 알 길이 없었다. 제자들이 슬퍼하며 눈물을 흘렸다. 조승이 왕장에게 말했다.

"스승은 아버지나 마찬가지라고 들었습니다. 이제 스승님께서 낭떠러지 아래로 몸을 던지셨는데 우리가 어찌 여기서 편안하게 있겠습니까? 우리도 스승님과 같이 아래로 몸을 던져 스승님의 행방을 찾는 게 마땅한 도리일 것입니다."

왕장과 조승은 각각 아래로 몸을 날렸다. 그들은 장도릉의 앞쪽에 떨어졌다. 장도릉은 너럭바위 위에 가부좌를 틀고 앉아 있었다. 장도릉은 두 사람을 보고 이렇게 말했다.

"하하, 자네 둘은 반드시 여기로 올 줄 알았지."

이런 일련의 이야기는 몇몇 소설가들이 '조승을 일곱 번 시험하기'라고 이름 붙여 전한 것이다. 그럼 그 일곱 번의 시험은 각각 무엇이었을까?

첫째, 욕을 먹어도 물러나지 않음, 둘째, 미인을 보고도 미혹되지 않음, 셋째, 황금을 보고도 욕심내지 않음, 넷째, 호랑이를 만나도 두려워하지 않음, 다섯째, 비단값을 두 번 치르고도 인색하게 굴지 않음, 여섯째, 마음을 낮추고 모자란 자를 섬김, 일곱째, 목숨을 아끼지 않고 스승을 좇음. 이렇게 일곱 번의 시험이었다.

이 일곱 가지 시험은 모두 장도릉이 일부러 작정하고 진행한 것이었다. 황금, 미녀, 호랑이, 거지 등은 모두 장도릉이 변신한 것이었다. 비단 장수 역시 가짜였으니 이는 가짜를 통해 진심을 시험하는 것이었다. 도에 입문하고자 하는 자는 먼저 칠정을 끊어야 한다. 칠정이란 바로 즐거움, 노여움, 걱정 근심, 두려움, 사랑, 미움, 욕심이다. 장도릉이 전에 "너희들은 세속의 기운이 가득한데 어찌 세상을 초탈할 수 있겠느냐?"라고 말한 것도 사실은 이 칠정을 끊지 못한 것을 두고 한 말이었다.

한편 요즘 세상 사람들은 교만하고 고집이 세서 스승이 좀 심한 말을 하면 버럭 화를 내곤 하니 스승에게 가르침을 받고자 온갖 모욕을 견디려고 하는 자가 어디 있겠는가. 사십여 일의 모욕을 견딜 자는 사실 세상 어디에도 없을 것이다. 이 가운데 한 가지 시험도 제대로 통과할 자는 없으리라. 어디 그뿐인가. 세상 사람들은 모두 여색에 빠져 살고, 여색에 빠져 죽으니 여기에 빠지지 않는 자가 어디 있겠는가.

만약 여러분이 아무도 없는 곳에서 혼자 자고 있는데 아리따운 여자가 찾아오면 설사 그 여자가 별로 예쁘지 않더라도 넋이 빠져 어떻게 해 보려고 달려들지 않겠는가? 하물며 눈이 휘둥그레질 정도로 아름다운 여자가 찾아와 재워 달라며 몸을 들이댄다면 마음이 동하지 않을 남자가 어디 있겠는가? 아마 유하혜(柳下惠)[42] 같은 사람이라면 모를까 다른 사람은 다 마음이 흔들릴 것이다.

게다가 요즘 세상은 돈 몇 푼을 두고 형제간의 의가 상하고 친구 간에 험담이 오가곤 한다. 길에서 동전 하나라도 주우면 재수 좋다고 소리 지르고 눈썹이 펴지며 눈웃음을 친다. 주인 없는 황금 항아리를 발견하고서 욕심을 내지 않을 사람이 어디 있으랴. 게다가 이런 기회가 어디 쉽게 찾아오는 것인가.

성난 개가 달려들어도 놀라서 도망가는 것이 인지상정인데 집채만 한 호랑이 세 마리가 달려들어도 두려워하지 않는 것은 자기 몸을 던져 배고픈 호랑이에게 내주었던 여동빈[43] 같은 사람이

---

42 춘추 시대 노나라 사람. 의지가 굳세어 여인의 유혹에 넘어가지 않으며 마음이 흔들리지 않는 자로 유명하다.

43 도가의 8대 선인 가운데 하나. 종리권(鍾離權)의 제자로서 열 가지 시험을 통과할 때의 이야기이다. 여동빈이 양을 키우다 호랑이가 양을 잡아먹으러 달려드니 자기 몸을 내주며 먹으라고 했다고 한다.

나 겨우 할 수 있었던 일일 것이다.

조승이 비단을 샀던 일도 그렇다. 사는 사람은 한 푼이라도 덜 내려고 하고, 파는 사람은 한 푼이라도 더 받으려 하는 것이 인지 상정이고, 그러다가 자기에게 조금이라도 손해가 나면 온갖 악담을 퍼붓고 저주하지, 어디 물건 값을 두 번 치르려고 하겠는가. 비단 장수가 황당한 소리를 하면서 자신에게 누명을 씌워도 따지지 않고 입고 있던 옷까지 벗어 주며 빡빡하게 굴지 않았으니 조승이 식견이 높고 인자하지 않은 자였다면 어찌 그렇게 할 수 있었겠는가.

친부모도 부스럼이 피고 종기가 나서 드러누우면 입으로는 몰라도 마음속으로는 짜증을 내지 않을 자식이 있을까? 하물며 길 가던 거지가 부스럼 피고 종기가 났음에도 기꺼이 자기 옷을 벗어 주고 먹을 것을 주었으니 이 또한 쉽게 할 수 있는 일이 아니다.

마지막에 두 번이나 천애의 절벽에 몸을 던진 것도 스승을 전적으로 믿었기에 설사 자기 몸이 부서지더라도 후회하지 않으리라는 확신이 있어서 가능했다.

이 일곱 가지 시험을 모두 통과한 걸 보면 조승은 칠정을 초탈한 자요, 세속의 기운이 다 빠진 자이니 이제 도의 길에 들어설 모든 준비가 끝난 것이다.

도를 향한 마음이 갈급하매 세속의 기운이 사라지고
세속의 정욕이 사라지매 선가의 인연이 시작되는구나.

객쩍은 이야기는 여기서 접자. 장도릉은 조승과 왕장 두 사람의 도심이 굳센 것을 확인하고는 자신이 일생 동안 습득한 비결을 남김없이 전수해 주었다. 이렇게 사흘 밤 사흘 낮에 걸쳐 두 사람은 장도릉이 전하는 비결의 정수를 모두 빨아들였다. 장도릉은 이에 천애의 절벽 위로 날아올랐고 두 사람도 그 뒤를 따라 날아올랐다. 이렇게 이들 셋이 다시 숙소로 돌아오니 제자들이 깜짝 놀랐다.

어느 날 장도릉이 앉은 채로 잠시 낮잠을 자다가 눈을 뜨고 왕장과 조승에게 말했다.

"파동(巴東)에 요괴가 있으니 함께 가서 무찌르도록 하자."

장도릉과 두 제자는 파동으로 달려갔다. 열두 신녀가 웃으면서 이들을 맞았다. 장도릉이 신녀들에게 물었다.

"이곳에 짠 샘물이 있다고들 하던데 그게 어디요?"

"저 앞에 있는 큰 연못이 바로 짠 샘물입니다. 그런데 지금은 독을 품은 용이 샘물을 차지하고 있어 샘물이 혼탁해져 버렸습니다."

이 말을 듣고 장도릉이 부적을 하나 써서 공중으로 던졌다. 그 부적이 공중을 빙글 돌더니 황금 날개가 달린 봉새로 변하여 그 연못 위를 날기 시작했다. 독을 품은 용이 깜짝 놀라 연못에서 도망치고 연못이 다시 맑아졌다. 열두 신녀는 각각 품속에서 옥가락지 하나를 꺼내 장도릉에게 바치며 말했다.

"저희는 진정한 신선이신 장도릉 나리를 사모해 마지않으니 원컨대 나리의 처첩이 되고 싶습니다."

장도릉이 그 옥가락지들을 받아 들고는 손으로 잡아 뭉쳐서 하나로 만들어 버렸다. 그런 다음 우물 속으로 던지면서 신녀들에게 말했다.

"이 옥가락지를 집어 오는 자는 나와 전세의 인연이 있는 것이니 그녀를 나의 처첩으로 받아들이겠다."

신녀들은 장도릉이 던진 옥가락지를 집어 오기 위해 옷을 벗고 앞다퉈 우물 속으로 뛰어들었다. 장도릉은 부적을 써서 우물 속으로 던지면서 외쳤다.

"천년만년 우물귀신이 되어라."

그러면서 즉시 마을 사람들을 불러 우물물을 길어 끓이라고 하니 그 물이 모두 소금으로 변했다. 장도릉은 마을 사람들에게 앞으로 이 우물물을 끓여 소금을 만들 때는 열두 신녀에게 제사를 드리라고 당부했다. 이 열두 신녀가 바로 요괴라, 남자들을 호리고 재앙을 내리곤 했으나 장도릉에게 진압당했으니 앞으로 제사를 지내면 더 이상 화를 입히지 못하리라는 것이었다. 이후로 파동 주민들은 신녀들의 해악을 입지 않았으며 소금이 나는 샘물 덕에 돈도 벌게 되었다.

장도릉은 신녀들을 제압하고 나서 학명산으로 돌아왔다. 어느 날 정오에 한 사람이 불쑥 찾아왔다. 검은색 관을 쓰고 비단 옷을 입고 검을 차고는 옥으로 만든 상자를 들고 다가와 말했다.

"지극히 순수한 곳에서 진인 장도릉을 초대했습니다. 선경을 둘러보러 같이 가시지요."

잠시 후 검은 용이 자색 수레를 끌고서 다가오고 선녀 둘이 장도릉을 이끌고 수레에 올라타니 그 수레가 곧장 황금 궁궐로 날아올랐다. 여러 신선들이 모여들더니 장도릉에게 말을 건넸다.

"이제 그대는 태상원시천존(太上元始天尊)을 뵙게 되었다."

잠시 후 선계의 아동 둘이 붉은 옷을 입고 붉은 표절을 들고서 장도릉을 안내하여 한 궁전에 도달했다. 장도릉은 옷매무새를 단정히 가다듬고 황금과 옥으로 만든 계단 아래에서 절을 했다. 계단 위에서 태상원시천존이 선계의 아동 둘에게 명하여 옥으로 만든 책을 장도릉에게 전하라 했다. 더불어 장도릉에게 '하늘이 내린 바르고 순전한 스승'이라는 의미의 '정일천사(正一天師)'라는 칭호를 하사하고, '바르고 순전한 교단 최고 존엄자'라는 의미의 '정일맹위(正一盟威)'의 법을 대대로 선포하여 인간 세상을 위한 스승이 되어 도를 깨우치지 못한 중생들을 구제하라 명했다. 마지막으로 장도릉이 하늘로 날아오를 날을 몰래 가르쳐 주었다.

장도릉은 태상원시천존의 명을 받은 다음 학명산으로 돌아왔다. 교단 최고 존엄자를 가리키는 호칭인 '맹위(盟威)'와 최고 수호자를 가리키는 의미의 '도공(都功)' 등의 비결, 사악한 세력을 베는 검 두 자루, 옥으로 만든 책, 옥도장 등을 상자에 잘 담아 두고서 제자들을 불러 말했다.

"내가 하늘로 올라갈 날이 얼마 남지 않았다. 제자들 가운데 이 상자를 들어 올릴 수 있는 자에게 이 법을 전수할 것이다."

제자들이 앞다퉈 상자를 들어 보려 했으나 천근만근보다 더 무거워 꿈쩍도 하지 않았다. 장도릉은 이렇게 선포했다.

"내가 하늘로 떠난 뒤 사흘 후에 나의 법통을 이을 자가 나타날 것이니 그자가 그대들의 스승이 될 것이다."

때가 이르자 장도릉이 왕장과 조승 두 사람을 불렀다.

"그대들의 도력이 이미 높으니 나를 따라 하늘에 오를 만하다. 나에게 남은 단약이 있으니 이걸 복용하고 오늘 나를 따라 같이 하늘에 오르도록 하라."

정오, 신선과 수행원이 하늘 악사들의 길 안내를 받아 찾아오니 장도릉, 왕장, 조승 셋이 학명산에서 하늘로 날아올랐다. 제자들이 구름을 올려다보니 한참 후에 세 사람이 시야에서 사라졌다. 이때가 한나라 환제(桓帝) 영가(永壽) 원년(155) 9월 9일이며, 장도릉의 나이가 123세더라.

장도릉이 하늘로 올라간 지 사흘 후에 큰아들 장형(張衡)이 용호산에서 찾아왔다. 제자들은 장도릉이 법통을 이을 자에 대한 언질을 해 준 것이 생각나 장형에게 상자를 가리키며 장도릉의 유언을 전해 주었다. 장형이 상자를 가볍게 들어 올리고는 상자를 열고서 하늘을 향해 절을 올린 다음 옥으로 만든 책과 옥 도장을 받았다. 장형은 전심으로 비결을 공부했다. 요괴를 벌주고 사악한 세력을 정벌함이 예전에 장도릉이 했던 것과 똑같았다. 오늘날까지 그 자손들은 대대로 법통을 이어 천계의 스승이 되었다. 후대 사람들이 장도릉이 조승을 일곱 번 시험한 일을 어떻게 논하고 있는지는 시를 통해 알아보자.

세상 사람들은 입만 열면 신선을 이야기하지.
그러나 하늘로 올라간 자 누구더냐?

신선 이야기가 허망한 것이 아니라

진정한 도를 얻은 자가 드물 뿐이지.

陳希夷四辭朝命

진희이가

조정의 부름을

네 차례 거절하다

자신의 주제를 알고 욕망을 억누르는 것이야말로 행복의 지름 길이다. 진희이가 잘한 것은 잠 자는 것이 아니었다. 자신의 주 제를 알고 역량을 넘어서는 일을 하지 않았던 것, 그것을 잘한 것이다. 세상에 잠을 잘 자는 것이 무슨 재주이겠는가. 그러나 자신을 다스리고 쓸데없는 걱정에 사로잡히지 않았기에 한번 잠들면 몇 달이고, 몇 년이고 잠들 수 있었다.

이게 가능할까? 당연히 불가능하다. 억지를 좀 부리자면 진희 이는 영화 「인터스텔라」에 나오는 냉동 인간처럼 잠을 잤을지 도 모른다. 그리고 외부의 도움 없이 스스로 잠에서 깨어나기 도 했다.

풍몽룡은 진희이가 잠을 잘 잤다고 이야기하고 싶은 게 아니라 부질없는 걱정과 번뇌를 끊고 무념무상의 상태로 들어갈 수 있 었던 수련의 과정과 결과를 이야기하고 싶었을 것이다. 국정에 동참하라는 거듭된 황제의 요청을 뿌리칠 수 있었던 것도 욕 심을 버렸기에 가능했다. 자신의 능력이 국정에는 전혀 도움이 안 된다고 믿었기 때문이다.

살아 있는 모든 것은 숨을 쉰다. 또 언젠가는 숨을 멈춘다. 숨이 멈추는 그 순간을 어떻게 맞이할 것인가. 사실 신선은 없다. 신 선은 신이 아니다. 신이 죽는다는 이야기를 들어 본 적이 있는 가? 그러하니, 다만 한 가지 조심할 것은 욕심을 버려야 한다는 욕심을 부리지 않는 것!

사람들은 한가로운 삶이 좋다고들 하지만
정작 한가롭게 지내는 자 어디 있는가?
한가로운 삶을 살 수 있는 기회가 어찌 없었으랴.
한가로움을 받아들이는 것이 보통 사람이 쉽게 도달할 수 없는
경지였을 뿐.

오늘은 한가로울 '한(閒)' 자에 대하여 이야기를 해 볼까 한다. 이 글자는 문 '문(門)' 자 안에 달 '월(月)' 자가 들어 있는 모양이다. 저 밝은 달을 보라. 창문을 통해 비치는 저 달빛, 맑은 달빛은 흐트러짐조차 없이 무심하고 평온하게 빛난다. 사람들이 저 달빛의 경지를 배울 수 있다면 바쁜 중에도 조용하고 여유로움을 찾을 수 있을 터이니 그게 바로 진정한 의미의 한가로움일 것이다.

세상을 살다 보면 바쁠 때가 반이요, 한가로울 때가 반이라는 말이 있다. 예를 들어 낮에 일할 때는 바쁘고 밤에 쉴 때는 한가

하다는 것이다. 그러나 낮에 일하느라 바빠 정신이 사방으로 이리저리 흩어지고 번잡하며 이 생각 저 생각에 휩싸이는 것만 아는 모양인데, 밤에는 꿈을 꾸지 않는가. 잠든 줄만 알았던 우리의 혼백은 꿈을 꾸느라 또 얼마나 바쁠 것인가. 그러니 우리가 진정 한가로울 수 있는 때는 언제이겠는가.

옛날 신선으로 추앙받던 장자가 꿈속에서 나비가 되어 이곳저곳을 기분 좋게 날아다녔다. 꿈에서 깨어서도 자신이 마치 나비인 듯 느꼈다고 한다. 장자가 이런 꿈을 꿀 수 있었던 것도 마음이 평온하고 여유로웠기 때문일 것이다. 세상에 잠 안 자는 사람이 어디 있으랴만 장자와 같은 꿈을 꾸었다는 사람이 다시 없는 것을 보면 수면의 세계에도 바쁘고 한가로움의 차이가 있음이 분명하다. 그러나 바쁘고 한가하고를 떠나서 일단 사람이 명리를 탐하게 되면 잠조차 제대로 자지 못하게 되는 것이 현실이다. 옛날의 시를 한 수 보자.

임금 모시는 신하는 추운 새벽부터 발을 동동
갑옷 입은 장수는 관문을 지키느라 잠을 못 자네.
절간에 해가 둥실 떠도 저 스님은 일어날 줄 모르고
그 스님 왈, 명리 그까짓 것!

진희이는 「심상편(心相篇)」에서 이렇게 말했다.
"침상에 누워 바로 잠들 수 있는 자는 고매한 사람일 것이다. 침상에 누워서도 잠들지 못하는 자는 틀림없이 마음에 여유가 없는 사람일 것이다."

　요즘 사람들은 모두 명리에 정신이 팔려 있는지라 침상에 누워서도 이리 뒤척 저리 뒤척 쉽사리 잠들지 못한다. 어렵사리 잠들었다가도 화들짝 놀라서 깨곤 한다. 물론 시도 때도 없이 잠만 자는 사람도 있다. 이자들은 밤낮 가리지 않고 잠에 취해 있는데, 주색에 빠져서 사지 육신이 피곤에 절어 있거나 오만 가지 잡생각에 시달려 정신을 놓아 버린 나머지 잠에 취한 것이니 잠자는 기쁨을 알 리가 없다. 지금까지 수면의 참맛을 제대로 알고 실천한 사람 중 으뜸은 진희이를 꼽을 수 있다. 진희이가 잠자는 게 어떠했단 말인가? 그거야 시를 한 수 읽어 보면 알 일이다.

　　잠들면 하늘은 온통 까맣지
　　더위도, 추위도, 세월도 느낄 수 없다네.
　　팽조(彭祖)[44]가 800년 장수했다지만
　　그 세월, 어찌 진희이의 한숨 잠에 비기랴.

　속설에 진희이는 한번 잠들면 팔백 년 동안 잠을 잤다고 한다. 진희이가 118세를 일기로 죽었으니, 죽고 나서 육신이 썩지 않고 그대로 신선이 되었다 하더라도 잤다고 하는 말을 그대로 믿기는 어렵다. 팔백 년 동안 잠을 아무튼 진희이는 깨어 있는 시간보다 잠들어 있는 시간이 더 많았던 듯하다. 진희이는 일찍이 두 번 은

---

44 옛날 요 임금 시절, 기원전 2100년경에 살았다는 현자. 전설에 따르면 팔백 살이 될 때까지 장수했다고 한다.

거했으며, 조정의 부름을 네 차례나 거절했다. 죽을 때까지 여색을 가까이하지 않았으며, 세상사에 관여하지 않았기에 평생을 청아하고 한가롭게 지낼 수 있었다. 진희이처럼 잠을 자려면 신선가의 복식 호흡을 알아야 할 것이나 이 복식 호흡이란 보통 사람들이 흉내낼 수 있는 것이 아니다. 이야기꾼이여, 그대는 진희이가 두 번 은거했다고 했는데 그 은거한 곳이 어디인가? 조정의 부름을 네 차례나 거절했다고 하는데 그 사정은 또 어떠한가? 시 한 수로 이를 알아보자.

전쟁터의 먼지가 사방을 덮던 오대 시대
눈 깜빡할 사이에 후당과 후주를 거쳐, 송나라가 세워졌구나.
화려한 깃털 자랑하던 새들 결국 조롱박에 갇혔으나
구름 위를 날던 학은 잡아들일 수 없었다.

오늘의 주인공 진희이는 자가 도남(圖南)이요, 호가 부요자(扶搖子)이며, 박주(亳州) 진원(眞源) 태생이다. 예닐곱 살 먹을 때까지 말을 할 줄 몰라서 사람들이 모두 벙어리 아이라 불렀다. 어느 날 진희이가 물가에서 놀고 있었다. 이때 스스로를 털북숭이 여자라고 칭한 여인이 파란색 옷을 입고 나타나 진희이를 안고 산 속에 들어가 신비의 영약을 먹이니 바로 말문이 트이고 지각이 속 시원하게 열렸다. 털북숭이 여자는 책을 한 권 진희이의 품속에 넣어 주면서 다음과 같은 시를 읊어 주었다.

陳希夷四辭朝命

대광주리에 약초를 다 못 채웠으니

저 높은 봉우리까지 올라가야겠네.

돌아갈 길 어딘지 살펴보나니

아, 푸른 구름 켜켜이 있는 곳에 깃들겠도다.

진희이는 집에 돌아와 무심코 이 시를 읊조렸다. 진희이의 부모
는 깜짝 놀라 이 시를 누구한테서 배웠는지 물었다. 진희이는 전
후 사정을 이야기하며 품속에서 털북숭이 여자가 준 책을 꺼내
보였다. 그 책은 바로 『주역』이었다. 진희이는 단숨에 『주역』을 다
외웠고 팔괘의 대의를 다 파악했다. 그 후로 진희이는 세상의 모
든 책들을 가리지 않고 읽으면서도 특히 『주역』만은 앉으나 서나
손에서 놓지 않았다. 더불어 『황정(黃庭)』, 『노자(老子)』를 열심히
읽으며 세속을 초탈하려는 꿈을 키웠다.

열여덟 살에 부모가 돌아가시니 재산을 모두 친척과 동네 어
려운 사람들에게 나눠 주고 솥단지 하나만 달랑 들고서 산으로
들어가 숨어 버렸다. 꿈속에서 털북숭이 여자가 나타나 육신을
단련하여 기를 보양하고, 기를 단련하여 정신을 보양하고, 정신
을 단련하여 마침내 텅 빈 상태로 들어가는 수련법을 전수하니
진희이가 그 수련에 정진하면서 사람 사는 마을에는 발을 들이
지 않았다.

후량, 후당의 사대부들은 진희이를 존경하여 살아 있는 신선
처럼 대접했으며 그를 한 번 뵙기를 바라 마지않았으나 진희이는
누구도 만나 주지 않았다. 어쩌다 진희이를 만나게 된 사람이라

도 진희이가 번번이 잠들어 있었던 까닭에 만나서 대화를 나눌 수가 없었다. 사람들은 진희이가 잠들어 코를 고는 것을 보고는 그저 탄식하며 돌아섰을 따름이다.

후당 장흥(長興, 930~933) 연간에 진희이의 명성이 드높은 것을 알게 된 명종(明宗) 황제가 친히 어필로 조서를 작성하여 그를 관직에 임명하고자 했다. 황제의 조서를 진희이에게 전달하려는 사자의 발걸음이 끊이지 않았다. 진희이는 차마 황제의 조서를 묵살할 수가 없어서 사자를 따라 수도인 낙양에 들어가 황제를 뵈었다. 그는 길게 읍하되 엎드려 절하지는 않았다. 만조백관이 깜짝 놀랐으나 명종 황제는 그를 책망하지 않고 오히려 비단 방석 자리에 앉도록 안내했다.

"먼 길 오시느라 고생이 많았습니다. 짐이 빛처럼 밝은 선생을 만났으니 전생, 현생, 후생의 영광입니다."

"세상을 등지고 은거하는 노인네에 불과하니 나무로 치자면 이미 썩은 고목이라 세상에 무슨 도움이 되겠습니까. 황제께서 저를 불러 주셔서 이렇게 찾아뵈었으나 산야로 돌아가서 예전 그대로 은거하게 해 주시기를 앙망합니다."

"그래도 여기까지 어려운 걸음을 해 주셨으니 짐은 선생의 가르침을 받고자 하오. 짐이 어찌 쉽게 선생을 다시 보내 드릴 수 있겠소이까?"

진희이는 아무런 대답을 하지 않더니 그냥 잠이 들어 버렸다. 명종이 탄식하며 말했다.

"이런 도사를 내가 그냥 보통의 예절로 대할 수야 없지."

명종은 진희이를 현자를 모시는 숙소로 안내하여 가서 맛난 음식을 대접하게 했다. 그러나 진희이는 거들떠보지도 않고 갈대로 만든 방석에 앉아 명상에 잠겼을 뿐이다. 명종이 몇 차례 현자를 모시는 숙소를 방문했으나 그때마다 진희이는 잠들어 있었고 명종은 그런 진희이를 깨우지 못해 돌아서곤 했다. 이러면서 명종은 진희이가 정말 대단한 사람이라는 것을 더 잘 느끼게 되어 더욱 존경하게 되었다. 그를 높은 관직에 임명하고 싶었으나 진희이는 받으려 들지 않았다.

이에 승상 풍도(馮道)가 명종에게 이렇게 말했다.

"신이 듣기로 인간의 칠정 가운데 사랑이 가장 중하고, 그 사랑 가운데 가장 빠져나오기 힘든 것이 남녀 간의 사랑이라고 합니다. 때는 바야흐로 겨울, 눈이 날리는 철인데도 진희이가 갈대 방석에 혼자 앉아 있으니 몸이 차갑기가 이루 말할 수 없을 것입니다. 폐하께서 술을 준비하게 하신 다음 아리따운 여자 셋을 선택하여 그 술을 들고 가서 진희이의 몸을 녹여 주게 하십시오. 진희이가 만약 술을 마시고 여자들과 어울린다면 폐하께서 그가 관직을 받지 않을까 걱정하실 필요가 없을 것입니다."

명종은 풍도의 말을 듣고서 궁중에서 이팔청춘의 여자 셋을 뽑으니 아름답기가 천하에서 둘째가라면 서러울 정도였다. 그녀들을 아리땁게 치장하니 더더욱 아름답더라. 아울러 감칠맛 나는 술을 내시에게 준비하게 했다. 내시가 진희이에게 말을 전했다.

"날씨가 차가워지니 폐하께서 특별히 맛난 술을 하사하시고 더불어 미녀를 보내셔서 선생의 차가운 몸을 데워 주라 하셨습니다. 선생께서는 부디 사양하지 마십시오."

진희이는 흔쾌하게 술병을 받아 들더니 단숨에 마셔 버렸다. 더불어 명종이 보내 준 여인들도 마다하지 않았다. 내시가 궁에 돌아와 명종에게 이를 보고하니 명종이 매우 좋아했다. 다음 날 아침 조회를 마치고 나서 명종은 즉시 승상 풍도를 진희이가 머무는 숙소로 보내서 진희이를 궁으로 모셔 오게 했다. 진희이가 오면 바로 관직을 하사할 참이었다. 풍도는 명종의 명령을 받들고서는 바로 말을 타고 진희이에게 찾아갔다. 진희이는 과연 황제의 명을 받들 것인가? 다음 시 한 수를 보라.

신령스러운 용은 던져 주는 미끼를 물지 않고
하늘 나는 봉황은 새장 속에 들어가지 않는도다.

풍도가 현자를 모시는 숙소로 들어가 보니 명종이 보낸 세 미녀만 한 방에 같이 들어앉아 있고 진희이는 어디에 있는지 보이지 않았다. 풍도가 미녀들에게 물었다.

"진희이 선생은 어디로 갔는가?"

미녀들이 대답했다.

"진희이 선생은 폐하께서 하사하신 술을 벌컥 들이켜시더니 그저 부들 방석 위에 앉아 있다가 바로 잠드셨습니다. 그러다 오경에 일어나셔서 이렇게 말하시는 것이었습니다. '너희들 밤새 너무 고생 많았는데 내가 줄 게 없구나!' 그러시더니 시를 한 수 지어 저희에게 주시면서 폐하께 전해 드리라고 하셨습니다. 그리고 저희들을 이 방으로 들어가게 하시더니 홀연히 사라지셨습니다. 저희는 그분이 어디로 가셨는지 알 길이 없습니다."

풍도는 세 미녀를 데리고 궁으로 돌아가 황제를 알현했다. 명종은 진희이가 써 준 시를 받아 읽어 보았다.

눈처럼 흰 피부, 백옥 같은 뺨
황제께서 미녀 보내 주셨음에 감사하나이다.
세속을 떠나면서 운우지정도 떠나보냈으니
아리따운 여인네들 헛걸음만 했구려.

명종은 시를 읽고 탄식해 마지않으며, 황급히 사람들을 파견하여 진희이의 종적을 찾게 했다. 진희이를 찾아 그가 예전에 은거했던 곳에까지 이르렀으나 그 어느 곳에서도 진희이를 찾을 수는 없었다.

한편 진희이는 궁궐에서 빠져나와 곧장 균주(均州) 무당산(武當山)으로 들어갔다. 무당산은 원래 태악(太嶽) 혹은 태화산(太和山)이라고 불렸으며, 스물일곱 개 봉우리, 서른여섯 개의 바위 절벽, 스물네 개의 골짜기가 있는 곳으로 진무(眞武)[45]가 도를 닦아 승천한 곳이다. 후세 사람들이 이 산은 오직 진무에게만 허락되고 진무만 감당할 수 있는 산이라 하여 무당산(진'무'만 감'당'할 수

---

45 동해를 건너 신에게서 검을 하사받아 와 입산하여 수도한 다음 승천했다는 한대의 전설적인 인물. 신의 명령에 따라 북쪽을 관장한다 하여 현무(玄武)라 칭해지기도 한다.

있는 '산', 진'무'에게만 해'당'하는 '산')이라고 이름을 고쳤다. 진희이
는 무당산 구석암(九石巖)에 숨어들었다.

어느 날 호호백발 노인 다섯 양반이 찾아와『주역』팔괘의 도
리를 물었다. 진희이는 그들에게『주역』의 숨은 뜻을 일일이 설명
해 주었다. 진희이가 이들 노인의 얼굴이 불그스레하고 팽팽한 것
을 보고는 그 비법을 물으니 그들이 진희이에게 '칩법(蟄法)'이라
는 것을 알려 주었다. 칩법이라는 것을 설명하자면 다음과 같다.
대저 추운 겨울이면 모든 게 움츠러들고 거북이나 뱀 같은 동물
은 겨울잠을 자며 아무것도 먹지 않는다. 일찍이 누군가가 침대
다리 하나가 부러졌기에 우연히 거북이 하나를 구해다가 다리
대신 괴어 놨었다. 그러다 십 년 후에 침대를 옮기게 되었는데 그
때도 거북이가 여전히 살아 있었다는 것이다. 이는 바로 거북이
의 호흡법 때문에 가능했던 일이다. 진희이는 이 칩법을 닦아 마
침내 곡식을 끊었고 한번 잠들면 몇 개월씩 잘 수 있었다. 만약
칩법을 행하지 않으면 자는 동안에 배가 고파져서 결국 깨어날
수밖에 없다.

진희이는 무당산에서 이십 년 동안 은거했다. 나이는 이미 일
흔 살이 넘게 되었다. 어느 날 진희이에게『주역』을 배웠던 다섯
노인이 홀연히 다시 나타났다.

"우리 다섯은 일월지(日月池)에 사는 다섯 용이다. 여기는 그대
가 머물 곳이 아니다. 우리가 그대에게『주역』을 배운 인연이 있
어 더 좋은 곳으로 안내하고자 한다."

이들은 진희이에게 눈을 감으라 하더니 그를 태우고 하늘로 치

솟았다. 진희이는 자신의 발이 공중으로 떠오르고 귓가에 바람이 지나가는 소리가 들려옴을 느낄 수 있었다. 잠시 후 자신의 두 다리가 땅에 닿는 게 느껴졌다. 눈을 떠 보니 다섯 노인은 이미 사라지고 보이지 않았다. 다만 다섯 마리 용이 하늘을 훨훨 날아가는 것만이 보였을 따름이다. 진희이가 주위를 살펴보니 바로 서악 태화산(太華山)이라, 얼마를 날아 여기에 왔는지를 알 수 없을 정도이니 이게 바로 신묘한 용이 조화를 부린 덕분이라.

진희이는 태화산에 머물게 되었다. 태화산의 도사들은 진희이의 거처에 솥단지가 없는 것을 보고 매우 이상하게 생각했다. 도사들이 몰래 살펴보니 진희이가 코를 골며 자고 있었다. 어느 날 진희이가 구석암으로 내려간다 하고는 몇 달이고 돌아오지 않았다. 태화산의 도사들은 진희이가 다른 곳으로 옮겼나 하고 생각했다. 그런데 땔감을 넣어 두는 방에 이상한 물건이 살짝 비치기에 다가가 보니 바로 진희이였다. 그가 도대체 언제부터 거기서 잠들어 있었는지는 아무도 알지 못했다. 그들이 그곳에 쌓여 있는 많은 땔나무들을 조금씩 걷어 내다 보니 진희이의 모습이 드러났을 뿐이다.

또 하루는 어느 나무꾼이 산에서 풀을 베다가 바닥 옴폭한 곳에 시체가 하나 있는 것을 발견하고 마음속으로 안됐다 싶어 잘 묻어 주려고 살펴보니 바로 진희이였다.

"아니, 진희이 선생님이 어쩌다 여기에서 돌아가신 것인가?"

이때 진희이가 일어나 기지개를 켜고 두 눈을 뜨더니 이렇게 말했다.

"아니, 한창 달게 자고 있는데, 누가 깨우는 거야?"

나무꾼은 소리를 내어 크게 웃었다.

화음(華陰) 현령 왕목(王睦)이 진희이를 만나고 싶어 화산 구석암을 몸소 찾아갔다. 그러나 그곳엔 사람이 살 만한 거처 같은 건 눈을 씻고 봐도 없고 돌무더기뿐이었다. 왕목이 물었다.

"선생은 어디서 주무시는 거요?"

진희이가 껄껄 웃으며 시를 지어 대답했다.

저 산봉우리가 바로 나의 집이요

새벽바람은 내 전용 마차라

내 집 문은 자물쇠로 잠그지 않는다네

때가 되면 흰 구름[白雲]이 내 집 문을 열었다 닫았다.

왕목이 진희이에게 나무를 벌채하여 암자를 지어 주겠다고 했으나 진희이가 극구 사양했다. 이게 바로 후주(後周, 951~960) 세종(世宗) 현덕(顯德, 954~959) 연간에 있었던 일이다. 이 일이 당시 세종 황제의 귀에까지 들어가 황제는 진희이가 매우 고매한 선비임을 알게 되었고, 그를 만나 나라의 운명과 미래를 물어보고 싶어 했다. 진희이는 다음과 같은 네 구절의 시를 지었다.

아름드리 좋은 나무여

무성하기 그지없구나.

저 나무 오랜 세월 견디게 하려면

보배로운 덮개가 필요하겠네.

　세종 황제의 본명이 나무를 가리키는 시씨(柴氏) 성이고, 무성하다고 하는 영(榮)이 이름이므로 나무가 무성하다고 하는 것은 세종을 말하고 있음이 분명하다. 그런 다음 아래 두 구절을 보면 오랜 세월 견딘다는 말이 있으므로 그냥 세종을 의례적으로 칭송하는 것처럼 해석할 수도 있을 것이나 사실은 이 나무(木)에 보배로운 덮개 '면(宀)'을 더하면 '송(宋)' 자 되므로 진희이가 송나라의 개국과 그 수명을 미리 암시한 것이라고 보아야 할 것이다.

　한편 세종은 진희이에게 최고의 관직을 하사했으나 진희이는 극구 사양하고 산으로 돌아가기를 청했다. 세종은 전에 진희이가 지었던 시구에 백운(白雲)이란 단어가 들어 있었던 것에 착안하여 진희이에게 백운 선생이라는 호를 하사했다. 후에 진교(陳橋)에서 장수들이 조광윤에게 황제 즉위를 강권하여 조광윤이 황제의 옷인 황포를 입고 제위에 올랐을 때 진희이는 마침 나귀를 타고 화음현을 지나다가 이 소식을 듣고 손뼉을 치며 즐거워했다. 사람들이 물었다.

　"선생은 무슨 연유로 그렇게 즐거워하십니까?"

　"이제 너희 백성들에게 하늘의 조화가 이루어졌다. 이제 천하가 비로소 평안해지게 되었다."

　아마도 후당 말년쯤이었을 것이다. 거란이 병사를 일으키니 백성들이 이리저리 피난 다니기 바빴던 시절이다. 진희이가 거리로 나서서 천천히 걷고 있는데 한 여인네가 막대기 양쪽에 대광주리 두 개를 매달아 어깨에 메고 걸어가는 모습이 보였다. 그 대광주리에는 아이가 하나씩 담겨 있었다. 그걸 본 선생이 이렇게 읊조렸다.

황제감이 없다고 말들 하지 마소
여기 광주리에 황제들이 담겨 있지 않은가!

저 두 아이가 누구인지 그대는 아는가? 큰 아이가 바로 송나라 태조 조광윤이며, 작은 아이가 바로 송나라 태종 조광의(趙匡義)며, 그 여인네는 바로 두 태후(杜太后)였다. 진희이는 이십육 년 전에 이미 송나라의 황제가 될 자가 누구인지 꿰뚫어 보고 있었던 것이다.

하루는 진희이가 장안 거리를 다니다가 조광윤 형제와 조보(趙普)가 주막에서 술을 마시고 있는 모습을 보았다. 진희이도 그 주막에서 술을 한잔 하다가 조보가 조광윤 형제의 오른쪽에 앉아 있는 것을 발견하고는 조보에게 물러나 앉으라며 소리를 질렀다.

"너는 대왕별 옆에 근근이 빛나는 작은 별에 불과한 존재이거늘 어찌 감히 오른쪽에 앉을 수 있단 말이냐?"

당시 조광윤은 이 말을 듣고 참 이상한 사람이라고 생각했다. 진희이를 알아본 사람이 조광윤에게 저분이 바로 진희이 선생이라고 알려 주었다. 조광윤은 이에 바로 진희이에게 앞날을 물어보았다.

"자네 형제들의 미래 별이 저 사람보다 커도 한참 더 커."

조광윤은 이 말을 듣고 상당한 자부심을 느꼈다. 후에 천하를 제패하고 수차례 신하를 보내서 진희이를 조정으로 모시고자 했으나 진희이는 끝내 거절했다. 나중에는 조광윤이 직접 친필 서신을 써서 진희이를 초청하니 진희이가 그 사신에게 이렇게 말했다.

"새로운 왕조를 창업한 황제는 무엇보다도 체통을 세워 천하에 그 위엄을 보여야 하오. 나는 산속에 파묻혀 지내는 야인인데 조정에 들어가 황제를 뵙고 머리를 조아려 절을 하는 것은 내 본성에 맞지 않고 또 머리를 조아려 절을 하지 않으면 황제의 체통이 상하게 될 테니 차라리 내가 조정에 들어가지 않는 것이 나을 것 같소."

이렇게 말하더니 조광윤의 친필 초청 편지의 끝 여백에 이렇게 적었다.

구중궁궐에 계시는 황제이시여
이제 더 이상 조서를 보내지 마십시오.
산속에 은거하고픈 저는
이미 흰 구름과 약조한 사이입니다.

황제의 사신이 돌아가 보고하니 조광윤은 그저 껄껄 웃을 따름이었다. 태조 조광윤이 승하하자, 조광의가 즉위하니 바로 태종이다. 태종 역시 예전에 주막에서 진희이를 만났던 일을 떠올리고는 진희이에게 신하의 예를 갖추지 않아도 좋다며 초청하여 시를 지어 보내 주었다.

백운이라 불리는 현명한 은자여

그대의 소식이 이렇듯 묘연하구려.

그대 나의 부름을 받아들인다면

화산의 세 봉우리는 그대 것이 되리라.

진희이는 이 시를 보더니 도사 관을 쓰고 흰 도포를 입고 짚새기로 만든 신발을 신고 황제가 있는 동경으로 와서 편전에서 태종을 만났다. 진희이는 머리를 조아려 절을 하는 대신 길게 읍만 한 다음 이렇게 말했다.

"산속에 묻혀 사는 몸이라 세상 예절에 밝지 못하여 굴신하여 절하지 못함을 용서해 주십시오."

태종은 진희이에게 자리를 안내하더니 수양의 도리를 물었다. 진희이는 이렇게 대답했다.

"무릇 황제란 천하를 당신 몸처럼 여기시는 존재입니다. 황제께서 도를 닦아 어느 날 신선이 되신다 한들 백성에게야 무슨 유익이 있겠습니까? 이제 바야흐로 임금과 신하가 서로 지혜롭고 현명하게 널리 정치를 펼쳐 온 세상에 임금의 공덕이 미치고 천년 만년 임금의 이름이 전해질 것이니 임금이 닦아야 할 도는 바로 이것이지 다른 게 아닙니다."

태종은 고개를 끄덕이며 정말 그렇다고 맞장구쳤다. 태종은 진희이를 더욱 존경하게 되었다.

"선생께서 바라는 게 있다면 뭐든 짐에게 말해 주시오."

"저는 다른 것은 필요 없습니다. 그저 조용한 방 한 칸만 있으면 됩니다."

태종은 진희이를 건륭(乾隆)이라는 이름의 도관에서 거처하게
했다.

당시에 태종은 군사를 동원하여 하동 지방을 정벌하고자 하
면서 사람을 보내어 진희이에게 이 일이 성공할 것인지 아닌지를
물어보게 했다. 진희이는 심부름차 방문한 사신에게 손바닥을 펴
라 하더니 그 손바닥에다 그만두라는 의미로 '휴(休)'라고 써 주
었다. 태종이 사신의 손바닥에 적힌 글자를 보더니 기분이 찜찜
했지만 이미 병사들을 다 조발했던 터라 그만두지 않았다. 다시
한번 사람을 보냈으나 이때 진희이는 잠에 빠져들어 있었으니 그
코고는 소리가 문밖까지 들릴 정도였다. 다음 날 가도 역시 이랬
으니 이렇게 석 달 동안을 일어나지 않고 내리 잠을 잤다. 하동으
로 파견된 병사와 장수들은 아무런 성과도 없이 돌아왔다.

태종은 크게 후회했다. 이때 도사 관을 쓰고 도사 옷을 입고
금란전(金鑾殿)을 산책하던 진희이가 부름도 없었는데 태종 앞
에 불쑥 나타났다. 부르지도 않았는데 찾아온 것을 의아하게 생
각하는 태종에게 진희이는 이제 그만 산으로 돌아가고자 한다며
하직 인사를 했다. 그 말을 들은 태종은 혹시 자기가 실수한 것
이라도 있나 싶어 진희이에게 천자의 스승이라는 칭호도 하사하
고 도관도 지어 모시며 가르침을 청하고자 한다고 했다. 그러나
진희이는 모두 사양하고 그저 산속으로 돌아가기만을 바란다면
서 태종에게 시를 지어 바쳤다.

초야에 묻혀 지내다 황제의 부르심을 받았네

나는 호가 도남, 이름은 희이, 성은 진

화산의 세 봉우리에서 영원토록 노닐고

사해에서 한가롭게 거닐고 싶어라.

아무리 염량세태라 하여도

시 짓는 내 마음엔 진실이 넘치도다.

사슴처럼 자유로운 영혼 그대로 지키고 싶어라.

산속에 있어도 황제의 신하라.

그러면서 진희이는 이렇게 덧붙였다.

"이십 년 후에 다시 황제를 뵈러 오겠습니다."

이에 태종은 더 이상 진희이를 붙잡을 수 없음을 알고서 도당(都堂)에서 대연회를 열고 재상과 한림원 학사들을 불러 배석하게 했다. 자리에 참석한 자들은 모두 시를 한 수씩 지어 진희이가 떠나는 것을 아쉬워했다. 태종은 화산을 통째로 진희이가 수도하는 도량으로 하사하니 다른 사람들은 함부로 들어가지 못하게 하라고 특별히 어필로 적어 주었다. 태종은 진희이에게 흰 구름이 맴도는 골짜기에서 수도하는 도인이라는 의미로 백운동주희이선생(白雲洞主希夷先生)이라는 호를 내려 주었다. 이게 바로 태평흥국(太平興國) 원년(976)의 일이다.

세월은 흘러 단공(端拱) 5년(912) 태종이 천하를 다스린 지 이십 년이 되는 해, 태종은 아직 세자를 책립하지 않고 있었다. 장자인 초왕(楚王) 원좌(元佐)가 9월 9일의 어연에 참석하지 못하게 되자 홧김에 불을 놓아 궁을 태웠고, 태종은 대로하여 그를 서인으로 폐했다. 태종은 평소 셋째 아들인 양왕(襄王) 원간(元侃)을 총애했으나 그의 타고난 운수가 어떨지 궁금했다. 겉으로 말은 못하고 그저 속으로만 이렇게 중얼거렸다.

'이럴 때 진희이 선생이 있으면 얼마나 좋을까. 전에 주막에서 나와 형님이 조보랑 술을 마실 때 우리를 보자마자 형님은 황제가 되고 조보는 재상이 될 것을 예언하지 않았던가. 이럴 때 진희이 선생이 있다면!'

바로 이때 내시가 들어와 알렸다.

"화산의 은자 진희이 선생이 궁궐에 도착하여 폐하를 알현하고자 합니다."

태종은 깜짝 놀라 어서 안으로 모시게 하고 진희이에게 물었다.

"선생께서는 어인 일로 이렇게 오셨습니까?"

"이 노인네가 폐하의 가슴속에 말 못 할 고민이 있을 것 같아 이렇게 달려왔습니다."

태종은 호탕하게 웃으며 말했다.

"짐은 선생께서 미래를 알아보는 능력이 있을 거라 생각했는데 과연 그 짐작이 틀리지 않은 것 같소이다. 짐은 아직 세자를 책립하지 못하고 있는 형편이오. 셋째 원간이 어질고 너그럽고 인정이 많아 염두에 두고 있으나 그의 운수가 어떨지 몰라 쉽사리 결정하지 못하고 있습니다. 선생께서 양왕부에 가셔서 한 번 살펴봐 주시면 어떻겠소?"

진희이는 태종의 명을 받들어 양왕부 대문에 이르렀다. 그러나 안에 들어가 보지도 않고 그냥 돌아왔다.

"짐이 선생에게 양왕부를 방문하여 셋째를 만나서 그의 관상을 봐 달라고 부탁했는데 어찌 안에는 들어가 보지도 않고 그냥 돌아오셨습니까?"

"이 노인네가 이미 다 살펴보았습니다. 양왕부 대문 앞에서 일하고 있는 자들을 유심히 보니 모두 장수와 재상의 기상이 있는지라 굳이 안에 들어가 자세히 따져 볼 필요도 없었을 뿐입니다."

태종은 마침내 결정을 내릴 수 있었다. 바로 조서를 내려 양왕을 태자로 책봉했다. 이 태자가 후에 진종 황제로 즉위한다.

진희이는 동경에서 한 달 정도 머물다가 홀연히 구석암으로 돌아왔다. 당시 목백장(穆伯長), 종방(種放) 등 백여 명의 제자들이 화산 아래에 집을 짓고서 아침저녁으로 진희이에게 도를 배우고 있었다. 하지만 진희이는 오직 다섯 용에게서 배운 칩법만은 제자들에게 전수하지 않고 있었다. 어느 날 진희이는 제자들에게 장초곡(張超谷) 절벽 위에 석실을 하나 만들게 했다. 제자들은 감히 스승의 명을 거역하지 못하고 천애 절벽에 구멍을 뚫어 석실을 만들었다. 석실이 만들어지니 진희이가 제자들과 함께 살피러 갔다. 그 높은 절벽에서 아래를 내려다보니 그저 푸른 구름만 켜켜이 눈에 들어올 뿐이었다. 진희이는 그 석실을 가리키면서 이렇게 말했다.

"이래서 그 옛날 털북숭이 여자가 푸른 구름 켜켜이 있는 곳에 깃들 것이라고 했구나. 나 이제 이곳에 깃들 것이다."

진희이는 말을 마치기 무섭게 가부좌를 하고 앉아서 제자들

陳希夷四辭朝命

을 모두 물러가게 했다. 그러고는 오른손으로 턱을 괴고, 눈을 감고서 조용히 세상을 떠났다. 이때 그의 나이 118세였다. 제자들이 진희이의 주변을 둘러싸고 있었다. 이레가 가도록 진희이는 아직도 살아 있는 것처럼 얼굴에 화색이 돌고 사지는 따듯했으며 향내가 풍겼다. 제자들은 석관을 만들어 스승을 모신 다음 다시 석재로 뚜껑을 만들어 덮었으며 쇠사슬로 칭칭 동여매서 석실에 모셨다. 제자들이 석실에서 빠져나가니 석실이 저절로 무너져 내려 가파른 협곡으로 변했다. 협곡 주위에 오색구름이 일어나 휘돌더니 한 달여나 흩어질 줄을 몰랐다. 후에 사람들은 그곳을 '희이협(希夷峽)'이라고 부르게 되었다.

후에 휘종 선화(宣和, 1119~1125) 연간에 민(閩) 땅의 도사 서지상(徐知常)이 화산에 왔다가 희이협에 쇠사슬이 드리워져 있는 것을 발견했다. 서지상이 절벽을 기어올라 석실에 다다라 석관의 덮개를 살짝 밀쳐 열고 살펴보니 신선의 뼈가 한 구 있었는데 붉은색에 윤기가 나고 향기가 피어올랐다. 서지상은 재배를 한 다음 다시 석관 덮개를 덮고 절벽을 내려왔다.

그 후 서지상은 휘종의 총애를 입어 좌술도록(左術道錄)이라는 관직을 하사받고 휘종에게 자신이 희이협에서 본 신선의 뼈에 대해 이야기했다. 휘종은 서지상에게 향 한 움큼을 주면서 다시 희이협을 찾아가 그 신선의 뼈 한 구를 궁궐로 옮겨 오게 했다. 그러나 서지상이 다시 희이협에 도착했을 때는 쇠사슬은 이미 자취를 감추고 다만 겹겹의 구름만이 천애의 절벽에 드리우고 있어 탄식하며 돌아왔다. 오늘날에 이르기까지 진희이의 선골은 희이

협에 그대로 있다고 하나 다시 그걸 보았다는 사람은 나타나지
않았다. 이제 시 한 수로 이를 증명한다.

지금껏 처사들은 그저 헛된 명예를 추구했으니
진희이처럼 철저하게 한가함과 여유를 누린 자 누구런가?
두 번이나 산속으로 들어가 은거하고
네 차례나 조정의 부름을 거절했구나.
다섯 마리 용의 칩법을 수련한 자 드물며
『주역』 팔괘의 신묘한 이치를 제대로 아는 자 드물도다.
조각조각 흰 구름에 둘러싸인 희이협
진희이의 선골이 석관에서 천년의 휴식을 누린다.

陳希夷四辭朝命

옮긴이 김진곤

1996년 서울대학교 중문과 대학원에서 『송원평화연구宋元平話研究』로 박사학위를 취득했다. 중국 역사 서사의 유형과 특질에 관심이 많으며, 중국 고전 서사를 우리말로 옮겨 우리 삶에 재미와 자양분을 공급하는 작업을 하고 있다. 『중국 고전문학의 전통』, 『이야기, 小說, Novel』, 『강물에 버린 사랑』, 『중국백화소설』, 『도교사』, 『그림과 공연 - 중국의 그림 구연과 그 인도 기원』 등의 저서와 역서를 발표했다. 현재 한밭대학교 중국어과 교수로 재직중이다.

유세명언 1

1판 1쇄 찍음 2019년 12월 24일
1판 1쇄 펴냄 2019년 12월 28일

지은이   풍몽룡
옮긴이   김진곤
발행인   박근섭, 박상준
펴낸곳   (주)민음사

출판등록 1966. 5. 19. (제16-490호)
주소   서울시 강남구 도산대로1길 62
       강남출판문화센터 5층 (06027)
대표전화 02-515-2000─팩시밀리 02-515-2007

www.minumsa.com

ⓒ김진곤, 2019. Printed in Seoul, Korea

ISBN   978-89-374-2032-0 04820
       978-89-374-2031-3 04820(세트)